吉川英治

三国志（十）

五丈原の巻

1万年堂出版

吉川英治

三国志

第十巻　目次

五丈原《ごじょうげん》の巻

目次

篇《へん》外《がい》余《よ》録《ろく》

主要登場人物

劉禅《りゅうぜん》　蜀帝《しょくてい》。蜀《しょく》を建国した劉備《りゅうび》の嫡子。
諸葛亮《しょかつりょう》　字《あざな》は孔明《こうめい》。蜀《しょく》の丞相《じょうしょう》。
趙雲《ちょううん》　字《あざな》は子龍《しりゅう》。劉備《りゅうび》の代から仕える老将。
関興《かんこう》　劉備《りゅうび》の義弟・関羽《かんう》の子。
張苞《ちょうほう》　劉備《りゅうび》の義弟・張飛《ちょうひ》の子。
姜維《きょうい》　字《あざな》は伯約《はくやく》。諸葛亮《しょかつりょう》から兵法を授かる。
馬謖《ばしょく》　字《あざな》は幼常《ようじょう》。馬《ば》氏五兄弟の馬良《ばりょう》の弟。
魏延《ぎえん》　蜀《しょく》の武将。
楊儀《ようぎ》　蜀《しょく》の文官。
費禕《ひい》　蜀《しょく》の参謀。
馬岱《ばたい》　西涼州《せいりょうしゅう》の太守《たいしゅ》だった馬騰《ばとう》の甥《おい》。

人物紹介

曹叡《そうえい》　魏帝《ぎてい》。魏《ぎ》を建国した曹丕《そうひ》の子。
司馬懿《しばい》　字《あざな》は仲達《ちゅうたつ》。魏《ぎ》の武将。曹叡《そうえい》に重用される。
司馬師《しばし》　司馬懿《しばい》の長男。
司馬昭《しばしょう》　司馬懿《しばい》の次男。
曹真《そうしん》　魏《ぎ》の都督《ととく》。曹叡《そうえい》の一族。
辛毘《しんび》　曹叡《そうえい》の軍師。
郭淮《かくわい》　魏《ぎ》の知将。
劉曄《りゅうよう》　侍中《じちゅう》として魏帝《ぎてい》を支える。

孫権《そんけん》　呉《ご》を建国し、皇帝となる。
陸遜《りくそん》　呉《ご》の軍師。大都督《だいととく》となり、孫権《そんけん》の信頼を得る。
張昭《ちょうしょう》　孫堅《そんけん》・孫策《そんさく》・孫権《そんけん》の呉《ご》三代に仕える宿老。

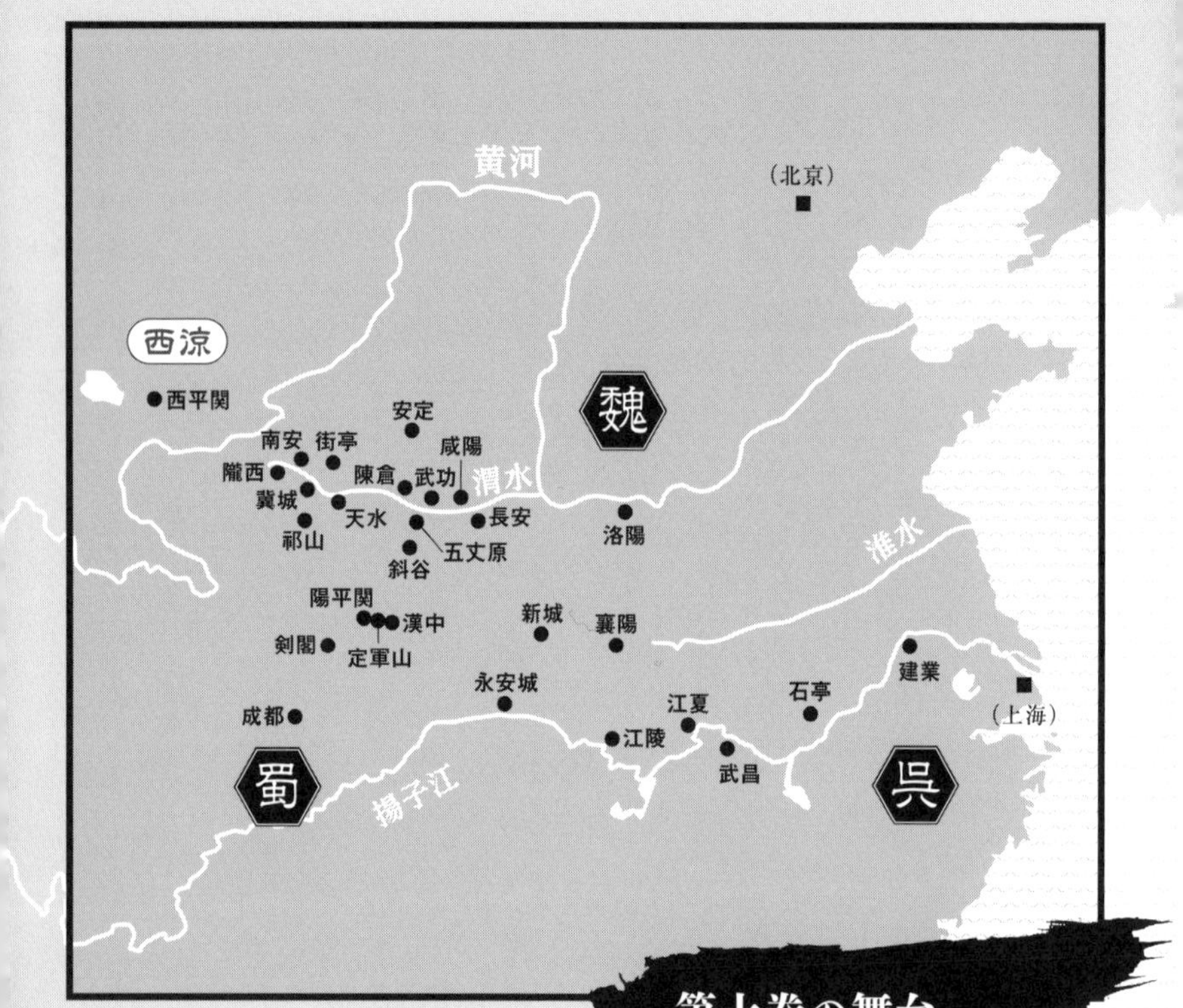
黄河
(北京)
西涼
西平関
魏
安定
南安
街亭
咸陽
隴西
陳倉
武功
渭水
冀城
天水
長安
洛陽
祁山
五丈原
斜谷
淮水
陽平関
漢中
新城
襄陽
剣閣
定軍山
建業
永安城
石亭
江夏
(上海)
成都
江陵
武昌
蜀
揚子江
呉

第十巻の舞台

三国志

第十巻

五丈原《ごじょうげん》の巻

中原《ちゅうげん》を指《さ》して

一

蜀《しょく》の大軍は、沔陽《べんよう》（陝西省《せんせいしょう》・沔県《べんけん》、漢中《かんちゅう》の西）まで進んで出た。ここまで来た時、「魏《ぎ》は関西《かんせい》の精兵を以《もっ》て、長安《ちょうあん》（陝西省《せんせいしょう》・西安《せいあん》）に布陣し、大本営をそこにおいた」

という情報が的確になった。

いわゆる天下の嶮《けん》、蜀《しょく》の桟道《さんどう》をこえて、ここまで出てくるだけでも、軍馬は一応疲れる。

孔明《こうめい》は、沔陽《べんよう》に着くと、

「ここには、亡《な》き馬超《ばちょう》の墳《つか》がある。いまわが蜀《しょく》軍の北伐《ほくばつ》に遭《お》うて、地下白骨の自己を嘆じ、なつかしくも思っているだろう。祭を営《いとな》んでやるがよい」

と、馬岱《ばたい》を祭主に命じ、あわせてその期間に、兵馬を休ませていた。

一日、魏延《ぎえん》が説いた。

「丞相《じょうしょう》。それがしに、五千騎おかし下さい。こんなことをしている間に、長安《ちょうあん》を潰滅《かいめつ》してみせます」

「策に依《よ》ってはだが……？」

「ここと長安《ちょうあん》の間は、長駆すれば十日で達する距離です。もしお許しあれば、秦嶺《しんれい》を越《こ》え、子午谷《しごこく》を渡り、虚を衝《つ》いて、敵を混乱に陥れ、彼の糧食を焼き払いましょう。――丞相《じょうしょう》は斜谷《やこく》から進まれ、咸陽《かんよう》へ伸びて出られたら、魏《ぎ》の夏侯楙《かこうも》などは、一鼓《いっこ》して破り得るものと信じますが」

「いかんなあ」

孔明《こうめい》は取り上げない。雑談のように軽く聞き流して、

「もし敵に智のある者がいれば、兵をまわして、山際の切所《せっしょ》を断《た》つにきまっている。そのときご辺の五千の兵は、一人も生きては帰れないだろう」

「でも、本道を進めば、魏《ぎ》の大軍に対して、どれほど多くの損害を出すか知れますまい」

孔明《こうめい》はうなずいた。その通りであると肯定《こうてい》しているものの如《ごと》くである。そして彼は彼の

考えどおり軍を進ませた。隴右《ろうゆう》の大路へ出《い》でて正攻法を取ったものである。

これは、魏《ぎ》の予想に反した。孔明《こうめい》はよく智略を用いるという先入観から、さだめし奇道を取ってくるだろうと信じて、ほかの間道へも兵力を分け、大いに備えていたところが、意外にも蜀《しょく》軍は堂々と直進して来た。

「まず、西羌《せいきょう》の兵に、一当て当てさせてみよう」

夏侯楙《かこうも》は、韓徳《かんとく》を呼んだ。これはこんど魏《ぎ》軍が長安《ちょうあん》を本営としてから、西涼《せいりょう》の羌兵《きょうへい》八万騎をひきいて、なにか一手勲《ひとてがら》せんと、参加した外郭軍《がいかくぐん》の大将だった。

「鳳鳴山《ほうめいざん》まで出《い》で、蜀《しょく》の先鋒《せんぽう》を防げ。この一戦は、魏蜀《ぎしょく》の第一会戦だから、以後の士気にもかかわるぞ。充分、功名を立てるがいい」

夏侯楙《かこうも》に励まされて韓徳《かんとく》は勇んで立った。

彼に四人の子がある。韓瑛《かんえい》、韓瑶《かんよう》、韓瓊《かんけい》、韓琪《かんき》、みな弓馬に達し、力衆《しゅう》に超えていた。

「八万の強兵、四人の偉児。もって、蜀《しょく》軍にひと泡吹かすに足るだろう」

自負満々、彼は戦場へ臨んだが、なんぞ知らん、これは夏侯楙《かこうも》が、なるべく魏《ぎ》直系の兵を傷《いた》めずに、蜀《しょく》の先鋒《せんぽう》へまず当てさせた試しに乗ったものとはさとらなかった。

望みどおり蜀《しょく》軍の先鋒《せんぽう》と、鳳鳴山《ほうめいざん》の下《もと》で出会ったが、その第一会戦に、韓徳《かんとく》は四人の子を亡《うしな》ってしまった。

そのあいては、蜀《しょく》の老将趙雲《ちょううん》であった。

長男の韓瑛《かんえい》が、

「趙雲《ちょううん》を見た」

と、軍の中で告げたので、四子を伴ってその首をと、追撃してまわるうち、やがて趙《ちょう》雲《うん》のほうから駒をかえしてきて、

「豎子《じゅし》。望むのは、これか」

と、一槍《いっそう》の下《もと》に韓瑛《かんえい》を突き殺した。

韓瓊《かんけい》、韓瑶《かんよう》、韓琪《かんき》が三方から、

「老いぼれ」

と、挟撃したが、またたく間に、韓瓊《かんけい》、韓琪《かんき》も討たれ、趙雲《ちょううん》は悠々引揚《ひきあ》げて行った。

ひとり残った韓瑶《かんよう》は、急に追いかけて、そのうしろから斬《き》りつけたが、趙雲《ちょううん》は身をそばめて、韓瑶《かんよう》を馬の鞍《くら》へひき寄せ、

「ああ、殺すも飽いた」

と、こんどは、引っつかんだまま、生捕《いけど》って帰ってしまった。

父韓徳《かんとく》は、心も萎《な》え、大敗して、長安《ちょうあん》へ逃げくずれた。

二

鄧芝《とうし》は、きょうの勝《か》ち戦《いくさ》を賀したのち、趙雲《ちょううん》に云《い》った。

「お齢《よわい》もすでに七旬《しちじゅん》を越されているのに、きょうの戦場で三人の若い大将を討ち、一人の大将を生擒《いけど》ってこられるなど、まったく壮者も及ばぬお働き、実に驚き入りました。……これでは成都《せいと》を立つ前に、丞相《じょうしょう》が留守へ廻《まわ》そうとしたのに対して、ご不満をのべられたのも無理ではありませんな」

趙雲《ちょううん》は快然と笑った。

「いや、その意地もあるので、きょうは少し働いた。しかしこんな程度を功として安んじる趙雲《ちょううん》ではない。まだまだ腕に年は老《と》らないつもりだ」

鄧芝《とうし》は、つぶさに戦況を書いて、まず序戦の吉報を、後陣の孔明《こうめい》へ急送しておいた。

それに反して、魏《ぎ》の士気はそそけ立った。わけて都督夏侯楙《ととくかこうも》は、

「韓徳《かんとく》が一敗地にやぶれたのを見ても、これはやや敵を軽《かろ》んじ過ぎた。大挙して、彼の先《せん》鋒《ぽう》を打《う》ち挫《くだ》かぬ分には、蜀《しょく》の軍を勝ち誇らせるおそれがある」

と、自身、長安《ちょうあん》の営府を離れ、大軍を擁して、鳳鳴山《ほうめいざん》へ迫った。

彼は美しき白馬にまたがり、燦爛《さんらん》たる黄金《こがね》の盔《かぶと》をいただき、まことに魏帝《ぎてい》の従兄弟《いとこ》たる

貴公子的な風采をもって、日々旗の下から戦場を見ていたが、常に、敵方の老将趙雲《ちょううん》が、颯爽《さっそう》と往来するのを見て、

「よし、あしたは予が出て、あの老いぼれを討ちとめてみせる」と大言した。

うしろにいた韓徳《かんとく》が、

「飛んでもないことです。あれはそれがしの子を四人も討った老子龍《しりゅう》です。常山《じょうざん》の趙雲《ちょううん》です。何で、お手におえましょう」

「そちの子を四人も討たれたというか。ではなぜ親のお前は見ているのだ」

韓徳《かんとく》は、さしうつ向いて、

「機会をうかがっているのですが」

ひどく辱《はじ》いった容子《ようす》をした。

翌日の戦場で、韓徳《かんとく》は大きな斧《おの》をひっさげて駈《か》け巡《めぐ》っていた。そして、趙雲《ちょううん》と行き合うやいなや、名乗りかけて、一戦を挑んだが、十合とも戦わぬまに、趙雲《ちょううん》の槍《やり》さきにかけられてしまった。

副将鄧芝《とうし》も、趙雲《ちょううん》に負けない働きをした。わずか四日間の合戦で、夏侯楙《かこうも》の軍容は、半身不随になりかけてきた。夏侯楙《かこうも》は頽勢《たいせい》を革《あらた》めるために、総軍を二十里ほど後退させた。

「いや、実に強いものだな」

夏侯楙《かこうも》は軍議の席で、まるで他人事《ひとごと》みたいに趙雲《ちょううん》の武勇を賞《ほ》めた。魏帝《ぎてい》の金枝玉葉《きんしぎょくよう》だけあって、大まかというのか、なんというのか、諸将は彼の顔をながめ合っていた。

「いや、ほんとに強い。むかし当陽《とうよう》の長坂橋《ちょうはんきょう》で、天下に鳴らした豪勇は、とくに予も聞いていたが、いくら英雄でも、年すでに七旬《しちじゅん》の白髪だ。あんなではあるまいと思っていたが、韓徳《かんとく》の大斧《おおおの》も彼に遭っては用をなさなかったところなど見ると、げに怖《おそ》るべき老武者だ。蜀《しょく》の先鋒《せんぽう》を砕くには、まず彼を仕止《しと》める計からさきに立てなければなるまい」

熟議は、それを中心とした。

計策ととのって、魏《ぎ》軍はふたたび前進を示した。それを迎えて、

「乳臭児《にゅうしゅうじ》夏侯楙《かこうも》を一つかみに」と、趙雲《ちょううん》は一陣に駈《か》け向《むか》おうとした。

鄧芝《とうし》は、諫《いさ》めて、

「すこし変ですぞ」と、止めたが、趙雲《ちょううん》は、猪突《ちょとつ》してしまった。

向《むか》うところ敵なき快勝は獲《え》たが、さて顧みると、退路は断たれていたのである。すなわち、この日魏《ぎ》軍は、神威《しんい》将軍董禧《とうき》、征西《せいせい》将軍薛則《せっそく》の二手に、おのおの二万騎を付して、ふかく潜んでいたのだった。

味方の鄧芝《とうし》とも別れ、部下とも散り散りになり、趙雲《ちょううん》は日の暮るるまで、敵に趁《お》われ、矢風に追われ、なお包囲から脱することができなかった。

高き丘に、夏侯楙《かこうも》の旗手が立っていて、彼が西へ奔《はし》れば西へ旗を指し、南へ駈《か》ければ南へ旗を指していたのである。

「ああわれ老いに服せず、天ついに、ここに死を下し給《たも》うか」

駒も疲れ、身も疲れ、趙雲《ちょううん》は仆《たお》れるように、樹下の石へ腰をおろした。

そしてさし昇る月を仰いで独り哭《なげ》いた。

三

たちまち、石が降ってきた。雨とばかりに。

大岩がごろごろ落ちてきた。雪崩《なだれ》かとばかりに。

「敵か」と、趙雲《ちょううん》は、息つく間もなく、ふたたび疲れた馬に鞭《むち》うって奔《はし》った。

すると月明の野面《のづら》を黒々と一彪《いっぴょう》の軍馬が殺奔《さっぽん》してくる。白き戦袍《ひたたれ》に白銀《しろがね》の甲《よろい》は、趙雲《ちょううん》にも覚えのある大将である。彼はわれをわすれて、こなたから手を振った。

「おおいッ。張苞《ちょうほう》ではないか」

「やあ、老将軍ですか」

「いかにしてこれへは?」

「丞相《じょうしょう》のご命《めい》です。過日、鄧芝《とうし》から勝《か》ち軍《いくさ》のご報告があるや否《いな》や、危うしとばかり、すぐ吾々《われわれ》に救急の命を発しられましたので」

「ああ、神察《しんさつ》。して、貴公が左の手に持つその首級《しゅきゅう》は」

「これへ来る途中、撃破して打ち取った魏《ぎ》の大将薛則《せっそく》の首です」

月光へさしあげて、莞爾《かんじ》とそれを示している所へ、さらに、反対の方角から、一軍隊が疾風のように馳《は》せてきた。

「や、魏《ぎ》軍か」

「いや、いや関興《かんこう》でしょう」

待っていると、果《はた》して関興《かんこう》のひきいる一軍だった。父関羽《かんう》の遺物《かたみ》の青龍刀《せいりゅうとう》を横ざまに抱え、鞍《くら》には、彼もまた、一首級《しゅきゅう》をくくりつけていた。

「老将軍を援《たす》けんため、これへくる途中、前を阻《はば》めた魏《ぎ》兵を蹴《け》ちらし、その大将董禧《とうき》という者の首をもらってきました」

「やあ貴様もか」

「ご辺もか」

ふたりは、二つの首を見せ合って、月下に呵々《かか》と大笑した。

趙雲《ちょううん》は、涙をたたえて、

「頼もし頼もし。この老骨の一命など、さしたる事ではない。董禧《とうき》、薛則《せっそく》の二将が討たれたりと聞《きこ》えれば、敵勢の陣はまさに潰滅《かいめつ》状態であろう。その虚をのがすべきでない。われにかまわずご辺らは、崩るる魏《ぎ》軍を追って、さらに、夏侯楙《かこうも》の首をも挙げ給《たま》え」と、励ました。

「さらば」

「ご免」

と、ふたりは、手勢をひきつれて、まっしぐらに駈《か》け去《さ》った。

趙雲《ちょううん》は、あとを見送っていたが、

「ああ大きくなったなあ。張飛《ちょうひ》も関羽《かんう》も地下で満足しているだろう。思えば、あの二人はわしに取っても甥《おい》のようなものだ。時代は移ってきた。国家の上将《じょうしょう》たり朝廷の重臣たる自分も、老いてはやはりあの若者たちにもかなわない。辱《はじ》ずべきだ。よい死場所《しにばしょ》こそ欲しいものよ」

彼もまた、やがて鞭《むち》うって後に続き、なおその老軀《ろうく》を、追撃戦の中に働かせていた。

副将鄧芝《とうし》も、何処《いずこ》からか現《あら》われてきて、それに加わり、一時散り散りになった蜀《しょく》兵も、この好転に、ここかしこから谺《こだま》をあげて集合してきた。

夜明けから翌日にかけても、魏《ぎ》軍は止《とど》まることを知らず敗走しつづけた。

夏侯楙《かこうも》はひと支えもできなかった。父夏侯淵《かこうえん》とは余りにも似ない貴族らしさを多分に持った彼とその幕下は、逃げ崩れてゆく姿まで絢爛《けんらん》だった。そして南安郡《なんあんぐん》（甘粛省《かんしゅくしょう》・蘭州《らんしゅう》の東）の城中へ入り、これへ諸方の大軍を吸って堅固を恃《たの》んだ。南安《なんあん》は著名な堅城である。日ならずして、続々これへ寄せてきた趙雲《ちょううん》、関興《かんこう》、鄧芝《とうし》、張苞《ちょうほう》などは、四方を囲んで力攻したが、昼夜十数日の喊声《かんせい》も、そこの石垣の石一つ揺《ゆる》がすことはできなかった。

孔明《こうめい》は、後、ようやくこれへ着陣した。

その軍勢も多くなかった。

これへ臨む前に、沔陽《べんよう》にも、陽平《ようへい》にも、石城《せきじょう》方面へも、軍をわけて、自身はその中軍だけを率いてきたからである。

「自分が来てよかった。もし皆に委《まか》せておいたら、魏《ぎ》はかならず別に行動を起《おこ》して、一面に漢中《かんちゅう》を衝《つ》き、一面寄手《よせて》のうしろを取るだろう。あやうくご辺らの軍と中軍とは、両断されるところであった」

鄧芝《とうし》は告げた。

「そうでしょう。なにしろ夏侯楙《かこうも》は魏《ぎ》の駙馬《ふば》ですからね。それだけに彼一名を生擒《いけど》れば、爾余《じよ》の大将を百人二百人縛《から》め捕《と》るにも勝《まさ》ります。よい計はないものでしょうか」

「こよいは寝《やす》んで、明日、地の利を見てみよう」

孔明《こうめい》は落着《おちつ》いていた。

四

南安《なんあん》は、西は天水郡《てんすいぐん》に連なり、北は安定郡《あんていぐん》に通じている嶮峻《けんしゅん》にあった。

孔明《こうめい》はそのあくる日、仔細《しさい》に地理を見て歩き、後、関興《かんこう》と張苞《ちょうほう》を帷幕《いばく》に招いて、何事か計を授けていた。

また、物馴《ものな》れた人物を選んで、偽使者《にせししゃ》に仕立て、これにも何やら言いふくめた。準備期間が終《お》ると、南安城《なんあんじょう》への攻撃を開始した。そしてもっぱら、流言を放って、

「柴《しば》を積み、硝薬《しょうやく》を用いて、火攻めにして陥《おと》さん」

と、敵へも聞《きこ》えるようにいわせた。

夏侯楙《かこうも》は大いに嘲笑《あざわら》って、

「孔明孔明《こうめいこうめい》というが、ほどの知れたものよ」と怕《おそ》れるふうもなかった。

南安《なんあん》の北に位置する隣郡、安定城《あんていじょう》のほうには、魏《ぎ》の崔諒《さいりょう》が籠《こも》っていた。崔諒《さいりょう》は前からこの地方の太守《たいしゅ》として臨んでいた者であるが、一日、城門へ立った一使者が、

「それがしは夏侯楙駙馬《かこうもふば》の一将にて、裴緒《はいしょ》と申す者であるが、火急の事あって、お使いに参ったり、早々太守《たいしゅ》に告げ給《たま》え」と、呼ばわった。

崔諒《さいりょう》がすぐ会って、

「何事のお使いか」

と、訊《き》くと、使者の裴緒《はいしょ》は、

「南安《なんあん》すでに危うく、事急です。依《よ》ってそれがしを使いとし、天水《てんすい》、安定《あんてい》の二郡へ対し、かく救いを求めらるる次第です。急遽《きゅうきょ》、郡内の兵を挙げて、孔明《こうめい》のうしろを襲撃されたい。――そして貴軍が後詰《ごづめ》下さる日を期し、城中からも合図の火の手をあげ、内外より蜀《しょく》軍を撃ち挟まんとの手筈《てはず》ですから、何とぞ、お抜かりなくねがいたい」

「分《わか》りました。――が、夏侯駙馬《かこうふば》の親書でもご持参なされたか」

「もとよりのこと」と、裴緒《はいしょ》は、汗みずくな肌着の下から、しとどに濡《ぬ》れた檄文《げきぶん》を出して手交し、

「これから天水郡《てんすいぐん》の太守《たいしゅ》へも、同様な催促に参らなければなりませんから」

と、饗応《きょうおう》も謝して、すぐ馬に鞭《むち》うって立ち去った。

偽使者《にせししゃ》とは夢にも気づかず、崔諒《さいりょう》は兵を集めて赴援《ふえん》の準備をしていると、二日の後、またまた、一使者が来て城門へ告げた。

「天水郡《てんすいぐん》の太守馬遵《たいしゅばじゅん》は、瞬時に発して、はや蜀《しょく》軍のうしろに後詰《ごづめ》しておるのに、安定城《あんていじょう》はなにを猶予しておらるるぞ。――夏侯駙馬《かこうふば》のご命令を軽んじておらるるか」

駙馬《ふば》は魏《ぎ》の帝族である。崔諒《さいりょう》はふるえ上がって発向にあわてた。ところが城を出て七

十里、夜に迫ると、前方に火炎が天を焦《こが》している。

「何事か」

と、斥候隊《せっこうたい》を放つと、その斥候隊《せっこうたい》の生死も知れず、ただ一陣、蜀《しょく》の関興軍《かんこうぐん》が猛進してきた。

「早くも、敵か」

と、おどろいて退くと、後からは張苞《ちょうほう》の軍隊が鬨《とき》をあげてきた。崔諒《さいりょう》の全軍は支離滅裂《しりめつれつ》になり、彼はわずかの部下とともに、小路《こうじ》を迂回《うかい》して、安定《あんてい》の城へ引っ返した。

「やあ？　あの旗は」

仰げば、蜀《しょく》の旌旗《せいき》ばかりではないか。城頭には蜀《しょく》の大将魏延《ぎえん》が、射よ射よと声をからして、乱箭《らんせん》を励ましている姿も見える。

「しまった」

いまは敵の深い謀《はかりごと》とさとって、彼は身を以《もっ》て遁《のが》るるほかなく、天水郡《てんすいぐん》へ向《むか》って落ちてゆくと、一彪《いっぴょう》の兵馬が鼓《こ》と共に道に展《ひら》き、たちまち見る一叢《いっそう》の森林からは、鶴氅綸巾《かくしょうりんきん》の人孔明《こうめい》、四輪車のうえに端坐《たんざ》して前へ進んできた。

崔諒《さいりょう》は眼がくらんだ。落馬したように跳びおりてそのまま地に平伏してしまったのである。孔明《こうめい》は降《こう》を容《い》れ、伴って陣地へ帰った。

幾日かの後、孔明《こうめい》は彼をよんで、慇懃《いんぎん》にたずねた。

「南安《なんあん》には今、夏侯楙《かこうも》がはいって総大将となっているが、前からの太守《たいしゅ》とご辺とは、どんな交わりをなしていたか」

「隣郡でもあり甚だ親密です」

「その人は」

「楊阜《ようふ》の族弟で、楊陵《ようりょう》といい、私とも兄弟のようにしていました」

「ご辺は彼に信用があるか」

「もちろん彼は信じていてくれると思いますが」

「では……」と、孔明《こうめい》は膝《ひざ》を寄せて、親しく説いた。

「城中に入って、楊陵《ようりょう》によく利害を説き、夏侯楙《かこうも》を生擒《いけど》って降《くだ》り給《たま》え。それは貴公のみならず親友の為でもあろう」

五

崔諒《さいりょう》は首を垂れた。沈痛な面色でやや久しく考えこんでいたが、やがて決然と、

「参りましょう。高命を果《はた》してお目にかけます」

「難事だが、事成れば、ひとり御身《おんみ》だけの洪福《こうふく》ではない」

「その代《かわ》りに丞　相《じょうしょう》。――ここの囲みを解いて下さい」

「よろしい」

孔明《こうめい》は、直ちに、全軍を二十里外へ退けた。

秘命を帯びて崔　諒《さいりょう》は城へ入った。そして南安《なんあん》の太守楊　陵《たいしゅようりょう》と会談した。ふたりは親友である。ありのままを、崔　諒《さいりょう》は友に告げた。

「ばかをいうな。今さら魏《ぎ》の恩に反《そむ》いて、蜀《しょく》に降服などできるものか。むしろ君がそういう秘命をうけてきたのを幸いに、謀《はかりごと》の裏を掻《か》いて、孔明《こうめい》に逆手《ぎゃくて》を喰《くら》わせてやろうじゃないか」

楊　陵《ようりょう》がいう。

もとより崔　諒《さいりょう》もその気なのだ。ふたりは揃《そろ》って夏侯楙《かこうも》の前に行った。

夏侯楙《かこうも》はよろこんで、面白し面白し、どういう逆計で一泡ふかせるかと乗り気になった。

「ご苦労でも崔　諒《さいりょう》にもういちど孔明《こうめい》の陣中へ帰って貰《もら》うことですな。こういうのです。――楊　陵《ようりょう》に会って降参をすすめたところ、楊　陵《ようりょう》も蜀《しょく》に降《くだ》りたい気は大いにあるが、いかんせん城中では打ち明けて共に事をなす部下の勇士《ゆうし》も少《すくな》いので、警固《けいご》のきびしい夏侯楙駙馬《かこうもふば》を生擒《いけど》ることができないと」

「ふむ、なるほど。そして」

「──で、もし一挙に成就を見んと思《おぼ》し召《め》すなら、孔明《こうめい》自身、兵を引いて城中へ入り給《たま》え。内より門を開いて迎え、同時に城中を攪乱《こうらん》して、騒擾《そうじょう》のうちに駙馬《ふば》をうかがわば、手捕りになること物をつかむ如《ごと》しとすすめるのです。──もちろん彼を誘《おび》き入《い》れてしまいさえすれば、煮て喰《く》おうと、焼いて喰《く》おうと、孔明《こうめい》の運命はもうわが掌《て》にありですから」

「妙々。天来の計だ」

しめし合わせて、崔諒《さいりょう》は城を出た。そして孔明《こうめい》をこの手に乗せようと大いに努めた。

孔明《こうめい》はいかにも信じきったように、彼のいうことばへいちいち頷《うなず》いていたが、

「──では先に、ご辺と共に蜀《しょく》軍へ来た百余名の降人がおるから、あれを連れて行ったらいいだろう。あれなら元からご辺の部下だから、ご辺のためには手足となって、命を惜しまず働くにちがいない」

「結構です。が、丞相《じょうしょう》も屈強な一隊を連れて、共に城中へまぎれ入られてはいかがですか。一挙に大事を決するには」

「虎穴《こけつ》に入《い》らずんば虎児《こじ》を獲《え》ず。もちろん孔明《こうめい》たりともそれくらいな勇気はないではないが、まず、わが軍の大将、関興《かんこう》、張苞《ちょうほう》ふたりを先にご辺の隊へ加えてやろう。その後、合図をなせば、直ちに孔明《こうめい》も城門へ駈《か》け入《い》るとするから」

関興《かんこう》、張苞《ちょうほう》を連れてゆくのは少し工合《ぐあい》が悪いがと、崔諒《さいりょう》はためらったが、それを忌避《きひ》

すれば疑われるにちがいない。如《し》かず、まず二人を城中で殺してから、次に孔明《こうめい》を誘《おび》き入《い》れ、予定の目的を遂《と》げるとしよう。――崔諒《さいりょう》はそう肚《はら》を決めて、

「承知しました。では、城門から合図のあり次第に、丞相《じょうしょう》もかならず時を移さず、開かれてある門から突入して下さい」と、かたく念を押した。

日暮れをはかって、一隊は南安《なんあん》の城下に立った。かねての約束どおり楊陵《ようりょう》は櫓《やぐら》に現《あら》われて、何処《いずこ》の勢ぞ、と呶《ど》鳴《な》った。崔諒《さいりょう》も声に応じて、

「これは、安定《あんてい》より駈《か》けつけてきた味方の勢にて候《そうろう》。仔細《しさい》は矢文にて」と、用意の一矢《いっし》を射込んだ。

楊陵《ようりょう》がそれを解いて見ると、

(――孔明《こうめい》は用心深く、関興《かんこう》、張苞《ちょうほう》の二将を目付《めつけ》として、この隊の中につけてよこした。しかし、城中で二人を殺してしまうのは何でもない。かねての密計はその後で行えるゆえ、懸念なく、城門を開き給《たま》え)と、したためてある。

夏侯楙《かこうも》に見せると、夏侯楙《かこうも》は手を打って、

「孔明《こうめい》すでにわが逆計に墜《お》ちたり、すぐ二人を殺す用意をしておけ」

と、屈強の兵数百人に剣槍《けんそう》をしのばせて、油幕《ゆばく》の陰に伏せておき、その上で崔諒《さいりょう》、ならびに関興《かんこう》、張苞《ちょうほう》のふたりを待った。

六

「いざ。お通りあれ」

楊陵《ようりょう》は中門まで出迎えた。すぐその先に本丸の堂閣があり、前の広庭に、戦時の油幕《ゆまく》が設けてある。

「ご免」

関興《かんこう》が先に入った。次に、張苞《ちょうほう》を通そうと思って、崔諒《さいりょう》が体を避けると、

「さあ、お先に」と、張苞《ちょうほう》も如才《じょさい》なく身をかわして、彼の背を前へ押し出した。そして抜打《ぬきう》ちに、

「崔諒《さいりょう》っ。汝の役目は終《おわ》った」と、叫んでとっさに斬《き》り伏《ふ》せた。

――と共に関興《かんこう》も先に立ってゆく楊陵《ようりょう》へ飛びかかって、不意に背から剣を突き通した。

そして大音に、

「関羽《かんう》の子、関興《かんこう》を易々《やすやす》い入れたるこそ、この城の運のつきだ。者ども、犬死《いぬじに》すな」

と、呼ばわりつつ、縦横に血戦を展《ひら》き、膂力《りょりょく》のつづく限り暴《あば》れ廻《まわ》った。

崔諒《さいりょう》が安心して連れて入った百余名の旧部下も、蜀《しょく》陣に囚《とら》われているうち、深く孔明《こうめい》の徳になずみ、加うるにこれへ臨む前に恩賞を約されていたので、この騒動が勃発《ぼっぱつ》するや

否《いな》や、いいつけられてきた通り、八方へ駈《か》け分《わ》けて、混乱に乗じて火を放った。また、火の手を見ると、これを関興《かんこう》、張苞《ちょうほう》の殺害が終《お》わった合図と早合点して、城門の兵は、内から門を開き、すぐそこまで来て待機していた孔明《こうめい》の蜀《しょく》軍をわざわざ招き入れてしまった。

全城の魏《ぎ》兵が殲滅《せんめつ》に遭ったことはいうまでもない。夏侯楙《かこうも》も防ぐに手だてなく、扈従《こじゅう》一隊を引き連れたのみで、からくも南の門から逃げ落ちた。

――が、退《の》き口《ぐち》ありと思われた南門の一道こそ、かえって先のふさがっている坑《あな》だったのである。行く間もあらせず、蜀《しょく》の一軍が、鼓声戟震《こせいげきしん》して道をはばみ、「孔明《こうめい》の麾下《きか》、牙門《がもん》将軍王平《おうへい》、待つこと久し」と呼ばわって掩《おお》い包《つつ》んだ。――腹心旗本、ことごとく討ち滅ぼされ、夏侯楙駙馬《かこうもふば》は手捕りになった。孔明《こうめい》は南安《なんあん》へ入城した。

法を出して民を安んじ、夏侯楙《かこうも》は檻車《かんしゃ》のうちに虜囚《りょしゅう》としておき、また諸大将を一閣に寄せて、その戦功を彰した。

宴となって、祝酒を分《わか》つと、その席上で鄧芝《とうし》が質問した。

「丞相《じょうしょう》には、どうして最初に、崔諒《さいりょう》の詐《いつわ》りを看《み》やぶられたのですか」

「心を以《もっ》て心を読む。さして難しい理由はない。直観して、この男、真に降伏したものではないと覚《さと》ったので、それ幸いにすぐ計に用いたまでのことに過ぎない」

「われわれも崔諒《さいりょう》の挙動を少し怪《あや》しいなと見ていたので、丞相《じょうしょう》が彼に命じて、彼の好む南安《なんあん》の城へやったときは、どうなることかと陰で心配していましたが、結果が分《わか》ってくると、さてはと皆思《おも》い当《あた》ったような次第でした」

「総じて、敵がわれを謀《はか》らんとするときは、わが計略は行いやすい、十中八、九はかならずかかるものだ。崔諒《さいりょう》に嘘《うそ》が見えたので、わざと彼を城中へやってみた。するとまた帰ってきたので、いよいよその詐《いつわ》りが城中で結ばれたことを知った。さらに、関興《かんこう》、張苞《ちょうほう》の同行を拒み得ず、渋々連れて行ったのも、彼が嘘《うそ》を構えていた証拠だし、こちらからいえば、彼の言を信じ切ったように思わせて、かえって、彼の嘘《うそ》を完全に利用するの謀計が、そう深く企《たく》まずに行い得た結果になったというものだ」

そう打ち明けてから、孔明《こうめい》はまた、自己の戦《いくさ》を評して、

「――ただ、こんどの計で、一つ功を欠いたものがある。それは天水城《てんすいじょう》の太守《たいしゅ》馬遵《ばじゅん》だ。彼にも同じような計を施してあるが、何としてか、城を出てこなかった。直ちに向《むか》って、天水《てんすい》もあわせ陥《おと》し、三郡の攻略を完璧にしなければならない」と、いった。

南安《なんあん》には呉懿《ごい》をとどめ、安定《あんてい》の守りに劉琰《りゅうえん》を派して、魏延《ぎえん》と交代させ、全軍の装備を新たにして、天水郡《てんすいぐん》へ進発した。

美丈夫姜維《びじょうふきょうい》

一

それよりも前に、天水郡《てんすいぐん》の太守《たいしゅ》馬遵《ばじゅん》は、宿将重臣を集めて、隣郡の救援について、議するところがあった。

主記の梁虔《りょうけん》がその時云《い》った。

「夏侯駙馬《かこうふば》は、魏《ぎ》の金枝玉葉《きんしぎょくよう》。すぐ隣にありながら、南安《なんあん》の危急を救わなかったとあれば、後に必ず罪に問われましょう。即刻兵を調えて、然《しか》るべき援護の策を取るべきでしょう」

ところへ魏《ぎ》軍の裴緒《はいしょ》という者が、夏侯楙《かこうも》の使いと称してきた。いうまでもなく、この男は、さきに安定《あんてい》の城主崔諒《さいりょう》の所へも訪れていた例の偽使者《にせししゃ》である。——が、馬遵《ばじゅん》はそれと知る由《よし》もなく、折も折なので早速対面した。

裴緒《はいしょ》は、汗に濡《ぬ》れた書簡を出して、ここでも、

「早々、後詰《うしろまき》して、孔明《こうめい》の軍を衝《つ》き給《たま》え」

と、安定城《あんていじょう》へ催促したのと同じ言葉で申し入れた。

書簡をひらいてみると、これも同文である。だが、夏侯楙《かこうも》の親書にまぎれもなく思われたので、馬遵《ばじゅん》は拝承して、

「まず、客屋に入って休み給《たま》え」

と、使者をねぎらい、重臣に諮《はか》っていると、裴緒《はいしょ》は翌朝ふたたび城へ来て、

「事急を要する非常の場合に、悠々ご評議で日を送っているようでは心許《こころもと》ない。ありのままを、夏侯楙駙馬《かこうもふば》へご報告申しておくゆえ、後詰あるもなきも、随意になさるがよい。それがしは先を急ぎますから、今朝《こんちょう》お暇《いとま》を申す」と半ば、威嚇的《いかくてき》に告げて、立ち去ろうとした。

馬遵《ばじゅん》もあわて、重臣も驚いた。後の祟《たた》りを怖《おそ》れるからである。で、直ちに兵を引いて急援に赴くことを裴緒《はいしょ》に約して、

「どうか、夏侯駙馬《かこうふば》へは、御前態《ごぜんてい》よろしくお願い申しあげる」

と、その場で、誓書《せいしょ》をしたためて、彼の手に託した。裴緒《はいしょ》は、尊大に構えて、

「よろしい。ではそのようにお伝えしておくが、安定郡《あんていぐん》の崔諒《さいりょう》は、すでに兵を出している時分。おくるることなく、直ちに、全軍の兵を発して、孔明《こうめい》のうしろを脅かされよ」

と、念を押して帰った。

廻文《かいぶん》はその日に発せられた。天水郡《てんすいぐん》の各地から、続々将兵が集まってくる。二日の後、勢揃《せいぞろ》いして、馬遵《ばじゅん》自身も、いよいよ城を出ようとした。

するると、その朝、城中の武将閣に着いていた郷土の諸大将の中から、ただ一人、その姿、胡蝶《こちょう》の可憐な美しさにも似たる若い一将が、ばらばらと駈《か》け出《だ》してきて、

「ご出陣無用、ご出陣無用」と、馬遵《ばじゅん》の駒を抑えて、懸命に遮った。

人々は、驚きさわいで、

「や、や。姜維《きょうい》が発狂したか」と見ていると、その若武者は、さらに、声を励まして、

「この城を出たがさいご、太守《たいしゅ》はふたたびこの城へお帰りになることができません。太守《たいしゅ》はすでに、孔明《こうめい》の計《はかりごと》に陥《おと》されておいでになる」と、身を挺《てい》して、諫《いさ》めつづけている。

年はまだ二十にも満たぬ紅顔《こうがん》の若武者である。その何者なるか、いかなる素姓の者かを知らぬ人々は、

「何者です？　あれは」と傍らの者に聞いていた。

同郷の者は、それへ語るに、

「彼はこの天水郡《てんすいぐん》冀城《きじょう》の人で、姜維《きょうい》、字《あざな》は伯約《はくやく》という有為《ゆうい》な若者です。父の姜冏《きょうけい》はたしか夷狄《いてき》の戦《いくさ》で討死《うちじに》したかと思います。ひとりの母に仕えて、実に孝心の篤《あつ》い子で、郷土の評判者でした。——また姜維《きょうい》の母もえらい婦人で、寒燈《かんとう》の夜おそく、物縫うかたわらにも、

つねに孤《みなしご》の姜維《きょうい》をそばにおいて、針の運びのあいだに、子の群書を読むを聞き、古今の史を教え、また昼は昼で耕しつつ武芸を励まし、兵馬を学ばせていたということです。

――子の姜維《きょうい》も天才というのでしょうか、年十五、六のときにはもう郷党の学者でも古老でも、彼の才識には、舌を巻いて、冀城《きじょう》の麒麟児《きりんじ》だといっていたほどですよ」

そんな噂《うわさ》なども交わされながら、人々が騒《ざわ》めき見ているうちに、彼方《かなた》の太守《たいしゅ》馬遵《ばじゅん》はついに出陣を見合わせたものか、駒をおりて、数多《あまた》の大将や一族の中に、姜維《きょうい》をも連れて、城閣の中へ戻ってしまった。

二

姜維《きょうい》は裴緒《はいしょ》に会ってもいないのであるが、裴緒《はいしょ》の偽《にせ》の使者であることは、天水《てんすい》の城へくると、すぐ看破していたのであった。

「およそ戦局を大観して、その首脳部の指揮者を察し、兵の動かし方を見ていれば、田舎《いなか》にいても、それくらいなことは分《わか》ります。――思うに孔明《こうめい》の計らんとするところは、太守《たいしゅ》を天水《てんすい》の城から誘い出して、途中に兵を伏せて撃滅を加え、一方、奇兵をこの城の留守へまわして、虚を襲い、内外同時に覆滅《ふくめつ》して、この一郡を占領しようというつもりでしょう。真《まこと》に見えすいた計略です」

彼は、馬遵《ばじゅん》とその一族へ向《む》かって、掌《てのひら》を指すように、敵の偽計を説いて教えた。馬遵《ばじゅん》は、げにもと悟って、

「もし姜維《きょうい》が、出陣を止めてくれなかったら、わしは目をふさがれて、敵の陥《おと》し穽《あな》へ歩いて行ってしまうところだった」と、今さらの如《ごと》く戦慄《せんりつ》して、彼の忠言に、満腔《まんこう》の謝意を表した。

年こそ若いが、姜維《きょうい》に対する馬遵《ばじゅん》の信頼は、そのことによって、古参の宿将も変《かわ》らない扱いを示して、

「きょうの危難はのがれたが、明日《あす》からの難には、いかに処したらいいであろう」

かまでを、姜維《きょうい》に問うようになった。

姜維《きょうい》は、城の背後《うしろ》を指さして、

「目には見えませんが、あの搦手《からめて》の裏山には、もう、蜀《しょく》軍がいっぱいに潜《ひそ》んでいましょう。――太守《たいしゅ》の軍が城を出たらその留守を狙《ねら》う用意をして」

「え？　伏兵がおるか」

「ご心配に及びません。――彼ノ計ヲ用イテ計《ハカ》ルハ彼ノ力ヲ以《モッ》テ彼ヲ亡《ホロ》ボス也《ナリ》――です。願わくは太守《たいしゅ》には、何もご存じない態《てい》で、ふたたびご出陣と触れ、城外五十里ほど進み、すぐまた、急にお城へ取って返して下さい。――そして私は別に五千騎を擁して、要害に

埋伏《まいふく》し、搦手《からめて》の山にある敵の伏兵が、虚に乗ってきたところを捕捉殲滅《ほそくせんめつ》します。——もしその中に孔明《こうめい》でもいてくれれば、こちらの思うつぼです。かならず生捕《いけど》りにせずにはおきません」

姜維《きょうい》の言は壮気凛々《そうきりんりん》だった。さはいえまだ紅顔《こうがん》の美少年といってもいい若武者、いかにその天質が人よりすぐれて武技兵法に通達する者にせよ、一城一郡の興廃を、かかる弱冠《じゃっかん》の者の一言に託すのは無謀であるという意見も、一族や侍臣《じしん》のうちにないこともなかったが、馬遵《ばじゅん》はふかく姜維《きょうい》に感じていたので、

「もし姜維《きょうい》の観察がまちがっていたところで、それが間違いなら何も味方にも損失はないことだ。ともあれ彼の献策を用いてみよう」と、ふたたび触れ出して、その日の午過《ひるす》ぎから出陣を開始し、南安城《なんあんじょう》の後詰《ごづめ》に行くと称《とな》えて、城外約三、四十里まで進んだ。一方、孔明《こうめい》の命をうけて、天水山《てんすいざん》のうしろの山に旗を伏せていた趙雲《ちょううん》の五千の兵は、馬遵《ばじゅん》が出陣した直後、

「城中は手薄、空家《あきや》も同じなるぞ。そこを踏み破って、一気に城頭へ蜀旗《しょくき》をひるがえせ」

と、搦手《からめて》の門へかかった。

すると、門の内で、全城を揺るがすばかりどっと笑う声がした。

「やや。城中にはまだだいぶ兵力が残っているぞ。留守と侮《あなど》って不覚すな」

趙雲《ちょううん》が励ましていると、もう続いてくる味方はない岩の山上から、鬨《とき》の声が起《おこ》り、あわやと、振り返っている間に、土砂、乱岩、伐木《ばつぼく》などが、雪崩《なだれ》の如《ごと》く落ちてきた。

「敵だ？」と、備えを改めるいとまもない。またたちまち一方の沢からも、鉦鼓《しょうこ》を鳴らして、一軍が奇襲してきた。さしもの趙雲《ちょううん》も狼狽《ろうばい》して、

「西の谷あいは広い。西の沢へ移れ」

と号令したが、同時に城中から射出した雨の如《ごと》き乱箭《らんせん》も加わって、早くも斃《たお》れる部下は数知れない。

「老朽の蜀将《しょくしょう》、逃げ給《たも》うな。天水《てんすい》の姜維《きょうい》これにあり」

呼ばわりつつ追いかけて来る一騎の若武者があるので、趙雲《ちょううん》が駒を止めてみると、まさに、花羞《はなはず》かしきばかりの美丈夫《びじょうふ》。

「討つも憐《あわ》れだが、望みとあれば――」と、趙雲《ちょううん》はほとんど一撃にと思ってこれを迎えたらしいが、この若者の槍法《そうほう》たるや、世の常の槍技《やりわざ》ではない。烈々火華《ひばな》を交えること四十余合、さすがに古豪趙子龍《ちょうしりゅう》も敵《かな》わじと思ったか、ふいに後ろを見せて逃げてしまった。

三

詐《いつわ》って城を出た馬遵《ばじゅん》は、城外三十里ほども来ると、後ろに狼烟《のろし》を見たので、すぐ全軍を

引っ返してきた。

すでに姜維《きょうい》の奇略に落ちて、さんざんに駈《か》け散《ち》らされた趙雲《ちょううん》の蜀《しょく》兵は、平路を求めて潰走《かいそう》してくると、ここにまた、馬遵《ばじゅん》の旋回《せんかい》して来るあって、腹背《ふくはい》に敵をうけ、完膚《かんぷ》なきまでに惨敗を喫した。ただここに蜀《しょく》の遊軍高翔《こうしょう》と張翼《ちょうよく》とが、救援に来てくれたため、辛《から》くも血路をひらき得て、趙雲《ちょううん》はようやく敗軍を収めることができた。

「見事、失敗しました。負けるのもこれくらい見事に負けると、むしろ快然たるものがあります」

孔明《こうめい》の顔を見るや否《いな》や、この老将は、衒気《げんき》でも負け惜しみでもなく、正直にそう云《い》った。

孔明《こうめい》は大いに驚いて、

「いかなる者がわが計略の玄機《げんき》を知ったろうか」

と、意外な容子《ようす》を示し、敵の姜維《きょうい》という若年の一将であると聞くと、なおさらに、

「姜維《きょうい》とはいったい何者か」と息をひそめて訊《き》いた。

彼と同郷の者があって、即座に素姓をつまびらかにした。

「姜維《きょうい》は、母に仕えて至孝。智勇人《ひと》にすぐれ、学を好み、武を練り、しかも驕慢《きょうまん》でなく、よく郷党に重んぜられ、また老人を敬い、まことに優しい少年です」

「少年？　まさか童子《どうじ》ではあるまい。幾歳になるか」

「多分、二十歳《はたち》を出てはいないはずです」

趙雲《ちょううん》もそれを裏書《うらがき》して、

「さよう。二十歳《はたち》をこえてはおるまい。身なりも小さく、胡蝶《こちょう》の如《ごと》き華武者《はなむしゃ》じゃった。それがしは年七十にも相成るが、まだ、今日まで、姜維《きょうい》のような槍《やり》の法を見たのは初めてである」

といった。

孔明《こうめい》は、舌を巻いて、

「天水《てんすい》一郡は、掌《たなごころ》にあると思っていたが、測《はか》らざりき。そのような英雄児が、この片田舎《かたいなか》にもあろうとは」

と、痛嘆して、自身、軍容をあらためて、他日、慎重に城へ迫った。

「およそ城攻めには、初めてかかる日をもっとも肝要とする。一日攻めて落ちず、二日攻めて落ちず、七日十日と日数を経れば経るほど落ち難くなるものだ。彼は信を増し、寄手《よせて》は士気を減じ、その疲労の差も加わってくるからである。——これしきの小城、兵《つわもの》どもの励みに乗せて、一気に踏みやぶれ」

先手、中軍、各部の部将にたいして、孔明《こうめい》はかく訓示して押し寄せた。

壕《ほり》をわたり、城壁にとりつき、先手の突撃はさかんなるものだった。けれど城中は寂《じゃく》として抗戦に出ない。すでに一手の蜀《しょく》軍は城壁高き所の一塁を占領したかにすら見えた。すると、轟音《ごうおん》一声、たちまち四方の櫓《やぐら》から矢石《しせき》は雨のごとく寄手《よせて》の上に降ってきた。なお壕《ほり》の附近にある兵の上には、大木大石が地ひびきして降ってきた。

昼の間だけでも、蜀《しょく》軍はおびただしい死傷者を壁下に積んだ。さらに、夜半の頃に及ぶや、四方の森林や民家は炎々たる焔《ほのお》と化し、鬨《とき》の声、鼓の音は、横にも後にも、城中に湧きあがり、四面まったく敵の火の環《わ》と鉦鼓《しょうこ》のとどろきになったかの思いがある。

「心憎き軍立《いくさだ》てではある。遺憾ながらわが兵は疲れ、彼の士気はいよいよ昂《たか》い。——如《し》かず、明日を期せん」

ついに孔明《こうめい》も総退却を令せざるを得なかった。彼自身も急に車を後ろへかえした。ときすでに遅し矣。

火蛇《かだ》の如《ごと》き焔《ほのお》の陣は、行く先々を遮った。それはことごとく敵の伏兵だった。今にして思えば、敵の大部分は城中になく、城外にいたのである。

退《ひ》くとなるや、蜀《しょく》勢はいちどに乱れ、一律の連脈ある敵の包囲下に、随所に捕捉され、殲滅《せんめつ》にあい、討たるる者、数知れなかった。

孔明《こうめい》自身の四輪車すら、煙に巻かれ、炎に迷い、あやうく敵中につつまれ絡《からま》るところを、関興《かんこう》、張苞《ちょうほう》に救われて、ようやく死中に一路を得たほどであった。

しかし、天まだ明けず、その行く先には、またまた、一面の火が長蛇の如《ごと》く彼方《かなた》の闇に横たわっていた。

四

「何者の陣か、見て来い」

と、孔明《こうめい》に命ぜられて、先へ駈《か》けて行った関興《かんこう》は、やがて立ち帰ってくると、

「あれこそ、姜維《きょうい》の勢です」と、告げた。

遠くその火光の布陣を望んでいた孔明《こうめい》は、嗟嘆《さたん》してやまなかった。

「さてこそ、凡《ただ》の軍立《いくさだ》てとは異なると思うていた。――おびただしき大軍のように見えるが、事実はさしたる兵数ではあるまい。ただ大将の軍配一つによってあのようにも見えるものだ」

左右へ語っているうちに、早くも火光は環《わ》を詰めて近づき、後ろからも、ばらばらと箭《や》が飛んできた。

「戦うな。わが備えはすでに破れた。ただ兵の損傷を極力少なくとどめて退却せよ」

孔明《こうめい》もひたすら逃げて、ようやく敵の包囲から脱した。

遠く陣を退《ひ》いて、さて、味方の損害を糺《ただ》してみると、予想外な傷手《いたで》を蒙《こうむ》っていたことが

分《わか》った。

戦えば必ず勝つ孔明《こうめい》も、ここに初めて、敗戦を知った。一方的勝利のみを克《か》ち獲《え》ていたのでは、真の戦争観もそれに奮《ふる》う力も生じてこない。

孔明《こうめい》は、われ自身を侮蔑《ぶべつ》するが如《ごと》く、唇をかんで呟《つぶや》いた。

「――思うに、一人の姜維《きょうい》にすら勝つことができない人間に、何で魏《ぎ》を破ることができようぞ」――と。

深思一番。彼はにわかに、安定郡《あんていぐん》の人をよんで、

「姜維《きょうい》は非常に親孝行であると聞いたが、その母はいま何処《いずこ》にいるか」

「いまも冀城《きじょう》におります」

「そうか。してまた、天水郡《てんすいぐん》の金銀兵糧を貯蔵してある土地は何処《いずこ》か」

「おそらくそれは上邽《じょうけい》の城だろうと思いますが」

後、孔明《こうめい》は、何か思う所あるらしく、魏延《ぎえん》の一軍をして冀城《きじょう》へ奔《はし》らせ、べつに趙雲《ちょううん》に命じて、上邽《じょうけい》を攻めさせた。

この沙汰《さた》が天水《てんすい》の城中へ響いてゆくと、姜維《きょうい》はかなしんで、太守馬遵《たいしゅばじゅん》に向《むか》い、

「私の母は、冀城《きじょう》にのこしてあります。もし敵に犯さるる時は、子たるものの道にそむきます。一面、冀城《きじょう》の急を救い、あわせて母の身を守りたいと思いますから、どうか私に三

千騎をさずけ、しばしこの本城を離るることをおゆるし下さい」と、ひれ伏して願った。魏延《ぎえん》

もちろんそれは許された。急に道をいそいで行く途中、魏延《ぎえん》の兵とぶつかったが、魏延は敢《あ》えて勝利を求めず逃げ散った。

冀城《きじょう》に至るや、姜維《きょうい》はすぐ家の母を守って、県城へたてこもった。また一方趙雲《ちょううん》は、上邽《じょうけい》の県城へ向《むか》ったが、ここへは天水《てんすい》から梁虔《りょうけん》が一軍をひきいて救いにきたので、これにもわざと負けて城へ通した。これらの予備作戦が、すべて孔明《こうめい》のさしずに依《よ》るものであることはいうまでもない。

かくて孔明《こうめい》は、南安《なんあん》に使いをやって、さきに捕《とら》えておいた魏《ぎ》の帝族たる虜将《りょしょう》夏侯楙《かこうも》駙《ふ》馬《ば》をこの地へ送らせた。

「駙馬《ふば》、御身《おんみ》は、いのちを惜しむか」

孔明《こうめい》に問われると、もとより宮中育ちで、父夏侯淵《かこうえん》とは似ても似つかぬ夏侯楙《かこうも》は、涙をたれて、

「丞相《じょうしょう》のお慈悲をもって、もし二つとない生命《いのち》をお助け下さるなら、大恩は忘れません」

と、いった。孔明《こうめい》はまた、

「実は、いま冀城《きじょう》にいる姜維《きょうい》から、儂《み》へ書簡をよこして、夏侯楙《かこうも》をゆるし給《たま》わるなら、某《それがし》も蜀《しょく》に降《くだ》らんと云《い》って参った。——で、いま御身《おんみ》を放つわけであるが、冀城《きじょう》へ行って、

すぐ姜維《きょうい》を伴ってくるか」

「お放し下さるものならよろこんで行って参ります」

孔明《こうめい》は彼に衣食を与え、また馬を供えて、陣地から放した。

夏侯楙《かこうも》は籠《かご》の鳥が青空へ放たれたように一騎で急いだ。するとその途中で、大勢の避難民に出会った。馬をとめて、その中の一名に彼がたずねた。

「おまえ達は、どこの百姓だ」

「冀城《きじょう》の民でございます」

「なぜ避難するのか」

「でも、県城を守っていた姜維《きょうい》は、蜀《しょく》に降伏してしまい、蜀《しょく》の魏延《ぎえん》の兵は、村々に火を放って、掠奪《りゃくだつ》するし、乱暴はやるしで、土地にいたくもいられません」

五

もとより夏侯楙《かこうも》は蜀《しょく》につく気は毛頭ない。放されたのを幸いに、魏《ぎ》へ逃げ帰る心だった。

「さては姜維《きょうい》はもう蜀《しょく》へ降伏して出たか。それでは冀城《きじょう》へ行っても仕方がない」

彼は急に道をかえて、天水城《てんすいじょう》へ向《む》って走った。その途中でも、たくさんな避難民を路傍に見かけた。それに訊《き》いてみても皆、異口同音《いくどうおん》に、姜維《きょうい》の寝返りと、蜀兵《しょく》の掠奪《りゃくだつ》を訴えること、初めに聞いたとおりであった。

「いよいよ姜維《きょうい》の変心は事実だ」

と信じて、夏侯楙《かこうも》は心も空に天水《てんすい》へ急ぎ、城下につくと、門を叩《たた》いて、

「われは駙馬《ふば》夏侯楙《かこうも》である。ここを開け」と、呼ばわった。

太守馬遵《たいしゅばじゅん》は、驚いて彼を迎え入れ、いったいどうして無事にお帰りあったかと訊《たず》ねた。

駙馬《ふば》は、仔細《しさい》を語った。

「憎むべきは姜維《きょうい》だ。彼の変心は疑いもない」と、憤った。

すると、梁緒《りょうしょ》は、断然、

「いま姜維《きょうい》が敵へ降《くだ》るなどということは信じられない。何かの誤聞《ごぶん》でしょう」

と云《い》い張《は》ったが、夜に入ると、蜀《しょく》の軍勢が四門を取り巻いて、柴《しば》を積み、火を放ち、かつ一人の将が先頭へ出て、

「城中の人々よ、よく聞け。この姜維《きょうい》は、夏侯駙馬《かこうふば》のお命を助けんものと、身を蜀《しょく》に売って、命乞いをいたしたのだ。各々《おのおの》もあたら命を無益に捨てず、われらと共に蜀《しょく》へ降《くだ》れ」

と、声を嗄《か》らして叫んでいた。

馬遵《ばじゅん》と夏侯楙《かこうも》が、矢倉の上から望み見ると、その甲《かぶと》といい馬といい年頃といい、姜維《きょうい》にはちがいないが、どうもいっていることは合点がゆかなかった。

「やあ、矢倉の上におわすは、夏侯駙馬《かこうふば》ではないか。御身《おんみ》より自分へ宛てて、蜀《しょく》へ降《くだ》れ、蜀《しょく》へ降《くだ》ってくれれば、予の一命が助かるのだと、再三の書面があったればこそ、かくいう姜維《きょうい》は身を蜀《しょく》へ投じたのに、何ぞはからん、その身一つ遁《のが》れて、すでにこの城に帰っていたか。――覚えていよ。この恨みは、弓矢で返すぞ」

城下の姜維《きょうい》は、罵《ののし》り罵《ののし》り攻めていたが、やがて暁近くなると、攻めあぐねたか、兵をまとめて引揚《ひきあ》げてしまった。

もちろんこれは、真物《ほんもの》の姜維《きょうい》ではない。年配骨格のふさわしい者を選んで孔明《こうめい》が仕立てた偽者であった。けれども夜中の乱軍中に壕《ほり》を隔てて見たことなので、馬遵《ばじゅん》にも夏侯楙《かこうも》にも真偽の見分けはつかなかった。そして大きな疑いを姜維《きょうい》に対して強めたことだけは否《いな》まれない。

一方、本物の姜維《きょうい》は、依然冀城《きじょう》にたてこもって、孔明《こうめい》の軍に囲まれていた。

ただ彼として、籠城《ろうじょう》に際して、最も大きな苦痛だったのは、事急のために、糧米を搬入するいとまがなく、冀城《きじょう》の内にも、わずか十日に足りない食糧しかないことだった。

ところが、城中から見ていると、毎日のように多くの車が、食糧を満載して、蜀《しょく》の輜《し》重隊《ちょうたい》に守られて城外の北道を通ってゆく。

「この上は、あれを奇襲して」

と、ついに意を決して、兵糧を奪いに出た。――これこそ姜維《きょうい》が孔明《こうめい》の手に落ちる一歩だったのである。

王平《おうへい》、魏延《ぎえん》、張翼《ちょうよく》などの伏兵に待たれて、姜維《きょうい》は二度と城へ帰ることができなかった。従えて出た手勢はことごとく討ちとられ、残る数十騎も、張苞《ちょうほう》の一陣を突破するうちほとんど死なせて、いまは彼ただ一騎となり、逃げるに道もなく、ついに天水城《てんすいじょう》へ奔《はし》ってしまった。

「それがしは冀城《きじょう》の姜維《きょうい》だ。無念ながら冀城《きじょう》はやぶれた。ここをお開け下さい」

城門の下に立って呼ぶと、意外にも矢倉の上から馬遵《ばじゅん》はこう罵《ののし》った。

「だまれっ。汝のうしろには、遠く蜀《しょく》の軍勢が見えるではないか。欺《あざむ》いて、門を開かせ、蜀《しょく》軍をひき入れん心であろう。――匹夫《ひっぷ》め、裏切者め、なんの顔容《かんばせ》あって、これへ来たか」

姜維《きょうい》は、仰天して、さまざまに事情を下から訴えたが、叫べば叫ぶほど、馬遵《ばじゅん》は怒って、

「昨夜はこれへ来て、旧主へ弓をひき、今朝はこれへ来て、口舌《こうぜつ》の毒策を試むるか。あの曲者《しれもの》を射ろ」

呶号《どごう》して、あたりの弓手《きゅうしゅ》を励ました。

「こは抑《そも》、いかなるわけか？」

と、呆《あき》れ惑《まど》いながら、姜維《きょうい》は眼に涙をたたえ、ぜひなく乱箭《らんせん》を避けて、長安《ちょうあん》のほうへ落ちのびて行った。

六

兵なく、城なく、今は巣のない鳥にも似ている姜維《きょうい》だった。ただ一人、長安《ちょうあん》をさして奔《はし》ること数十里、行くての先に、たちまち数千の軍馬を布《し》いて、道を阻《はば》めるものがあった。蜀《しょく》の大将、関興《かんこう》の軍勢である。

「ややや。もうこの方面へも敵が迫ったか」

身体は疲れ果て、心は悲愁《ひしゅう》。しかもただ一騎でもあるし、戦う術《すべ》もなく、馬を回《かえ》してべつな道へ急ぐと、またまた、一林の茂りをひらいて、

「来《きた》れるや姜維《きょうい》。何処《いずこ》へ行こうとするか」

口々に云《い》い囃《はや》し、鼓声《こせい》をそろえて、彼をつつんだ。

見れば、旗列を割って、一輛《いちりょう》の四輪車が此方《こなた》へ進んでくる。車上の綸巾鶴氅《りんきんかくしょう》の人も、羽扇《うせん》をあげて、しきりに呼びかけた。

「姜維《きょうい》姜維《きょうい》。なぜこころよく降参してしまわぬか。死は易《やす》し、生は難《かた》し、ここまで誠を尽《つく》せば、汝の武門には辱《はじ》はあるまい」

驚くべし、孔明《こうめい》のうしろには、いつのまにか、冀城《きじょう》にのこしていた彼の母が、輿《こし》に載せられて、大勢の大将に守られている。

うしろには、関興《かんこう》の一軍の迫るあり、前にはこの大軍であった。かつは、敵にとらわれた母の姿を見、姜維《きょうい》は胸ふさがって、馬を跳びおりるや否《いな》や大地にひれ伏し、すべて天意にまかせた。

すると孔明《こうめい》は、すぐ車をおりて、姜維《きょうい》の手をとり、姜維《きょうい》の母の側へつれて来た。そして母子《おやこ》を前にして彼は云《い》った。

「自分が隆中《りゅうちゅう》の草廬《そうろ》を出てからというもの、久しい間、つねに天下の賢才を心のうちでさがしていた。それはいささか悟り得た我が兵法のすべてを、誰かに伝えておきたいと思う希《ねが》いの上からであった。——しかるにいま御身《おんみ》に会い、孔明《こうめい》の日頃の願いが足りたような気がされる。以後、わが側にいて、蜀《しょく》にその忠勇を捧《ささ》げないか。さすれば孔明《こうめい》もまた報ゆるに、自分の蘊蓄《うんちく》を傾けて、御身《おんみ》に授け与えるであろう」

母子は恩に感じて泣きぬれた。すなわち姜維《きょうい》は、この日以来、孔明《こうめい》に師事し、身を蜀《しょく》に置くことになったのである。

伴って、本陣へ帰ると、孔明《こうめい》はあらためて姜維《きょうい》を招き、礼を厚うして訊《たず》ねた。

「天水《てんすい》、上邽《じょうけい》の二城を取るの法は如何《いか》に」

姜維《きょうい》は答えていう。

「一本の矢を射れば足りましょう」

孔明《こうめい》はにこと笑って、すぐかたわらの矢を取って渡した。姜維《きょうい》は筆墨を乞い、即座に、二通の書簡をしたためた。

彼の知る尹賞《いんしょう》と梁緒《りょうしょ》へ宛てたものである。姜維《きょうい》はそれを矢にくって、天水城《てんすいじょう》のうちへ射込んだ。

城兵が拾って、馬遵《ばじゅん》に見せた。馬遵《ばじゅん》は文意を見ると、驚きあわてて、それを夏侯楙駙馬《かこうもふば》に示し、

「この通り、城内の尹賞《いんしょう》、梁緒《りょうしょ》も姜維《きょうい》と通謀しています。どう処置いたしましょう」

「それは一大事だ。事の未然に知れたのは幸いだ。二人を刺し殺してしまえ」

すぐ使いを向けて、まず尹賞《いんしょう》を招いたが、尹賞《いんしょう》に誼《よし》みのある者が、その前に彼の邸《やしき》へ走ってこのことを告げた。

尹賞《いんしょう》は仰天して、すぐ友の梁緒《りょうしょ》を訪《おとな》い、

「犬死《いぬじに》をするよりは、いっそ城を開いて、蜀《しょく》軍を呼び入れ、孔明《こうめい》に随身しようではないか」

と、誘った。

すでに馬遵《ばじゅん》の命をうけた軍士が、邸《やしき》を包囲し始めたので、二人は裏門から逃げ出して、城門へ駈《か》け出《だ》した。

そして内から門を開き、旗を振って、蜀《しょく》軍を招いた。待ちかまえていた孔明《こうめい》は一令の下《もと》に、精鋭をくり込ませた。

夏侯楙《かこうも》と馬遵《ばじゅん》は、施す策もなく、わずか百余騎をひきいて、北門から逃げ出し、ついに羌胡《えびす》の国境まで落ちて行った。

上邽《じょうけい》の守将は、梁緒《りょうしょ》の弟梁虔《りょうけん》なので、これはやがて、兄に説伏されて、軍門へ降《くだ》ってきた。

ここに三郡の戡定《かんてい》も成ったので、蜀《しょく》は軍容をあらためて、大挙、長安《ちょうあん》へ進撃することになったが、それに先だって孔明《こうめい》は諸軍をねぎらい、まず降将梁緒《りょうしょ》を天水《てんすい》の太守《たいしゅ》に推し、尹賞《いんしょう》を冀城《きじょう》の令とし、梁虔《りょうけん》を上邽《じょうけい》の令に任じた。

「なぜ夏侯楙駙馬《かこうもふば》を追わないのですか」

諸将が問うと、孔明《こうめい》は云《い》った。

「駙馬《ふば》の如《ごと》きは、一羽の雁《かり》に過ぎない。姜維《きょうい》を得たのは、鳳凰《ほうおう》を得たようなものだ。千兵は得易《えやす》く、一将は得難《えがた》し。いま雁《かり》を追っている暇はない」

祁《き》山《ざん》の野《や》

一

蜀《しょく》軍の武威《ぶい》は大いに振《ふる》った。行くところ敵なきその形容はまさに、原書三国志《さんごくし》の記述に髣髴《ほうふつ》たるものがうかがわれる。

――蜀《ショク》ノ建興《ケンコウ》五年冬、孔明《コウメイ》スデニ天水《テンスイ》、南安《ナンアン》、安定《アンテイ》ノ三郡ヲ攻取《セメト》リ、ソノ威、遠近ヲ靡《ナビ》カセ、大軍スデニ祁《キ》山《ザン》ニ出《イ》デ、渭《イ》水《スイ》ノ西ニ陣取リケレバ、諸方ノ早馬洛陽《ラクヨウ》へ急ヲ告ゲルコト、霏々《ヒヒ》雪ノ飛ブガ如《ゴト》シ。

このとき魏《ぎ》はその国の大化《たいか》元年にあたっていた。

国議は、国防総司令の大任を、一族の曹真《そうしん》に命じた。

「臣は不才、かつ老齢で、到底その職を完《まっと》うし得るものでありません」

かたく辞退したが、魏《ぎ》帝曹叡《ていそうえい》はゆるさない。

「あなたは一族の宗兄、かつは先帝から、孤《みなしご》を託すぞと、親しく遺詔《いしょう》をうけておられるお方ではないか。夏侯楙《かこうも》、すでに敗れ、魏《ぎ》の国難迫る今、あなたがそんなことを仰せられては、誰が総大将になって赴《ゆ》くものがいましょうぞ」

王朗《おうろう》もともに云《い》った。

「将軍は社稷《しゃしょく》の重臣。ご辞退あるときではありません。もし将軍が征《ゆ》かれるならば、それがしも不才を顧みずお供して、命をすてる覚悟で共に大敵を破りましょう」

王朗《おうろう》の言にうごかされて、曹真《そうしん》もついに決意した。副将には郭淮《かくわい》が選ばれた。

曹真《そうしん》には、大都督《だいととく》の節鉞《せつえつ》を賜《たま》い、王朗《おうろう》は軍師たれと命ぜられた。王朗《おうろう》は、献帝《けんてい》の世より仕えて、年七十六歳であった。

長安《ちょうあん》の軍勢二十万騎、実に美々《びび》しい出陣だった。先鋒《せんぽう》の宣武《せんぶ》将軍曹遵《そうじゅん》は曹真《そうしん》の弟にあたる。その副先鋒《ふくせんぽう》の将は盪寇《とうこう》将軍朱讃《しゅさん》であった。

大軍すでに長安《ちょうあん》にいたり、やがて、渭水《いすい》の西に布陣した。

王朗《おうろう》がいった。

「いささか思うところがありますから、大都督《だいととく》には、明朝、大陣を展開して、旌旗《せいき》のもとに、威儀おごそかに、それがしのなすことを見ていて下さい」

「軍師には、何を計ろうとなされるか」

「白紙じゃ。何の計もない。ただ一舌のもとに、孔明《こうめい》を説破し彼の良心をして、魏《ぎ》に降伏させてみせる」

年八十にちかい老軍師は、何か深い自信をもって、意気すこぶる高いものがある。

翌朝。両軍は祁山《きざん》の前に陣を張った。山野の春は浅く、陽は澄み、彼我《ひが》の旌旗鎧甲《せいきがいこう》はけむり燦《かがや》いて、天下の壮観といえる対陣だった。

——三通《さんつう》の鼓《こ》が鳴った。

しばし剣箭《けんせん》を休めて、開戦にさきだち、一言なさんとの約声《やくせい》である。

「さすがは魏《ぎ》の勢、雄壮を極めている。さきの夏侯楙《かこうも》の軍立《いくさだ》てとは較《くら》べものにならない」

孔明《こうめい》は四輪車の上から、さも感じ入ったように眺めていた。そしてさっと門旗をひらくや、その車は、関興《かんこう》、張苞《ちょうほう》などに守られて、中軍を出《い》で、敵陣の正面に止まった。

「約によって、漢《かん》の諸葛丞相《しょかつじょうしょう》相これに臨めり。王朗《おうろう》、疾《と》く出《い》でよ」

彼方《かなた》へ向《むか》って呼ばわった。

魏《ぎ》軍の門旗は揺れうごいた。白髯《はくぜん》の人、黒甲錦袖《こっこうきんしゅう》をまとい、徐々、馬をすゝめて近づいてくる。すなわち七十六歳の軍師王朗《おうろう》である。

「孔明《こうめい》。わが一言を聞け」

「王朗《おうろう》なるか。めずらしくなお生ける姿を見たり。われに一言あらんとは何か」

「むかし、襄陽《じょうよう》の名士、みなご辺の名を口にいう。ご辺はもとより道を知る人、また天命の何たるかも知り、時の人の務《つと》めも所存あるはずだ。然《しか》るに、隆中《りゅうちゅう》に鍬《くわ》を持ち読《よ》み齧《かじ》れる白面《はくめん》の一書生が、多少、時流に乗ずるや、たちまち、雲を得たるかの如《ごと》く、かく無名の師《いくさ》をおこすとは何事ぞ」

「たれか無名の師《いくさ》という。われは勅をうけて、世の逆を討つ。漢《かん》の大臣、いずくんぞ、無用に民を苦しめんや」

「黄口児《こうこうじ》の口吻《こうふん》、ただ嗤《わろ》うておこう。なお聞け孔明《こうめい》、なんじは魏《ぎ》の大帝をさして暗にそのことばをなすのであろうが、天数は変あり、徳ある人に帰す。桓帝《かんてい》、霊帝《れいてい》このかた、四海《しかい》わかれて争い、群雄みな覇王《はおう》を僭称《せんしょう》す。ひとりわが太祖武帝《たいそぶてい》、民をいつくしみ、六合《りくごう》をはらい清め、八荒《はっこう》を蓆《むしろ》のごとく捲《ま》いて、ついに大魏国《たいぎこく》を建つ。四方みなその徳を仰ぎ、今日にいたるは、これ権をもって取るに非《あら》ず、徳に帰し、天命の然《しか》らしめたところである。――然《しか》るに、汝の主、玄徳《げんとく》はどうであったか」

二

由来、王朗《おうろう》は博学をもって聞《きこ》え、大儒《たいじゅ》の風もありといわれ、魏《ぎ》の棟梁《とうりょう》たる経世《けいせい》武略《ぶりゃく》の人物として、名はあまねく天下に知れていた。

いま、戦端に先だって、その王朗《おうろう》は、自負するところの弁をふるって、ここに陣頭の大論戦を孔明《こうめい》に向《む》って挑んだのである。

冒頭、彼のまず説く所は、魏《ぎ》の正義であった。また、その魏《ぎ》を興《おこ》した太祖《たいそ》曹操《そうそう》と、蜀《しょく》の玄徳《げんとく》とを比較して、その順逆を論破し、曹操《そうそう》が天下万邦の上に立ったのは、堯《ぎょう》が舜《しゅん》に世をゆずった例と同じものので、天に応じ人に従ったものであるが、玄徳《げんとく》にはその徳もないのにかかわらず、ただ自ら漢朝《かんちょう》の末裔《まつえい》だなどという系図だけを根拠として、詭計《きけい》偽善をもっぱらとして蜀《しょく》の一隅を奪って今日を成したものに過ぎない。これは現下の中国の人心に徴《ちょう》しても明らかな批判である——というのであった。

彼はなお舌戦の気するどく、大論陣をすすめて、その玄徳《げんとく》のあとをうけて、これに臨むところの孔明《こうめい》その者に向《むか》っては、舌鋒を一転して、

「——ご辺もまた、玄徳《げんとく》の偽善にまどわされ、その過《あやま》れる覇道《はどう》にならって、自己の大才を歪《ゆが》め、みずから古《いにしえ》の管仲《かんちゅう》、楽毅《がっき》に比せんなどとするは、沙汰《さた》のかぎり、烏滸《おこ》なる児言《じげん》、世の笑い草たるに過ぎぬ。真に、故主の遺言にこたえ、蜀《しょく》の孤《みなしご》を大事と思わば、なぜ伊《い》尹《いん》、周公《しゅうこう》にならい、その分を守り、自らの非を改め、徳を積み功を治世に計らぬか。——ご辺が遺孤《いこ》を守る忠節は、これを諒《りょう》とし、これを賞《ほ》めるに吝《やぶさ》かでないが、依然、武力を行使し、侵略を事とし、魏《ぎ》を攻めんなどとする志を持つに至っては、まさに、救うべからざる好乱《こうらん》の賊子、蜀《しょく》の粟《ぞく》を喰《くら》って蜀《しょく》を亡《ほろ》ぼす者でなくてなんぞ。——それ古人もいって

いる。天ニ従ウ者ハ昌《サカン》ニシテ、天ニ逆《サカ》ラウ者ハ亡《ホロ》ブ――と。今わが大魏《たいぎ》は、雄士百万、大将千員、むかうところの者は、たちまち泰山《たいざん》をもって鶏卵を圧《お》すようなものである。量るに、汝らは腐草《ふそう》の蛍火《けいか》、明滅みな実《じつ》なし、いかでわが皎々《こうこう》たる天上の月照に及ばんや」と、ほとんど息をつかずに論じたてて、最後に、

「身、封侯の位を得、蜀主《しょくしゅ》の安泰を祈るなれば、はやはや甲《よろい》を解き、降旗をかかげよ。然《しか》るときは、両国とも、民安く、千軍血を見るなく、共に昭々の春日《しゅんじつ》を楽しみ得ん。――また、否《いな》とあれば、天誅《てんちゅう》たちまち蜀《しょく》を懲《ちょう》し、蜀《しょく》の一兵たりと、生きて国には帰すまいぞ。その罪みな汝の名に受くるものである。孔明《こうめい》、心をしずめてこれに答えよ」

と云《い》い結《むす》んだところは、実《げ》に噂《うわさ》にたがわず、堂々たるものであり、また魏《ぎ》の戦いの名分を明らかにしたものだった。

敵味方とも鳴りをしずめ、耳をかたむけていたが、特に、蜀《しょく》の軍勢までが、道理のあることかな――と、声には出さぬが、嗟嘆《さたん》してやまない容子《ようす》であった。

心ある蜀《しょく》の大将たちは、これは一大事だと思った。敵側の弁論に魅惑されて、蜀《しょく》の三軍がこう感じ入っているような態《てい》では、たとい戦いを開始しても勝てるわけはない。

――孔明《こうめい》がどういうか、何と答えるか。

かたわらに立っていた馬謖《ばしょく》のごときも、心配そうな眼をして、車上の孔明《こうめい》の横顔を見て

いた。

「…………」

孔明《こうめい》は、山より静かな姿をしている。終始、黙然《もくねん》と微笑をふくんで。

馬謖《ばしょく》は思い出していた。むかし季布《きふ》という口舌《こうぜつ》の雄が、漢《かん》の高祖《こうそ》を陣頭で論破し、ついにその兵を破り去った例がある。——王朗《おうろう》の狙《ねら》っているのはまさにその効果だ。はやく孔《こう》明《めい》が何とか論駁《ろんばく》してくれればよいが——とひそかに焦躁《しょうそう》していると、やがて孔明《こうめい》は、おもむろに口を開いて、

「申されたり王朗《おうろう》。足下《そっか》の弁やまことによし。しかしその論旨は自己撞着《じこどうちゃく》と偽瞞《ぎまん》に過ぎず、聞くにたえない詭弁《きべん》である。さらばまず説いて教えん」と、声すずしく云《い》い返《かえ》した。

「汝はもと漢朝《かんちょう》の旧臣、魏《ぎ》に寄食して、老朽の脂肉《しにく》を養うとも、心のそこには、なおいささかの良心でもあろうかと、はじめは敬老の念を以《もっ》て対したが、はからざりき、心身すでに腐れ果て、今のごとき大逆《たいぎゃく》の言を平気で吐こうとは。——あわれむべし。壮年の英才も、魏《ぎ》に飼われて遂にこの駄馬となり果てたか、ひとり汝にいうは張り合いもない。両国の軍勢も、しばししずかにわが言を聴け」

三

理は明晰《めいせき》に、声は朗々、しかも何らの奇矯《ききょう》なく、激するなく、孔明《こうめい》は論じつづけた。

「かえりみるに、むかし桓帝《かんてい》、霊帝《れいてい》はご微弱におわせられ、為に、漢統《かんとう》ようやく紊《みだ》れ、奸《かん》臣《しん》はびこり、田野《でんや》年々凶をかさね、ここに諸州騒乱して、ついに乱世の相《すがた》を現《あら》わした。――後、董卓《とうたくい》出でて、ひとたび治まるも、朝野《ちょうや》の議をみだりに私《わたくし》なし、四寇《しこう》の乱、ついで起《おこ》り、あわれ漢帝《かんてい》を民間に流浪《るろう》させ参らせ、生民《せいみん》を溝壑《こうがく》に追い苦しむ」

孔明《こうめい》はことばを休めた。

内に情を抑え、外に平静を保たんとするものの如《ごと》く、そっと両の袖を払い直し、羽扇《うせん》を膝《ひざ》に持ち直して、さらに語をついだ。

「――偲《しの》ぶも涙、口にするも畏《おそ》れ多《おお》い。その頃の有様といえば、廟《びょうどう》堂人あるも人なきに似、朽ち木を組んで宮殿となし、階陛《かいへい》すべて落ち葉を積み、禽獣《きんじゅう》と変《かわ》りなき吏に衣冠させて禄《ろく》を喰《く》らわしめ、議廟《ぎびょう》もまた、狼心狗走《ろうしんくそう》のともがら、道を口に唱え、腹に利を運ぶための場所でしかなかった。――奴顔婢膝《どがんひしつ》の徒、あらそって道にあたり、まつりごと私《わたくし》に摂《と》る。――かくて見よ、世の末を。社稷《しゃしょく》をもって丘墟《きゅうきょ》となし、万民の生霊を塗炭《とたん》となして、それを傷《いた》む真の人はみな野にかくれ――王朗《おうろう》よ、耳の垢《あか》をのぞいて、よく聞かれい」

孔明《こうめい》は声を張った。

その声は雲雀《ひばり》のように、高く天にまで澄んで聞《きこ》えた。

「滔々《とうとう》、濁世《だくせ》のとき、予は若き傷心を抱き、襄陽《じょうよう》の郊外に屈居して、時あらん日を天に信じ、黙々、書を読み、田を耕しつつあったことは、さきに汝がいった通りにちがいない。

――しかし当時の人、みなひそかに、切歯扼腕《せっしやくわん》、ときの朝臣と為政者の腐敗堕落を怒らざるはなかった。――我もとよりよく汝を知る。汝は世々東海《とうかい》の浜《ひん》にいて、家祖みな漢朝《かんちょう》の鴻恩《こうおん》をこうむり、汝また、はじめ孝廉《こうれん》にあげられて朝《ちょう》に仕え、さらに恩遇をたまわりてようやく人と為《な》る。――しかも朝廟《ちょうびょう》あやうき間、献帝《けんてい》諸方に流浪《るろう》のうちも、いまだ国を匡《ただ》し、奸《かん》をのぞき、真に宸襟《しんきん》を安めたてまつれりという功も聞かず、ひとえに時流をうかがい権者に媚《こ》び、賢《さか》しげの理論を立てて歪曲《わいきょく》の文を作り、賊子が唱えて大権を偸《ぬす》むの具に供す。それを売って栄爵を購《あがな》い、それに依《よ》って華殿美食の生を、今日七十六歳の高齢まで保ち来たれる一怪物。正にそれは汝王朗《おうろう》ではないか。たとえわれ蜀《しょく》の総帥《そうすい》たらずとも、世の一民として、汝のその肉を啖《くら》い、血を犬鶏《けんけい》に与うるも、なおあきたらぬ心地さえする。

――しかるに、幸いにも、天、孔明《こうめい》を世に出《いだ》し給《たも》うは、天なお漢朝《かんちょう》を捨て給《たま》わぬしるしである。われ今勅を畏《かしこ》み、忠勇なるわが蜀兵《しょく》と、生死をちこうてここ祁山《きざん》の野《や》に出たり。汝はこれ諂諛《てんゆ》の老臣、まこと正邪をあきらかにし、一世を光明にみちびくの大戦は、汝の得意とする世渡り上手の手先や口先で勝てるものではない。家にひそんで食をむさぼり老《ろう》欲《よく》に耽《ふけ》りてあるなら助けもおくべきに、何とて、似あわしからぬ鎧甲《がいこう》を粧《よそお》いて、みだりにこの陣前へはのこのこ、さばり出たるか。それだけでも、あっぱれ天下の見世物なるに、この野に死屍《しかばね》をさらし、なんの面目あって、黄泉《こうせん》の下《もと》、漢皇《かんこう》二十四帝にまみえるつもりであるか。退《すさ》れっ、老賊」

凜々《りんりん》たる終《お》わりの一喝《いっかつ》は、矢のごとく、論敵の肺腑《はいふ》をつらぬいたかのように思われた。

結論的には、漢朝《かんちょう》に代《か》わるべく立った蜀《しょく》朝廷と魏《ぎ》朝廷とのいずれが正しいかになるが、要するに、その正統論だけでは、魏《ぎ》には魏《ぎ》の主張があり、蜀《しょく》には蜀《しょく》の論拠があって、これは水掛け論に終《お》わるしかない。

で、孔明《こうめい》はもっぱら理念の争いを避けて衆の情念を衝《つ》いたのである。果たして、彼がことばを結ぶと、蜀《しょく》の三軍は、わあっと、大呼を揚げてその弁論を支持し、また自己の感情を、彼の言説の上に加えた。

それに反して、魏《ぎ》の陣は、唖《おし》のごとく滅入《めい》っていた。しかもまた、当の王朗《おうろう》は、孔明《こうめい》の痛烈なことばに、血《ち》激し、気塞《きふさ》がり、愧入《はじい》るが如《ごと》く、うつ向いていたと思われたが、そのうちに一声、うーむと呻《うめ》くと、馬の上からまろび落ちて遂に、そのまま、息絶えてしまった。

四

孔明《こうめい》は羽扇《うせん》をあげて、次に、敵の都督曹真《ととくそうしん》出でよ、と呼び出し、

「まず王朗《おうろう》の屍《かばね》を後陣へ収めるがよい。人の喪《も》につけ入って、急に勝利を得んとするような我ではない。明日、陣を新たにして決戦せん。――汝よく兵をととのえて出直して来れ」

と告げて、車をかえした。

力とたのむ王朗《おうろう》を失って、曹真《そうしん》は、序戦にまず気をくじいてしまった。

副都督郭淮《ふくとくかくわい》は、それを励ますべく、必勝の作戦を力説してすすめた。

曹真《そうしん》も心をとり直し、さらばと、その密なる作戦の備えにかかった。

孔明《こうめい》はその頃、帷《とばり》の内へ、趙雲《ちょううん》と魏延《ぎえん》を呼び入れて、

「ふたりして、兵をそろえ、魏《ぎ》陣へ夜襲をしかけよ」と、命じていた。

魏延《ぎえん》は、孔明《こうめい》の顔を見ながら、

「恐らく不成功に終《おわ》るでしょう。曹真《そうしん》も兵法にかけては一《ひと》かどの者ですから、自陣の喪《も》にあるを衝《つ》いて、蜀《しょく》が夜襲に出てくるだろうぐらいな用意はしているにちがいありません」

孔明《こうめい》はその言に対して訓《おし》えた。

「こちらの望みは、彼がこちらの夜襲あることを知るのをむしろ希《ねが》うものだ。――思うに曹真《そうしん》は、祁山《きざん》のうしろに兵を伏せ、蜀《しょく》の夜襲をひき入れて、その虚にわが本陣を急突して、一挙に撃砕せんものと、今や鳴りをひそめているにちがいない。――で、わざとご辺たちを彼の望みどおりに差し向けるのである。途中、変あらばすぐこうこうせよ」と、何かささやいた。

次いで、関興《かんこう》、張苞《ちょうほう》のふたりへ、おのおの一軍を与えて、祁山《きざん》の嶮岨《けんそ》へさし向け、後また、馬岱《ばたい》、王平《おうへい》、張嶷《ちょうぎ》の三名には、べつに一計をさずけて、これは本陣附近に埋伏《まいふく》させておいた。

かくとは知らぬ魏《ぎ》軍は、大将曹遵《そうじゅん》、朱讃《しゅさん》などの二万余騎を、ひそかに祁山《きざん》の後方へ迂回させておいて、蜀《しょく》軍の動静をうかがっていた。

――すると、たちまち、

「敵の関興《かんこう》、張苞《ちょうほう》の二軍が、蜀《しょく》陣を出て、味方の夜討ちに向《む》かった」という情況が伝わったので、曹遵《そうじゅん》らは、しすましたりと、作戦の思うつぼに入ったことを歓《よろこ》びながら、いよいよその事実を知るや、突如山の蔭《かげ》を出て、蜀《しょく》の本陣を急襲した。

敵の裏を掻《か》いて、その手薄な留守を衝《つ》こうとしたものである。ところが、孔明《こうめい》は、すでに、その裏の裏を掻《か》いていたのだった。

わあっと、潮《うしお》の如《ごと》き吠《ほ》え鳴《な》りを揚げて、魏《ぎ》の勢が、蜀《しょく》本陣へ突入して見ると、柵の四門に旗風の見えるばかりで、一兵の敵影も見えない。のみならず、たちまち山と積んである諸所の柴《しば》がバチバチと焔《ほのお》を発し、火炎天をこがし地を沸《たぎ》らせた。

朱讃《しゅさん》、曹遵《そうじゅん》の輩《ともがら》は、

「すわ。敵にも何か計があるぞ。退《ひ》けや、退《ひ》けや」

声を嗄《か》らして叱咤《しった》したが、どうしたわけか、魏《ぎ》の勢はすこしも退かず、かえって逆に、好んで炎の中心へ押しなだれて来た。

それもその筈《はず》、すでに魏《ぎ》兵のうしろには、いたるところ、蜀《しょく》軍が馳《か》け迫《せま》って、烈《はげ》しくその隊尾から撃滅の猛威を加えていたのである。

蜀《しょく》の馬岱《ばたい》、王平《おうへい》などに加えて、夜襲に向《むか》った筈《はず》の張嶷《ちょうぎ》、張翼《ちょうよく》なども急に引っ返してきて、後方を断ち、そしてほとんど、全魏《ぎ》軍を袋の鼠《ねずみ》としてしまったのである。

曹遵《そうじゅん》、朱讃《しゅさん》の勢は、したたかに討たれ、また炎の中に焼け死に踏みつぶされる者も数知れなかった。そしてこの二人の大将すらわずか数百騎をつれたのみで、からくも逃げ帰ったほどだった。

しかもまた、その途中にも、趙雲《ちょううん》の一手が道を遮って、なお完膚《かんぷ》なきまで、殲滅《せんめつ》を期すものあり、さらに、魏《ぎ》の本陣へ戻って見れば、ここも関興《かんこう》、張苞《ちょうほう》の奇襲に遭って、総軍潰乱《かいらん》を来《きた》しているという有様である。何にしても、この序戦は、惨澹《さんたん》たる魏《ぎ》の敗北に始まって全潰《ぜんかい》状態に終《おわ》り、大都督《だいとと》曹真《くそうしん》もやむなく遠く退《ひ》いて、おびただしい負傷者や敗兵を一《いっ》たん収め、全編隊の再整備をなすのやむなきに立《た》ち到《いた》った。

西部第二戦線《せいぶだいにせんせん》

一

当時、中国の人士が、西羌《せいきょう》の夷族《いぞく》と呼びならわしていたのは、現今の青海省《せいかいしょう》地方——いわゆる欧州と東洋との大陸的境界の脊梁《せきりょう》をなす大高原地帯——の西蔵《チベット》人種と蒙古《もうこ》民族との混合体よりなる一王国をさしていったものかと考えられる。

さて。

その西羌《せいきょう》王国と魏《ぎ》とは、曹操《そうそう》の世代から交易もしていたし、彼より貢物《こうもつ》の礼をとっていた。異種族が最も光栄として喜ぶ位階栄爵などを朝廷の名をもって彼に贈与してあるので、それを恩としているものだった。

時に、魏の叡帝《えいてい》は、曹真《そうしん》が祁山《きざん》における大敗を聞いて、孔明《こうめい》の大軍の容易ならざる勢力を知り、遠く、使いを派して、西羌《せいきょう》の国王徹里吉《てつりきつ》に対し、

——高原の強軍を起《おこ》して孔明《こうめい》の、うしろを脅かし、西部の境に、第二戦線を張られたし。

と、教書をもって、これに行動をうながした。

同時に、曹真《そうしん》からも、同じ目的の使いが入国した。おびただしい重宝珍器の手土産《てみやげ》が、羌《きょう》の武相越吉元帥《ぶしょうえつきつげんすい》と、宰相の雅丹《がたん》などに贈られた。

「曹操《そうそう》以来、恩のある魏《ぎ》国の大難です。嫌《いや》とは断《こと》われますまい」

両相の建議によって、国王徹里吉《てつりきつ》は、直ちに、羌《きょう》軍の発向をゆるした。

雅丹《がたん》宰相、越吉元帥《えつきつげんすい》は、二十五万の壮丁《そうてい》を集合して、やがて東方の低陸へ向《むか》って進み出した。

西羌《せいきょう》の高原を下るや、黄河《こうが》、揚子江《ようすこう》の上流をなす清流が山と山の間をうねり流れている。黄河《こうが》の水も揚子江《ようすこう》の水も、大陸へ流れ出ると、真黄色に濁っているが、このあたりではそう濁りもない清澄《せいちょう》な谷川であった。

平和に倦《う》んでいた高原の猛兵は、孔明《こうめい》の名を聞いても、どれほどな者か知らなかったし、その武器は、夷《えびす》には似ず精鋭だったので、ほとんどすでに蜀《しょく》軍を呑《の》んでいるような気概で

それへ臨んでゆくのであった。

欧州、土耳古《トルコ》、埃及《エジプト》、などの西洋との交流が頻繁《ひんぱん》で、その文化的影響を、中国大陸よりも逆に早くうけていたこの羌族《きょうぞく》軍は、すでに鉄《くろがね》で外套《がいとう》した戦車や火砲を持ち、またアラビヤ血種の良い馬を備え、弓弩《きゅうど》槍刀《そうとう》もすべて優《すぐ》れていたといわれている。

軍中の荷駄《にだ》には駱駝《らくだ》を用い、またその上に長槍《ながやり》をひっさげてゆく駱駝隊《らくだたい》もあった。駱駝《らくだ》の首や鞍《くら》には、沢山《たくさん》な鈴をさげ、その無数の鈴の音と、鉄戦車の轍《わだち》の音は、高原兵の血をいやが上にも昂《たか》ぶらせた。かくてこの大軍が、やがて蜀《しょく》境の西平関《せいへいかん》（甘粛省《かんしゅくしょう》）へ近づいていた頃、寝耳に水、いま祁山《きざん》と渭水《いすい》のあいだに在る孔明《こうめい》の所へ、

「西部の動きただならず、急遽《きゅうきょ》、援軍を仰ぐ」との早馬があった。

孔明《こうめい》もこれには、はたと色をかえて考えこんだ。そして、

「誰をか向けん？」と、つぶやいたのを聞いて、関興《かんこう》、張苞《ちょうほう》のふたりは、

「われらをこそ」と、希望して出た。

事は急だし、道のりはある。しかも電撃戦を以《もっ》て、一挙に決し去らぬことには、総軍の不利いうまでもない。

それには、この若手こそ屈強だが、二人とも西部地方の地理は不案内である。で、孔明《こうめい》は、西涼州《せいりょうしゅう》出身の馬岱《ばたい》をこれに添えて、五万の兵を分《わか》ち、明日ともいわず出発させた。

驟雨《しゅうう》の低雲が曠野《こうや》を馳《は》せてゆくように、援軍は西進してたちまち、羌《きょう》軍の大部隊と相《あい》対した。

「羌《きょう》軍は驚くべき装備をもっている。あれを破るのはたいへんだ」

まず高地に立って、敵勢を一望して来た関興《かんこう》は、舌を巻いた容子《ようす》で、馬岱《ばたい》と張苞《ちょうほう》にむかい、

「鉄車隊とでもいうか、鋼鉄をもって囲んだ戦車をつらねている。鉄車のまわりには、各箇、針鼠《はりねずみ》のように釘《くぎ》の如《ごと》き棘《とげ》を一面に植え、中に兵が住んでいる。どうしてあれを撃滅できようか。容易ならない強敵だ」と、溜息《ためいき》ついて話した。

二

「関興《かんこう》にも似気《にげ》ないではないか」と、馬岱《ばたい》はかえってその言を嗤《わら》い、

「――まだ一戦もせぬうちから敵に気を呑《の》まれてどうするか。ともあれ明日は一戦《ひといくさ》して、彼の実力のほどを試みてみよう。評議はその上のことでいい」

と、励ました。

しかし翌日の合戦には、反対に蜀《しょく》軍のほうがさんざんに敵の羌《きょう》軍に試されたり翻弄《ほんろう》されてしまった。

その敗因は、何といっても、羌《きょう》軍の持っている鉄車隊の威力だった。その機動力の前には、軍の武勇もまったく歯が立たない。

騎馬戦や歩兵戦では絶対に優勢だったが、羌《きょう》軍は負け色立つと見るや鉄の針鼠《はりねずみ》を無数に繰り出して縦横に血の軌《わだち》をえがき、むらがる蜀《しょく》兵を轢《ひ》き殺《ころ》しつつ、車窓から連弩《れんど》を射放って、敵中無碍《むげ》に走《はし》り廻《まわ》るのであった。

そのとき羌《きょう》の越吉元帥《えつきつげんすい》は、手に鉄鎚《てっつい》をひっさげ、腰に宝鵰《ほうちょう》の弓をかけ、悍馬《かんば》をとばして陣頭にあらわれ、羌《きょう》の射撃隊は弓をならべて黒鵰《くろたか》の矢を宙も晦《くら》くなるほど射つづけてくる。

ために、蜀《しょく》兵の潰滅《かいめつ》は、全面に及んで、しかも随所個々に殲滅《せんめつ》され、関興《かんこう》のごときは、わけて敵に目ざされて、終日、退路を走り惑い、あやうく越吉元帥《えつきつげんすい》の鉄鎚《てっつい》に砕かれるような目に幾度も遭った。

さきに本陣へ帰っていた馬岱《ばたい》と張苞《ちょうほう》は、夜に入っても関興《かんこう》がもどって来ないので、

「ついに乱軍のなかで討死《うちじに》を遂《と》げたか」と半ば、絶望していたほどである。すると関興《かんこう》は夜更《ふ》けて、ただ一騎、満身血と襤褸《つづれ》になって引き揚げてきたが、

「きょうほど恐《おそ》ろしい目に遭ったことはない」

と、肚《はら》の底から羌《きょう》軍の猛威を述懐した。

そして、途中、一つの澗《たに》のそばで、危うく敵の越吉元帥《えつきつげんすい》の部下に取り巻かれ、すでに討《うち》死《じに》をとげるところだったが、ふしぎにもその時、空中に父関羽《かんう》の姿が見えるような気がして、にわかに百人力を得て、一方の血路を斬《き》りひらき、あとは無我夢中でこれまで逃げてきた——と、平常の彼にも似あわず、心から自己の惨敗を認めて話した。

「いや、足下《そっか》だけの敗戦ではない。われわれの隊もみな大敗をうけた。兵力の損傷は実に半数にものぼっているだろう。この責任は共に負うべきだ」

馬岱《ばたい》は云《い》ったが、張苞《ちょうほう》はただ口惜《くや》し涙《なみだ》をこすっている。しかもまた、明日の戦《いくさ》に、何らこの頽勢《たいせい》をくつがえすべき策も自信もなかった。

「所詮《しょせん》、かなわぬことを知って、なおこれ以上ぶつかってゆくのは勇に似て勇ではない。それがしは、敗軍をとりまとめ、要害の地に退いて、ひとまず敵を支えているから、貴公たち二人は、大急ぎで祁山《きざん》へゆき、諸葛丞相《しょかつじょうしょう》にまみえて、いかにせばよろしいか、丞《じょう》相《しょう》のご意見を求めてきてくれ。……それまでは、守るを主として、一ヵ月や一ヵ月は、石にしがみついても頑張っておるから」

馬岱《ばたい》はそういった。

関興《かんこう》と張苞《ちょうほう》にも、今はそれしか考えられない、で二人は、夜を日についで、祁山《きざん》へいそいだ。

ここ祁山《きざん》での序戦には、蜀《しょく》軍の上に、赫々《かっかく》たる祝福があったものの、さきに多大の兵力を西部方面へ割《さ》き、いままた、その大敗を聞いて、孔明《こうめい》の眉《まゆ》には、ただならぬ不安と焦躁の陰がうごいた。

かかるときこそ将帥の判断ひとつが将来にその大勢を決する重大なわかれ目となるものであろう。孔明《こうめい》は一夜をおいてすぐ次の日、

「いまこの祁山《きざん》においては、曹真《そうしん》は守勢にあり、我は戦いの主導権を握っている。すなわち我戦わずんば彼も動かずという状態にあるところゆえ、諸将はよくわが留守を守れ。そして好んで策を用い敵を刺戟《しげき》してはならぬ」

そう云《い》い渡《わた》して、自ら西平関《せいへいかん》へ向《むか》う旨を告げた。新たに調えた軍勢三万余騎のうちに、姜維《きょうい》、張翼《ちょうよく》の両将を加え、また関興《かんこう》、張苞《ちょうほう》も率《ひ》き具《ぐ》して、急援に馳《は》せたのであった。

かくて西平関《せいへいかん》に着くや、孔明《こうめい》は、直ちに出迎えた馬岱《ばたい》を案内として、高地にのぼり、羌《きょう》軍の軍容を一眄《いちべん》した。そしてかねて聞く無敵鉄車隊の連陣をながめると、呵々《かか》と一笑し、

「量るに、これはただ器械の力。これしきの物を持つ敵を破り得なくてどうしよう。姜維《きょうい》はどう思うか」

と、傍らを見てたずねた。

三

姜維《きょうい》は、言下に答えて、

「敵には、勇があっても、智略がありません。また、器械力があっても、精神力はないものです。丞相《じょうしょう》の指揮とわが蜀《しょく》兵の力で破れなかったらむしろ不思議でしょう」

といった。

孔明《こうめい》はわが意を得たるものとしてうなずいた。――そして山を降りて、陣営に入ると、諸将を会して、こう語った。

「いま彤雲野《とううんや》に起《おこ》って、朔風《さくふう》天に雪をもよおす。まさにわが計を用うべき時である。姜維《きょうい》は一軍をひきいて敵近く進み、予が紅《くれない》の旗をうごかすのを見たら急に退《ひ》け。……そのほかの将には、後刻なお告げるところがあろう」

すなわち姜維《きょうい》は誘導戦法の先手となって羌《きょう》軍へ近づいたのである。――と見るや越吉元《えつきつげん》帥《すい》の中軍は、例の鉄車隊を猛牛の如《ごと》く押しすすめ、姜維《きょうい》の勢を席巻《せっけん》せんとして来た。

姜維《きょうい》の勢は、引っ返し、また踏みとどまり、また逃《に》げ奔《はし》る。

勝ち誇った羌族《きょうぞく》の大軍は、この日を期して、蜀《しょく》軍を粉砕せよと、戦線を拡大して、ついに孔明《こうめい》の本陣まで突入して来た。

戦い半ばの頃から大きな牡丹雪《ぼたんゆき》が降り出して、朔風凜々《さくふうりんりん》、次第にこの地方特有な吹雪《ふぶき》となりだしていたが、今しも姜維《きょうい》の兵は、その霏々《ひひ》たる雪片と異ならず、みな先を争って、陣門の内へ逃げ入り、防ぎ戦う者もなかった。

鉄の猛牛は苦もなく柵門を突き破り、十台、二十台、三十台と、列をなして進み入った。それに続いて、騎馬二千、歩兵三、四千も喊声《かんせい》をあげてなだれ入った。

ところが、兵営の彼方此方《あちらこちら》に、凍《こお》れる旗とおびただしい雪の吹きだまりが眺められただけで、陣内には、一兵も見えない。——のみならず、その雪風か、枯葉《こよう》の声か、非《あら》ず、不思議な美音が、何処《どこ》からともなく聞《きこ》えてくるではないか。

「はてな？　……。待て待て。深入りするな」

越吉元帥《えつきつげんすい》は味方を制した。そして馬上に耳を澄ましていたが、愕然《がくぜん》と身ぶるいして、

「琴の音だ？　……。琴の音がする」と、つぶやいた。

さてこそ、深き計略があるにちがいない。孔明《こうめい》とかいう軍略に長《た》けたる者が、新たに、精鋭をひきいてこれへ来ていると聞く。——油断すな、前後を警戒せよ、と彼は高声に戒めつつ、心なお怪《あや》しみにとらわれて、退《ひ》きもせず、進みも得ず、吹雪《ふぶき》の中に立ちよどんでいた。

すると、うしろに続いてきた後陣の雅丹《がたん》宰相が、それを聞くと、大いに笑って、

「孔明《こうめい》は詐《いつわ》りを得意となすと聞く。ただそれ人の心を惑わしめんとする児戯《じぎ》にひとしい計略。何をためらい、何をおそるる。——すでに曠野《こうや》は雪つもること十尺。退《ひ》くにはかえって難儀あらん。鉄車隊を先として、無二無三、陣内を駈《か》けあらし、しかる後、ここを占領してこよいの大雪をしのぐに如《し》かず。もし孔明《こうめい》を見かけたらこの機をはずさず手捕りにせよ」

と、厳命した。

越吉元帥《えつきつげんすい》もそれに励まされて、ふたたび鉄車の猛進を令し、兵を分けて、まず陣の四門を塞《ふさ》ぎ取《と》って、平攻《ひらぜ》めに敵残兵の殲滅《せんめつ》を計った。

——と、奥深き一叢《ひとむら》の疎林のうちになお一廓《いっかく》の兵舎があった。今しそこから慌てて南の門へ逃げ出してゆく一輛《いちりょう》の四輪車がある。扈従《こじゅう》の者も、五、六騎の将と百人ばかりの小隊によって守られゆくに過ぎない。あれよ、孔明《こうめい》にまぎれもなし、追いかけてわれこそ捕《とら》えんと、羌族《きょうぞく》の部将たちは、馬を揃《そろ》えて馳《か》け出《だ》そうとした。

「いや待て、愈〻《いよいよ》、いぶかしいぞ」

越吉元帥《えつきつげんすい》は、それを制したが、雅丹《がたん》宰相はあざ笑って、

「たとえ彼に多少の詐謀《さぼう》があろうと、この軍勢をもって、この勝利の図にのせて追えば、何ほどのことやあろう。——敵の総帥《そうすい》を眼にみながら、これを見遁《みのが》すという法はない。断

じて逸《いっ》すべからずである」と自ら前に立って烈《はげ》しく下知《げち》した。

孔明《こうめい》の車は、その間に、南の柵門を出て、陣後につづく林の中へ隠々として逃げかくれてゆく。

「やるなっ」

羌族《きょうぞく》の騎馬、戦車、歩兵などは、雪を蹴《け》り、雪にまみれ、真っ白な煙を立ててそれを追った。

四

このとき姜維《きょうい》の一手は、また南の柵外に現れて、羌族《きょうぞく》の大軍がそれから出て、孔明《こうめい》を追撃するのを、妨害するかのような態勢をとった。

「うるさき小将《しょうしょう》。あれから先へ片づけろ」

これを合言葉《あいことば》として、羌軍《きょう》はまず姜維《きょうい》へ当《あた》ってきた。彼はよく抗戦したがもとより比較にならない兵数である。ほとんど、怒濤《どとう》の前の芥《あくた》の如《ごと》く蹴《け》ちらされた。

いよいよ勢いに乗った羌《きょう》軍数万は、疎林の一道を中心として、

「なお遠くは行くまい」

と、孔明《こうめい》の車を追いかけた。そして林を馳《か》け抜《ぬ》けると、たちまち、一眸《いちぼう》ただ白皚々《はくがいがい》たる

原野へ出た。

ただこの丘と彼方《かなた》の平野とのあいだが、帯のような狭い沢になっている。騎馬隊や歩兵の一部はたちまち馳《か》けおりてまた向《む》こうへ登って行ったが、鈍々たる猛牛の鉄車隊は、やや遅れたため、車列一団になって、そこを越えかけた。すでにしてその一団の鉄車が、窪地《くぼち》の底部に達するや否《いな》や突然、雪しぶきをあげ、ごうッと、凄まじい一瞬の音響とともに、その影が見えなくなった。

「あっ、陥《お》ちたっ」

「陥《おと》し穽《あな》だ」

続々、後から降りかけていた鉄牛の車兵は、絶叫をあげて、車を止めようとしたが、傾斜の雪をすべってゆく車輪は止まるべくもない。

あれよ、と騒ぎながらも、みすみすそれへすべり陥《お》ち、またその上にすべり陥《お》ちて、一つの道だけでも、何十台という鉄車が忽然《こつぜん》地上から消《き》え失《う》せた。

しかもここ一道だけでなく、至るところに、同じ惨害が起《おこ》っていた。まさしくそこを見直せば、何ぞ知らん、このゆるやかな傾斜の窪《くぼ》と見えていたのは、太古の大地震のときにでも亀裂《きれつ》していたかのような長い断層であって、その数里にわたる上へ板を敷きつめ土をかぶせ、さらに柴《しば》など蔽《おお》いつつんだ所へ今朝からの大雪だったので、誰が見てもそれとは知れなかったのみか、騎馬や歩兵などが馳《か》け渡《わた》った程度では何のこともなかったので、羌族《きょうぞく》が力とたのむ鉄車群はまんまとその大半以上を、一挙にここへ擲《なげう》ってしまったわけであった。

計略図にあたったと見ると、蜀軍《しょくぐん》は鉦鼓《しょうこ》を鳴らし、鬨《とき》の声をあわせ、野の果て、林の陰、陣営の東西などから、いちどに奮《ふる》い起《た》ってきた。

馬岱《ばたい》軍は雅丹《がたん》宰相を生捕《いけど》りにし、関興《かんこう》は恨みかさなる越吉元帥《えつきつげんすい》を馬上一刀のもとに斬《き》って、鬱懐《うっかい》をはらした。

姜維《きょうい》、張翼《ちょうよく》、張苞《ちょうほう》などの働きもまたいうまでもない。何せよ機動戦を主として、その力に驕《おご》りきっていた羌《きょう》軍なので、こうなるとほとんど手応えなく蜀《しょく》兵の撒血《さんけつ》にまかせ、残る者は例外なく降伏してしまった。

しかし孔明《こうめい》は、雅丹《がたん》宰相の縄を解いて、懇《ねんご》ろに順逆を諭《さと》し、

「蜀《しょく》皇帝こそ大漢《だいかん》の正統である。われは勅をうけて、魏《ぎ》を討つといえども、決して、羌《きょう》国《こく》に対して、何らの野心もあるものではない。汝らは魏《ぎ》にだまされたのだ。立ち帰って羌《きょう》国王によく伝えるがよい」と、その虜兵《りょへい》をもすべてゆるし、みな本国へ帰してやった。

事成るやただちに、孔明《こうめい》は祁山《きざん》へ向《むか》って軍をかえした。途中、表《ひょう》をしたためて、成都《せいと》へ使いを立て、後主劉禅《こうしゅりゅうぜん》へ勝《か》ち軍《いくさ》のもようを奏した。ここに、大きな機を逸《いっ》していたのは、

渭水《いすい》に陣している曹真《そうしん》の大軍だった。

彼の不敏は、魏《ぎ》にとって、取り返しがたい大不覚ともいえるものであった。なぜならば、その曹真《そうしん》が、孔明《こうめい》の不在を知って、祁山《きざん》へ行動しだしたのは、すでに孔明《こうめい》が西部の憂いを払って、引っ返してくる頃だったからである。

しかも、祁山《きざん》の留守にも、孔明《こうめい》の遺計が充分に守られていたため、かえって、いくたびも敗北を喫し、やがてまた、西部方面から帰ってきた蜀《しょく》軍のために、左右からつつまれて、多角的に打《う》ち叩《たた》かれ、ついに渭水《いすい》から総退却のほかなき態《てい》になってしまった。

大体、曹真《そうしん》は、初めからあまり自信のなかった大任であるから心ただ哀しみ、第二第三の良策とてもなく、洛陽《らくよう》へ早馬ばかり立て、ひたすら中央の援助と指令のみを仰いでいた。

鶏《けい》家《か》全《ぜん》慶《けい》

一

渭水《いすい》の早馬は櫛《くし》の歯をひくように洛陽《らくよう》へ急を告げた。

そのことごとくが敗報である。

魏帝曹叡《ぎていそうえい》は、色を失い、群臣を会して、誰かいま国を救う者はなきや、と憂いにみちて云《い》った。

華歆《かきん》が奏した。

「この上は、ただ帝みずから、御輦《みくるま》を渭水《いすい》へすすめ、以《もっ》て、三軍の士気をふるわせ給《たも》うしかありますまい。ただ幾人もの大将をお代えあっても、それはいよいよ敵をして図に乗らせるばかりでありましょう」

太傅鍾繇《たいふしょうよう》は、否《いな》と、反対して、

「――彼ヲ知リ、己《オノレ》ヲ知ルトキハ百《ヒャクタビ》度戦ッテ百《ヒャクタビ》度勝ツ――と古語にあります。曹真《そうしん》はすでに初めから孔明《こうめい》の相手としては不足でした。いま帝みずからご進発あられてもその短《たん》を補うほどの効果は期し難く、万一、さらにまた敗れんか、魏《ぎ》一国の生命にかかわりましょう。――むしろこの際、野《や》に隠れたる大人物を挙げ、これに印綬《いんじゅ》を下し給《たも》うて、孔明《こうめい》をして窮せしめるに如《し》く策はありません」と、のべた。

鍾繇《しょうよう》は、魏《ぎ》の大老である。野《や》に隠れたる大人物とは、いったい誰をさしていうのか。叡帝《えいてい》は忌憚《きたん》なくそれを薦《あ》げよといった。

「その人とはほかならぬかの司馬懿仲達《しばいちゅうたつ》であります。先年、敵の反間《はんかん》に乗せられ給《たま》い、市井の流言を信じて彼をご追放になりましたことは、かえすがえすも惜しいことでした。――聞説《きくならく》、いま司馬懿《しばい》は、郷里の宛城《えんじょう》に閑居しておるとか、あの大英才を国家が埋《うも》れ木《ぎ》にしている法はありません。よろしく、今日こそ、お召し出しあるべきでございます」

叡帝《えいてい》は悔いをあらわした。日頃からの傷《いた》みである。いまそれを鍾繇《しょうよう》に指摘されると、さらに面《おもて》に濃くして、

「朕《ちん》一代の過ちであった。しかし冤《えん》を恨んで深く郷藪《きょうそう》に隠れた彼、にわかに命を奉じるであろうか」

「いや、勅使をお降《くだ》しあれば、元来憂国の人、かならず御命にこたえましょう」

さらばと、勅使をして、平西都督《へいせいととく》の印綬《いんじゅ》を持たせ、また詔をもって、事にわかに、

（汝、国を憂い、南陽《なんよう》諸道の軍馬を糾合《きゅうごう》して、日を期し、長安《ちょうあん》に出るあらば、朕《ちん》また鸞《らん》駕《が》を備えて長安《ちょうあん》へむかい、相《あい》会してともに孔明《こうめい》をやぶらん）と、伝えさせた。

この日頃。

一方、祁山《きざん》の陣にある孔明《こうめい》は、

「機運すでに熟す。この上は長安《ちょうあん》を乗っ取り、なお長駆して洛陽《らくよう》に入ろう」

と、連戦連勝の機をはずさずに、一挙、魏《ぎ》の中核を衝《つ》かんものと準備していた。

ところへ、白帝《はくてい》城《じょう》の鎮守《ちんじゅ》李厳《りげん》の一子李豊《りほう》が、唐突にやって来た。

（さては、呉《ご》がうごき出したのではないか。凡事《ただごと》ではあるまい）

白帝城《はくていじょう》のある所の地理上から、孔明《こうめい》はそう考えたのであるが、呼び入れて、会ってみると、李豊《りほう》はそんな気もなく、

「今日は、父に代《かわ》って、よろこび事をお伝えにきました」と、いうのであった。

「はて、慶《よろこ》び事《ごと》とは」

「ご記憶でございましょう。むかし関羽《かんう》将軍が荊州《けいしゅう》で敗れたとき、その禍因をなしたあの孟達《もうたつ》を。――蜀《しょく》に反《そむ》いて魏《ぎ》へ降《くだ》った孟達《もうたつ》ですが」

「忘れはせぬ。その孟達《もうたつ》がまた何としたか」

「かような仔細《しさい》であります」

李豊《りほう》がいうことはこうだった。孟達《もうたつ》は魏《ぎ》に降《くだ》ってから、ひとたびは曹丕《そうひ》の信寵《しんちょう》もうけたが、曹丕《そうひ》歿後《ぼつご》、新帝曹叡《そうえい》の代になってからは、ほとんど顧みられなくなり、近頃はことに、何かにつけ、軽んじられ、また以前蜀臣《しょくしん》だった関係から猜疑《さいぎ》の眼で見られるので、快々《おうおう》として楽しまない心境にある。彼の部下も今では、故国の蜀《しょく》を恋う者が多く、祁山《きざん》滑水《すい》の戦況を聞くにつけ、なぜ蜀《しょく》を離れたかを、今ではいたく後悔している。

——で遂に、孟達《もうたつ》は、そうした心境を綿々《めんめん》と書中に託して、

(どうか、この趣《おもむき》を、諸葛丞《しょかつじょうしょう》相に取次《とりつ》いでくれ)

と、帰参の斡旋方《あっせんかた》を、李豊《りほう》の父、白帝城《はくていじょう》の李厳《りげん》へすがって来たものであった。

二

李豊《りほう》は、以上のいきさつを、あらまし伝えてから、

「——そこで実は、父の李厳《りげん》がいちど孟達《もうたつ》と会いました。孟達《もうたつ》がいうには、自分の心根は、魏《ぎ》の五路《ごろ》の大軍を起《おこ》して蜀《しょく》へ入ろうとした折のことで、丞《じょうしょう》相がよく酌んでいて下さると思う。どうか帰参のかなうように取りなして欲しい。もしお聞き入れ下されば、このたび諸葛丞《しょかつじょうしょう》相が長安《ちょうあん》へ攻め入るとき、自分は新城《しんじょう》、上庸《じょうよう》、金城《きんじょう》の勢をあつめて、直ちに、洛陽《らくよう》を衝《つ》き、不日《ふじつ》に魏《ぎ》国全土を崩壊させてお見せする。——と、さように父へ申したとい

うことなのでございますが」

孔明《こうめい》は、手を打って、

「なるほど、近頃にない慶《よろこ》び事《ごと》だ。よく伝えてくれた」と、かぎりなく歓《よろこ》び、

「いま孟達《もうたつ》が本然の心に立ちかえって、わが蜀《しょく》を援《たす》け、わが軍が外より攻め入る一方、彼が内より起《た》って洛陽《らくよう》をつけば、天下の相《すがた》は即日あらたまろう」

と、李《り》を篤《あつ》くねぎらって、幕将たちと共に酒宴を催していた。ところへ、早馬があって、

「魏王曹叡《ぎおうそうえい》が、宛城《えんじょう》へ勅使を馳《は》せつかわして、閑居の司馬懿仲達《しばいちゅうたつ》を平西都督《へいせいととく》に封じ、強《た》って彼の出廬《しゅつろ》を促しているもようにうかがわれます」

と、告げた。聞くと、愕然《がくぜん》、

「……なに、司馬懿《しばい》を」

孔明《こうめい》は首を垂れて、その酔色すらいちどに褪《あ》せてしまった。そばに在った参軍の馬謖《ばしょく》が、

「丞相《じょうしょう》、いかがなさいました。何をそんなにお驚き遊ばすのですか。多寡《たか》が、司馬懿《しばい》ごときに」

と、むしろ怪《あや》しむかのようにたずねた。

「いや、そうでない」と、孔明《こうめい》は重くかぶりを振って反対に諭《さと》した。

「わが観《み》るところでは、魏《ぎ》で人物らしい者は、司馬懿《しばい》一人といってもよい。孔明《こうめい》のひそか

に怖《おそ》るる者も実にその司馬懿仲達一箇《しばいちゅうたついっこ》にあった。……いま孟達《もうたつ》の内応をよろこび合っていたところだが、それすら悪くすると、司馬懿《しばい》のために覆《くつがえ》されるかもしれん。……実に悪い折に悪い者が魏《ぎ》に立った」

「では、急使を立てて、孟達《もうたつ》にその旨を、心づけてやっては如何《いかが》です」

「もとよりそれを急がねばなるまい。すぐ早馬の支度《したく》を命じ、使いの者を選んでおけ」

と、孔明《こうめい》は、席を中座して孟達《もうたつ》へ与える書簡をしたためた。急使は、その夜すぐ立って、孟達《もうたつ》のいる新城《しんじょう》へいそいだ。孔明《こうめい》からの手紙と聞き、孟達《もうたつ》は、さては李厳《りげん》が自分の意を伝えてくれたなと、喜色満面にこれをひらいてみると、その事は許容されてあったが、終《おわ》りの章に、すこし気にくわない辞句があった。――それは、魏帝《ぎてい》の命によって、司馬懿《しばい》が宛城《えんじょう》から起《た》ったことを告げたもので、それだけならよいが、司馬懿《しばい》の智略をすくなから ず称《たた》え、それに対処する万全の策を、何くれとなくこまごま注意してあることだった。

「なるほど、うわさの如《ごと》く、諸葛亮《しょかつりょう》は疑い深い仁《ひと》だ……」

彼は、あざ笑って、ほとんど、歯牙《しが》にもかけず、書簡を巻いてしまった。そして自分の方から孔明《こうめい》へ返書をかき、すぐ使いの者に持たせて帰した。

待ちかねていた孔明《こうめい》の手へやがて返書がとどいた。だが孔明《こうめい》は、一読するや否《いな》や、

「咄《とつ》。なんたる浅慮者《あさはかもの》だろう」

と、それを拳《こぶし》の中に握りつぶした。それでもまだ罵《のの》りきれないように、

「見よ汝孟達《もうたつ》。そんな盲目にひとしい心構えでは、かならず司馬懿《しばい》の手に死すであろう。

……ああ、ぜひもない」と、暗涙《あんるい》をたたえたまま、しばし天井を仰いでいた。

「丞相《じょうしょう》、何をお歎《なげ》きですか」

「馬謖《ばしょく》か。この手紙を見い。……孟達《もうたつ》の書簡によれば、たとえ司馬懿《しばい》が自分の新城《しんじょう》へ襲《よ》せてくるにしても、洛陽《らくよう》へ上って、任官の式を行い、それから出向いてくることゆえ、早くても一ヵ月の余はかかる。その間に守備は充分ととのうからご心配は無用と認《したた》めてある。得々として、司馬懿《しばい》仲達《ちゅうたつ》の如《ごと》き何する者ぞと、ひとり暢気《のんき》に豪語をならべておるではないか。……もう駄目だ。もういかん」

「はて。なぜいけませんか」

「――ソノ備エザルヲ収《オサ》メ、ソノ不意ニ出《イ》ヅ。これしきの兵法を活用できぬ仲達《ちゅうたつ》ではない。彼はおそらく洛陽《らくよう》に上ることを後とし、直線に宛城《えんじょう》から孟達《もうたつ》を衝《つ》くだろう。その日数は、ふたたび孟達《もうたつ》へ、こちらから戒告の使いをやる暇《いとま》よりは、ずっと速い。事すでに遅しだ

――」

三

長嘆して――大事すでに去る――とはいったものの、孔明《こうめい》はなお諦《あきら》めかねたか、すぐまた、戒告の一書を封じて、

「昼夜馬を飛ばして行け」

と、ふたたび新城《しんじょう》へ使いを走らせておいた。

ここに。

郷里宛城《えんじょう》の田舎《いなか》に引籠《ひきこも》っていた司馬《しば》懿《い》仲達《ちゅうたつ》は、退官ののちは、まったく閑居の好々爺《こうこうや》になりすまし、兄司馬師《しばし》、弟司馬昭《しばしょう》のふたりの息子あいてに、至極《しごく》うららかに生活していた。この息子ふたりも、胆大智密《たんだいちみつ》、いずれも兵書を深く究《きわ》め、父の眼に見ても、末たのもしい好青年だった。

きょうも二人して、父の書斎へ入ってきたが、父の顔いろが、どうもすぐれて見えない。

そこで、弟の司馬昭《しばしょう》がたずねた。

「お父上、何をふさいでいらっしゃるんです？」

「うーむ。何もふさいでやせんがな」

仲達《ちゅうたつ》は、節の太い指を櫛《くし》にして、そのまばらな長鬚《ちょうぜん》をしごいた。

兄の司馬師《しばし》が父の晴れない眉《まゆ》をうかがって云《い》った。

「私には分《わか》っている。お父上のお胸にはいま鬱勃《うつぼつ》たるものがわいているのだ」

「うるさいよ。お前たちに何がわかるもんではない」

「いいえ、きっとそうです。思うに、お父上は、天子からお招きがないのを嘆いておられるのでしょう」

「なんじゃ？」

すると、弟の司馬昭《しばしょう》も、

「それならば、くよくよする事はありませんよ。きっと来る。近いうちにきっとお召しが来る」

と、大きな声で断言した。

司馬懿《しばい》は、刮目《かつもく》して、

「おおっ、わしの家からまたも、この麒麟児《きりんじ》が生《う》まれ出《で》たか」

とわが子ながら見惚《みと》れて云《い》った。

それから幾日も経《た》たないうちである。果たして、勅使が、この門を訪れた。

もちろん司馬懿《しばい》は、大命を拝受し、同時に一族、郎党を集めて、直ちに、檄《げき》を宛城《えんじょう》諸道へ配布した。

日頃、彼の名をしたい、彼の風《ふう》を望む者少なくない。郷関《きょうかん》はたちまち軍馬でうずまる。

しかも仲達《ちゅうたつ》は、その兵員が予定数に達することなどを悠々待ってはいなかった。

その日から行軍を開始していたのである。募《つの》りに遅れた兵は、後からそれを追いかけて軍に投じた。だからその行軍は道を進んでゆけば行くほど軍勢を増大していた。なぜ、こう急いだか。——いえばそれには、重大原因がある。すでにして彼は田舎《いなか》にいても魏蜀《ぎしょく》の戦況はつぶさにしていたし、また近頃、新城《しんじょう》の孟達《もうたつ》、叛意《はんい》の兆《きざ》しある気ぶりを、ひそかに耳にしていたからである。

それを司馬懿《しばい》に密告してきたのは、金城《きんじょう》の太守申儀《たいしゅしんぎ》の一家臣だった。孟達《もうたつ》は、金城《きんじょう》と上庸《じょうよう》の両太守《たいしゅ》に、すでに秘事をうちあけて、洛陽攪乱《らくようこうらん》の計をそろそろ画策し始めていたのであった。

仲達《ちゅうたつ》は、重大視した。

もしその謀略が成らんか、魏《ぎ》はいかに大国なりとも、内部から崩壊《ほうかい》せずにいられない。実に、彼が数日の懊悩《おうのう》は、そこに憂いがあったのである。退官以来かつてそんな憂鬱《ゆううつ》の色とてない父の日常に照らして、はやくもその原因と来《きた》るべき必然の機運を察知していた司馬家《しばけ》のふたり兄弟も、また父にまさるとも劣らぬ子だといわなければならない。

「未然これを知る。魏《ぎ》の国運、天子の洪福《こうふく》、ふたつながらまず目出度《めでた》しというべきである。何にしても、もし今日、司馬《しば》一家が出なかったら、洛陽長安《らくようちょうあん》、一時に潰《つい》えたであろう」

彼は、額《ひたい》をたたいて、この吉事に発したる軍隊であると称《とな》え、洛陽《らくよう》へは向《むか》わず、一路、新城《しんじょう》へさして急いだ。

息子たちは、少し案じて、

「お父上。いちど洛陽《らくよう》へ上って、親しく闕下《けっか》に伏し、正式の勅命を仰がなくてもよろしいのですか」

「よいのじゃよ。そんな遑《いとま》はない」

と、彼らの父は答えた。司馬《しば》仲達《ちゅうたつ》の急ぎに急いでいた理由は、果たせるかな、孔明《こうめい》がおそれつつも予察していたところと、まったく合致していたのである。

洛陽《らくよう》に生色《せいしょく》還《かえ》る

一

司馬《しば》懿《い》仲達《ちゅうたつ》軍のこのときの行軍は、二日行程の道のりを一日に進んで行ったというから、何にしても非常に迅速なものだったにちがいない。

しかも仲達《ちゅうたつ》は、これに先だって、参軍の梁畿《りょうき》という者に命じ、数多《あまた》の第五部隊を用いて、新城《しんじょう》附近へ潜行させ、

「司馬懿《しばい》の軍は、洛陽《らくよう》へのぼって、天子の勅をうけた後、孔明《こうめい》を打破《うちやぶ》ることになっている。このときに功を成し名を遂《と》げんとする者は、募《つの》りに応じて、司馬《しば》軍につけ」と、云《い》い触《ふ》れさせた。

もちろんこれは新城《しんじょう》の孟達《もうたつ》に油断をさせる謀略で、仲達《ちゅうたつ》の大軍は、その先触れのあとから一路新城《しんじょう》へ急いでいた。

途中、魏《ぎ》の右将軍徐晃《じょこう》が、国もとから長安《ちょうあん》へ赴くのとぶつかった。徐晃《じょこう》は、仲達《ちゅうたつ》に会見を求めて、

「いますでに、魏帝《ぎてい》におかせられては、長安《ちょうあん》へ進発あらせ給《たま》い、曹真《そうしん》を督して、孔明《こうめい》を破らんとしておられるに、途々《みちみち》の風聞《ふうぶん》によれば、司馬都督《しばととく》には、洛陽《らくよう》へのぼるともっぱら沙汰《さた》いたしておるが、何故《なにゆえ》いま、帝《みかど》もおわさぬ都へわざわざお上りなさるのか」と、怪《あや》しんで訊《たず》ねた。

仲達《ちゅうたつ》は、徐晃《じょこう》の耳へ口をよせて、

「沙汰《さた》は沙汰《さた》。それがしの急ぐ先は、ほかでもない、孟達《もうたつ》の新城《しんじょう》である」

と、実を打ち明けた。

「さてこそ」と、徐晃《じょこう》は膝《ひざ》をたたいて、

「――さもあらば、それがしも貴軍に合して、往《い》きがけの一働《ひとはたら》きを助勢つかまつりたいが」

と、云《い》い出《だ》した。

希《ねが》ってもないことであると、司馬懿《しばい》は彼に先鋒《せんぽう》の一翼を委《まか》せた。

すると、第五部隊の参軍梁畿《りょうき》から、

「かかる物が手に入りました」

と、孔明《こうめい》から孟達《もうたつ》へ送った意見書の盗み写したものを送付してきた。

それを見ると仲達《ちゅうたつ》は、愕然《がくぜん》たる態《てい》をなして、

「危うし危うし。もし孟達《もうたつ》が孔明《こうめい》の戒めに柔順であったら、事すべてが水泡《すいほう》に帰するであろう。まことや能者は坐《ざ》して千里の先を観《み》るという。わが玄機《げんき》はすでに孔明《こうめい》にさとられておる。一刻も疾《と》く急がねば相成るまい」

司馬師《しばし》、司馬昭《しばしょう》の二子をも励まして、さらに行軍へ拍車をかけ、ほとんど、昼夜もわかたず急ぎに急いだ。

こういう情勢にありながらなお、少しもそれを覚《さと》らずにいたのは新城《しんじょう》の孟達《もうたつ》であった。

金城《きんじょう》の太守申儀《たいしゅしんぎ》や、上庸《じょうよう》の申耽《しんたん》などに、大事を打ち明けて、

「不日《ふじつ》、孔明《こうめい》に合流せん」と、密盟をむすんでいたその事に安心して、実は申儀《しんぎ》も申耽《しんたん》も、腹を合わせて、魏《ぎ》軍が城下へ来たら突如としてそれに内応し、孟達《もうたつ》に一泡《ひとあわ》ふかせてくれん——としているものとは夢にも気づかずにいたのである。

「司馬懿《しばい》は、洛陽《らくよう》へ出ずに、長安《ちょうあん》へ向《むか》うようです」

新城《しんじょう》の諜者《ちょうじゃ》は、各地で耳へ入れてきた情報を、いちいち孟達《もうたつ》へ報じていた。

「初めは、洛陽《らくよう》へ上ると触れていましたが、途中、徐晃《じょこう》の勢に出あい、魏帝《ぎてい》がいま都にいないのを知って、次の日からは、道をかえて、長安《ちょうあん》へ進んでおるようです」

そういう詳報も入った。

孟達《もうたつ》は聞くごとによろこんで、

「万端、こちらの思うつぼだ。いでや日を期して、洛陽《らくよう》へ攻め入らん」

と、上庸《じょうよう》の申耽《しんたん》と、金城《きんじょう》の申儀《しんぎ》へその旨を早馬でいい送り、何月何日、軍議をさだめ即日大事の一挙に赴かん——と、つぶさに諜《しめ》し合《あ》わせにやった。

ところが、一《ひ》と朝。

まだその日の来ないうちにである。暁闇《ぎょうあん》をやぶって、城下の一方から旺《さかん》なる金鼓《きんこ》のひびきが寝ざめを驚かせた。何事かと、仰天して、物《もの》の具《ぐ》をまとうや否《いな》や、孟達《もうたつ》は城のやぐらへ駈《か》けのぼった。見れば、暁風《ぎょうふう》あざやかに魏《ぎ》の右将軍徐晃《じょこう》の旗が壕《ほり》近くに見えたので、

「や、や、いつの間に」

と、弓をとって、その旗の下に見える大将へひょうと一矢《いっし》を射た。

何たる武運の拙《つた》なさ。

徐晃《じょこう》は、この朝、攻めに先だって、真額《まびたい》を射ぬかれ、馬からどうと落ちてしまった。

二

緒戦の第一歩に、大将を失った徐晃《じょこう》軍は、急襲してきたその勢いを、いちどに怯《ひる》ませて、先鋒《せんぽう》の全兵みな、わあと、浮き足たった。

城のやぐらからそれを眺めた孟達《もうたつ》は、いささか勇気を持ち返して、

「わが大事は、露顕《ろけん》したらしいが、射手の勢は、多寡《たか》の知れた人数。しかも大将徐晃《じょこう》はただ一《ひ》と矢に射止めた。蹴《け》ちらす間には、やがて金城《きんじょう》、上庸《じょうよう》の援軍も来る。衆みな門を出て、怯《ひる》み立《た》った寄手《よせて》どもを一兵のこらず屠《ほふ》ってしまえ」と、金城《きんじょう》へ急命を出した。

城兵は各門から突出して、魏《ぎ》兵を追いくずした。孟達《もうたつ》も馬をすすめ、

「あな快《こころよ》や」と、敵勢を薙《な》ぎ伏《ふ》せ、蹴《け》ちらして、果てなく追撃を加えた。

しかし追えば追うほど、敵兵の密度は増し、濛々《もうもう》の戦塵《せんじん》とともに敵陣はますます重厚を加えてくる。――はてな？　と孟達《もうたつ》がふと後ろを見ると、何ぞはからん、翩翻《へんぽん》として千軍

万馬のうえに押《お》し揉《も》まれている大旗を見れば、「司馬懿《しばい》」の三文字が金繡《きんしゅう》の布《ぬの》に黒々と縫《ぬ》い表《あら》わされてあるではないか。

「しまった。徐晃《じょこう》勢だけではなかったか」

あわてて引っ返しにかかった時は、彼の率いていた軍容は全く隊伍《たいご》をみだしていた。あまっさえ、彼が自分の城へ帰って、そこの城門へ向《むか》って烈《はげ》しく、

「はやく開けろ」と、呼ばわると、おうと答えて、門扉《もんぴ》を押し開き、どっと突出して来たのは、申耽《しんたん》、申儀《しんぎ》の二軍だった。

「反賊、運のつきだぞ」

「こころよく天誅《てんちゅう》をうけろ」

猛然、迫ってきたものこそ、まさに味方とたのんでいたその二人にまぎれもない。

孟達《もうたつ》は仰天して、

「人ちがいするな」と呶鳴《どな》ったが、申耽《しんたん》、申儀《しんぎ》の二将は、大いにあざ笑って、

「汝こそ、戸まどいして、これに帰って来る愚を醒《さ》ませ。あれみろ、城頭高くひるがえっているのは、蜀《しょく》の旗か、魏《ぎ》の旗か、冥途《めいど》のみやげによく見てゆけ」と罵《ののし》った。

その城頭からは、李輔《りほ》、鄧賢《とうけん》などという魏将《ぎしょう》が雨あられと、矢を放っていた。

孟達《もうたつ》は、きたなくもまた、逃《に》げ奔《はし》ったが、申耽《しんたん》に追いつかれて、武将のもっとも恥とす

る後《うし》ろ袈裟《げさ》の一刀を浴びて叫絶《きょうぜつ》一声、ついに馬蹄《ばてい》の下の鬼と化してしまった。

司馬懿《しばい》は、降兵を収め、味方をととのえ、一日にして勝ちを制し、一鼓六足《いっころくそく》、堂々と新《しん》城《じょう》へ入った。

孟達《もうたつ》の首は洛陽《らくよう》へ送られた。

司馬懿《しばい》は、李輔《りほ》と鄧賢《とうけん》に新城《しんじょう》を守らせ、申耽《しんたん》、申儀《しんぎ》の軍勢をあわせて、さらに長安《ちょうあん》へ向《む》かっていそいだ。

孟達《もうたつ》の首が洛陽《らくよう》の市に曝《さら》されて、その罪状と戦況が知れわたるや、蜀《しょく》軍来におびえていた洛陽《らくよう》の民は、にわかな春の訪れに会ったように、

「司馬懿《しばい》が起《た》った」

「司馬仲達《しばちゅうたつ》がふたたび魏《ぎ》軍を指揮するそうな」

と、その生色をよみがえらせた。

すでに長安《ちょうあん》まで行幸していた魏帝曹叡《ぎていそうえい》は、ここに司馬懿《しばい》を待ち、彼のすがたを行宮《あんぐう》に見るや、玉座ちかく召しよせて、

「司馬懿《しばい》なるか。かつて汝をしりぞけて郷里にわびしく過ごさせたのは、まったく朕《ちん》の不明が敵の謀略にのせられたものに依《よ》る。いまふかくそれを悔ゆ。汝また、うらみともせず、よく魏《ぎ》の急に駈《か》けつけて、しかもすでに孟達《もうたつ》の叛逆《はんぎゃく》をその途《と》に打つ。——もし汝の起《た》っ

なかりせば、魏《ぎ》の両京は一時にやぶれ去ったかもしれぬ。嘉《うれ》しく思うぞ」

と、優渥《ゆうあく》なる詔《みことのり》を降《くだ》した。

司馬懿《しばい》は、感泣《かんきゅう》して、

「勅命をもうけず、早々、途上において戦端をひらき、僭上《せんじょう》の罪かろからずと、ひそかに恐懼《きょうく》しておりましたのに、もったいない御諚《ごじょう》をたまわり、臣は身のおくところも存じませぬ」

と、ひれ伏した。帝は、

「否《いな》、否《いな》。疾風の計、迅雷の天撃。いにしえの孫呉《そんご》にも勝るものである。兵は機を尊ぶ。以後、事の急なる時は、朕《ちん》に告ぐるまでもない。よろしく卿《けい》の一存において料《はか》れ」

と、破格にもまた前例なき特権をあたえ、かつ、金斧《きんぷ》、金鉞《きんえつ》一対を賜《たま》わった。

高《こう》楼《ろう》弾《だん》琴《きん》

一

魏《ぎ》の大陣容はととのった。

辛毘《しんび》、あざなは佐治《さじ》、これは潁州陽翟《えいしゅうようてき》の生《うま》れ、大才の聞《きこ》え夙《つと》にたかく、いまや魏《ぎ》主曹叡《しゅそうえい》の軍師として、つねに帝座まぢかく奉侍している。

孫礼《そんれい》、字《あざな》は徳達《とくたつ》は、護軍の大将として早くより戦場にある曹真《そうしん》の大軍へ、さらに、五万の精兵を加えて、その力をたすけ、また司馬懿《しばい》仲達《ちゅうたつ》は、総兵力二十万を、長安《ちょうあん》の関から外に押し並べて、扇形陣《せんけいじん》を展開した。壮観、実に眼もくらむばかりである。

仲達《ちゅうたつ》軍の先鋒《せんぽう》に大将として薦《お》された者は、河南《かなん》の張郃《ちょうこう》、あざなは雋義《しゅんぎ》、これは仲達《ちゅうたつ》から特に帝へ直奏して、

「張郃《ちょうこう》を用いたいと思います」

と嘱望《しょくぼう》して、自軍へ乞いうけた良将である。その張郃《ちょうこう》を、帷幕《いばく》へ招いて、仲達《ちゅうたつ》は、

「いたずらに敵をたたえるわけではないが、この仲達《ちゅうたつ》の観《み》るかぎりにおいて、孔明《こうめい》はたしかに蓋世《がいせい》の英雄、当今の第一人者、これを破るは実に容易でない」

と、今次の大戦を前に、心からそう語って、さてそのあとで云《い》った。

「――もし自分が孔明《こうめい》の立場にあって、魏《ぎ》へ攻め入るとすれば、この地方は山谷険難《さんこくけんなん》、それを縫う十余条の道あるのみゆえ、まず子午谷《しごこく》から長安《ちょうあん》へ入る作戦をとるであろう。――だがじゃ、孔明《こうめい》はおそらく、それを為《な》すまい。なぜならば従来の戦争ぶりを見ると、彼の用兵は実に慎みぶかい。いかなる場合も、絶対に負けない不敗の地をとって戦っておる」

彼の言は、孔明《こうめい》の心を、掌《てのひら》にのせて解説するようだった。英雄、英雄を知るものかと、張部《ちょうこう》は聞《き》き恍《ほ》れていた。

「――察するに、彼は斜谷《やこく》（郿県《びけん》の西南三十里・斜谷関《やこくかん》）へ出て、郿城《びじょう》（陝西省《せんせいしょう》・郿県《びけん》）を抑え、それより兵をわけて、箕谷《きこく》（府《ふ》下城県《かじょうけん》の北二十里）に向《むか》うであろう。――で、わが対策としては、檄《げき》をとばして、曹真《そうしん》の手勢に一刻も早く郿城《びじょう》のまもりを固めさせ、一面箕《き》谷《こく》の路《みち》には奇兵を埋伏《まいふく》して、彼がこれへ伸びてくるのを破砕し去ることが肝要だ」

「そして、都督《ととく》のご行動は」

「秘中の秘だが」と声をひそめ、

「秦嶺《しんれい》の西に街亭《がいてい》という一高地がある。かたわらの一城を列柳城《れつりゅうじょう》という。この一山一城こそまさに漢中《かんちゅう》の咽喉《のど》にあたるもの――。さはいえ孔明《こうめい》は曹真《そうしん》がさして炯眼《けいがん》ならざるを察して、おそらくまだそこまで兵をまわしておるまい。……のう張郃《ちょうこう》。ご辺とわしとは、一方急に進んで、そこを衝《つ》くのじゃよ。なんと愉快ではないか」

「ああ。神謀です。たしかにそれは一刃敵の肺腑《はいふ》をえぐるものでしょう」

「街亭《がいてい》をとれば、孔明《こうめい》も漢中《かんちゅう》へ退くしかない。兵糧運送の途《みち》はここに絶えるでな」

「隴西《ろうせい》の諸郡も、食を断たれては、崩壊退却のほかありますまい。実に都督《ととく》の好計、たれかよく思い及びましょう」

「――いやいや、計《はかりごと》だけを聞いて、そうにわかによろこぶなかれじゃ。あいては諸葛孔《しょかつこう》明《めい》であるぞ。孟達《もうたつ》などの類とは大いに違う。ゆめ、軽々しくすな」

「かしこまりました」

「一里進まば、十里の先に物見を出し、十里進まば、敵の伏兵を勘考し、胆大頭密《たんだいずみつ》に、よくよく臍《ほぞ》をすえてゆけよ」

「仰せまでもございません」

「さらば、支度《したく》をなせ」と、彼を先鋒《せんぽう》へ返してから、仲達《ちゅうたつ》は祐筆《ゆうひつ》に命じて、檄《げき》をしたためさせ、これを曹真《そうしん》の本陣へ告げて、作戦方針を示し、かたがた、

「孔明《こうめい》の誘いに吊《つ》られて、めったに動き給《たも》うな」とかたく戒めた。

祁山《きざん》（甘粛省《かんしゅくしょう》・鞏昌《きょうしょう》附近）一帯の山岳曠野《こうや》を魏《ぎ》、蜀《しょく》天下の分け目の境として、まさにその第一期戦はここに展開されようとしている。

この地形、この広大な天地は、まさに孔明《こうめい》のほうから選んで取った戦場である。この大会戦に先んじて、蜀《しょく》軍がまず地理的優位を占めていたことはいうまでもない。

新城《しんじょう》陥落の一報は、孔明《こうめい》の心に、一抹《いちまつ》の悲調を投げかけた。彼はその報をうけた時、左右の者へいった。

「孟達《もうたつ》の死ははや惜しむに足らない。けれど、司馬懿《しばい》がかく早く大軍をそろえて来たからには、街亭《がいてい》の一路が案じられる。彼は、直ちに街亭《がいてい》へ眼をつけるであろう。街亭《がいてい》は我が咽喉《のど》に等《ひと》しい。一日の猶予もならん。誰かをして、早速これを守らせねばならぬ……」

二

誰をか向けん――と孔明《こうめい》の眼は諸将を見まわして物色しているもののようだった。

と、その面《おもて》を仰いで、参軍の馬謖《ばしょく》が、傍らから身をすすめ、

「丞相《じょうしょう》。それがしをお差し向け下さい」と、懇願した。

「……？」

孔明《こうめい》は馬謖《ばしょく》を顧みたが、初めはほとんど意中に置かないような容子《ようす》であった。しかし馬謖《ばしょく》はなお熱心に希望してやまない。――たとえ敵の司馬懿《しばい》や張郃《ちょうこう》がいかほど世に並びなき名将であろうと、自分も多年兵法を学び、わけて年も弱冠《じゃっかん》の域をこえ、なお何らの功を持たないでは世に対しても恥《はず》かしいと云《い》い、

「量るに、街亭《がいてい》一つ守り得ないくらいなら、将来、武門に伍《ご》して、何の用に足りましょう。どうか自分を派遣して下さい」

と、多少日頃の親しみにも甘え、ほとんど縋《すが》らんばかり熱望をくりかえした。

馬謖《ばしょく》は孔明《こうめい》を父とも慕い師とも敬っていた。孔明《こうめい》もまた慈父のごとく彼の成長を多年ながめてきたものである。

もともと馬謖《ばしょく》は、夷族《いぞく》の役《えき》に戦死した馬良《ばりょう》の幼弟だった。馬良《ばりょう》と孔明《こうめい》とは、刎頸《ふんけい》の交わりがあったので、その遺族はみな引き取って懇《ねんご》ろに世話していたが、とりわけ馬謖《ばしょく》の才器を彼はいたく鍾愛《しょうあい》していた。

故玄徳《げんとく》は、かつて孔明《こうめい》に、

（この子、才器に過ぐ、重機に用うるなかれ）といったが、孔明《こうめい》の愛は、いつかその言葉すら忘れていた程だった。そして長ずるや馬謖《ばしょく》の才能はいよいよ若々しき煥発《かんぱつ》を示し、軍計、兵略、解せざるはなく、孔明門《こうめいもん》第一の俊才たることは自他ともにゆるす程になってき

たので、やがての大成を心ひそかに楽しみと見ているような孔明《こうめい》の気持《きもち》だったのである。

——で今。

その馬謖《ばしょく》からせがまれるような懇望《こんぼう》を聞くと、彼は丞相《じょうしょう》相たる心の一面では、まだちと若いとも思い、まだ重任過ぎるとも考えられたのであるが、苦しい戦《いくさ》と強敵にめぐり合わせるのもまた、この将来ある人材の鍛錬《たんれん》であり大成への段階であろうとも思い直し、その機微な心理のあいだに、自己の小愛がふとうごいていたことは、さしもの彼も深く反省してみるいとまもなく、つい、

「行くか」

と云《い》ってしまったのである。

馬謖《ばしょく》は、華やかな血色を顔にうごかして、言下にすぐ、「行きます」と答え、

「——もし過ちがあったら私はいうに及ばず、一門眷属《けんぞく》、軍罰に処さるるも、決しておうらみ仕《つかまつ》りません」と、きおいきって誓った。

「陣中に戯言《ぎげん》なし——であるぞ」と、孔明《こうめい》は重々しく念を押して、かつかさねた。

「敵の司馬懿《しばい》といい、副将張部《ちょうこう》といい、決して等閑《とうかん》の輩《やから》ではない。心して誤るなよ」

と、くれぐれも戒めた。

また牙門《がもん》将軍王平《おうへい》に向《むか》い、

「ご辺は平生もよく事を謹んで、いやしくも軽忽《けいこつ》の士でないことを自分も知っておる。その故にいま馬謖《ばしょく》の副将として特に副《そ》えて差向《さしむ》ける。必ず街亭《がいてい》の要地を善守せよ」と、いいつけた。

さらになお孔明《こうめい》は入念だった。すなわち要道の咽喉《いんこう》たる街亭《がいてい》附近の地図をひろげ、地形陣取りの法をくわしく説き、決して、進んで長安《ちょうあん》を攻めとると考えるな。この緊要の地を抑えて、ひとりの敵の往来も漏らさぬことが、長安《ちょうあん》を取る第一義になることである

——と、噛《か》んでふくめる如《ごと》く教えた。

「分《わか》りました。尊命にたがわず死守いたします」

馬謖《ばしょく》は、副将王平《おうへい》と共に、二万余の兵力を与えられて、街亭《がいてい》へ急いだ。

それを見送って、一日おくと孔明《こうめい》はまた、高翔《こうしょう》をよんで、一万騎をさずけ、

「街亭《がいてい》の東北、その麓《ふもと》のかたに、列柳城《れつりゅうじょう》という地がある。ご辺もそこへ進んで、もし街亭《がいてい》の危うきを見ば、すぐ兵《つわもの》をあげて、馬謖《ばしょく》をたすけよ」と、命じた。

孔明《こうめい》にはなおどこやら安心し切れないものがあったのである。軍の大機を処す際に、ふとかすかにでも「私《わたくし》」の情がそれへ介在したことを、彼自ら今は意識してそこに安んぜぬものを抱いているやに思われる。

三

街亭《がいてい》の要地を重視する孔明《こうめい》の用意は、それでもなお足らぬものを覚えたか、彼はさらに魏延《ぎえん》を後詰《ごづめ》として出発させ、また趙雲《ちょううん》、鄧芝《とうし》の二軍をもそこの掩護《えんご》として、箕谷《きこく》方面へ急派した。

そして彼自身の本軍は、姜維《きょうい》を先鋒《せんぼう》として、斜谷《やこく》から郿城《びじょう》へ向《むか》った。まず郿城《びじょう》を取って、一路長安《ちょうあん》への進攻路を切《き》り拓《ひら》かんとする態勢なることはいうまでもない。

一方。馬謖《ばしょく》は街亭《がいてい》に着くと、すぐ地勢を視察して廻《まわ》ったが、大いに笑って、

「どうも丞相《じょうしょう》はすこし大事をとり過ぎる。山といっても大した山ではないし、やっと人の通れるほどな樵夫道《そまみち》が幾つかあるに過ぎないこの街亭《がいてい》などへ、なんで魏《ぎ》が大軍を傾けて来るものか。由来、丞相《じょうしょう》の作戦はいつでも念入りの度が過ぎて、かえって味方に疑いを起《おこ》さしめる」

そして山上へ陣構えをいいつけたので、副将王平《おうへい》はきびしく戒めた。

「丞相《じょうしょう》の令し給《たま》えるご主旨は、山の細道の総口を塞《ふさ》ぎ、そこを遮断するにありましょう。もし山上に陣取るときは、魏《ぎ》軍に麓《ふもと》を囲まれて、その使命を果《はた》しきれますまい」

「それは婦女子の見《けん》で、大丈夫の採るところでない。この山低しといえど、二方は絶地の

断崖。もし魏《ぎ》の勢来《きた》らば、引き寄せて討つには持ってこいの天嶮《てんけん》だ」

「丞相《じょうしょう》は大いに勝てとは命ぜられませんでした」

「みだりに舌の根をうごかすのはよして貰《もら》いたい。孫子《そんし》もいっておる。――是《コレ》ヲ死地ニ置イテ而《シカ》シテ後生《ノチイ》ク――と。それがしは幼より兵法を学び、丞相《じょうしょう》すら事にあたっては計《はかりごと》をこの馬謖《ばしょく》に相談されておるのだ。だまって我が命令のようにすればよい」

「では、あなたは山上に陣をお構えなさい。てまえは五千騎をわかち、別に麓《ふもと》に陣取って、掎角《きかく》の勢いに備えますから」

馬謖《ばしょく》は露骨に不愉快な色を示した。大将の威厳を傷つけられた気がしたのだ。その反面の心理には特に選ばれて主将となって来たことや、日頃から孔明《こうめい》の寵《ちょう》をうけているという気分が満々と若い胸にあった。壮気というべきみえ、衒気《げんき》、自負があった。

着陣早々、主将副将が、議論に時を移しているまに、早くも近郡の百姓たちが、この地方を逃散しながら、

「魏《ぎ》軍が来る。魏《ぎ》軍が来る」と、告げて行った。

すわや。――猶予はできない。

馬謖《ばしょく》は、自説を固持して、

「山上へ陣取れ」

と、指揮を発し、自身また、街亭《がいてい》の絶頂へのぼった。

王平《おうへい》は手勢五千をひきい、頑として麓に陣した。その二人の布陣をくわしく絵図に写し、早馬をもって、

(直接のご命令を仰ぎたい)と、孔明《こうめい》のところへ訴えた。

馬謖《ばしょく》は、布陣を終《お》わって、

「王平《おうへい》の奴、遂におれの指図に従わんな。凱旋《がいせん》の後は、丞相《じょうしょう》の前へ出《い》で、彼の僭上《せんじょう》と軍律にそむくの罪をきっと問わねばならん」と、麓を見て切歯《せっし》していた。

翌日、また翌日。

ひきつづいて味方の高翔《こうしょう》や魏延《ぎえん》などが、列柳城《れつりゅうじょう》附近からこの街亭《がいてい》のうしろへも後詰《ごづめ》して、陰に陽に、ここを援《たす》け、魏《ぎ》軍を牽制《けんせい》しつつあると聞《き》こえたので、彼はなお大磐石《だいばんじゃく》をすえているここちをもって、

「魏《ぎ》勢が押し寄せてきたら、逆落《さかおと》しに一撃を喰《く》らわせん」

と、百万軍も呑《の》むような概をもって待ちうけていた。

このとき魏《ぎ》の司馬懿仲達《しばいちゅうたつ》の考えでは、まだ街亭《がいてい》には、蜀《しょく》軍は一兵も来ていまいと観《み》ていたのだった。

ところが、先発した司馬昭《しばしょう》が、先陣の張郃《ちょうこう》に会って、すでに街亭《がいてい》には、蜀旗翩翻《しょくきへんぽん》たる

ものがあると聞かされ、

「それでは、自分の一存で、うかと手出しはできない」

と、急遽《きゅうきょ》引っ返して、父の仲達《ちゅうたつ》に、その趣《おもむき》を話した。

「ああ、さすがは孔明《こうめい》。――神眼。迅速。……もう遅かったか」

仲達《ちゅうたつ》は非常におどろいて、しばし茫然《ぼうぜん》としていた。

四

司馬懿《しばい》はその本陣をややうごかして、街亭《がいてい》、箕谷《きこく》、斜谷《やこく》の三面に遺漏《いろう》なき触覚をはたらかせた。

「ひそかに来いよ」

一夜、彼はわずか十騎ほど連れて、前線へ微行した。

月明を利して、ひそかに敵近き四山《しざん》を巡り、やがて一高地から蜀《しょく》の陣容を望んで、

「こは何事だ」と一瞬、啞然《あぜん》とした後、左右をかえりみて、

「有難《ありがた》し有難《ありがた》し。天の助けか、蜀《しょく》は絶地に陣をとり、自《みずか》ら敗北を待っている」

と語り、本陣へ帰るやいな、帷幕《いばく》の参軍たちを呼び集めて、

「街亭《がいてい》を守る蜀《しょく》の大将はいったい誰か」と、訊《たず》ねた。

そして、馬謖《ばしょく》なりと聞くと、彼はわらって、

「千慮の一失ということはあるが、孔明《こうめい》にも、人の用い方に過《あやま》ることもあるか。山を守っている、蜀《しょく》の大将はまさしく愚物だ。一鼓《いっこ》して破ることができよう」

と、よろこび斜めならずだった。

彼は、張郃《ちょうこう》に命じて、

「山の西、十里の麓に、蜀《しょく》の一陣がある。汝は、それへ攻めかかれ。われは申耽《しんたん》、申儀《しんぎ》のふた手を指揮し、山上の命脈を、たち切るであろう」といった。

仲達《ちゅうたつ》が「山上の命脈」と見たものは、実に、軍中になくてはならぬ「水」であった。

その水を、山上の蜀《しょく》軍は、山の下から兵に汲《く》ませていたのである。魏《ぎ》の張郃《ちょうこう》は、仲達《ちゅうたつ》の旨をうけて、次の日の早天に、兵をひいて、王平《おうへい》軍の孤立《こりつ》を計った。すなわち山上の軍との聯絡《れんらく》を遮断《しゃだん》し、同時に、魏《ぎ》軍が山上兵の水を汲《く》みに通う通路を断つ行動に対して、妨害に出ることができぬように、その途中を切り取ったのであった。

須臾《しゅゆ》の後。

司馬懿《しばい》はみずから魏《ぎ》の大軍を引率して、街亭《がいてい》山麓を十重《とえ》二十重《はたえ》にとりまいてしまった。

そのあいだ、鬨《とき》の声と金鼓《きんこ》の音は雲をうごかし、地をふるわせた。

山上の馬謖《ばしょく》は、

「紅《くれない》の旗がうごくと見たら、いちどにかかって攀《よ》じのぼる魏《ぎ》兵をみなごろしになせ」

と、麓をのぞんで、有利の地を占め、必勝の概、天を衝《つ》くものがあったが、何ぞはからん、魏《ぎ》軍は喊声《かんせい》鼓雷《こらい》のみあげて、山上へ攻め登っては来なかった。

「怯《ひる》んだとみえる。この上はわれから攻め下って、微塵《みじん》になせ」

何しても馬謖《ばしょく》は功に逸《はや》りきっていた。小道小道から逆落《さかおと》しに駈《か》け下《お》り、彼自身は、魏《ぎ》の大将の首二つを獲《え》て山上へもどった。多数の味方は序戦に勝ったが、帰路は精を限《き》らし、また山道を登るので、追撃の新手におびただしく討たれた。

しかも馬謖《ばしょく》は、

「きょうの戦《いくさ》は勝っている」

と、目前の勝負にとらわれていたが、たちまちその夜から水に窮した。

「なに、水の手を断たれた？」

愕然《がくぜん》、気づいたときは、時すでに遅く、以来、奪回《だっかい》をはかる度に、ほとんど算なきまでの損害をくり返した。日を経るに従って、山上の軍馬は渇《かつ》に苦しみ出した。炊《かし》ぐに水もない有様で兵糧すら生か火食のほかなく、意地わるく待てど待てど雨もふらない。そのうちに、「水を汲《く》みにゆく」と称しては、暗夜、山を降りてゆく兵は、みな帰らなかった。討たれたのかと思うと、続々、魏《ぎ》へ投降したものとわかった。

ついには、大量の兵が一団となって、魏《ぎ》へ降《くだ》り、山上の困憊《こんぱい》は司馬懿《しばい》の知るところとなった。

「時分はよし。かかれ」

魏《ぎ》は総攻撃を開始した。

「のがれぬところ」

と、馬謖《ばしょく》もいまは覚悟して、西南の一路からどっと下りた。司馬懿《しばい》はわざと道をひらいてこの窮鼠軍《きゅうそぐん》を通したが、その大兵が山を離れるや初めて袋づつみとして殲滅《せんめつ》にかかった。

街亭《がいてい》の後詰《ごづめ》にあった魏延《ぎえん》、高翔《こうしょう》は、すわと、五十里先から援《たす》けにきたが、その途中には、司馬昭《しばしょう》の伏兵があり、また一面には蜀《しょく》の王平《おうへい》も現《あら》われ、ここに蜀魏《しょくぎ》入り乱れての大混戦が展開されて、文字通り卍 巴《まんじともえ》の戦いとなった。いずれが勝ち、いずれが負けやら戦雲漠々《せんうんばくばく》、終日わからない程だった。

五

街亭《がいてい》の激戦は、帰するところ、蜀《しょく》の大敗に終《おわ》った。

ふもとに陣した王平《おうへい》、後詰《ごづめ》していた魏延《ぎえん》、列柳 城《れつりゅうじょう》まで出ていた高翔《こうしょう》など、一斉に奮《ふる》い出《で》て、馬謖《ばしょく》の軍を援《たす》けたが、いかんせん、馬謖《ばしょく》軍そのものの本体が、十数日のあいだ、山上にあって水断ちの苦計にあい、兵馬ともにまったく疲れはてていたので、これは戦力もなく、ただ潰乱混走《かいらんこんそう》して、魏《ぎ》軍の包囲下に手頃な餌食《えじき》となってしまった。

しかし、野にかけ山へわたって、戦火は三日三夜のあいだ赤々と燃えひろがっていた。

魏延《ぎえん》が馬謖《ばしょく》の救出にうごくことも察知していた司馬懿《しばい》は、司馬昭《しばしょう》に命じて、その横を衝《つ》き、張部《ちょうこう》はおびただしい奇兵を駆って、

「蜀《しょく》の名だたる大将首を」と、これもその大包囲鉄環のうちにとらえんとしたが、王平《おうへい》軍、高翔《こうしょう》軍の側面からの援《たす》けもあって、遂に意を達するにいたらなかった。

しかし魏延《ぎえん》の軍も大損害をうけたし、王平《おうへい》軍もまた創痍満身《そういまんしん》の敗れ方だった。四日目の朝、やっと敗残の兵をまとめて、

「この上は、列柳城《れつりゅうじょう》へ集まって、善後の処置を図ろう」

という高翔《こうしょう》の意見にまかせて、そこへ急いだ。

ところが、またまた、その途中で測らざる新手の敵に遭遇してしまった。——曹真《そうしん》の副《ふく》都督郭淮《ととくかくわい》の軍隊だった。

郭淮《かくわい》は、大都督《だいととく》曹真《そうしん》とともに祁山《きざん》の前に陣し、孔明《こうめい》の本軍と対峙《たいじ》していたが、街亭陥《がいていお》つとの報《しら》せを聞いて、

(司馬懿《しばい》ひとりの功にさせるは癪《しゃく》だ)

と、いうような卑劣な気持《きもち》から、にわかに列柳城《れつりゅうじょう》を取りにきたものだった。魏延《ぎえん》や高翔《こうしょう》は、

「この新手と戦うのは自殺するも同じである」

となして、急に道をかえて、陽平関《ようへいかん》へ走り、一まずそこを守っていた。郭淮《かくわい》はそれを知って、難なく列柳城《れつりゅうじょう》へ入れるものと思い、城下まで来ると、城頭から爆煙石砲の音をあげ、おびただしい旗がうごくのを見た。

「や、まだ蜀軍《しょく》がいるのか」

と、よく見ると、みな魏旗《ぎき》であり、一きわ目立つ紅《くれない》の大旗には、金繡《きんしゅう》の文字あざやかに、平西都督《へいせいととく》驃騎《ひょうき》将軍司馬懿《しばい》と読まれた。

「郭淮《かくわい》。何しに見えられたか」

と、その辺りから声がするのでよく見ると、まぎれもない司馬懿仲達《しばいちゅうたつ》が、櫓《やぐら》の高欄《こうらん》に倚《よ》って、疎髯《そぜん》を風になぶらせながら、呵々《かか》と大笑しているではないか。

郭淮《かくわい》は大いに驚き、心ひそかに、われ到底この人に及ばずと、内に入って対面を遂げ、心服をあらわして敬拝した。

「街亭《がいてい》の破れた上は、孔明《こうめい》も逃げ走るほかないであろう。貴下はすみやかに貴トの軍勢をもって孔明《こうめい》を追い崩し給《たま》え」

仲達《ちゅうたつ》の言葉に、郭淮《かくわい》は唯々《いい》諾々《だくだく》ふたたび城を出た。つづいて彼は麾下《きか》の張郃《ちょうこう》を招いて云《い》った。

「敵の魏延《ぎえん》、王平《おうへい》の徒は、敗軍をひいて、陽平関《ようへいかん》を守るであろうが、それに釣られて、軽々しく追い攻めをかけると、たちまち孔明《こうめい》が後を取って、大勢の挽回《ばんかい》を計るにちがいない。兵法にも――帰ル師《イクサ》ヲ掩《オオ》ウコト勿《ナカ》レ、窮《キワ》マル寇《アダ》ヲ追ウ勿《ナカ》レ――と戒めている。故に、われはかえって今、小路《こうじ》から蜀《しょく》勢のうしろへ廻《まわ》ろう。ご辺は山路を経て箕谷《きこく》へすすめ、そして蜀《しょく》軍が滔々《とうとう》と崩れ立っても、これを全滅せんなどと急に追うな。武器、兵糧、馬、物具《もののぐ》などを収めて、駸々《しんしん》と斜谷《やこく》を取りひろげ、やがて西城《せいじょう》を占領して後、さらに次の作戦に入ろう。――西城《せいじょう》は山間の小県ではあるが、あれには蜀《しょく》の兵糧が蓄えてあるに相違ない。遠征流浪《るろう》の蜀《しょく》軍から糧食をとりあげてしまえば、彼らの敗退は必然的で、敢《あ》えて、わが軍が多くの犠牲をはらう必要もない」

張郃《ちょうこう》は、命をうけて、おびただしい魏《ぎ》兵を箕谷《きこく》へ率いて行った。

申耽《しんたん》、申儀《しんぎ》のふたりを、列柳城《れつりゅうじょう》にとどめて、司馬懿《しばい》自身も前進した。

彼の戦法は、勝てば勝つほど、堅実を加えていた。

この頃、孔明《こうめい》の立場と、その胸中の遺憾《いかん》はどうであったろうか。いや、それより前に、王平《おうへい》の急使が街亭《がいてい》の布陣の模様を、書簡と共に図面として添えてきたので、彼は一見する

とともに、

「あっ。馬謖《ばしょく》のばか者」

と、はたとばかり当惑の眉《まゆ》をひそめたのであった。

六

「あれほど申し含めたのに」

と、事に悔いぬ孔明《こうめい》も、このときばかりは、

「馬謖匹夫《ばしょくひっぷ》。ついにわが軍を求めて陥穽《かんせい》に陥らしめたか――」

と、惨涙《さんるい》独語して、その下唇を血のにじむほど嚙《か》みしめていた。

長史楊儀《ちょうしようぎ》は、まだかつて見たこともない孔明《こうめい》の無念そうな容子《ようす》に、畏《おそ》る畏《おそ》る、

「何をそのように悵嘆《ちょうたん》なされますか」

と、慰《なぐさ》める気で訊《たず》ねた。

「これを見よ」と、王平《おうへい》の書簡と、布陣図を投げてやって、

「若輩馬謖《じゃくはいばしょく》めは、要道の守りをすてて、わざわざ山上の危地に陣取ってしまった。何たる愚だ。魏《ぎ》軍が麓を取巻《とりま》いて水の手を切り取ったらそれまでではないか。いくら若いにせよ、こうまで浅慮者《あさはかもの》とは思わなかった」

「いや、それならば直ちに、私が参って、丞相《じょうしょう》の命令なりと、急いで布陣を変えましょう」

「さ。――それが間にあえばよいが。――敵は司馬懿《しばい》仲達《ちゅうたつ》、おそらくは」

「でも、昼夜を通して急げば」

と、楊儀《ようぎ》が、軍をととのえているまに、すでに早馬また早馬が殺到し、街亭《がいてい》の敗れ、列《れつ》柳城《りゅうじょう》の喪失をつづいて告げた。

孔明《こうめい》は天を仰いで痛哭《つうこく》した。

「――大事去れり矣。ああ、大事去る」

と、そして、一言、

「わが過ちであった！」と、ひとり叫んだ。

「関興《かんこう》やある。張苞《ちょうほう》やある」

あわただしく呼ばれて、二将は孔明《こうめい》のまえに立った。

「何事ですか」

「各々《おのおの》、三千騎をひきい、武功山《ぶこうざん》の小路《こみち》に拠《よ》れ。魏《ぎ》軍を見ても、これを討つな。ただ鼓《こ》を轟《とどろ》かせ喊声《かんせい》を張れ。敵おのずから走るであろうが、なお追うな、また討つな。そしていよいよ敵の影なきを見とどけた後、陽平関《ようへいかん》へ入れ。陽平関《ようへいかん》へ」

「承知いたしました」

孔明《こうめい》はつづいて、

「張翼《ちょうよく》、来《き》たれ」

と、帷幕《いばく》へよびつけ、汝は一軍を引率して、剣閣《けんかく》（陝西《せんせい》・甘粛《かんしゅく》の省界）の道なき山に道を作れと命じ、悲調な語気で、

「——われこれより回《かえ》らん」と、いった。

彼はすでに総退却のほかなきを覚《さと》ったのである。密々《みつみつ》、触れをまわして引揚《ひきあ》げの準備をさせ、一面、馬岱《ばたい》と姜維《きょうい》のふた手を殿軍《しんがり》に選び、

「そち達は、山間《やまあい》に潜《ひそ》み、敵来《きた》らば防ぎ、逃げつづいて来《きた》る味方を容《い》れ、その後、頃を測って引揚《ひきあ》げよ」

と、悲痛な面《おもて》で云《い》い渡《わた》した。

また、馬忠《ばちゅう》の一軍には、

「曹真《そうしん》の陣を横ざまに攻め立てておれ。彼はその気勢に怖《おそ》れて、よもや圧倒的な行動には出てきまい。……その間に、われは人を派して、天水《てんすい》、南安《なんあん》、安定《あんてい》の三郡の軍官民のすべてをほかへ移し、それを漢中《かんちゅう》へ入れるであろう」

退却の手筈《てはず》はここに調《ととの》った。

かくて孔明《こうめい》自身は、五千余騎をつれ、真先《まっさき》に、西城県《せいじょうけん》へ行った。そしてそこに蓄えてある兵糧をどしどし漢中《かんちゅう》へ移送していると、たちまち、報ずる者あって、

「たいへんです。司馬懿《しばい》みずから、およそ十五万の大軍をひきい、真直《まっす》ぐにこれへ襲《よ》せてくる様子です」と、声を大にして伝えた。

孔明《こうめい》は愕然《がくぜん》と色をうしなった。――左右をかえりみるに、力とたのむ大将の主なる者はほとんど諸方へ分けてこれという者もいない。残っているのはみな文官ばかりである。のみならず、さきに従えてきた五千余の兵力も、その半分は、兵糧移送の輜重《しちょう》につけて、漢中《かんちゅう》へ先発させ、西城県《せいじょうけん》の小城のうち、見わたせば、寥々《りょうりょう》たる兵力しか数えられなかった。

「魏《ぎ》の大軍が、雲霞《うんか》のように見えた。あれよ、麓から三道に潮《うしお》のごとく見えるものすべて魏《ぎ》の兵、魏《ぎ》の旗だ。……」

城兵はうろたえるというよりは、むしろ呆《あき》れて、人心地もなく、顔の血も去喪《きょそう》してただふるえていた。

「ああ、寄せも寄せたり。揃《そろ》えも揃《そろ》えたり。なんと、おびただしくも物々《ものもの》しい魏《ぎ》の軍立《いくさだ》てよ」

孔明《こうめい》は、櫓《やぐら》に立って、敵ながら見事と、寄手《よせて》の潮《うしお》を眺めていた。

七

この小城、この寡兵《かへい》。

いかに防げばとて、戦えばとて、眼にある魏《ぎ》の大軍に対しては、海嘯《つなみ》の前の土塀ほどな支えもおぼつかない。

孔明《こうめい》は櫓《やぐら》の高楼から身を臨ませて、喪心狼狽《そうしんろうばい》、墓場の風のごとく去喪《きょそう》している城兵に向《むか》って、こう凛《りん》と、命を下した。

「四門《しもん》を開けよ。開け放て。——門々には、水を打ち、篝《かがり》を明々《あかあか》と焚《た》き、貴人を迎えるごとく清掃せよ」

そしてまた、いちだん声たかく、

「みだりに立騒《たちさわ》ぐ者は斬《き》らん。整々粛々、旗をそろえよ。部署部署、旗の下をうごくなかれ。静かなること林のごとくあれ。——門ごとの守りの兵は、わけて長閑《のどか》に団欒《まどい》して、敵近づくも居眠るがごとくしてあれ」

命を終《お》わると、彼は、日頃いただいている綸巾《りんきん》を華陽巾《かようきん》にあらため、また衣も新しき鶴《かく》氅《しょう》に着かえて、

「琴を持て」

と、ふたりの童子《どうじ》を従えて、櫓《やぐら》の一番上へのぼって行った。

そして高楼の四障も開け払い、香を燻《た》き、琴をすえて端然《たんぜん》と坐《ざ》した。

はやくも、ひたひたと襲《よ》せてきた魏《ぎ》の先陣は、遠くこれを望見して、怪《あや》しみ疑い、直ちに、中軍の司馬懿《しばい》に様子を訴えた。

「なに。琴を弾いている？」

仲達《ちゅうたつ》は信じなかった。

自身、馬をとばして、先陣へ臨み、近々と城の下まで来て眺めた。

「おお。……諸葛亮《しょかつりょう》」

仰ぐと、高楼の一層、月あかるき処《ところ》、香《こう》を燻《た》き、琴を調べ、従容《しょうよう》として、独り笑《え》めるかのような人影がある。まさに孔明《こうめい》その人にちがいない。

清麗な琴の音は、風に遊んで欄《らん》をめぐり、夜空の月に吹かれては、また満地の兵の耳へ、露のごとくこぼれてきた。

「……？」

司馬懿《しばい》仲達《ちゅうたつ》は、なぜともなく、ぶるぶると身を慄《ふる》わせた。

――いざ、通られよ。

と誰か迎え出ぬばかり目の前の城門は八文字に開放されてあるではないか。

しかもそこここと水を打って清掃してあるあたり、篝《かがり》の火も清らかに、門を守る兵までが、膝《ひざ》を組み合ってみな居眠っている様子である。

彼は、やにわに、

「――退《ひ》けっ。退《ひ》けっ」

と先陣の上に鞭《むち》を振った。

驚いて、次男の司馬昭《しばしょう》が云《い》った。

「父上、父上。――敵の詭計《きけい》に相違ありません。何で退《ひ》けと仰せられますか」

「否々《いないな》」

司馬懿《しばい》はつよくかぶりを振った。

「四門《しもん》を開き、あの態《てい》たらくは、我を怒らせ、我を誘い入れんの計と思われる。迂闊《うかつ》すな。相手は諸葛亮《しょかつりょう》。――測《はか》り難《がた》し測《はか》り難《がた》し、退《ひ》くに如《し》くはない」

遂に魏《ぎ》の大軍は夜どおし続々と引き退《ひの》いてしまった。

孔明《こうめい》は手を打って笑った。

「さしもの司馬懿《しばい》も、まんまと自己の智に負けた。もし十五万の彼の兵が城に入ってきたら、一琴《いっきん》の力何かせん。天佑《てんゆう》、天佑《てんゆう》」

且《か》つなお部下へいった。

「城兵わずか二千、もし恐れて逃げ走っていたら、今頃はもう生擒《いけど》られていたであろう。――さるを司馬懿《しばい》は今頃、ここを退《ひ》いて道を北山《ほくざん》に取っているにちがいないから、かねて伏せておいた我が関興《かんこう》、張苞《ちょうほう》らの軍に襲われ、痛い目に遭《お》うているにちがいない」

彼は即時、西城《せいじょう》を出て、漢中《かんちゅう》へ移って行った。西城《せいじょう》の官民も、徳を慕って、あらかた漢中《かんちゅう》へ去った。

孔明《こうめい》の先見にたがわず、司馬懿《しばい》軍は北山《ほくざん》の峡谷《きょうこく》にかかるや蜀《しょく》の伏勢に襲撃された。ここで一勝を博した関興《かんこう》と張苞《ちょうほう》は、敢《あ》えて追わず、ただ敵が捨て去ったおびただしい兵器糧食を収めて漢中《かんちゅう》へいそいだ。

また祁山《きざん》の前面にあった曹真《そうしん》の魏《ぎ》本軍も、孔明《こうめい》ついに奔《はし》ると聞くや、にわかに揺るぎだして追撃にかかろうとしたが、馬岱《ばたい》、姜維《きょうい》の二軍に待たれて、これも強《したた》か不意を討たれた。

その折、魏《ぎ》は大将陳造《ちんぞう》を失った。

八

漢中《かんちゅう》に入ると、孔明《こうめい》はすぐ伝令を派して、箕谷《きこく》の山中にある趙雲《ちょううん》と鄧芝《とうし》へ、

「予は、つつがなく漢中《かんちゅう》へ退《ひ》いた。殿軍《しんがり》の労を謝す。卿《けい》らまたつつがなく此処《ここ》に来《きた》らんことを祈る」と、云《い》い送《おく》った。

ここは国境第一の嶮路《けんろ》である。加うるに友軍はみな漢中《かんちゅう》へ退いて、いわば掩護《えんご》のために、山中の孤軍となった二将であったが、趙雲子龍《ちょううんしりゅう》はさすがに千軍万馬の老将、おもむろに退却の準備にかかった。

まず、鄧芝《とうし》の軍を先発させ、彼はとどまって谷のうちに潜《ひそ》んだ。魏《ぎ》の副都督《ふくとく》郭淮《かくわい》は、

「祁山《きざん》の捨《す》て児《ご》が退《ひ》きだしたぞ。ひとりも漢中《かんちゅう》へかえすな」と、猛然追撃にかかり、部下の将、蘇顒《そぎょう》をして、軽騎三千ばかりひきい、さしもの細道を、飛ぶが如《ごと》くいそがせた。

「趙雲《ちょううん》はここにおる。来《きた》れるものは何奴《なにやつ》か」

突如として、神異《しんい》の相をそなえた一老将が、槍《やり》を構えて、彼の前にあらわれた。

「や。趙雲《ちょううん》がここにもいた」

と、蘇顒《そぎょう》はふるい恐れつつも兵を励まして戦ったが、ついに趙雲《ちょううん》に打たれてしまった。

「口ほどもない」

と、趙雲《ちょううん》はしずしず後退をつづけていた。すると、また、郭淮《かくわい》の一手の大将万政《ばんせい》が、前にもまさる兵力で追いついてきた。

「足場は絶好だ」

趙雲《ちょううん》は、ひきいている部下に向《む》かって、

「汝らは、三十里先の峰で待っておれ。あとから行く」

と、旗本数名を身辺にのこしたのみで、全部先へやってしまった。

そして嶮《けわ》しい細道の坂上に、作りつけの武者人形のように構えていた。

万政《ばんせい》はやって来たが、これを仰ぐと、近づき得なかった。で、郭淮《かくわい》に会って、

「趙子龍《ちょうしりゅう》は、まだ以前の面影を失っていません。恐らくは、大なる損害を求めましょう」

と訴えたが、郭淮《かくわい》は、

「麒麟《きりん》も老《お》ゆれば、駑馬《どば》というではないか、そのむかしの豪雄とて何ほどのことがあるものか」

と、強《た》って、それに当《あた》らせた。

道の左右は砥《と》の如《ごと》き絶壁だし、彼は坂の上に立って、狭い口を塞《ふさ》いでいるので、大兵もついに用をなさない。

駈《か》け上《あ》がる者、当《あた》る者、みな趙雲《ちょううん》の槍《やり》に血を煙《けぶ》らせて仆《たお》れた。

日が暮れた。敵が怯《ひる》むのを見て、趙雲《ちょううん》は、馬を先へすすめて行く。

「それうごいたぞ」

万政《ばんせい》は追いかけた。

一林の中まで来ると、

「来たか」

趙雲《ちょううん》の影が、ふいに、跳びかかってきた。万政《ばんせい》はうろたえたあまり、馬もろとも、谷間へ落ちた。

「そこまで、命をとりにゆくのは面倒だ。陣へもどったら郭淮《かくわい》にいえ。またいつかきっと会うぞと」

趙雲《ちょううん》はついに味方の一兵も損せず、しずかに漢中《かんちゅう》へひきあげた。

その後――

司馬懿《しばい》仲達《ちゅうたつ》は、蜀《しょく》軍すべて、旗を捲《ま》いて、漢中《かんちゅう》へ逃《に》げ籠《こも》ったのを見とどけてから、やがて西城《せいじょう》へ軍を移して、なおその地に残っていた百姓たちを呼びあつめ、

「敵を慕って、漢中《かんちゅう》へ逃散した百姓どもは魏《ぎ》の仁徳を知らないのだ。おまえたちは先祖からの地をうごいてはならぬ」と、訓誡を与え、その後で孔明《こうめい》の施政《しせい》ぶりや、また孔明《こうめい》がこの城にいたときの容子《ようす》をいろいろ訊《たず》ねた。

ひとりの老百姓がいった。

「都督《ととく》様が大軍をひきいてこの西城《せいじょう》をお攻めになろうとした時、孔明《こうめい》の下《もと》には、弱そうな蜀《しょく》兵が、わずか二千ほどしかおりませんでした。どうして急にあのときお引揚《ひきあ》げになってしまわれたのでしょう。てまえどもはふしぎに存じておりました」

初めて、孔明《こうめい》の計と知った司馬懿《しばい》は、その時には、何の顔いろも見せなかったが、後、

独り天を仰いで長嘆し、

「我勝てり。併《しか》しついに、我孔明《こうめい》に及ばずであった」

と、喞《かこ》った。そしていよいよ各所の要害を厳重に守り固めさせ、やがて長安《ちょうあん》へ向《むか》って凱旋《がいせん》の途についた。

馬謖《ばしょく》を斬《き》る

一

長安《ちょうあん》に還《かえ》ると、司馬懿《しばい》は、帝曹叡《そうえい》にまみえて、直ちに奏した。

「隴西《ろうせい》諸郡の敵はことごとく掃討しましたが、蜀《しょく》の兵馬はなお漢中《かんちゅう》に留《とど》っています。必ずしもこれで魏《ぎ》の安泰が確保されたものとはいえません。故にもし臣をして、さらにそれを期せよと勅し給《たま》わるならば、不肖、天下の兵馬をひきい、進んで蜀《しょく》に入って、寇《あだ》の根を絶ちましょう」

帝は、然《しか》るべしと、彼の献言を嘉納《かのう》されんとしたが、尚書《しょうしょ》の孫資《そんし》が大いに諫《いさ》めた。

「むかし太祖武祖《たいそぶそ》（曹操《そうそう》のこと）が張魯《ちょうろ》を平《たいら》げたもう折、群臣を戒められて、――南鄭《なんてい》の地は天獄たり、斜谷《やこく》は五百里の石穴《せっけつ》、武を用うる地にあらず――と仰せられたお言葉があります。いまその難を踏み、蜀《しょく》に入らんか、内政の困難をうかがって、呉《ご》がわが国の虚を衝《つ》いてくることは必然だといえましょう。如《し》かず、なお諸境を堅守して、ひたすら国力を充実し、蜀呉《しょくご》の破綻《はたん》を待つべきではありますまいか」

帝は、両説に迷って、

「司馬懿《しばい》。如何《いか》に」

と、たずねた。仲達《ちゅうたつ》は、

「それもまた公論、易安《いあん》の一理です」

と、あえて逆《さか》らわなかった。

そこで孫資《そんし》の方針が採りあげられ、長安《ちょうあん》の守備には郭淮《かくわい》、張郃《ちょうこう》をとどめ、そのほか要路の固めも万全を尽《つく》して、帝は洛陽《らくよう》へ還幸した。

ときに孔明《こうめい》は漢中《かんちゅう》にあり、彼としてはかつて覚えなき敗軍の苦杯をなめ、総崩れの後始末をととのえていた。

すでに、各部隊のあらかたは、続々、漢中《かんちゅう》へ引揚《ひきあ》げていたが、まだ趙雲《ちょううん》と鄧芝《とうし》の二部隊がかえって来ない。

その無事を見るまでは、彼はなお一身の労《つか》れをいたわるべきでないと、日々、「まだか……」と、待ち案じていた。

趙《ちょう》、鄧《とう》の二部隊は、やがて全軍すべてが漢中《かんちゅう》に集まった最後になって、ようやく嶮路《けんろ》をこえてこれへ着いた。その困難と苦戦を極めた様子は、部隊そのものの惨たるすがたにも見てとれた。

孔明《こうめい》はみずから出迎えて、

「聞けば将軍は鄧芝《とうし》の隊を先へ歩ませ、自軍は後にし、さらに自身はつねに敵と接し、以《もっ》てよく最後の殿《しんがり》を果《はた》されて来たそうな。老いていよいよ薫《かんば》しき武門の華、あなた如《ご》き人こそ真の大将軍というものであろう」

と、斜めならず、その労をねぎらい、なお庫内の黄金五十斤《きん》と絹一万疋《びき》を賞として贈った。

けれど趙雲《ちょううん》は固く辞してそれを受けない。そしていうには、

「三軍いま尺寸の功もなく、帰するところそれがしらの罪も軽くありません。さるをかえって恩賞にあずかりなどしては、丞相《じょうしょう》の賞罰あきらかならずなどと誹《そし》りの因《もと》にもなりましょう。金品はしばらく庫内にお返しをねがって、やがて冬の頃ともなり、なにかと物不

自由になった時分、これを諸軍勢に少しずつでも頒《わか》ち給《たま》われば、寒軍の中に一脈の暖気を催しましょう」

孔明《こうめい》はふかく感嘆した。かつて故主玄徳《げんとく》が、この人をあつく重用し、この人にふかく信任していたことをさすがにといま新たに思い出された。

このような麗しい感動に反して、彼の胸にはまたべつに、先頃からまだ解決をつけていない一つの苦しい宿題があった。馬謖《ばしょく》の問題である。

馬謖《ばしょく》をいかに処分すべきかということだった。

「王平《おうへい》を呼べ」

ついに処断を決するため。彼は一日、重々しい語気を以《もっ》て命じ、軍法裁きを開いた。

王平《おうへい》がやがて見えた。孔明《こうめい》は、街亭《がいてい》の敗因を、王平《おうへい》の罪とは見ていないが、副将として、馬謖《ばしょく》へつけてやった者なので、

「――前後の事情を申せ。つつまず当時のいきさつを申し述べよ」

と厳《おごそ》かに、まず彼の陳述《ちんじゅつ》からさきに訊《き》いたのであった。

二

王平《おうへい》はつつまず申し立てた。

「――街亭《がいてい》の布陣には、その現地へ臨む前から、篤《とく》と丞相《じょうしょう》のお指図もありましたゆえ、それがしとしては、万遺漏《ばんいろう》なきことを期したつもりであります。けれど、何分にも、てまえは副将の位置にあり、馬謖《ばしょく》は主将たるために、自分の言も聞かれなかったのでありました」

軍法裁判である。王平《おうへい》としては身の大事でもあったから、馬謖《ばしょく》を庇《かば》っていられなかった。なお忌憚《きたん》なく述べ立てた。

「初め、現地に赴くと、馬謖《ばしょく》は何と思ったか、山上に陣を取るというので、それがしは、極力、その非を主張し、ついに彼の怒りにふれてしまい、やむなくそれがしの軍のみ、山麓の西十里に踏みとどまりました。けれどひとたび魏《ぎ》の勢が雲霞《うんか》のごとく攻め来ったときは、五千の小勢は、到底、その抗戦に当《あた》り得《え》ず、山上の本軍も、水を断たれて、まったく士気を失い、続々、蜀《しょく》を脱して魏《ぎ》の降人に出る者があとを絶たない有様となりました。……まことに、街亭《がいてい》は全作戦地域の急所でした。一《いっ》たんここの防ぎが破れだすと、魏延《ぎえん》、高翔《こうしょう》、その他の援《たす》けも、ほとんど、どうすることもできません。――以後の惨澹《さんたん》たる情況はなお諸将よりお訊《き》き願《ねが》わしゅうぞんじます。それがしとしては唯《ただ》、その初めより終《おわ》りまで、丞相《じょうしょう》のお旨をあやまらず、また最善の注意を以《もっ》て事に当《あた》ったつもりで、そのことだけは、誓って、天地に辱《は》じるものではございません」

「よし。退《さ》がれ」

口書《くちがき》を取って、さらに、孔明《こうめい》は魏延《ぎえん》や高翔《こうしょう》を呼出《よびだ》して、一応の調べをとげ、最後に、

「馬謖《ばしょく》をこれへ」

と、吏に命じて、連れてこさせた。

馬謖《ばしょく》は、帳前に畏《かしこ》まった。見るからに打ちしおれている姿である。

「……馬謖《ばしょく》」

「はい」

「汝は、いとけなき頃より兵書を読んで、才秀《ひい》で、よく戦策を暗誦《そらん》じ、儂《み》もまた、教うるに吝《やぶさ》かでなかった。しかるに、このたび街亭《がいてい》の守りは、儂《み》が丁寧にその大綱を授けつかわしたにかかわらず、ついに取り返しのつかぬ大過を犯したのはいかなるわけか」

「……はい」

「はい、ではないっ。あれほど、街亭《がいてい》はこれわが軍の喉《のんど》にもあたる所ぞ、一期《いちご》の命にかけても重任を慎《つつ》しみ守《まも》れと、口のすっぱくなるばかり門出にもいい与えておいたではないか」

「面目次第もありません」

「咄《とつ》。乳臭児《にゅうしゅうじ》。――汝もはやもう少しは成人していたかと思っていたが、案外なるたわ

け者であった」

憮然《ぶぜん》として痛嘆する孔明《こうめい》の呟《つぶや》きを聞くと、馬謖《ばしょく》は日頃の馴《な》れた心を勃然《ぼつぜん》と呼《よ》び起《おこ》して、その面《おもて》にかっと血の色をみなぎらして叫んだ。

「王平《おうへい》は、何と申し立てたか知りませんが、あれ程な魏《ぎ》の大兵力が来たんでは、誰が当《あた》ってもとても防ぐことは難しいでしょう」

「だまれ」

睨《ね》めつけて、

「その王平《おうへい》の戦いぶりと、汝の敗北とは、問題にならない程ちがう。彼は、麓に小塞《しょうさい》を築いて、すでに蜀《しょく》軍が総崩れとなっても、小隊の隊伍《たいご》を以《もっ》て、整々とみだれず、よく進退していたため、敵も一時は彼に伏兵やある、なんらかの詭策《きさく》やある、と疑って敢《あ》えて近づかなかった程だったという。――これは蜀《しょく》全軍に対して後の掩護《えんご》となっておる。――それにひきかえ汝は備えの初めに、王平《おうへい》の諫《いさ》めも用いず、我意を張って、山上に拠《よ》るの愚を敢《あ》えてしているではないか」

「そうです。けれど兵法にも……高キニ拠《ヨ》ッテ低キヲ視《ミ》ルハ勢イスデニ破竹……とありますから」

「ばかっ」

孔明《こうめい》は耳をふさぎたいような顔をしていった。

「生兵法《なまびょうほう》。まさに汝のためにあることばだ。今は何をかいおう。――馬謖《ばしょく》よ。おまえの遺族は死後も孔明《こうめい》がつつがなく養ってとらせるであろう。……汝は。汝は。……死刑に処す」

いい渡すと、孔明《こうめい》は、面《おもて》をそむけて、武士たちの溜《たま》りへ向《むか》い、

「すみやかに、軍法を正せ。この者を曳《ひ》き出《だ》して、轅門《えんもん》の外において斬《き》れ」

と、命じた。

三

馬謖《ばしょく》は声を放って哭《な》いた。

「丞相《じょうしょう》、丞相《じょうしょう》。私が悪うございました。もし私をお斬《き》りになることが、大義を正すことになるならば、謖《しょく》は死すともお恨みはいたしません」

死をいい渡されてから、彼は善性をあらわした。それを聞くと孔明《こうめい》も涙を垂れずにはいられなかった。

仮借《かしゃく》なき武士たちは、ひとたび命をうくるや、馬謖《ばしょく》を拉《らっ》して轅門《えんもん》の外へ引っ立てたちまちこれを斬罪《ざんざい》に処そうとした。

「待て。しばし猶予《ゆうよ》せい」

これは折ふし外から来合《きあわ》せた成都《せいと》の使い、蔣琬《しょうえん》の声だった。彼はちょうどこの場へ来《き》合《あわ》せ、倉皇《そうこう》、営中へ入って、すぐ孔明《こうめい》を諫《いさ》めた。

「閣下、この天下多事の際、なぜ馬謖《ばしょく》のような有能の士をお斬《き》りになるのか。国家の損失ではありませんか」

「おお、蔣琬《しょうえん》か、君のごとき人物がそんな事を予に質問するのこそ心得ぬ。孫子《そんし》もいった。

――勝チヲ天下ニ制スルモノハ法ヲ用ウルコト明ラカナルニ依《ヨ》ル――と。四海《しかい》わかれ争い、人と人との道みな紊《みだ》るとき、法をすて、何をか世を正し得べき……ふかく思い給《たま》え、ふかく」

「でも、馬謖《ばしょく》は惜しい、実に惜しいものだ。……そうお思いになりませんか」

「その私情こそ尤《ゆう》なる罪であって、馬謖《ばしょく》の犯した罪はむしろそれより軽い。けれど、惜しむべきほどな者なればこそ、なお断じて斬《き》らなければならぬ。……まだ斬《き》らんのか。何をしておる。早く、首をみせよ」

孔明《こうめい》は、侍臣《じしん》を走らして、さらに催促させた。――と、間もなく、変《かわ》り果《は》てた馬謖《ばしょく》のすがたが、首となってそこへ供えられた。ひと目見ると、孔明《こうめい》は、

「ゆるせ、罪は、予の不明にあるものを」

と、面《おもて》を袖におおうて、床《ゆか》に哭《な》き伏《ふ》した。

とき蜀《しょく》の建興《けんこう》六年夏五月。若き馬謖《ばしょく》はまだ三十九であったという。首はただちに、陣々に梟示《きょうし》され、また、軍律の一文が掲げられた。

その後、糸をもって、胴に縫いつけ、棺にそなえて、あつく葬られた。かつ、その遺族は、長く孔明《こうめい》の保護によって、不自由なき生活を約されたが、孔明《こうめい》の心は、決して、慰められなかった。

——罪、我にあり。

孔明《こうめい》の自責は、みずから刃《やいば》を身に加えたいほどだった。しかし蜀《しょく》の危急はさし迫っている。なおかつ先帝の遺託もある。彼は身の重責を思うと死ぬにも死ねない思いを新たに持つ。そして遂に、こういう形をとるほかなかった。

成都《せいと》へ帰る蔣琬《しょうえん》に託して、彼は一文を表して、蜀帝《しょくてい》に奏した。

それは全章、慚愧《ざんき》の文ともいうべきものだった。このたびの大敗が、帰するところまったく自己の不明にあることを深く詫《わ》び、国家の兵を多大に損じた罪を謝して、

（——臣亮《りょう》は三軍の最高に在りますために、たれも臣の罪は罰するものがありません。故に、自分みずから臣職の位《くらい》を三等貶《おと》して、丞相《じょうしょう》の職称は宮中へお返し申しあげたいとぞんじます。ねがわくはしばし亮《りょう》の寸命だけはおゆるしおき希《ねが》います）

という意味のものだった。

帝は大敗の報に非常に胸をいためておられたところであるが、孔明《こうめい》の表《ひょう》を読むやなお心を悩まされ、勅使を派して、

「丞相《じょうしょう》は国の大老である。一失ありとて、何で官位を貶《おと》してよいものぞ。どうか旧《もと》の職にとどまってさらに、士気を養い、国を治めよ」

と、伝えさせたが、

「すでに、馬謖《ばしょく》を斬《き》って、法の尊厳をあきらかにしたものを、私《わたくし》みずからそれを曖昧《あいまい》にするようなことでは、到底、このさきの軍紀を正し、蜀《しょく》の国政にあずかることもできません」

孔明《こうめい》はそう拝答するのみで、どうしても旧職に復さなかった。

やむなく朝廷でも、ついに彼の希《ねが》いを容《い》れ、同時に丞相《じょうしょう》の称を廃して、

「以後は、右将軍として、兵を総督せよ」

と、任命した。

孔明《こうめい》はつつしんで拝受した。

四

いかなる強国でも、大きな一敗をうけると、その後は当然、士気も衰え、民心を銷沈《しょうちん》するのが常である。

しかし蜀《しょく》の民は気を落《おと》さなかった。士気もまた、

「見ろ、この次は」

と、かえって烈々たる敵愾心《てきがいしん》を燃えあがらせた。

孔明《こうめい》が涙をふるって馬謖《ばしょく》を斬《き》ったことは、彼の一死を、万世に活かした。

（——時ニ二十万ノ兵、コレヲ聞イテミナ垂泣《スイキュウ》ス）と「襄陽記《じょうようき》」の内にも見える。

そのため、敗軍の常とされている軍令紀律の怠りは厳正にひきしめられ、また孔明《こうめい》自身が官位を貶《おと》して、ふかく自己の責任をおそれている態度も、全軍の将士の心に、

「総帥《そうすい》の咎《とが》は、全兵の咎《とが》だ。わが諸葛亮《しょかつりょう》ひとりに罪を帰してはおけない。今に見ろ」

という敵愾心《てきがいしん》をいよいよ深めた。

馬謖《ばしょく》の死は、犬死《いぬじに》でない、と共に、孔明《こうめい》はなお善行を顕賞した。さきには老将軍の趙《ちょう》雲《うん》をねぎらったが、王平《おうへい》が街亭《がいてい》の戦に、軍令に忠実であった点を賞して、彼を新たに参軍へ昇進させた。

勅令をおびて漢中《かんちゅう》に来ていた費禕《ひい》が、ある時、彼をなぐさめる気でいった。

「西城《せいじょう》の多くの百姓が、閣下を慕って、漢中《かんちゅう》へ移ってきたと聞いて、蜀《しょく》中の百姓はみな

よろこんでおりますよ」

孔明《こうめい》は、苦々しそうに、つぶやいた。

「普天《ふてん》の下《もと》、漢土《かんど》でないところはない。あなたの言は、国家の威力がなお足らないことをいっているのと同じだ」

「姜維《きょうい》という大将を獲られたそうではありませんか。帝にもたいへんおよろこびでした」

「お追従《ついしょう》は止《よ》して下さい。ひとりの姜維《きょうい》を得たとて、街亭《がいてい》の大敗は補えません。いわんや失った蜀《しょく》兵をや。諂《へつら》いは軍中の禁物です」

いい、はたから見ると、度が過ぎると思われる程、彼はなお自責して慎《つつ》しみを守っていた。

また、ある人が、孔明《こうめい》にこういったこともある。

「神算ある閣下のこと、再び兵を出して魏《ぎ》に返報をすることはもうお胸にあるでしょう」

「いや、そうもいかん」

孔明《こうめい》はかぶりを振った。

「そもそも、智謀ばかりでは戦《いくさ》に勝てない。また、先頃の大戦では、蜀《しょく》は魏《ぎ》よりも兵力は多かったが、負けてしまった。量るに、智でもなく数でもない」

彼はそこで眦《まなじり》をふさぎ、しずかな呼吸を幾つか数えてから次のような言をもらした。

「大兵を要しない。むしろ将兵の数を簡《かん》にして練磨《れんま》を尊ぼう。また軍紀が第一だ。諸子はまた、もし予に過ちあったときは遠慮なく善言してくれい。それが忠誠である。……以上のことを鉄心一体に持てば、いつか今日の辱《はじ》をぬぐえるであろう」

漢中《かんちゅう》の軍民は、伝え聞いて皆、孔明《こうめい》とともに自己を責めた。そして練武研心、後図《こうと》を抱いて、毎日、魏《ぎ》の空を睨《にら》まえない日はなかった。

もちろん孔明《こうめい》その人も、捲土重来《けんどちょうらい》をふかく期していたのである。彼は、そのまま漢中《かんちゅう》にとどまった。そして汲々《きゅうきゅう》として明日のそなえに心魂を傾けた。

（——民《タミ》ミナ敗《ハイ》ヲ忘《ワス》レテ励《ハゲ》ム）

当時、蜀《しょく》の国情と士気とは、まさにこの語のとおりであった。真の敗れは、その国の内より敗れたときである。たとい一敗を外にうけても、敗れを忘れて、より強く結束した蜀《しょく》国家には、なお赫々《かっかく》たる生命があった。

髪《はつ》を捧《ささ》ぐ

一

街亭《がいてい》の大捷《たいしょう》は、魏《ぎ》の強大をいよいよ誇らしめた。魏《ぎ》の国内では、その頃戦捷《せんしょう》気分に拍車をかけて、

「この際、蜀《しょく》へ攻め入って、禍根を断て」

という輿論《よろん》さえ興《おこ》ったほどである。司馬懿《しばい》仲達《ちゅうたつ》は、帝がそれにうごかされんことをおそれて、

「蜀《しょく》に孔明《こうめい》あり、剣閣《けんかく》の難所あり、決してさような妄論《もうろん》にお耳をかし給《たま》わぬように」

と、常に軽挙を押《おさ》えていた。

しかし、彼はただ安愉《あんゆ》を求めているのではない。さきに孔明《こうめい》は街亭《がいてい》へ出て失敗しているから、次にはかならず陳倉道《ちんそうどう》へ出てくるであろうと予想した。で、帝にすすめて、不落の一城をその道に築き、雑覇《ぞうは》将軍郝昭《かくしょう》に守備を命じた。

郝昭《かくしょう》は太原《たいげん》の人、忠心凜々《りんりん》たる武人の典型である。その士卒もみな強く、赴《ゆ》くに先だって、鎮西《ちんせい》将軍の印綬《いんじゅ》を拝し、

「不肖、陳倉《ちんそう》を守りおる以上は、長安《ちょうあん》も洛陽《らくよう》も高きに在って洪水をご覧ぜられる如《ごと》く、お心のどかにおわしませ」と、闕下《けっか》に誓って出発した。

蜀《しょく》境の国防方針がひとまず定まったと思うと、呉《ご》に面している揚州《ようしゅう》の司馬大都督曹休《しばだいととくそうきゅう》から上表があって、

（呉《ご》の鄱陽《はよう》の太守周魴《たいしゅしゅうほう》は、かねてから魏《ぎ》の臣に列したい望みをもらしていたが、今、密使をもって、七ヵ条の利害を挙げ、呉《ご》をやぶる計を自分の手許《てもと》まで送ってきた。右、ご一閲《いちえつ》を仰ぐ）

と、奏達してきた。

これは朝議に付せられて、

「果たして、周魴《しゅうほう》の言が、真実かどうか」が、入念に検討された。司馬懿《しばい》は、意見を求められると、

「周魴《しゅうほう》は呉《ご》でも智ある良将だから詐《いつわ》りの内通ではないかとも思われる。しかしまたこれが真実だったら、この時節もまた捨て難い。――故に、大軍をもって三道にわかち、たとえ彼に詐《いつわ》りがあるとも決して敗れぬ態勢をもって臨むならば、兵を派してもさしつかえは

ないし、事実に当《あた》った上で、さらに、如何《いか》ような策も取れましょう」と、いった。

皖城《かんじょう》、東関《とうかん》、江陵《こうりょう》の三道へ向《むか》って、洛陽《らくよう》の軍隊が続々と南下して行ったのは、それから約一ヵ月後だった。

この動きは、すぐ呉《ご》に漏《も》れていた。呉《ご》ではむしろ期して待っていたような観すらある。すなわち呉《ご》の建業《けんぎょう》もまた活潑《かっぱつ》なる軍事的のうごきを示し、輔国《ほこく》大将軍平北都元帥《へいほくとげんすい》に封ぜられた陸遜《りくそん》は、呉郡《ごぐん》の朱桓《しゅかん》、銭塘《せんとう》の全琮《ぜんそう》を左右の都督《ととく》となし、江南《こうなん》八十一州の精兵を擁して、三道三手にわかれて北上した。

途中、朱桓《しゅかん》が、思うところを、陸遜《りくそん》にのべた。

「曹休《そうきゅう》は魏《ぎ》朝廷の一門で、いわば金枝玉葉《きんしぎょくよう》のひとりであるため揚州《ようしゅう》に鎮守していましたが、門地と天質とは別もので、必ずしも彼は智勇兼備ではありません。――聞く所によればすでに彼はわが周魴《しゅうほう》の反間《はんかん》に計られて、もうその進退を制せられている形勢とか。……さすれば彼が逃げ道はおよそ二条《ふたすじ》しかありません。一は、夾石道《きょうせきどう》、二は桂車《けいしゃ》の路《みち》です。しかもその二路《ふたみち》とも嶮隘《けんあい》で奇計を伏せて打つには絶好なところですから、もしお許しを得るならばそれがしと全琮《ぜんそう》とで協力して、曹休《そうきゅう》を擒人《とりこ》にしてお目にかけます。――それさえ成就すれば、寿春《じゅしゅん》城《じょう》を取ることも、手に唾《つば》して一気に遂《と》げることができましょう」

陸遜《りくそん》はよく聞いていた。

けれど、答えたことばは、

「まあ待て、ほかに思案がないことでもないからな」

であった。

そして彼は、諸葛瑾《しょかつきん》の一軍をもって、べつに江陵《こうりょう》地方へ向《むか》わせ、その方向へ下って来た司馬懿仲達《しばいちゅうたつ》の兵を防がせた。

序戦——焦眉《しょうび》の危急はまず呉《ご》の周魴《しゅうほう》にあざむかれている、魏《ぎ》の都督曹休《ととくそうきゅう》の位置にあるものと観《み》られた。

二

曹休《そうきゅう》とてそう迂闊《うかつ》に敵の謀略にかかるわけはない。周魴《しゅうほう》は長い間にわたって、根気よく彼を信じさせたのであった。

で、周魴《しゅうほう》の反謀に応じて、魏《ぎ》の大軍が南下することも中央で決定を見たので、彼もまた大軍をひきい、皖城《かんじょう》へ来て、周魴《しゅうほう》と会見した。

そのとき彼は、なおわずかな疑いも一掃しておきたい気持《きもち》から、周魴《しゅうほう》にこう念を押した。

「貴公から呈出した七ヵ条の計は、中央でも容《い》れることになって、わが魏《ぎ》の大軍が三路から南下することになったが、よもや君の献言に間違いはあるまいな」

「もしお疑いならば、人質でもなんでもお求め下さい」

「いや、疑うわけじゃないが、なににせよ問題は大きいからな。これがうまく図にあたって、呉《ご》を打破《うちやぶ》ることができたら君の功労は一躍、魏《ぎ》で重きをなすだろう。同時に、かくいう曹休《そうきゅう》も名誉にあずかるわけだから」

「都督《ととく》には、なおまだいささかのお疑いを抱かれておられるとみえる」

「それは察し給《たま》え。もし君の言に少しの嘘《うそ》でもあったら、吾輩《わがはい》の立場はどうなると思う？」

「ごもっともです」

いったかと思うと、周魴《しゅうほう》はやにわに、小剣を抜いて、自分の髻《もとどり》をぶつりと切《き》り落《おと》し、曹休《そうきゅう》の前にさし置いたまま、嗚咽《おえつ》を嚥《の》んでうつ向いた。

曹休《そうきゅう》は仰天して、

「あっ、飛んでもないことをしたではないか。なんだ？　髪などを……」

「いや、てまえの気持《きもち》では、みずから首を刎《は》ね離《はな》し、一死をもって示したい程であります。この忠胆、この誠心、天も照覧あれ。……髪《はつ》を捧《ささ》げてお誓い奉ります る」

周魴《しゅうほう》は、肩をふるわせて哭《な》いた。曹休《そうきゅう》もつい眼を熱くしてしまった。

「申し訳ない。つい、つまらん戯言《ぎげん》をなして、なんとも済まん。……どうか心を取り直してくれ」

彼はすっかり疑いをはらして、ともに酒宴にのぞみ、東関《とうかん》へ進出の打ち合わせなどして、自陣へもどった。

すると、友軍の建威《けんい》将軍賈逵《かき》が訪ねてきて云《い》った。

「どうもおかしい。髪を断って異心なきを示すなんていうのは、ちと眉唾《まゆつば》な心地がする。都督《ととく》、うかつに出ないことですな」

「出るなとは？」

「彼が、先導となって、東関《とうかん》へ進もうというご予定でしょう」

「もちろんである」

「この辺にとどまって、もうすこし情勢をながめておいでになっては如何《いかが》ですか」

曹休《そうきゅう》は皮肉な皺《しわ》を小鼻の片一方によせて、嘲《わら》う如《ごと》く、揶揄《やゆ》する如《ごと》く、こういった。

「ふム。……その間に足下《そっか》が東関《とうかん》へ出て功を挙げるか。それもよかろう」

次の日、曹休《そうきゅう》は、断乎《だんこ》、

「東関《とうかん》へ進むのだ」

と、諸将へ令して、続々、軍馬を押し出した。賈逵《かき》は、譴責《けんせき》をうけて、あとに残されてしまった。

周鲂《しゅうほう》も、家中の兵をひきいて途上に出迎え、先に立って攻め口の案内を勤めた。

馬上で、曹休《そうきゅう》が訊《たず》ねた。

「彼方《かなた》に見えだしてきた嶮《けわ》しそうな山はどこかね？」

「石亭《せきてい》であります」

「東関《とうかん》は」

「あれを越えると、渺茫《そくぼう》の果てに、かすかに指さすことができます。お味方の大軍をあれに分配すれば、東関《とうかん》は手に唾《つば》して取ることができましょう」

曹休《そうきゅう》は満足な態《てい》を見せた。そして石亭《せきてい》の山上から要所に兵を配したが、二日の後、斥《せっ》候《こう》の兵が、

「西南の麓《ふもと》あたりに、多少は分《わか》りませんが、呉《ご》の兵がいる様子です」

と、報《し》らせてきた。

曹休《そうきゅう》は怪《あや》しんだ。周鲂《しゅうほう》のことばによれば、この辺には呉《ご》勢は一騎もいないと聞いていたからである。ところが、また一報があった。

「昨夜、夜のうちに、周鲂《しゅうほう》以下数十人が皆、行方《ゆくえ》知《し》れずになりました」

三

「なに、周魴《しゅうほう》が見えないと？」

曹休《そうきゅう》は大いに後悔して叫んだ。

「稀代《きたい》な曲者《くせもの》め。この曹休《そうきゅう》を偽《あざむ》くため、己《おのれ》の髪《はつ》まで切って謀略の具に用いたか……ウウム何の、たとい計るとて何ほどのことやあるべき。張普《ちょうふ》、麓《ふもと》に見える呉《ご》兵どもを蹴《け》ちらして来い」

すでに危地を覚《さと》りながら、彼はまだ事態の重大を正視していなかった。張普《ちょうふ》もまた、命をうけるや否《いな》、

「多寡《たか》の知れたもの」という意気込みで、直ちに、一軍をひきいて駈《か》け下《くだ》った。

ところが、偵察の見てきたその呉《ご》軍というのは、予想以上、有力なものだった。しかも精鋭をもって鳴る呉《ご》の徐盛《じょせい》軍だったのである。

「いけません。所詮《しょせん》小勢では歯も立ちません」

張普《ちょうふ》は間もなく散々に打ち負けて引揚《ひきあ》げてきた。

曹休《そうきゅう》の面色もその時からまるで日頃のものでなくなった。けれど彼はなお自軍の大兵力を恃《たの》んで、「われ奇兵を以《もっ》て勝つべし」といい、「明日の辰《たつ》の刻を期し、自身二千余騎でこの山を下って、わざと逃げ走るから、汝らは薛喬《せっきょう》の部隊そのほかと三万余人で、石亭《せきてい》の南北にわかれ、山添いに埋伏《まいふく》しておれ。――徐盛《じょせい》を捕《とら》えんこと掌《たなごころ》であろう」と、その

準備をしていた。

ところが、明日ともいわず、その晩のうちに、呉《ご》軍のほうから積極的作戦に出てきたので、曹休《そうきゅう》の計は、それを行う前に、根本から齟齬《そご》を来《きた》してしまった。

要するに、曹休《そうきゅう》軍をここへ引き入れたのは、呉《ご》の周魴《しゅうほう》が初めから陸遜《りくそん》と諜《しめ》し合《あわ》せていたことなので、呉《ご》はこの好餌《こうじ》を完全に捕捉殲滅《ほそくせんめつ》し去るべく、疾《と》くから圧倒的な兵力をもって包囲環《ほういかん》を作りつつあったのである。

すなわち、陸遜《りくそん》は、

「魏《ぎ》軍の盲動近し」と覚《さと》るや、その前夜、兵を分配して、石亭《せきてい》のうしろへ廻《まわ》し、南北の麓にも堅陣をつらね、自身采配《さいはい》を振って、その正面から攻め上る態《てい》をなしたのである。

それより少し前に、呉《ご》の朱桓《しゅかん》は、石亭《せきてい》の裏山に攀《よ》じて、潜行していたが、折ふし魏《ぎ》の張普《ちょうふ》が附近の味方の伏兵を巡視して来るものと遭遇していた。

張普《ちょうふ》は初め、味方の兵と思っていたらしく、夜中でもあり真暗な山腹なので、

「どこの隊だ。大将は何者だ」

などと誰何《すいか》していた。

「されば、この隊は、呉《ご》の精鋭、大将はかくいう朱桓《しゅかん》だ」

と、暗闇まぎれに近寄って答えるやいな、朱桓《しゅかん》は一剣のもとに、張普《ちょうふ》を斬《き》ってしまった。

暗夜の奇襲戦は、この手から突然開始されたのであり、明日を待って行動を期していた魏《ぎ》本軍の混乱も同時に起《おこ》った。

ために、曹休《そうきゅう》も防ぐ術《すべ》なく、雪崩《なだ》るる味方と共に、夾石道《きょうせきどう》方面へ逃《に》げ降《くだ》った。

しかし呉《ご》の備えは、この方面にも充分だったので、いわゆるお誂《あつら》え向《む》きな戦態をもってこの好餌《こうじ》をおおい包み、敵の首打つこと無数、投降者約一万を獲《え》た。

たまたま、重囲をのがれ得た魏《ぎ》兵も、馬、物《もの》の具《ぐ》を振り捨てて素裸《すっぱだか》同様なすがたとなり、辛《から》くも主将曹休《そうきゅう》につづいていた。そして後に、

「ふしぎにも命が助かった」と、慄然《りつぜん》としたが、実にこの危地から彼を救った者は、さきに彼の忌諱《きき》にふれて、陣後に残された賈逵《かき》であった。曹休《そうきゅう》の前途を案ずる余り、賈逵《かき》が一軍をひきいて後より駈《か》けつけ、石亭《せきてい》の北山《ほくざん》に来合《きあわ》せたため、あやうくも曹休《そうきゅう》を救出して帰ることができたのだ。

この一角に魏《ぎ》が大敗を招いたので、他の二方面にあった司馬懿《しばい》軍も万寵《まんちょう》軍も、甚だしく不利な戦態に入り、ついに三方とも引き退くのやむなきに至った。

陸遜《りくそん》は、多大な鹵獲品《ろかくひん》と、数万にのぼる降人をひきつれて、建業《けんぎょう》へ還《かえ》った。孫権《そんけん》は自身宮門まで出て、

「このたびの功や大なり。呉《ご》の柱ともいうべきである」

と傘蓋《さんがい》を傾けてこれを迎え入れたという。

わが髪を切って謀計の功をあげた周魴《しゅうほう》も、

「汝の功は、長く竹帛《ちくはく》に記さん」

と賞されて、のち一躍、関内侯《かんだいこう》に封ぜられた。

二次出師表《にじすいしのひょう》

一

蜀呉《しょくご》の同盟はここしばらく何の変更も見せていない。

孔明《こうめい》が南蛮《なんばん》に遠征する以前、魏《ぎ》の曹丕《そうひ》が大船艦を建造して呉《ご》への侵寇《しんこう》を企《くわだ》てた以前において、かの鄧芝《とうし》を使いとして、呉《ご》に修交を求め、呉《ご》も張蘊《ちょううん》を答礼によこして、それを機会にむすばれた両国の唇歯《しんし》の誼《よし》みは、いまなお持続されている。

これをもって観《み》ると、

魏《ぎ》が、街亭《がいてい》に勝って、蜀《しょく》を退けた後、また直ちに反転して、呉《ご》と戦わざるを得なくなった理由は、ただ単に、曹休《そうきゅう》の献言や呉《ご》の周魴《しゅうほう》の巧みな誘計によって軍をうごかしたものとはいえない。

もっと大きな原因は、蜀呉《しょくご》の盟約にある。

（魏《ぎ》が呉《ご》を侵《おか》すときは、蜀《しょく》は直ちに、魏《ぎ》の背後を脅かさん。もしまた、魏《ぎ》と蜀《しょく》とが相たたかう場合は、呉《ご》は魏《ぎ》の側面からこれを撃つの義務を持つ）

というその折の条文によって、祁山《きざん》、街亭《がいてい》の戦いが開始されるや、呉《ご》は当然、どういう形をとっても、魏《ぎ》の側面へ向《むか》って軍事行動を起《おこ》さなければならない立場にあったのである。

これに対して、魏《ぎ》もまた、充分なる警戒を払っていたにちがいない。そうした空気において、たまたま周魴《しゅうほう》の詭計《きけい》が行われたので、それを口火として、時を移さず魏呉《ぎご》の戦端がひらかれたものと、正しくは観《み》るべきものであろう。

だから曹休《そうきゅう》が敗れ去ると共に、呉《ご》軍の引揚《ひきあ》げも早かった。蜀《しょく》へ対する条約履行《りこう》はこれで果《はた》しているからである。さらになお、呉《ご》の孫権《そんけん》は、この戦果と、義務の完遂を、書簡のうちに誇張して、成都《せいと》へ使いを派し、蜀《しょく》の劉禅《りゅうぜん》にむかって、

「呉《ご》が、盟約を重んずることは、かくの如《ごと》くである。貴国はなお安んじて、孔明《こうめい》をして、

魏《ぎ》を攻めさせ給《たま》え。呉《ご》はつねに盟国の信義をもって、魏《ぎ》の諸境を脅かし、ついに彼をして首尾両面の奔命《ほんめい》に疲らせ、いかに魏《ぎ》が強大を誇るも敗《やぶ》るるほかなきまで撃《う》ち叩《たた》くであろう」

と、云《い》い送《おく》った。

その後、魏《ぎ》の動静を見ていると、曹休《そうきゅう》は、石亭《せきてい》の大敗を、ふかく辱《は》じ恐《おそ》れて、洛陽《らくよう》へ逃げもどっていたが、間もなく癰疽《ようそ》を病んで死んでしまった。

彼は国の元老であり帝族の一人である。曹叡《そうえい》は、勅して厚く葬《ほうむ》らせた。すると、その大葬を機として、呉《ご》の抑えとして、南の境にいた司馬懿《しばい》仲達《ちゅうたつ》が取るものも取りあえず都へ上って来た。諸大将はあやしんで、

「都督《ととく》は何故《なにゆえ》にそんなに慌《あわ》てて上洛《じょうらく》されたのか」と、彼に問う者が多かった。

司馬懿《しばい》は、それに答えて、

「お味方は、街亭《がいてい》に一勝はしたが、その代《かわ》りに、呉《ご》に一敗をうけてしもうた、孔明《こうめい》はかならず、お味方のこの敗色をうかがって、ふたたび迅速な行動を起《おこ》してくるにちがいない。

――隴西《ろうせい》の地、急なるとき、誰がよく孔明《こうめい》を防ぎますか。かくいう司馬懿《しばい》のほか人はないと思う。それ故にいそぎ上って参った」

聞く者は嗤《わら》った。

「彼は案外、卑怯《ひきょう》だぞ。呉《ご》は強い、蜀《しょく》は弱い。そう見ておるのだ。さきの一戦に味をしめて、呉《ご》には勝てんが、蜀《しょく》にならば勝てるつもりでおるのだろう」

しかしこういう毀誉褒貶《きよほうへん》を気にかける司馬懿《しばい》でもない。彼は彼として深く信ずるものあるが如《ごと》く、折々《おりおり》、悠々と朝《ちょう》に上り、また洛内《らくない》に自適していた。

ときに孔明《こうめい》もまた、以来漢中《かんちゅう》にあって軍の再編制を遂《と》げ、その装備軍糧なども、まず計画どおり進んだのでおもむろに魏《ぎ》の間隙《かんげき》をうかがっていた。

呉《ご》の大捷《たいしょう》を伝えて、成都《せいと》から三軍へ酒を賜った。孔明《こうめい》は、一夜盛宴を張って、恩賜《おんし》を披露し、あわせて将士の忍苦精励をなぐさめた。

すると、宴たけなわの頃、一陣の風がふいて、庭上の老松《おいまつ》の枝が折れた。孔明《こうめい》はふと眉《まゆ》を曇らせたが、なお将士の歓《かん》を興醒《きょうざ》めさせまいと、何気《なにげ》ない態《てい》で杯をかさねていると、侍《じ》中《ちゅう》の一士が、

「ただ今、趙雲《ちょううん》の子趙統《ちょうとう》と趙広《ちょうこう》が、二人して参りましたが、これへ召しましょうか」

と、取り次いできた。

聞くと、孔明《こうめい》は、はっとした顔色をして、

「ああ、いけない。趙雲《ちょううん》の子が訪ねきたか、……老松《おいまつ》の梢《こずえ》はついに折れたそうな」

と、嗟嘆《さたん》しながら、手の盃《さかずき》を床へ投げてしまった。

二

彼の予感はあたっていた。

果たして、やがてそこへ導かれて来た趙雲《ちょううん》の二人の子は、

「昨夜、父が亡《な》くなりました」

と、父趙雲子龍《ちょううんしりゅう》の病歿《びょうぼつ》を報《しら》せにきたのであった。

孔明《こうめい》は耳をそばだてて惜しんだ。

「趙雲《ちょううん》は、先帝以来の功臣、蜀《しょく》の棟梁《とうりょう》たる者であった。大きくは国家の損失であるし、小さくは、わが片臂《かたひじ》を落《おと》されたようなここちがする」

彼は、潸然《さんぜん》と涙した。

直ちに、この悲しみは、成都《せいと》へも報じられた。後主劉禅《こうしゅりゅうぜん》も声を放って泣き、「むかし当《とう》陽《よう》の乱軍中に、趙雲《ちょううん》の腕《かいな》に救われなかったら、朕《ちん》が今日のいのちはなかったものである。悲しいかな、いまその人は逝《ゆ》く」

勅して、順平侯《じゅんへいこう》と諡《おくりな》し、成都《せいと》郊外の錦屏山《きんぴょうざん》に、国葬をもって厚く祭らしめた。また、その遺子趙統《ちょうとう》を、虎賁中郎《こほんちゅうろう》に封じ、弟の趙広《ちょうこう》を、牙門《がもん》の将に任じて、父の墳《つか》を守らせた。

ときに、近臣は奏して、

「漢中《かんちゅう》の諸葛亮《しょかつりょう》から、ただ今、楊儀《ようぎ》が使いとして、到着いたしました」

という趣《おもむき》を上聞に達した。

楊儀《ようぎ》は闕下《けっか》に伏して、うやうやしく孔明《こうめい》の一書を捧呈した。これなん孔明《こうめい》がふたたび悲壮なる第二次北伐《ほくばつ》の決意を披瀝《ひれき》したいわゆる「後出師表《ごすいしのひょう》」であった。

帝は、御案の上にひらいた。

表《ひょう》にいう。

（――漢《かん》と賊とは両立しない。王業はまた偏安《へんあん》すべきものでない。これを討たざるは、座して亡《ほろ》ぶを待つにひとしい。坐《ざ》して亡《ほろ》びんよりは、むしろ出《い》でて討つべきである。そのいずれがよいかなど、議論の余地はない）

孔明《こうめい》は表《ひょう》の冒頭にまずこう大正案《だいせいあん》を下していた。彼の抱持《ほうじ》する理想とその主戦論にたいし、いまなお、成都《せいと》の文官中には、消極論がまま出るからであった。

しかし彼は筆をすすめて、

（この業たるや、けだし一朝一夕《いっちょういっせき》に成るものでなく、魏《ぎ》を撃滅することの困難と百忍を要することはいうまでもない）

と、慎重にしてかつ悲調なる語気をもって、魏《ぎ》の強大な戦力と、蜀《しょく》の不利な地勢弱点を正論し、なお今日、自己が漢中《かんちゅう》にとどまって、戦衣を解かないでいる理由を六ヵ条にわ

けて記《しる》し、不撓不屈《ふとうふくつ》、ただ先帝の遺託《いたく》にこたえ奉るの一心と国あるのみの赤心を吐露《とろ》し、その末尾の一章には、

今、民《タミ》窮シ、兵疲ルルモ、事熄《コトヤ》ムベカラズ、僅《ワズ》カニ一州ノ地ヲ以《モッ》テ、吾《ワ》レニ十倍ノ賊ト持久セントス。コレ臣ガマダ解《ト》カザルノ（戦袍《センポウ》ノ意）一也《ナリ》。臣、タダ鞠躬尽力《キッキュウジンリョク》、死シテ後已《ヤ》マンノミ。成敗利鈍《セイハイリドン》ニイタリテハ、臣ガ明《メイ》ノヨク及ブトコロニ非《アラ》ザル也《ナリ》。謹ンデ表《ヒョウ》ヲタテマツッテ聖断ヲ仰グ。

建興《ケンコウ》六年冬十一月

と悲壮極まることばが読まれた。

先頃。

魏《ぎ》はおびただしい軍隊を呉《ご》の境に派して、しかも戦い利あらず、のち曹休《そうきゅう》も歿《ぼっ》し、以後、魏《ぎ》の関中《かんちゅう》にはかつての如《ごと》き勢いなくまた戦気も見えず、西域《せいいき》の守りも自然脆弱《ぜいじゃく》たるをまぬがれまい――と見て孔明《こうめい》が、この再挙の機をとらえて、表《ひょう》を上《のぼ》せてきたものであることは、すでに言外にあふれている。

もとより帝はこれをゆるした。

楊儀《ようぎ》は直ちに漢中《かんちゅう》へ急ぎ帰った。

詔《しょう》を拝すと、孔明《こうめい》は、

「いざ、征《ゆ》かん」

約半歳余の慎重な再備と軍紀に結集された蜀《しょく》の士馬三十万を直ちに起《おこ》して、陳倉道《りんそうどう》へ向《むか》って進発した。

この年、孔明《こうめい》四十八歳。――時は冱寒《ごかん》の真冬、天下に聞《きこ》ゆる陳倉道《ちんそうどう》（沔県《べんけん》の東北二十里）の嶮《けん》と、四山《しざん》の峨々《がが》は、万丈の白雪につつまれ、眉《まゆ》も息も凍《い》てつき、馬の手綱も氷の棒になるような寒さであった。

三

魏《ぎ》の境界にある常備隊は、漢中《かんちゅう》のうごきを見るや、大いに愕《おどろ》いて、

「孔明《こうめい》ふたたび侵寇《しんこう》す。蜀《しょく》の大軍無慮数十万。いそぎ防戦のお手配あれ」

と、この由《よし》を、都洛陽《らくよう》へ伝令した。

洛陽《らくよう》の空気もこのところ決して楽観的なものでなかった。呉《ご》からうけた一敗の打撃はしかにこたえている。蜀《しょく》に全力を傾けんか、呉《ご》のうかがうものあらんことが思われ、呉《ご》へ向《むか》わんか、蜀《しょく》のうごきが見遁《みのが》しがたい。そういう精神的な両面戦への気づかいに加えて、先頃の曹休《そうきゅう》が招いた大敗とは、すくなからずその自信を失墜させていた。

「――果たして、孔明《こうめい》はまた襲ってきた。長安《ちょうあん》の一線を堅守して、国防の完《まった》きを保つに

はそも、たれを大将としたらよいか」

魏帝曹叡《ぎていそうえい》は、群臣をあつめて問うた。席には、大将軍曹真《そうしん》もいた。曹真《そうしん》は面目なげにこういった。

「臣、さきに隴西《ろうせい》に派せられ、祁山《きざん》において孔明《こうめい》と対陣し、功すくなく、罪は大でした。ひそかに慙愧《ざんき》して、いまだ忠を攄《の》ぶることができないのを辱《はず》かしく思っております。ところが、近ごろ一人のたのもしき大将を得ました。彼はよく六十斤《きん》にあまる大刀を使い、千里の征馬に乗ってもなお鉄胎《てったい》の強弓をひき、身には二箇の流星鎚《りゅうせいつい》を秘し持って、一放すればいかなる豪敵も倒し、百《もも》たび発して百《もも》たびはずすことがありません。――ねがわくはこの者こそ、このたびは臣の先鋒《せんぽう》にお命じ賜《たま》わらんことを」

善智の材、猛勇の質を求めること、今ほど急なるときはない。魏帝《ぎてい》は勅してすぐその者を呼ばせた。殿上に一怪雄があらわれた。身の丈七尺、眼は黄、面《おもて》は黒く、腰は熊のごとく背中は虎に似ている。しかもそれに盛装環帯《せんそうかんたい》して、傲岸《ごうがん》世に人なきが如《ごと》き大風貌《だいふうぼう》をしている。

「おお、偉なり偉なり」

と曹叡《そうえい》は歓《よろこ》び眺《なが》めて、

「彼の産はどこか」

と曹真《そうしん》へたずねた。曹真《そうしん》は、わがことのように誇って、

「王双《おうそう》、直答申しあげよ」

と、促した。

王双《おうそう》は伏して奉答した。

「隴西狄道《ろうせいてきどう》の生《うま》れ、王双《おうそう》、あざなは子全《しぜん》と申す者であります」

「すでにこの猛将を得、全軍の吉兆といわずしてなんぞ、蜀《しょく》軍来るも、また患《うれ》いはない」

魏帝《ぎてい》は、即座に、彼を前部大先鋒《ぜんぶだいせんぽう》に任じ、また虎威《こい》将軍の号を以《もっ》てその職に封じた。

さらに、また、

「これは汝の偉軀《いく》に似合うであろう」

と、鮮やかな錦《にしき》の戦袍《せんぽう》と黄金の鎧《よろい》とを、王双《おうそう》に賜《たま》わった。

そして、曹真《そうしん》になお、

「辱《は》じて辱《はじ》に怯《ひる》むな。ふたたび大都督《だいととく》として戦場に征《ゆ》き、さきの戦訓を生かして、孔明《こうめい》をやぶれ」

と、前のとおり総司令官たるの印綬《いんじゅ》をさずけた。

曹真《そうしん》は、恩を謝して、洛陽《らくよう》の兵十五万をひきつれ、長安《ちょうあん》へ行って、郭淮《かくわい》や張郃《ちょうこう》らの軍勢と合した。そして前線諸所の要害に配し、防戦のそなえを万端ととのえ終《お》わった。

すでに漢中《かんちゅう》を発した蜀軍《しょくぐん》は、陳倉道《ちんそうどう》を進んでくるうちに、ここの隘路《あいろ》と三方の嶮《けん》を負って、

（通れるものなら通ってみよ）

といわんばかりに要害を構えている一城にぶつかっていた。これなん先に魏《ぎ》が孔明《こうめい》の再征を見越して、早くも築いておいた陳倉《ちんそう》の城で、そこを守る者も、忠胆鉄心の良将、かの郝昭《かくしょう》なのであった。

「この大雪。この嶮路《けんろ》。加うるに魏《ぎ》の郝昭《かくしょう》が要害に籠《こも》っていては、とても往来はなりますまい。如《し》かず、道をかえて、太白嶺《たいはくれい》の鳥道《ちょうどう》をこえ、祁山《きざん》へ打って出てはいかがでしょう」

蜀《しょく》の諸将は孔明《こうめい》にいった。

孔明《こうめい》は容《い》れない。

「この一城をだに攻め陥《おと》せ《せ》ないようなことでは、祁山《きざん》へ出た所で、魏《ぎ》の大軍には剋《か》てまい。陳倉道《ちんそうどう》の北は街亭《がいてい》にあたる。この城を落《おと》して、味方の足溜《あしだま》りとなせ」

すなわち魏延《ぎえん》に攻撃の命を下し、連日これを攻めさせたが、城はゆるぎもしなかった。

四

ときに陣中に勤祥《きんしょう》という者があった。その勤祥《きんしょう》は、城方の守将、郝昭《かくしょう》とは、もともと同郷の友であったと、自ら名乗り出て、孔明《こうめい》に献言した。

「ひとつ私を、城下まで出して下さい。郝昭《かくしょう》とは、ずいぶん親しかった間がらでしたが、自分が西川《せいせん》に流落《りゅうらく》して以来、つい無沙汰《ぶさた》のままに過ぎていました。懇々《こんこん》、利害を説いて、彼に降伏するように勧めてみます」

孔明《こうめい》は、望むところと、その乞いをゆるした。

勤祥《きんしょう》は、城門の下へ行って、

「友人の勤祥《きんしょう》である。久しぶりに郝昭《かくしょう》に会いたくてやって来た」

と城中へ申し入れた。

郝昭《かくしょう》は、櫓《やぐら》から一見して後、昔の友と見さだめると、門を開いて、なつかしげに迎え入れた。

「ずいぶん久しかったなあ」

「足下《そっか》も達者で何よりだ」

「ときに君は、いったい何しにやって来たのかね？」

「ぜひ、足下《そっか》に、ひき会わせたい人があるからだ」

「ほう。誰を」

「もちろん、それはわが諸葛孔明《しょかつこうめい》だがね」

聞くと共に郝昭《かくしょう》は、勃然《ぼつぜん》と色を変じて、

「帰ってくれ給《たま》え。帰れ」

「足下《そっか》は何を怒るのか」

「我は魏《ぎ》に仕え、君は蜀《しょく》に仕えておる。その語をあらわすなら、友として会うことはできない」

「いや、友なればこそ、こうして足下《そっか》のために来たのじゃないか。一体、足下《そっか》は、この城中に何千の兵を擁して、不落を誇っているのか、そしてわが蜀《しょく》軍が何十万あるか、足下《そっか》はその眼で見ないのか。勝敗はすでに知れておる。可惜《あたら》、足下《そっか》ほどな英質を持って」

「だまれっ」

郝昭《かくしょう》はやにわに席を突っ立ち、城門のほうを指さした。

「帰り給《たま》え。足もとの明るいうちに」

「いや、このままでは帰らん。それがしも、この友情と、味方の嘱《しょく》をうけて来たものだ」

「よろしい。――おいっ、誰か来い」

郝昭《かくしょう》は、部下の将を呼んで、眼の前で命じた。

「お客様を馬の背に縛りつけてあげろ」

「はっ」

部将は、馬をひいて来て、有無をいわせず、勤祥《きんしょう》を馬の背に押しあげた。そして、城門を開けさせると、郝昭《かくしょう》自身、槍《やり》の柄《つか》でその馬の尻をなぐった。

馬は城外へ向《むか》ってすっ飛んで行った。勤祥《きんしょう》はありのままを孔明《こうめい》に復命し、

「いやどうも、むかしながら義の固い男です」

と、懲々《こりごり》したように云《い》った。

しかし孔明《こうめい》は、もう一度行ってさらに利害を説けと命じた。郝昭《かくしょう》の人物が惜しまれていたのである。勤祥《きんしょう》は、甲衣馬装を飾って、今度は堂々と城の壕《ほり》ぎわに立った。

「郝伯道《かくはくどう》やある。ふたたび、われの忠言を聞け」

こう城へ向《むか》っていうと、やがて郝昭《かくしょう》は、櫓《やぐら》の上に姿をあらわして、

「孺子《じゅし》。何の用やある」と、いった。

勤祥《きんしょう》は、また説いた。

「量るに、この一孤城、いかんぞ蜀《しょく》の大軍を防ぎ得べき。わが丞相《じょうしょう》は、足下《そっか》の英才を惜しんでやまぬゆえに、ふたたびそれがしをこれへ差向《さしむ》けられたものだ。この機を逸《いっ》せず、門を開いて、蜀《しょく》に降《くだ》り、また、この勤祥《きんしょう》とも、長く交友の楽しみを保て」

「いうをやめよ。汝とそれがしとは、なるほど、かつては相識《そうしき》の友であったが、弓矢の道

では、知り合いでもない。いったん魏《ぎ》の印綬《いんじゅ》をうけ、たとえ一百の寡兵《かへい》なりと、この身を信じて預け賜ったからには、その信に答うる義のなかるべきや。われは武門、汝は匹夫《ひっぷ》。いま一矢《いっし》を汝に与えぬのも、武士のなさけだ。戦の邪魔、疾《と》く疾《と》く失《う》せよ」

姿を櫓《やぐら》の上からかくすと、忽《たちま》ちおびただしい矢弾《やだま》が空に唸《うな》った。勤祥《きんしょう》はぜひなく立ち戻って、

「私の手にはおえません」

と、ついに孔明《こうめい》の前で匙《さじ》を投げてしまった。孔明《こうめい》は、一言に決した。

「よし、この上は、自身指揮して踏みやぶるまでのことだ」

二度《ふたたび》祁《き》山《ざん》に出《い》づ

一

漢中《かんちゅう》滞陣の一ヵ年のうちに、孔明《こうめい》は軍の機構からその整備や兵器にまで、大改善を加

えていた。

たとえば突撃や速度の必要には、散騎隊武騎隊を新たに編制して、馬に練達した将校をその部に配属し、また従来、弩弓手《どきゅうしゅ》として位置も活用も低かったものを、新たに孔明《こうめい》が発明した偉力ある新武器を加えて、独立した一部隊をつくり、この部将を「連弩士《れんどし》」とよんだ。

連弩《れんど》というのは、まったく彼が発明した新鋭器で、鉄箭《てっせん》八寸ほどの短い矢が、一弩《いちど》を放つと、十矢《じっし》ずつ飛ぶのである。

また大連弩《だいれんど》は、飛槍弦《ひそうげん》ともいい、これは一槍《いっそう》よく鉄甲も透《とお》し、五人掛《がか》りで弦《つる》を引いて放つ。べつに、石弾を撃つ石弩《せきど》もある。

輜重《しちょう》には、木牛《もくぎゅう》流馬《りゅうば》と称する、特殊な運輸車が考案され、兵の鉄帽（鉄かぶと）から鎧《よろい》にいたるまで改良された。

そのほか、孔明《こうめい》の智嚢《ちのう》から出たと後世に伝わっている武器は数かぎりなくあるが、何よりも大きなものは、彼によってなされた兵学の進歩である。八陣の法そのほか、従来の孫《そん》呉《ご》や六韜《りくとう》にも著しい新味が顕《あら》わされ、それは後代の戦争様相にも劃期的《かっきてき》な変革をもたらした。

ところで。

郝昭《かくしょう》のこもった陳倉《ちんそう》の小城は、わずか三、四千の寡兵《かへい》をもって、その装備ある蜀《しょく》の大軍に囲まれたのであるから、苦戦なことというまでもない。

にもかかわらず、容易に抜かせなかったのは、実に、主将郝昭《かくしょう》の惑いなき義胆忠魂の働きであり、また名将の下《もと》に弱卒なしの城兵三千が、一心一体よくこれを防ぎ得たものというほかない。

「――かくて魏《ぎ》の援軍が来ては一大事である」

孔明《こうめい》はついに自身陣頭に出て、苛烈《かれつ》なる総攻撃を開始した。

雲梯《うんてい》衝車《しょうしゃ》の新兵器まで押し出して用いた。雲梯《うんてい》――雲の梯《かけはし》――とは、高さあくまで高い梯子《はしご》櫓《やぐら》である。

櫓《やぐら》の上は、楯《たて》をもって囲み、その上から城壁の中を見おろして、連弩《れんど》石弩《せきど》を撃ちこみ、敵怯《ひる》むとみれば、その上からまた、べつの短い梯子《はしご》を無数に張り出して、ちょうど宙に橋を架けるような形を作り、兵は、猿《ましら》の如《ごと》く渡って、城中へ突入してゆく。――そういう器械であった。

また、衝車《しょうしゃ》というのは、それを自由に押す車である。この車にはまた、起重機のような鈎《かぎ》がついている。台上の歯車を兵が三人掛《が》りで廻《まわ》すと、綱によって、地上の何でも雲梯《うんてい》の上に運び得る仕掛《しかけ》になっていた。

これが何百台となく、城壁の四方から迫ってきたのを見て、郝昭《かくしょう》は立ちどころに、火《ひ》箭《や》を備えて待っていた。

そして、鼓《こ》を合図に、たちまち火箭《ひや》を放ち、油の壺《つぼ》を、投げ始めた。

そのため、雲梯《うんてい》も衝車《しょうしゃ》も、ことごとく、焔《ほのお》の柱となってしまい、蜀《しょく》兵の焼け死ぬこと酸鼻《さんび》を極めた。

「この上は、壕《ほり》を埋めろ」

孔明《こうめい》は、下知《げち》して、土を掘らせ、昼夜わかたず、壕埋《ほりう》めにかからせた。

すると、城兵もまた、その方面の城壁を、いやが上にも高く築いた。

「さらば、地の底から」

地下道を掘鑿《くっさく》させて、地底から城中へ入ろうとすると、郝昭《かくしょう》もまた、それを覚《さと》って、城中から坑道を作り、その坑を横に長く掘って、それへ水を流し入れた。

さしもの孔明《こうめい》も攻めあぐねた。およそ彼がこれほど頭を悩ました城攻めは前後にない。

「すでに二十日になる」

攻めこじれた城をながめ、われながらこう嘆声を発しているところへ、前方から早馬で急報してきた。

「魏《ぎ》の先鋒《せんぽう》王双《おうそう》の旗が近づきつつあります」

孔明《こうめい》は、足ずりした。

「早くも、敵の援軍が来たか。——謝雄《しゃゆう》。謝雄《しゃゆう》。汝行け」

副将には、龔起《きょうき》をえらび、各三千騎を附して、にわかに、それへ差し向けると共に、孔《こう》明《めい》は、城兵の突出《とっしゅつ》をおそれて、陣を二十里外へ退いた。

二

ひとまず陣容をあらためて、自重していると孔明《こうめい》の危惧《きぐ》は、果たしてあたっていた。

——以後、刻々来る報は、ことごとく、事態の悪化を伝えるものでないものはない。

そのうちに、さきに出向いた蜀《しょく》勢はさんざんな姿となって逃げ帰ってきた。——そして、各〻《おのおの》、声もただならず伝えることには、

「わが大将謝雄《しゃゆう》も、敵の王双《おうそう》に斬《き》って落《おと》され、二陣に続いて行ったわが龔起《きょうき》将軍も、王双《おうそう》のために一刀両断《いっとうりょうだん》にされました。——魏《ぎ》の王双《おうそう》は抜群で、とても当《あた》り得《う》る者はありませんん」

孔明《こうめい》は大いに驚いて、

「猶予はならず、彼の軍と城中の兵力との聯絡《れんらく》がならば、わが大事は去らん」

と、廖化《りょうか》、王平《おうへい》、張嶷《ちょうぎ》に命じて、さらに新手の軍勢をさし向けた。

その間にも、陳倉《ちんそう》の一城を救うべく、大挙急いできた魏《ぎ》の援軍は、猛勇王双《おうそう》を先鋒《せんぽう》として、折から真冬の猛寒も、悪路山嶮《さんけん》もものかは、昼夜、道をいそいで、刻々急行軍を続けつつあった。

それを通さじと、防ぎに馳《は》せ向《む》かった蜀《しょく》軍は、第一回にまず撃攘《げきじょう》をうけ、第二回に衝突した廖化《りょうか》、王平《おうへい》などの軍勢も、ほとんど怒濤《どとう》の前に手をもって戸を立て並べるが如《ごと》き脆《もろ》さでしかなかった。

乱軍中、またしても、蜀将張嶷《しょくしょうちょうぎ》は、魏《ぎ》の王双《おうそう》に追いかけられ、彼が誇るところの重さ六十斤《きん》という大刀を頭上に見——あやうく逃げんとした背中へ、たちまち、流星鎚《りゅうせいつい》を叩《たた》きつけられたのである。

流星鎚《りゅうせいつい》というのは、重い鉄丸を鎖につけた一種の分銅なのだった。王双《おうそう》はこれを肌身に数個持っていて、ここぞと思うとき、突然、敵に投げつけるのだった。

王平《おうへい》、廖化《りょうか》は、張嶷《ちょうぎ》の身を救い出して退却したが、張嶷《ちょうぎ》は血を吐いて、生命《いのち》のほどもどうかと危ぶまれる容態だった。

こうした有様なので、蜀《しょく》軍はとみに振《ふる》わず、魏《ぎ》軍は勢いに乗ることいよいよ甚だしい。

前進、前進、王双《おうそう》軍二万の先鋒《せんぽう》は、当《あた》るものなき勢いで、すでに陳倉城《ちんそうじょう》に近づき、のろしを揚げて城中の者へ、

（――援軍着いたぞ）

と、連絡の合図を遂《と》げ、蜀兵《しょくへい》を一掃して、城外一帯に布陣を終《おわ》った。

その態《てい》を見るに――

蜿蜒《えんえん》、大小の車を連ね、上に材木を積み、柵を結び、また塹壕《ざんごう》をめぐらし、その堅固なこと、比類もない。

これを眺めては孔明《こうめい》も、手を下す術《すべ》もなかったろう。いわゆる百計窮《きわ》まるの日を幾日か空しく過ごした。

「丞相《じょうしょう》、ちとお気をお晴らし遊ばしませ、余りに拘泥《こうでい》するはよくありません」

「おお姜維《きょうい》か、何の感やあって、その言をなすのか」

「それがしの思うに、かかるときは、むしろ『離《り》』ということが大事ではないかと考えられます。ご執着から離れることです。この大軍を擁しつつ空しく陳倉《ちんそう》の一城に拘泥《こうでい》して心まで囚《とら》わるるこそ、まんまと敵の思うつぼに落ちているものではございますまいか」

「そうか、おお、離《り》こそ――離《り》こそ――大事だった」

姜維《きょうい》の一言に孔明《こうめい》も大いに悟るところがあった。一転、彼は方針をかえた。

すなわち、陳倉《ちんそう》の谷には、魏延《ぎえん》の一軍をとどめて、対峙《たいじ》の堅陣を張らせ、また、近き街《がい》亭《てい》方面の要路には、王平《おうへい》と李恢《りかい》に命じて、これを固く守らせておいて、孔明《こうめい》自身は、夜ひそかに陳倉《ちんそう》を脱し、馬岱《ばたい》、関興《かんこう》、張苞《ちょうほう》などの大軍をつれて遠く山また山の間道を斜谷《やこく》を越え、祁山《きざん》へ出て行ったのである。

一面。——魏《ぎ》の長安《ちょうあん》大本営では、大都督曹真《だいととくそうしん》が、王双《おうそう》からの捷報《しょうほう》を聞いて、

「孔明《こうめい》もその第一歩からつまずくようでは、もう往年のような勢威もないとみゆる。戦《いくさ》の先は見えたぞ」と、歓《よろこ》ぶこと限りなく、営中勝ち色に満ちていた。

ところへ、先鋒《せんぽう》の中護軍費耀《ひよう》から、祁山《きざん》の谷あいで、一名のうろついている蜀《しょく》兵を生捕《いけど》ってきた。曹真《そうしん》は、必定《ひつじょう》、敵の間諜《かんちょう》であろうと、面前に引かせ、自身これを調べた。すると、その蜀《しょく》兵は、

「自分は決して、細作《しのび》のものではありません。……実は」

とおずおず、左右の人々を見まわして、

「一大事をお告げしたいのですが、人のおるところでは申し兼ねまする。どうか、ご推量くださいまし」と、平伏して云《い》った。

三

乞いを容《い》れて、曹真《そうしん》は左右の者をしりぞけた。蜀《しょく》兵は、初めて、

「私は、姜維《きょうい》の従者です」

と、打ち明けて、懐中《ふところ》から一書を取りだした。

曹真《そうしん》がひらいてみると、まぎれなき姜維《きょうい》の文字だ。読み下すに、誤って、孔明《こうめい》の詭計《きけい》に陥《お》ち、世々魏《ぎ》の禄《ろく》を喰《は》みながら、いま蜀《しょく》人のうちに在るも、その高恩と、天水郡《てんすいぐん》にある郷里の老母とは、忘れんとしても忘るることができない――と言々句々、涙を以《もっ》て綴《つづ》ってある。

そして、終《おわ》りには。

――しかし、待ちに待っていた時は今眼前に来ている。もし姜維《きょうい》の微心《びしん》を憐《あわ》れみ、この衷情《ちゅうじょう》を信じ賜るならば、別紙の計を用いて、蜀《しょく》軍を討ちたまえ。自分は身をひるがえして、諸葛亮《しょかつりょう》を擒人《とりこ》となし、これを貴陣へ献じておみせする。ただ願わくは、その功を以《もっ》て、どうか再び魏《ぎ》に仕えることができるように、おとりなしを仰ぎたい。

――縷々《るる》と、陳《の》べてあるほかに、内応の密計が、べつの一葉に、仔細《しさい》に記してあったのである。

曹真《そうしん》はうごかされた。たとえ孔明《こうめい》までは捕《とら》えられないまでも、いま蜀《しょく》軍を破って、あの姜維《きょうい》を味方に取り戻せば、一石二鳥の戦果である。

「よろしい。よく伝えよ」と、その使いをねぎらい、日を約して帰した。そのあとで彼は費耀《ひよう》を呼んで、姜維《きょうい》の計を示した。

「つまり魏《ぎ》から兵を進めて、蜀《しょく》軍を攻め、詐《いつわ》り負けて逃げろと、彼はいうのだ。――そのとき姜維《きょうい》が蜀《しょく》陣の中から火の手をあげるゆえ、それを合図に、攻め返し、挟《はさ》み撃《う》とうという策略。何と、またなき兵機ではないか」

「さあ。如何《いかが》なものでしょう」

「なぜそちはよろこばんか」

「でも、孔明《こうめい》は智者です。姜維《きょうい》も隅におけない人物です。恐らくは詐術《さじゅつ》でしょう」

「そう疑ったら限りがない」

「ともあれ、都督《ととく》ご自身、おうごきあることは、賛成できません。まず、それがしが一軍を以《もっ》て試みましょう。もし功ある時は、その功は都督《ととく》に帰し、咎《とが》めある時は、私が責めを負います」

費耀《ひよう》は、五万の兵をうけて、斜谷《やこく》の道へ進発した。

峡谷《きょうこく》で、蜀《しょく》の哨兵《しょうへい》に出会った。その逃げるを追って、なお進むと、やや有力な蜀《しょく》勢が寄せ返してきた。一進一退。数日は小競《こぜ》り合《あ》いに過ぎた。

ところが、日の経《た》つに従って水の浸《し》むように、いつの間にか、蜀《しょく》軍は増大していた。反対に、魏《ぎ》軍は、敵の奇襲戦略に、昼夜、気をつかうので、全軍ようやく疲れかけていた。

するとその日、四峡《しきょう》の谷に、鼓角《こかく》のひびき、旗の嵐が、忽然《こつぜん》と吹《ふ》き起《おこ》って、一輛《いちりょう》の四輪車が、金鎧鉄甲《きんがいてっこう》の騎馬武者にかこまれて突出《とっしゅつ》してきた。

「すわや。孔明《こうめい》」と、魏《ぎ》はおそれ崩れた。

費耀《ひよう》は、はるかに、それを望んで、

「何で恐れることがある。彼にまみゆる日こそ待っていたのだ。やよ者ども」

と、左右の部将をかえりみて、

「一当て強く押して戦え。そして頃合いよく詐《いつわ》り逃げろ。その退くのはこちらの計略だ。やがて敵の後陣から、濛々《もうもう》と火の手があがるだろう。それを見たら、金鼓一声《きんこいっせい》、猛然と引っ返して撃滅にかかれ。——敵の中には魏《ぎ》に応ずる者があるゆえ、わが勝利は疑いない」

云《い》いふくめて、すぐ応戦にかかった。

費耀《ひよう》は馬をすすめて、孔明《こうめい》の四輪車にむかい、

「敗軍の将は兵を語らずというに、恥も知らず、これへ来たか」

と、罵《ののし》った。

孔明《こうめい》は、車上、一眄《いちべん》を投げて、

「汝なにものぞ。曹真《そうしん》にこそいうべきことあり」

と、相手にもせぬ顔だった。

費耀《ひよう》は、怒り猛って、

「曹都督《そうととく》は、金枝玉葉《きんしぎょくよう》、なんぞ恥知らずの汝ごときに出会おうか」

と、やり返した。

孔明《こうめい》は、羽扇《うせん》をあげて、三面の山を呼んで、たちまち、馬岱《ばたい》、張嶷《ちょうぎ》などの軍が、そこから雪崩《なだ》れおりて来た。

魏《ぎ》勢は、早くも、予定の退却にかかった。

四

戦っては逃げ、戦うと見せては逃げ、魏《ぎ》勢は、うしろばかり振り向いていた。

いまに、蜀《しょく》陣の後方から、火の手が揚《あが》るか、煙がのぼるかと。

費耀《ひよう》も馬上それればかり期待しながら、峡山《きょうざん》のあいだを、約三十里ほども退却し続けていたが、そのうちに、蜀《しょく》の後陣から、黒煙の立ち昇るのが見えた。

「しめた。すわや姜維《きょうい》が内応して、合図の火を放ったとみえるぞ」

鞍《くら》つぼ叩《たた》いて、費耀《ひよう》は馬上に躍り上がった。そして、一転、馬首を向け直すや否《いな》、

「それっ、取ってかえせ。引っ返して、蜀《しょく》勢を挟撃しろ」

と、大号令した。

大将の予言が的中したので、魏《ぎ》の将士は、勇気百倍した。たちまち踵《きびす》をめぐらして、そ

れまで追撃してきた蜀勢《しょく》へ、急に、怒濤《どとう》となって吠《ほ》えかかった。

蜀勢《しょく》は喰《く》い止《と》められた。いや魏《ぎ》兵の猛烈な反撃に遭って、形勢はまったく逆転した。うしおのような声をあげて、われ先にと、逃げ始めたのである。

「孔明《こうめい》の車はどこへ失《う》せたか」

と、費耀《ひよう》は剣をひっさげて、いよいよそれを急追した。このぶんでは馬の脚力次第で、孔明《こうめい》の車に追いつき、その首を一刀に切《き》って落《お》すも至難でないと考えたのである。

「追えや、急げ、雑兵などに眼をくるるな」

五万の兵はまるで山海嘯《やまつなみ》の如《ごと》く谷を縫って流れた。すでにして姜維《きょうい》が火をかけた山々の火気が身近く感じられてきた。枯木生木《かれきなまき》を焼く猛烈な炎はバリバリと天地に鳴って、四山《しざん》の雪を解かし、それは濁流となって谷へそそいでくる。

――だが、敵は遂に、その影を絶って、どこへ隠れたか見えなくなった。行《い》き当《あた》った谷口は、岩石や巨材を積んで封鎖されている。

「はてな。第一、姜維《きょうい》の反軍はどう行動しているのだろう？」

ふとこう疑ったとき、突如、彼は身ぶるいに襲われた。――計られたかと、感じたからである。

けれど、すでに遅かった。大木、大石、油柴《ゆしば》、硝薬《しょうやく》などが、轟々《ごうごう》と、左右の山から降《くだ》ってきた。馬も砕け、人もつぶされ、阿鼻叫喚《あびきょうかん》がこだました。

「し、しまった。さては、敵の謀略」

費耀《ひよう》のおどろきは絵にも描《えが》けないほどである。先を争う味方の中を押《お》し揉《も》まれながら、山間《やまあい》の細道を見つけて奔《はし》りこんだ。

すると、その谷ふところから、一彪《いっぴょう》の軍馬が、金鼓《きんこ》の響きも正しく駈《か》け出《だ》して来た。これなん彼の待っていた姜維《きょうい》である。費耀《ひよう》は、一目見るや、怒髪《どはつ》をついて、遠くから罵《ののし》った。

「不忠不孝の賊子め、かつよくもわれをあざむいたな。思い知れよ、青二才」

姜維《きょうい》は満顔に、笑みを作りながら、はや近々馬を駈《か》けよせて、

「誰かと思えば、費耀《ひよう》であったか。この腕に捻《ね》じ捕《とら》えたいと思っていたのは、曹真《そうしん》であったのに、鶴の罠《わな》に、鴉《からす》のかかる腹立たしさよ。戦うのも面倒なり、盔《かぶと》を脱いで、降参してしまえ」

「何を、忘恩の徒が」

喚《わめ》きかかったが、到底、姜維《きょうい》の前に刃の立つわけもない。彼はふたたび、それからも、汚く逃げ出した。

しかし、帰る道も、いつの間にかふさがっていた。山の上から沢山《たくさん》な車輛《しゃりょう》を投げおろし、

それへ油や柴《しば》を投げ積んで、それへまた松明《たいまつ》を抛《ほう》ったので、その焔《ほのお》は山の高さほども燃え上がっているのである。

「残念」

費耀《ひよう》は立往生《たちおうじょう》したが、空しく焼け死にはしなかった。その剣を頸《うなじ》に加えて、自ら首を刎《は》ねたのだった。

「降伏するものはこれへすがれ」と、絶壁から幾筋もの助け綱が垂れていた。魏《ぎ》の兵は、われ先にと、その綱につかまったが、半数も助からなかった。

後、姜維《きょうい》は、孔明《こうめい》の前に出て謝した。

「この計は、私の案でしたが、どうも少しやり損《そこ》ないました。かんじんな曹真《そうしん》を打《う》ち洩《も》らしましたから」

孔明《こうめい》はそれを評していった。

「そうだな。惜しむらくは、大計を用いすぎた。大計はよいが、それを少し用いて、大なる戦果を獲《え》ることが、機略の妙味だが」

食《しょく》

一

呉《ご》の境から退いて、司馬懿《しばい》が洛陽《らくよう》に留《とど》まっているのを、時の魏《ぎ》人は、この時勢に閑を偸《ぬす》むものなりと非難していたが、ここ数日にわたってまた、

（孔明《こうめい》がふたたび祁山《きざん》に出てきた。ために、魏《ぎ》の先鋒《せんぽう》の大将は幾人も戦死した）

という情報が、旋風のように聞《きこ》えてくると、仲達《ちゅうたつ》への非難はぴったりやんでしまった。やはり司馬懿《しばい》仲達《ちゅうたつ》は凡眼でないと、謂《い》わず語らず、その先見にみな服したかたちであった。

どんな時にも、何かに対して、誹謗《ひぼう》やあげつらいの目標を持たなければ淋《さび》しいような一種の知識人や門外政客が洛陽《らくよう》にもたくさんいる。それらの内からは今度は向きをかえて、

「いったい総兵都督《ととく》はいるのか、いないのか。曹真《そうしん》は何をしているか」

という非難がごうごうと起《おこ》ってきた。

曹真《そうしん》は魏《ぎ》の帝族である。それだけに叡帝《えいてい》は心を悩ました。帝は、司馬懿《しばい》を召して、対策を下問した。

「怖《おそ》るべきは蜀《しょく》と呼ばんよりむしろ孔明《こうめい》そのものの存在である。どうしたらよいであろう」

仲達《ちゅうたつ》はおっ、とり答えた。

「さほどご宸念《しんねん》には及ばないでしょう」

「――自然に、蜀《しょく》軍をして、退くのほかなからしめればよいのですから」

「そんな最上な方法があるだろうか」

「ございます。臣が量るに、孔明《こうめい》の軍勢は、およそ一ヵ月ぐらいな兵糧しか持たないに違いございませぬ。なぜならば、季節は雪多く、道は山嶮《さんけん》です。故に、彼の望むところは速戦即決にありましょう。我のとる策は長期持久です。朝廷から使いを派して、総兵都督《ととく》へその由《よし》を仰せつけられ、諸所の攻め口を固くして、めったに曹真《そうしん》が戦わないようにお命じあることが肝要です」

「いかにも。さっそくさような方針をとらせよ」

「山嶮《さんけん》の雪解《と》ける頃ともなれば、蜀《しょく》兵の糧《かて》も尽きて、いやでも総退却を開始しましょう。虚はそのときにあります。追撃を加えて大捷《たいしょう》を獲《と》ることまちがいございませぬ」

「それほど卿《けい》に先見があるならば、なぜ卿《けい》みずから陣頭に出て計策をなさないのか」

「仲達《ちゅうたつ》はまだ洛陽《らくよう》に老いを養うほどな者でもありませんが、さりとてまた、生命《いのち》を惜しんでいるわけでもございませぬ。要は、呉《ご》のうごきがまだ見とおしをつきかねるからです」

「呉《ご》はなお変を計ろうか」

「もちろん、油断もすきもなりますまい。なぜならば、呉《ご》は呉《ご》に依《よ》ってうごくものに非《あら》ず、一に蜀《しょく》の動静をにらみ合わせているものです」

以後、数日のあいだにも、曹真《そうしん》の軍から来る報告は、ことごとく魏《ぎ》に利のないことのみであった。そしてようやく曹真《そうしん》は、その自信まで失ってきたものの如《ごと》く、

「とうてい、現状のままでは、守りにたえません。ひとえに、聖慮を仰ぐ」

と、暗に魏帝《ぎてい》の出馬なり、司馬懿《しばい》の援助を求めてきた。けれど仲達《ちゅうたつ》は、何か思うところあるらしく容易に起《た》たない。そして魏帝《ぎてい》にむかっては、

「このときこそ、総兵都督《ととく》の頑張るべきときです。お使いをもって、丁寧にいましめられ、孔明《こうめい》の虚実にかかるな、深入りして重地に陥るなと、くれぐれも、持久をおとらせなさるように」

と、献言ばかりしていた。

そうした仲達《ちゅうたつ》の態度には、自分が総都督《そうととく》たるならば大いに格別、さもなくては働けないとしているような腹蔵があるのではないかと考えられるふしもある。何しても孔明《こうめい》の正面に立った曹真《そうしん》の苦戦は思いやられるものがある。

朝廷では、韓曁《かんき》を使いとして、曹真《そうしん》にそれらの方針を伝えさせることになった。すると司馬仲達《しばちゅうたつ》はその韓曁《かんき》をわざわざ洛外《らくがい》の城下はずれまで見送りに行って、その別れに臨み、

「云《い》い忘《わす》れたが、これは曹真《そうしん》総兵都督《ととく》の功をねがうために、ぜひ注意しておいてくれ。それは蜀《しょく》勢が退くとき、決して、性質の短慮な者や狂躁《きょうそう》な人物に追わせてはいけない。軽々しく追えば必ず彼の計に陥る。――このことを、朝廷の命として、付け加えておいてもらいたい」

と、いかにも真情らしく言伝《ことづて》を頼んだ。そのくせ、それほどの魏《ぎ》軍の苦境を知りながら、彼は車をめぐらして、悠々、洛陽《らくよう》へもどるのであった。

二

大常卿韓曁《たいじょうけいかんき》は、やがて総兵都督《ととく》本部に着き、曹真《そうしん》に、魏廷《ぎてい》の方針をもたらした。

曹真《そうしん》は謹んで詔詞を奉じ、韓曁《かんき》の帰るを送ったが、後、この由《よし》を副都督《ふくととく》の郭淮《かくわい》に語ると、

「それは朝廷のご意見でも何でもない。すなわち司馬懿仲達《しばいちゅうたつ》の見《けん》ですよ」

と、穿《うが》って笑った。

「誰の見《けん》でもよいが、この見解の可否はどうだ」

「悪くはありません。よく孔明《こうめい》の兵を観《み》ています」

「が、もし、蜀《しょく》の勢が、こちらの思うように退かなかった場合は」

「王双《おうそう》に計をさずけ、小道小道の往来を封じさせれば、いやでも蜀《しょく》軍の兵糧は途絶えて、退かざるを得なくなるにきまっています」

「そうゆけばしめたものだが」

「なお、それがしに、別に妙策がひとつあります」

郭淮《かくわい》は、洛陽《らくよう》の使いがもたらした司馬懿《しばい》の方針には、充分感心していたが、さりとてその通りに行っているのも、この総司令部に人なきようでいやだった。彼のささやいた彼自身の一策は、これまた曹真《そうしん》を動かすに足りた。曹真《そうしん》も何かで連戦連敗の汚名からまぬかれたいのである。――で、その計画は徐々に実行されだしていた。

事実、蜀《しょく》軍の大なる欠陥は、大兵を養う「食《しょく》」にあることは万目一致していた。いまや日を経《ふ》るに従って彼が「食《しょく》」の徴発に奔命《ほんめい》しつつあるは必定《ひつじょう》であるから、敵の求めるそれを好餌《こうじ》に用いて、罠《わな》にかけようというのが郭淮《かくわい》の着想だった。

それから一ヵ月ほど後。

すなわち魏の孫礼《そんれい》は、兵糧を満載したように見せかけた車輛《しゃりょう》を何千となく連れて、祁《き》山《ざん》の西にあたる山岳地帯を蜿蜒《えんえん》と行軍していた。

（陳倉《ちんそう》の城と、王双《おうそう》の陣へ、後方から運輸してゆくもの）とは一見誰でもわかる。

けれど車輛《しゃりょう》の上にはみな青い布がかぶせてあって、その下には硫黄《いおう》、焔硝《えんしょう》、また油や柴《しば》などがかくしてあった。これが郭淮《かくわい》の考えた蜀《しょく》軍を釣る餌《えさ》なのである。

一面。その郭淮《かくわい》は、箕谷《きこく》と街亭《がいてい》の二要地へ大兵を配して、自身その指揮に臨み、また張遼《ちょうりょう》の子張虎《ちょうこ》、楽進《がくしん》の子楽綝《がくりん》、このふたりを先鋒《せんぽう》として、あらかじめある下知《げち》を附しておいた。

さらになお、陳倉道《ちんそうどう》の王双《おうそう》軍とも聯絡《れんらく》をとって、蜀《しょく》軍みだるるときの配置を万全にしておいたことはいうまでもない。

「隴西《ろうせい》から祁山《きざん》の西を越えて、数千輛《りょう》の車が、陳倉道《ちんそうどう》へ兵糧を運んでゆく様子に見えまする」

蜀《しょく》の物見は、鬼の首でも取ったように、これをすぐ孔明《こうめい》の本陣へ達した。

蜀《しょく》軍の将は、聞くとみな、

「なに、兵糧の車輛《しゃりょう》か」

と、はやその好餌《こうじ》に目色をかがやかした。

蜀《しょく》軍の糧《かて》は、各方面の間道国道から、極めて微々たる量を、しかも艱難辛苦《かんなんしんく》してこれへ寄せている状態だったし、その予備量もすでに一ヵ月分となかったところなので無理はない。

だが、孔明《こうめい》は、まったく別なことを左右に訊《たず》ねていた。

「兵糧隊の敵将は、誰だといったな？」

「物見の言葉では、孫礼《そんれい》字《あざな》は徳達《とくたつ》だといいましたが」

「孫礼《そんれい》の人物を知るものはないか」

「されば彼は、魏王《ぎおう》にも重んぜられている上将軍です」と、むかし魏《ぎ》にいて精通していた一将が話した。

「かつて魏王《ぎおう》が大石山《だいせきざん》に狩猟《かり》をなしたとき、一匹の大きな虎がたちまち魏王《ぎおう》へ向《むか》って飛びかかって来たのを、孫礼《そんれい》が、いきなり楯《たて》となって、大虎に組みつき、剣をもって、ついにその虎を刺し殺したことから非常に魏王《ぎおう》の信寵《しんちょう》をうけて今日に至った人物です」

「そうか……」と孔明《こうめい》は謎のとけたように笑って、さて諸将へいうには、

「兵糧を運送するに、それほどな上将をつけるわけはない。思うに車輛《しゃりょう》の被《おお》いの下には、火薬、枯《か》れ柴《しば》などが積んであるだろう。嗤《わら》うべし、わが胃へ火を喰《く》わせんとは」

彼はこれを全く無視したが、しかし、ただ無視し去ることはしなかった。たちまち帷幕《いばく》

に将星を集め、敵の計を用いて敵を計るの機をつかみにかかった。

三

情報があつめられた。

風のごとく物見が出入りした。

その帷幕《いばく》のうちから孔明《こうめい》の迅速な命令は次々に発せられていた。馬岱《ばたい》が真先《まっさき》に、三千の軽兵をひきいてどこかへ走った。次に、馬忠《ばちゅう》と張嶷《ちょうぎ》が各〻《おのおの》五千騎を持って出動した。呉班《ごはん》、呉懿《ごい》らの軍も何か任を帯びて出た。そのほか関興《かんこう》、張苞《ちょうほう》などもことごとく兵をひきいて出払い、しかも孔明《こうめい》自身もまた床几《しょうぎ》を祁山《きざん》のいただきに移し、しきりと西の方面を望んでいた。

魏《ぎ》の車輛隊《しゃりょうたい》の行軍は、すこぶる遅々であった。

二里行っては、物見を放ち、五里行っては物見を放った。

さながら、蜀魏《しょくぎ》の間諜戦《かんちょうせん》でもあったわけだ。

魏《ぎ》の物見は告げた。

「孔明《こうめい》の本陣は動きだしました」

「まぎれもなく、この兵糧輸送を嗅《か》ぎつけて、これを奪えと、手分けにかかったようにうかがわれます」

「馬岱《ばたい》、馬忠《ばちゅう》、張嶷《ちょうぎ》など、続々と蜀《しょく》陣を出ました」

等々の情報である。

孫礼《そんれい》は、得たりと思って、直ちにこの旨を、曹真《そうしん》の陣へ急報した。曹真《そうしん》はまた張虎《ちょうこ》、楽綝《がくりん》の先鋒《せんぽう》へ向《むか》って、

「こよい、祁山《きざん》の西方に炎々の火光を見る時こそ、蜀《しょく》兵がわが火計にかかって、その本陣を空虚《うつろ》にした時である。空赤く染まる時を合図として、孔明《こうめい》の拠陣《きょじん》へ向《むか》って突っ込め」と、激励した。

すでにその日も暮れようとして、祁山《きざん》の西に停《とど》まった孫礼《そんれい》の運送部隊は、夜営の支度《したく》にかかるとみせて、実は千余輛《りょう》の火攻め車を、あなたこなたに屯《たむろ》させて、蜀《しょく》兵を焼き殺す配置をおえていた。

発火、埋兵《まいへい》、殲滅《せんめつ》の三段に手筈《てはず》を定めて、全軍ひそと、仮寝のしじまを装っていると、やがて果たして、人馬の音が、粛々《しゅくしゅく》と夜気を忍んでくる様子だった。

折節《おりふし》、西南の山風がつよい。孫礼《そんれい》は、

「――敵来たらば」

と、手に唾《つば》して待っていた。

ところが、未《いま》だ魏《ぎ》軍の起《た》たないうちに、その風上から、火を放った者がある。何ぞはからん、敵の蜀《しょく》兵だ。

孫礼《そんれい》は初め味方の手ちがいかと狼狽《ろうばい》したのであったが、さはなくて蜀《しょく》兵自身が火を放ったものと知ると、しまったと叫んで、

「孔明《こうめい》はすでに看破しているぞ、我が事破る」

と、躍り上がって無念がった。

千余の車輌《しゃりょう》を焼き立て焼き立て、すでにして蜀《しょく》兵は二手に分《わか》れて矢を送り石を飛ばして来た。鼓角《こかく》夜空にひびき、火光天を焦がし、魏《ぎ》兵の混乱ぶりは一方でない。風上から攻め来るもの、蜀《しょく》の張嶷《ちょうぎ》、馬忠《ばちゅう》などである。風下から同じく馬岱《ばたい》の一軍が鼓噪《こそう》して攻めかかった。

自ら設けた火車《ひぐるま》の死陣の中に魏《ぎ》兵は火をかぶって戦うほかなかった。のみならず魏《ぎ》勢は谷間や山陰の狭路に埋伏《まいふく》していたので、その力は分裂しているし、主将の命令は各個に一貫していない。

火の光の中に、討たれる数もおびただしかったが、踏み迷い、逃げまどい、自ら焼け死ぬ者や、火傷《やけど》を負って狂う者数知れなかった。——かくてこの一計は、見事、魏《ぎ》の失敗に終《おわ》ったのみならず、自ら火を以《もっ》て自ら焼《や》け亡《ほろ》ぶの惨禍を招いたのであったが、当夜、かか

る不測が起《おこ》っているとも知らず、ただ空を焦がす火光を望んで、

「時こそ到《いた》る」

と、いたずらに行動を開始してしまったのは、曹真《そうしん》から命ぜられていた楽綝《がくりん》、張虎《ちょうこ》の二隊だった。

危ういかな、盲進して、孔明《こうめい》の本陣へ、突入してしまったのである。敵影はない。――これは予期したところだが、須臾《しゅゆ》にして、陣営のまわりから、突然、湧いて出たような蜀《しょく》軍の鬨《とき》の声が起《おこ》った。蜀《しょく》の呉班《ごはん》、呉懿《ごい》の軍だ。――釜中《ふちゅう》の魚はまさに煮られる如《ごと》く逃げまどった。

ここでも、魏《ぎ》勢は残り少なに討たれた上、さんざんの態《てい》で逃げ崩れてくる道を、さらに、関興《かんこう》、張苞《ちょうほう》の二軍に、完膚《かんぷ》なきまで、痛撃された。

夜明けと共に曹真《そうしん》の本陣に、西から南から北からと、落ち集まってきた残軍と敗将のすがたこそ見るかげもないものだった。

四

食うか食われるか、戦《いくさ》の様相はつねに苛烈《かれつ》である。この苛烈《かれつ》を肝《きも》に銘じていながら曹真《そうしん》の軽挙はふたたび重ね重ねの惨敗を自軍に見てしまった。

彼の落胆は、恐怖に近づいた。いまは郭淮《かくわい》の献策をうらむこともできない。彼は総兵大《だい》都督《ととく》である。

「以後は、かならずみだりにうごくな、敵の誘いにのるな。ただ守れ、固く守備せよ」

以後の警戒は非常なものである。むしろ度の過ぎるほど堅固に堅固を取った。ために、祁山《きざん》の草は幾十日も兵に踏まるることなく、雪は解けて、山野は靉靆《あいたい》たる春霞《はるがすみ》をほの紅《あか》く染めて来た。

霞《かすみ》を横切る一羽の鳥がある。孔明《こうめい》は日々悠久なる天地をながめ、あたかも霞《かすみ》を喰《く》うて生きている天仙か地仙のごとく物静かに日々を黙して送っていたが、一日、書をしたためて、ひそかに陳倉道《ちんそうどう》にある魏延《ぎえん》の陣へ使いを出した。

楊儀《ようぎ》があやしんで訊《たず》ねた。

「魏延《ぎえん》の陣へ、お引揚《ひきあ》げを命ぜられたそうですが、なぜですか」

「そうだ。陳倉道《ちんそうどう》のほうばかりでなく、ここの陣地も引き払おうと思う」

「そして、どこへ進発なさいますか」

「いや、進むのではない、漢中《かんちゅう》へしりぞくのだ」

「はて。それがてまえには解《げ》せません」

「なぜな？」

「でも、かくの如《ごと》く、蜀《しょく》は勝っているところを、しかも万山の雪は解け、いよいよ士気旺《しきおう》盛《せい》たろうとしている矢先ではございませんか」

「さればこそ今を退《しりぞ》く時と思うのである。魏《ぎ》がいたずらに守って、戦わないのは、わが病を深く知らないからだ。わが病とはほかでもない兵糧の不足。如何《いかん》ともなし難い重患だが、幸いにも、敵はただその涸渇《こかつ》を待っていて、積極的に、わが通路を断とうとしない。——これなおわが余命のある所以《ゆえん》だ。もし今のうちに療養に還《かえ》らなければ、この大軍をして、救い難い重態に墜《おと》すであろう」

「その点は、われわれも絶えず腐心しているところですが、先頃の大捷《たいしょう》に、だいぶ戦利品も加えましたから、なおしばらくは支えられないこともありません。そのうちに勝ち続けて、自然活路に出れば、敵産をもって、長安《ちょうあん》に攻め入るまで、食い続けられないこともないと思いますが……」

「否《いな》とよ。草は食えるが、敵の死屍《しし》は糧《かて》にならない。ここ魏《ぎ》の陣気をはるかにうかがうに、おそらく大敗のこと、洛陽《らくよう》に聞《きこ》えて、敵は思いきった大軍をもって、ここを援《たす》けにくるにちがいない。……さもあらばまた、彼は新手、彼は後方にいくらでも運輸の道を持つ大軍。いかにして、わが勝利をなお保ち得よう。——敗れて退くにあらず、勝って去るのである。退くとは戦いの中のこと、去るとは作戦による行動にほかならない。さようにに歯がみして無念がるな」

楊儀《ようぎ》の口をもって、諸将の不満へもいわせようとするのであろう、孔明《こうめい》の諭示《ゆし》は嚙《か》んで含めるようだった。

「――しかし、魏延《ぎえん》へやった使いも、一計をさずけてつかわしてあるから、引揚《ひきあ》げるといっても、無為に退くわけではない。見よ、やがてあすこにある魏《ぎ》の王双《おうそう》の首は、魏延《ぎえん》のよい土産《みやげ》となるであろう」

孔明《こうめい》はそうも言った。

関興《かんこう》、張苞《ちょうほう》などの若手組は、案のごとく、この陣払いにたいして、不満を表示したが、それも楊儀《ようぎ》になだめられて、着々ここを引揚《ひきあ》げにかかりだした。

とはいえ勿論《もちろん》、それはひそかに行われたものであることはいうまでもない。水の乾くように、徐々兵数を減じて、後退させていた。そして最後にいたるまで、鉦鼓《かねつづみ》の者は残して、常と変《かわ》るところなく、調練の螺《ら》を吹き時の鉦《かね》を鳴らし、旗々はなお大軍そこにとどまるもの如《ごと》く装っていた。

――一方、魏《ぎ》の曹真《そうしん》は、その後、守るに専念して、とみに気勢も昂《あが》らずにいたが、折から、左将軍張郃《ちょうこう》が洛陽《らくよう》から一軍をひきいて来て味方の陣に参加した。

曹真《そうしん》は、彼を見ると、訊《たず》ねた。

「貴所は都を立つとき、司馬懿《しばい》には、お会いにならなかったのか」

するとと彼は答えた。

「いや、会わないどころではありません。それがしが加勢に下ってきたのも、ひとえに司《し》馬《ば》仲達《ちゅうたつ》の計《はか》らいによるものです」

五

「ほほう。……では、やはり仲達《ちゅうたつ》のはからいで来られたわけか」

「いや、洛陽《らくよう》の上下でも、先頃以来、だいぶ当地の敗戦を心痛しています」

「まことに予の不徳のいたすところだ。国内に対して面目もない」

「勝敗は兵家《へいか》のつね。敗《やぶ》るるも次の勝ちを期しておればご苦慮にも及びません。……が、この頃の戦況はどうですか」

張部《ちょうこう》にこう問われると、曹真《そうしん》は初めて少しにこっとして、

「この数日は、大いに戦況が味方の有利に転回してきた。以後まだ大合戦はないが、諸所において、いつも味方が勝ちつつある」

「……あっ。それはいかん」

「な、なぜだ？」

「そのことも、それがしが離京の際に、司馬仲達《しばちゅうたつ》がくれぐれも警戒せよといっていました」

「なに。味方の勝つのはいけないといったのか」

「そうした意味ではありませんが。……つまり、こう申されたのです。……蜀《しょく》軍はたとえ兵糧が欠乏しだしても、決して軽々しくは退くまい。だが、彼の兵がしばしば小勢で出没してそのたび負けて逃げるような時は、大いに機微を見ていないといけない。反対に、彼が大軍をうごかすか、大いに強味のあるときは、まだ退陣の時は遠いと見ていてまちがいない。この辺が、兵家《へいか》の玄妙《げんみょう》であるから、よくよく曹真《そうしん》閣下におつたえしておくがいいと附言された次第です」

「……ははあ、なるほど。すると過日からの味方の勝ち色はあまりあてにならんかしら」

何か思《おも》い当《あた》るものがあるらしく、曹真《そうしん》は急に間諜《かんちょう》の上手な者数名を放って、孔明《こうめい》の本陣をうかがわせた。

間諜《かんちょう》は帰ってきて報告した。

「祁山《きざん》の上にも下にも、敵は一兵もおりません。ただ備えの旗と囲いだけが残っているだけであります」

次に帰ってきた者もいった。

「孔明《こうめい》は、漢中《かんちゅう》さして、総引揚《そうひきあ》げを行ったようです」

曹真《そうしん》は頭を掻《か》いて後悔した。

「また、彼奴《きゃっ》に騙《だま》されていたのだ」

聞くや否《いな》、張郃《ちょうこう》はすぐ新手の勢をもって、孔明《こうめい》のあとを急追してみたが、時すでに甚だ遅かった。

また、陳倉道《ちんそうどう》の口に残って、久しい間、魏《ぎ》の猛将王双《おうそう》をそこに支えていた魏延《ぎえん》は、孔明《こうめい》の書簡に接すると、これもたちまち、陣払いを開始していた。

当然、それはすぐ王双《おうそう》の知るところとなり、王双《おうそう》はいとまをおかず追撃した。

そして、蜀兵《しょく》に近づくや、

「魏延《ぎえん》、いずこに帰るぞ、王双《おうそう》これにあり、返せ返せ」

と馬の上から呼ばわりつつあくまで追った。

蜀《しょく》兵の逃げ足も早かった。王双《おうそう》の追うこと余りに急なので、彼の周囲には、ようやく旗本の騎馬武者二、三十騎しか続いて来られなかった。

すると、後から駈《か》けてきた一騎が、

「わが大将、ちと急ぎ過ぎましたぞ、敵将魏延《ぎえん》はまだうしろのほうにいる」と、注意した。

「そんなはずはないが？」

と、振り向くと、どうしたことか、陳倉《ちんそう》城外にある自分の陣営から黒煙が上がっている。

「さては、うしろへ出たか」と、あわてて引っ返して、途中の有名な嶮路陳倉峡口《けんろちんそうきょうこう》の洞《どう》門《もん》まで来ると、上から大岩石が落ちてきて、彼の部下、彼の馬、みな挫《くじ》きつぶされた。

「王双《おうそう》、どこへ行く」

突如、彼のうしろに、一彪《いっぴょう》の軍が見え、その中に、魏延《ぎえん》の声がした。

いちど、馬上からもんどり打ったため、王双《おうそう》は逃げきれず、またその武力もあらわすにいとまなく、ついに魏延《ぎえん》の大剣に、その首《こうべ》を委《まか》してしまった。

魏延《ぎえん》はその首を、高々と槍《やり》のさきに掲げさせて、悠々、漢中《かんちゅう》への引揚《ひきあ》げを仕果《しはた》した。

――王双《おうそう》の死が、曹真《そうしん》の本営へ知らされてからいくばくもなく、陳倉城《ちんそうじょう》の守将郝昭《かくしょう》の死がまた報じられてきた。郝昭《かくしょう》は病死であったが、曹真《そうしん》にとり、また魏《ぎ》にとっては、重ね重ねの凶事ばかりだった。

総《そう》兵《へい》之《の》印《いん》

一

蜀魏《しょくぎ》両国の消耗をよろこんで、その大戦のいよいよ長くいよいよ酷烈になるのを希《ねが》っていたのは、いうまでもなく呉《ご》であった。

この時に当《あた》って、呉王孫権《ごおうそんけん》は、宿年《しゅくねん》の野望をついに表面にした。すなわち彼もまた、魏《ぎ》や蜀《しょく》にならって、皇帝を僭称《せんしょう》したのである。

四月。武昌《ぶしょう》の南郊に盛大な壇をきずいて、大礼の式典を行い、天下に大赦《たいしゃ》を令し、即日、黄武《こうぶ》八年の年号を、黄龍《こうりゅう》元年とあらため、先王孫堅《そんけん》に対しては、武烈《ぶれつ》皇帝と諡《おくりな》して、ここに、呉《ご》皇帝の即位は終《おわ》った。

嫡子の孫登《そんとう》ももちろん同時に皇太子にのぼった。そしてその輔育《ほいく》の任には、諸葛瑾《しょかつきん》の子諸葛恪《しょかつかく》を太子左輔《たいしさほ》とし、張昭《ちょうしょう》の子張休《ちょうきゅう》が太子右弼《うひつ》を命ぜられた。

諸葛恪《しょかつかく》は、血からいえば、孔明《こうめい》の甥《おい》にあたるものである。資質聡明、声は甚だ清高であったといわれる。幼時から夙《つと》に、神異《しんい》の才をたたえられ、その六歳の時に、こんなこともあった。

或《あ》る折、呉王孫権《ごおうそんけん》が戯《たわむ》れに、一匹の驢馬《ろば》を宮苑にひき出させ、驢《ろ》の面《おもて》に、白粉《はくふん》を塗らせて、それへ、

諸葛子瑜《しょかつしゆ》

という四文字を書いた。

けだし、それは、諸葛瑾《しょかつきん》の顔が、人いちばい長面なので、それを揶揄《やゆ》して笑ったのである。だが、君公の戯《たわむ》れなので、当人も頭をかいて共に苦笑していた。

すると父のそばにいたまだ六歳の諸葛恪《しょかつかく》が、いきなり筆を持って庭へとび降り、驢《ろ》の前に背伸びして、その面《おもて》の四文字の下へ、また二字を書き加えた。

人々が見ると、すなわち、

諸葛子瑜之驢《しょかつしゆのろ》

と、読まれた。見事、からかわれている父の辱《はじ》をそそいだのである。現今中国人のあいだでよくいわれる「面子《メンツ》」なることばの語源がこの故事からきているものか否《いな》かは知らない。

この輔弼《ほひつ》に加えて、さらに、丞相顧雍《じょうしょうこよう》、上将軍陸遜《りくそん》をつけて共に太子を守らせ、武《ぶ》

昌城《しょうじょう》において、孫権《そんけん》はまた、建業《けんぎょう》に還《かえ》った。

かくて魏蜀《ぎしょく》戦えば戦うほど、呉《ご》の強大と国力は日を趁《お》うて優位になるばかりなので、宿老張昭《ちょうしょう》はかたく、兵をいましめ、産業を興《おこ》し、学校を創《た》て、農を励まし、馬を養って、ひたすら、他日にそなえながら、一面、特使を蜀《しょく》へ派して、なおお善戦を慫慂《しょうよう》していた。

また、その特使の使命には、

「このたび、わが呉《ご》においても、前王孫権《そんけん》が登極《とうきょく》して、皇帝の位に即《つ》かれました」

という発表を伝えて、国際的にこれを承認させる副意義もあったこと、もちろんである。

その特使は、成都《せいと》へも、漢中《かんちゅう》の孔明《こうめい》の所へも同様に臨んだ。孔明《こうめい》は心のうちに安からぬものを抱いたにちがいない。なぜといえば、彼の理想は、漢朝《かんちょう》の統一にあるからである。天に二つの日なしという信念が、彼の天下観だからである。しかし今はそれを唱えていられない時であった。ひとたび呉《ご》が離脱せんか、魏《ぎ》と結ぶことは必然である。かくては永遠に蜀《しょく》の興隆はない。蜀亡《しょくほろ》ぶときは、彼の理想もついに行い得ないことになる。

「それは実に慶祝にたえない。いよいよ呉蜀《ごしょく》両帝国の共栄を確約するものです」

孔明《こうめい》も直ちに、漢中《かんちゅう》の礼物を山と積ませて、呉《ご》へ賀使を送り、慶《よろこ》びの表《ひょう》を呈した。

そして、ついでに、

「いま貴国の強兵を以て魏《ぎ》を攻《もっ》めらるれば、魏《ぎ》は必ず崩壊《ほうかい》を兆《きざ》すであろう。わが蜀《しょく》軍が不断に彼を打ち叩《うたた》いて、疲弊《ひへい》に導きつつあるは申すまでもありません」

と呉《ご》へ申し入れ、また朝野《ちょうや》に向《むか》って、時は今なることを、大いに鼓欣《こきん》宣伝させた。

陸遜《りくそん》は、にわかに建業《けんぎょう》へ召還された。彼の意見を徴《ちょう》すべく呉帝《ごてい》は待ちわびていた。

「どうしたものだろう、蜀《しょく》の要請は」

「修好の約ある以上、容《い》れなければなりますまい。けれど、多くを蜀《しょく》に労させて、呉《ご》はもっぱら虚をうかがい、いよいよという時、洛陽《らくよう》へ入城するものは、孔明《こうめい》より一足先に、わが呉《ご》軍であれば最上でありましょう」

「そうありたいのだ」

孫権《そんけん》はこころよげに笑った。

二

孔明《こうめい》は三度目の祁山《きざん》出兵を決行した。

その動機は、陳倉《ちんそう》の守将郝昭《かくしょう》が、このところ病に罹《かか》って重態だという確報を得たからであった。

郝昭《かくしょう》は、洛陽《らくよう》へ急を報じ、自分に代《かわ》る大将の援軍を仰いだ。

長安《ちょうあん》にある郭淮《かくわい》は、

「それでは遅い。奏上はあとでするから、ご辺はすぐ向《む》え」

と、張部《ちょうこう》に三千騎を附して、すぐ陳倉城《ちんそうじょう》へ援《たす》けに向《むか》わせた。

――が、この時はもう遅かったのである。郝昭《かくしょう》は死し、陳倉《ちんそう》は陥《お》ちていた。

どうしてこう迅速だったかといえば、しきりに孔明《こうめい》の来襲を伝えたものは、実は姜維《きょうい》、魏延《ぎえん》などの一軍で、その本軍は疾《と》くひそかに漢中《かんちゅう》を発し、間道をとって、世上の耳目《じもく》も気づかぬうちに、陳倉城《ちんそうじょう》の搦手《からめて》に迫り、夜中、乱波《らっぱ》を放って、城内に火をかけ、混乱に乗じて、雪崩《なだ》れ入《い》ったものだった。

だから味方の姜維《きょうい》や魏延《ぎえん》が城中へ来たときですらすでに落城のあとだった。いかに魏《ぎ》の張部《ちょうこう》が急いで救援に来たところで、とうてい、間にあうわけはなかったのである。

「丞相《じょうしょう》の神算は、つねに畏服《いふく》しているところですが、かかる電撃的な行動は、われらも初めて見るところでした」

姜維《きょうい》、魏延《ぎえん》たちは城中に入って、孔明《こうめい》の車を拝すと、心からそういって、それに額《ぬか》ずかずにいられなかった。

孔明《こうめい》は、落去の跡を視察して、火中に死んだ郝昭《かくしょう》の屍《かばね》を捜させ、

「この人は敵ながら、その忠魂は見上げたものだ。死すとも朽《く》ちさすべき人ではない」

と、兵を用いて手篤《てあつ》く弔《とむら》えと命じた。

孔明《こうめい》はまた、二人へむかい、

「ここは陥《お》ちたが、両所ともにまだ甲《よろい》を解くな。直ちに、この先の散関《さんかん》へ馳《か》けよ。もし時移さば、魏《ぎ》の兵馬充満して、第二の陳倉《ちんそう》となるであろう」と、いった。

姜維《きょうい》、魏延《ぎえん》は、畏《かしこ》まって候《そうろう》、とばかり息つく間もなく散関《さんかん》へいそいだ。

関は手薄だった。

ために難なく乗っ取ることを得たが、蜀旗《しょくき》を掲《かか》げてわずか半日ともたたないうちに、士気すこぶる旺《さかん》な魏《ぎ》軍が、えいえいと武者声あわせて襲《よ》せ返《かえ》してきた。

「すわや、丞相《じょうしょう》の先見あやまたず、魏《ぎ》の大軍がはや来たとみえる」

望楼にのぼって、これを望み見るに、軍中あざやかに、魏《ぎ》にその人ありとかねて聞く「左将軍張郃《ちょうこう》」の旗が戦気を孕《はら》んでひらめいていた。

しかし、これまで来てみると、すでに散関《さんかん》すら蜀《しょく》軍に奪《と》られていたので、いたく失望したものであろう、やがて張郃《ちょうこう》の軍は、にわかに後へかえってゆく様子だった。

「追い崩せ」

蜀《しょく》勢は、関を出て、これを追った。ために張郃《ちょうこう》の勢は、若干の損害をうけたのみならず、むなしく長安《ちょうあん》へ潰走《かいそう》した。

「この方面の態勢は、まず定まりました」

姜維《きょうい》、魏延《ぎえん》から孔明《こうめい》へすぐ戦況をつたえた。

孔明《こうめい》は、この報《し》らせをつかむと、

「よし、機は熟す」となして、いよいよ総兵力をあげて、陳倉《ちんそう》から斜谷《やこく》へすすみ、建威《けんい》を攻め取って、祁山《きざん》へ出馬した。

ここは二度の旧戦場だ。しかもその両度とも蜀《しょく》軍は戦い利あらず、退却のやむなきを見ているのである。孔明《こうめい》にとっては実に痛恨の深い地であるにちがいない。彼は、帷幕《いばく》の将星をあつめて告げた。

「魏《ぎ》は二度の勝利に味をしめて、このたびも旧時の例にならい、我かならず雍《よう》・郿《び》の二郡をうかがうであろうとなして、そこを防ぎ固めるにちがいない。……ゆえに我は、鉾《ほこ》を転じて陰平《いんぺい》、武都《ぶと》の二郡を急襲せん」

孔明《こうめい》の作戦は、その陰《いん》、武《ぶ》二郡を取って、敵の勢力をその方面へ分散させようとするにあったらしい。しかし敵の兵力を分けさせるためには、自己もまた兵力を分けねばならなかった。それにさし向けた蜀《しょく》軍の兵力は、王平《おうへい》の一万騎と、姜維《きょうい》の一万騎、あわせて二万の数だった。

三

長安《ちょうあん》に引っかえした張郃《ちょうこう》の報告を聞き、また孔明《こうめい》の祁山《きざん》出陣を聞いて、郭淮《かくわい》は驚きに打たれた。

「さもあらば、蜀《しょく》勢はまた雍《よう》・郿《び》の二郡へ攻めかかるだろう。張郃《ちょうこう》、足下《そっか》はこの長安《ちょうあん》を守れ、われは郿城《びじょう》を固め、雍城《ようじょう》へは孫礼《そんれい》をやって防がせよう」

即座に彼は、兵を分けて、その方面へ急行した。

張郃《ちょうこう》は、早馬に次ぐ早馬をもって、祁山《きざん》一帯の戦況を洛陽《らくよう》へ告げ、

「大兵と軍馬を、ぞくぞく下《くだ》し給《たま》え、さもなくば、事態予測をゆるさず」と、要請した。

魏《ぎ》朝廷の狼狽《ろうばい》はただならぬものがあった。何となれば、この時すでに、呉《ご》の孫権《そんけん》の帝位登極《とうきょく》のことが伝わっていたし、続いて、蜀呉《しょくご》の特使交換やら、さらには蜀《しょく》の要請に従って、武昌《ぶしょう》の陸遜《りくそん》が、大兵力をととのえ、今にも魏《ぎ》へ攻め入ろうとする空気が濃厚にみなぎっているなどという――魏《ぎ》にとって不気味きわまる情報がやたらに入っているからであった。

蜀《しょく》も強敵。呉《ご》もいうまでもなく大敵。こうなるといずれに重点をおいてよいのか。魏廷《ぎてい》の軍政方針は紛々《ふんぷん》議論のみに終《おわ》って、その実策を見失っているのであった。

「司馬懿《しばい》に問うしかない」

重将宿将多しといえども魏帝《ぎてい》もついにはひとりの仲達《ちゅうたつ》に恃《たの》みを帰するしかなかった。

「いそぎ参朝せよ」と、召せばいつでも、素直に出てくる司馬懿《しばい》であったが、闕下《けっか》に伏しても、この頃の風雲にはまるで聾《つんぼ》のような顔をしていた。

けれど、帝が下問すると、

「そんなことは、深くお迷いになるまでもないことかと思います」

と、その定見を、するすると糸を吐くように述べた。

「孔明《こうめい》が呉《ご》をけしかけたのは当《あた》り前《まえ》な考えです。呉《ご》がこれに応じるのもまず修交上当然といえましょう。けれど呉《ご》には陸遜《りくそん》という偉物《えらぶつ》が軍をにぎっています。また、呉《ご》が率先挺身《そっせんていしん》しなければ、条約に違《たが》うという理由はありませんから、攻めんといい、攻めるぞとみせ、実は軍備ばかりしていて、容易にうごかず、蜀《しょく》の戦いと、魏《ぎ》の防ぎを、睨《にら》み合《あ》わせて、ひたすら機を測っているものにちがいありません。——故に、呉《ご》の態勢は虚《きょ》です。蜀《しょく》の襲《しゅう》攻《こう》は実です。まずもって、実に全力をそそぎ、後、虚を始末すればよろしいでしょう」

「なるほど、実《げ》にも、そうであった」

いわれてみると、こんな分《わか》りきっていることを、なんで迷っていたのかと魏帝《ぎてい》は膝《ひざ》を打って嘆じた。

「卿《けい》はまことに大将軍の才だ。卿《けい》をおいては孔明《こうめい》を破るものはない」

嘆賞のあまり魏帝《ぎてい》はその場で彼を大都督《だいととく》に封じ、あわせて、総兵之印《そうへいのいん》をも取り上げて、汝にさずけんと詔《みことの》りした。

仲達《ちゅうたつ》は甚だ迷惑そうな顔をした。なぜならばその総兵之印《そうへいのいん》は、全軍総司令たる曹真《そうしん》が持っているものである。――が、勅命いなみ難《がた》しとおうけはしたものの、

「勅を以《もっ》て取り上げらるるはお気の毒の限りですし、それでは当人の面子《メンツ》もありませんから私が参ってみずから頂戴《ちょうだい》しましょう」

と、長安《ちょうあん》へ立った。そして府中に病臥中《びょうがちゅう》の曹真《そうしん》に会い、病を見舞って四方山《よもやま》のはなしの後、

「時に、呉《ご》の陸遜《りくそん》、蜀《しょく》の孔明《こうめい》が、緊密に機を結びあって、同時に、わが国の境へ攻め入ってきたのをご存じですか」

「えっ。そんな事態ですか」

――曹真《そうしん》は愕然《がくぜん》として、

「何しろ、この病体なので、誰もほんとのことを知らしてくれない」と、痛涙《つうるい》にむせんだ。

「からだにお毒ですよ」

と仲達《ちゅうたつ》はなぐさめて――

「それがしがお扶《たす》けしますから帷幕《いばく》のことはあまりご痛心なさらぬがよい」といった。

「いや、いや、この病身では、ついに国家の大危局を救う力など到底わしにはない。どうかご辺がこれを譲りうけて、この大艱難《だいかんなん》に当《あた》ってくれい」

と、総兵之印《そうへいのいん》をとりだして、たって、司馬懿《しばい》に押しつけた。司馬懿《しばい》は、再三、辞退したが、

「朝廷へは、わしから後に奏聞《そうもん》しておく。決して、卿《けい》に咎《とが》はかけない」

といって、どうしても肯《き》かないのである。仲達《ちゅうたつ》も断りあぐねた態《てい》をなして、それでは一応お預かりしておくと答えて受け取った。

司馬仲達計《しばちゅうたつはか》らる

一

蜀《しょく》の諸葛亮孔明《しょかつりょうこうめい》と、魏《ぎ》の司馬懿仲達《しばいちゅうたつ》とが、堂々と正面切って対峙《たいじ》するの壮観を展開したのは、実にこの建興《けんこう》七年四月の、祁山《きざん》夏の陣をもって最初とする。

それまでの戦いでは仲達《ちゅうたつ》はもっぱら洛陽《らくよう》にあって陣頭に立たなかったといってよい。

序戦の街亭《がいてい》の役《えき》には、自身陽平関《ようへいかん》にまで迫ったが、孔明《こうめい》は楼上に琴を弾《だん》じて、彼の疑い退《しりぞ》くを見るや、風の如《ごと》く漢中《かんちゅう》へ去ってしまい、両々相布陣して、乾坤一擲《けんこんいってき》に勝敗を決せんとするような大戦的構想は、遂にその折には実現されずにしまった。

孔明《こうめい》も仲達《ちゅうたつ》の非凡を知り、仲達《ちゅうたつ》ももとより孔明《こうめい》の大器はよくわきまえている。

――その上での対陣である。しかも司馬懿《しばい》軍十万余騎は、まだ傷つかざる魏《ぎ》の新鋭であるし、その先鋒《せんぽう》の張郃《ちょうこう》も百戦を経た雄将だった。

「一望するところ、孔明《こうめい》は祁山《きざん》の三ヵ所に陣を構え、旗旛《きはん》整々たるものが見えるが、貴公たちは、彼がここへ出て以来、幾度かその戦意を試みていたか」

祁山《きざん》に着いた日、仲達《ちゅうたつ》は、郭淮《かくわい》と孫礼《そんれい》のふたりにこう質問した。

「いや、ご下向《げこう》を待って、親しくご指揮を仰いだ上でと考えて、まだ一度も戦っておりません」

「孔明《こうめい》としては、必ず速戦即決を希望しているだろうに、敵も悠々とあるは、何か大なる計があるものと観《み》ねばならぬ。――隴西《ろうせい》の諸郡からは、何の情報もないか」

「諸所みな守り努めているようです。ただ武都《ぶと》、陰平《いんぺい》の二郡へやった連絡の者だけ、今もって帰ってきません」

「さてこそ。孔明《こうめい》はその二郡を攻めようとしているのだ。貴公らは、間道からすぐ二郡へ救援に行け。そして守備を固めた後、祁《き》山《ざん》のうしろへ出よ」

郭淮《かくわい》と孫礼《そんれい》は、即夜、数千の兵をひきいて、隴西《ろうせい》の小道を迂回《うかい》した。

途中ふたりは、馬上で語り合った。

「貴公は、孔明《こうめい》と仲達《ちゅうたつ》と、いずれが優《すぐ》れた英才と思うか」

「さあ？　どちらともいえないが、敵ながら孔明《こうめい》が少しすぐれておりはせぬかな？」

「しかし、こんどの作戦などは、孔明《こうめい》より仲達《ちゅうたつ》のほうが、鋭い所を観《み》ているようだ。祁《き》山《ざん》のうしろへ出られたら、孔明《こうめい》とて狼狽《ろうばい》するだろう」

すると夜の明けがた頃。

先頭の兵馬が急に騒ぎだしたので、何事かと見ると、一山の松林の中に、「漢《かん》の丞相《じょうしょう》諸葛亮《しょかつりょう》」としるした大旗がひるがえり、霧か軍馬か濛々《もうもう》たるものが山上からなだれて来る。

「や。おかしいぞ」

云《い》っているまに、一発の山砲が轟《とどろ》いた。それを合図に、四山金鼓《しざんきんこ》の声をあげ、郭淮《かくわい》、孫《そん》礼《れい》の四、五千人は、完全に包囲された形となった。

「夜来の旅人。もはや先へ行くは無用。隴西《ろうせい》の二郡はすでに陥《お》ちてわが手にあり、汝らも無益な戦いやめて、わが前に盔《かぶと》を投げよ」

孔明《こうめい》は四輪車のうえから呼ばわりつつ、むらがる敵を前後の旗本に討たせながら、郭淮《かくわい》、孫礼《そんれい》のほうへそれを押しすすめて来た。

「よし、この眼に孔明《こうめい》を見たからには、討ちもらしてなるものか」

二将は喚《おめ》き合《あ》って血の中へ挺身《ていしん》してきたが、王平《おうへい》、姜維《きょうい》の二軍に阻《はば》まれ、かつ手勢を討ち減らされて、

「いまは、ぜひなし」と、無我夢中《むがむちゅう》、逃げ出した。

「待てっ。なおここに、蜀《しょく》の張苞《ちょうほう》あるを知らないか。張飛《ちょうひ》の子、張苞《ちょうほう》に面識をとげて行かぬは、冥加《みょうが》でないぞ」

追いかけた者は、名乗るが如《ごと》き張苞《ちょうほう》だった。しかし、敵の逃げるのも盲滅法《めくらめっぽう》だったし、彼の急追も余りに無茶だったので、松山の近い岩角《いわかど》に、その乗っていた馬がつまずいたとたん、馬もろとも、張苞《ちょうほう》は谷の底へころげ落ちてしまった。

あとに続いていた蜀《しょく》兵は、それを見ると、

「やや。張《ちょう》将軍が谷へ落ちた――」と、逃げる敵もさておいて、みな谷底へおりて行った。

あわれ張苞《ちょうほう》、岩角に頭を打ちつけたため重傷を負い、流れのそばに昏絶《こんぜつ》していた。

二

郭淮《かくわい》と孫礼《そんれい》が惨たる姿で逃げ帰ってきたのを見ると、仲達《ちゅうたつ》は慙愧《ざんき》して、かえって、ふ

たりへ詫《わ》びた。

「この失敗はまったく貴公の罪ではない。孔明《こうめい》の智謀がわれに超えていたからだ。しかし、この仲達《ちゅうたつ》にもなおべつに勝算がないでもない。貴公たちは雍《よう》・郿《び》の二城へわかれて堅く守っておれ」

司馬懿《しばい》は一日沈思していたが、やがて張部《ちょうこう》と戴陵《たいりょう》を招いて、

「武都《ぶと》・陰平《いんぺい》の二城を取った孔明《こうめい》は、さしずめ戦後の経策と撫民《ぶみん》のため、そのほうへ出向いているにちがいない。祁山《きざん》の本陣には依然、孔明《こうめい》がいるような旌旗《せいき》が望まれるが、おそらく擬勢《ぎせい》であろう。汝らはおのおの一万騎をつれて、今夜、側面から祁山《きざん》の本陣へかかれ。儂《み》は正面から当《あた》って、一挙に彼の中核をつき崩さん」と、云《い》った。

張部《ちょうこう》はかねて調べておいた間道を縫い、夜の二更《にこう》から三更《さんこう》にかけて、馬は枚《ばい》をふくみ、兵は軽装捷駆《しょうく》して、祁山《きざん》の側面へ迂回《うかい》しにかかった。

途中は峨々《がが》たる岩山のせまい道ばかりだった。行くこと半途にして、その道も重畳《ちょうじょう》たる柴《しば》や木材や車の山で塞《ふさ》がっていた。敵が作っておいた防塞だろうが、これしきの妨《さまた》げは、物ともするな、踏みこえて進めと張部《ちょうこう》が励ましていると、たちまち、四方から火が揚がって、魏《ぎ》兵の進路を危うくした。

「愚や、愚や。司馬懿《しばい》の浅慮者《あさはかもの》が、前にも懲《こ》りず、ふたたび同じ敗戦を部下にくり返させ

ている。――見ずや、孔明《こうめい》は武《ぶ》、陰《いん》にあらず、ここに在るぞ」

山の上で高らかに云《い》っているのは、まぎれもない孔明《こうめい》の声である。張郃《ちょうこう》は、怒って、

「わが大国を恐れず、度々境を侵《おか》す山野の匹夫《ひっぷ》。そこを動くな」

と、ほとんど胸衝《むなつ》きにひとしい嶮路《けんろ》へ、無理に馬を立てて馳《か》け上《あ》がろうとすると、山上にもう一声、呵々《かか》と大笑する孔明《こうめい》の声がひびいて、

「匹夫《ひっぷ》の勇とは、それ汝自身の今の姿だ。求むるはこれか」と、左右に下知《げち》すると、同時に、巨木大石が流れを下るごとく落ちてきた。

張郃《ちょうこう》の馬は脚を挫《くじ》いて仆《たお》れた。彼は乗り換え馬を拾って麓へ逃げ退いたが、友軍の戴陵《たいりょう》が、敵の重囲に落ちているのを知ると、ふたたび取って返して戴陵《たいりょう》を救い出し、ついにもとの道へ引っ返した様子である。

孔明《こうめい》は、あとで云《い》った。

「むかし当陽《とうよう》の激戦で、わが張飛《ちょうひ》とかの張郃《ちょうこう》とが、いずれ劣らぬ善戦をなしたので、当時、魏《ぎ》に張郃《ちょうこう》ありと、大いに聞《きこ》えたものだが、その理由なきに非《あら》ざるものを、今夜の彼の態度にも見た。やがて彼は蜀《しょく》にとって油断のならぬ存在になろう。折あらば、かならず討ってしまわねばならない害敵の一人だ」

一方、魏《ぎ》の本陣では、この惨退を知った司馬懿《しばい》仲達《ちゅうたつ》が、手を額にあて、色を失って、

「またわが考えの先を越されていたか。——孔明《こうめい》の用兵は、まさに神通のものだ。凡慮を超えている」と、その敵たることを忘れて、ただただ嘆じていたということである。いわゆる肚《はら》の底から「負けた」という感じを抱いたものだった。

「——さもあらばあれ、彼も人なり、我も人なり、司馬懿《しばい》仲達《ちゅうたつ》ともあるものが、いかでこれしきの敗れに屈せんや」と、彼は自らの気を振《ふる》って、さらに心を落着《おちつ》け、昼夜、肝胆《かんたん》を練りくだいて、次の作戦を案じていた。

序戦二度の大捷《たいしょう》に、蜀《しょく》軍は大いに士気を昂《あ》げたばかりでなく、魏《ぎ》軍の豊かな装備や馬《ば》匹《ひつ》武具などの戦利品も多く獲《え》た。けれど、司馬懿《しばい》の軍は、それきり容易にうごかなかった。孔明《こうめい》もやむなく滞陣のまま半月の余を過《す》ごした。孔明《こうめい》は託《かこ》ち顔《がお》に、

「うごく敵は計《はか》り易《やす》いが、全くうごかぬ敵には施す手がない。かかるうち味方は運送に、兵糧の枯渇《こかつ》に当面しては、自然、形勢は逆転せざるを得まい。はて、何とすべきだろうか」

幕々《ばくばく》の諸将と評議していると、そこへ成都《せいと》から費禕《ひい》が勅使として下ってきた。

天《てん》血《ち》の如《ごと》し

一

さきに街亭《がいてい》の責めを負うて、孔明《こうめい》は丞相《じょうしょう》の職を朝廷に返していた。今度、成都《せいと》からの詔書は、その儀について、ふたたび旧の丞相《じょうしょう》の任に復すべしという、彼への恩命にほかならなかった。

「国事いまだ成らず、また以後、大した功もないのに、何で丞相《じょうしょう》の職に復することができよう」

孔明《こうめい》は依然固辞したが、

「それでは、将士の心が奮《ふる》いません」

という人々の再三なすすめに従って、ついに朝命を拝して、勅使費褘《ひい》の都へ還《かえ》るを送った。それから後、間もなく、

「われわれもひとまず還《かえ》ろう」と突然、漢中《かんちゅう》への総引揚《そうひきあ》げを発令した。

敵の司馬懿《しばい》は、これを聞くや直ちに、

「追わばかならず孔明《こうめい》の計にあたろう。守って動くな」

かえって堅く自戒していた。

しかし、張郃《ちょうこう》などの徒は、

「敵は兵糧につまったのだ。追撃して完滅を下すのはこの時ではありませんか」

と、むずむずして云《い》った。

「いやいや漢中《かんちゅう》は去年も豊作だったし、今年も麦は熟している。兵糧がないのではなく、ただ運輸の労に困難しているに過ぎない。――量るに孔明《こうめい》はみずから動いて、われを動かさんと、誘うものであろう。しばらく物見の報告を待て」

仲達《ちゅうたつ》は諸将をなだめた。

情報は、次々に聞《きこ》え、

「――孔明《こうめい》の大陣、三十里往《ゆ》いてしばらく駐《とど》まる」

と、聞《きこ》えたが、その以後は、約十日ばかり何の変化も伝えてこない。

すると、やがて、

「蜀《しょく》軍すべて、さらに遠く行く」と報《し》らせて来た。

司馬懿《しばい》は、諸将にいった。

「見よ三十里ごとに、計をうかがい、変を案じ、ひたすらわれの追撃を誘っている。危うし危うし。めったに、孔明《こうめい》の好みに落ちるな」

次の日も、また三十里退《ひ》いたという報あり、さらに二日ほどおいて、

「蜀《しょく》軍はまた三十里行軍して停《と》まっています」という物見のことばだった。

幕将たちの観察と、司馬懿《しばい》の見方とは、だいぶ相違があった。幕将たちは躍起《やっき》となって再び彼に迫った。

「孔明《こうめい》の退《ひ》く手口を見ると、緩歩退軍《かんぽたいぐん》の策です。一面退却一面対峙《たいじ》の陣形をとりながら、極めて平凡な代《かわ》りに、また極めて損害のないような、正退法《しょうたいほう》によっているものでしかありません。――これを見過《みすご》して撃たずんば、天下の笑い草になりましょう」

そうまでいわれると、司馬懿《しばい》もいささか動かされた。わけて張郃《ちょうこう》は極力、追撃を望んでやまない。で遂に、

「然《しか》らば、ご辺は、もっとも勇猛なる一軍をひきいて追え。ただし、途中、一夜を野営して、兵馬の足を充分に休ませ、然《しか》る後猛然と蜀《しょく》軍へ突っこめ。――儂《み》もまた強兵をすぐって第二陣に続くであろう」と、にわかに考えを一転した。

精兵三万、つづいて仲達《ちゅうたつ》の中軍五千騎、弦《つる》を離れた如《ごと》く、急追を開始した。しかしその速度を、ぴたと止めると、全軍、その日のつかれを休め、明日の英気を養って、概《がい》すで

に敵を呑《の》むものがあった。

かくと殿軍《しんがり》の物見から聞くと、孔明《こうめい》は初めて、うすい微笑《ほほえみ》を面《おもて》に持った。生唾《なまつば》を呑《の》むように、待ちに待っていたものなのである。

孔明《こうめい》はその夜、諸将をあつめて、悲壮なる訓示をなした。

「この一戦の大事は、いうまでもない。蜀《しょく》の運命を決するは、まさに今日にある。卿《けい》らみな命をすてて戦え。味方一人に敵数十人をひきうけて当《あた》るほどな覚悟をもて」

孔明《こうめい》はさらに云《い》った。この強敵の背後へ迂回《うかい》して、かえって、敵のうしろを脅かす良将がここに欲しい。それには誰がよいか。みずからこの必死至難な目的に当《あた》ってよくなし遂《と》げんと名乗って出る者はいないか。——と座中を見まわした。

二

誰も答える者もない。われこそと名乗りでて、その至難に赴《ゆ》こうという者がない。それもその筈《はず》。——孔明《こうめい》は、この大事におもむく者は、智勇胆略の兼ね備わっている良将でなければ用い難い——と前提しているのである。

「…………」

孔明《こうめい》のひとみは、魏延《ぎえん》の顔を見た。しかしその魏延《ぎえん》ですら首を垂れて無言だった。

——と、王平《おうへい》がつゝと進んで、

「丞相《じょうしょう》。それがしが赴きましょう」と思い切った語調でいった。

孔明《こうめい》は、敢《あ》えて歓《よろこ》びもせず、

「もし仕損じたらどうするか」と、反問した。

王平《おうへい》は悲壮な面色で、

「成功するや否《いな》やなどは考えておりません。ただ今、丞相《じょうしょう》のおことばには、この一戦こそ、蜀《しょく》の興亡にも関わる大事と仰せられましたゆえ、不才を顧みるいとまなくただ一死を以《もっ》て国に報ぜんとするあるのみです」

「王平《おうへい》は平時の良才、戦時の忠将。その一言でよし。しかし魏《ぎ》の大軍は、二段にわかれ、前軍張郃《ちょうこう》、後陣司馬懿《しばい》のあいだは、まさにおのずから死地そのものだ。わが命じるところはその死地の間に入って、戦えという無理な兵法なのである。いわゆる捨身《すてみ》の戦いだ。なお赴《ゆ》くか」

「断じて赴《ゆ》きます」

「では、もう一軍添えてやろう。たれか王平《おうへい》の副将として赴《ゆ》く者はいないか」

「それがしにお命じ下さい」

「だれだ、名乗った者は」

「前軍都督《ぜんぐんととく》張翼《ちょうよく》です」

「せっかくだが、敵の副将張部《ちょうこう》は、万夫不当《ばんぷふとう》の勇、張翼《ちょうよく》では相手に立てまい」

聞くと張翼《ちょうよく》は、残念がって、奮《ふる》い立《た》った。

「丞相《じょうしょう》には何事を仰せある。それがしとて死をもって当《あた》れば恐るる者を知りません。もし、卑怯《ひきょう》があったら、後、この首をお刎《は》ね下さい」

「それ程いうならば、望みにまかせてやろう。王平《おうへい》と汝と、おのおの一万騎をつれて、今宵《こよい》のうちにひそかに道を引っかえし、途中の山に潜《ひそ》め。そして明日《あす》、魏《ぎ》の前軍がわれを追撃にかかり、通り過ぎるを見たら、司馬懿《しばい》の第二軍が続く前に——その間へ——突《とつ》として討って出《い》で、王平《おうへい》は張部《ちょうこう》軍のうしろへかかり、張翼《ちょうよく》は司馬懿《しばい》の出ばなへぶっつかって戦え。……あとは孔明《こうめい》にべつの計りもあれば、味方を思わず、その一ヵ所を一期《いちご》の戦場として死志《しし》を励め」

令をうけると、二将は、孔明《こうめい》の前に立って、

「では、お別れいたします」

と、暗に死別を告げて、すぐにその行《こう》についた。

孔明《こうめい》は、うしろ姿を見送っていた。そしてすぐその後で、

「姜維《きょうい》、廖化《りょうか》を、これへ」と、さし招き、各自に各三千騎をひっさげて、王平《おうへい》、張翼《ちょうよく》の

後を追い、その戦場となるべき附近の山上に登って、待機せよといい渡した。

そして、二人が行く前に、

「ここぞと、戦機の大事を見極めたら策をこの嚢《ふくろ》に聞け」

と、錦《にしき》の嚢《ふくろ》を渡した。いわゆる智嚢《ちのう》である。

次に。

呉班《ごはん》、呉懿《ごい》、馬忠《ばちゅう》、張嶷《ちょうぎ》の順に呼ばれた。

「その方たちは、正陣をもって、寄せ来る敵の前面に当《あた》れ。壁となって防ぎ戦え。しかし明日の魏《ぎ》軍の猛気はおそらく必殺必勝の気で来るであろうゆえ、無碍《むげ》に支えれば、必定《ひつじょう》、支えきれなくもなる。一突一退、緩急の呼吸をはかって、やがて関興《かんこう》の一軍が討って出るのを見たら、そのとき初めて、一斉に奮力をあげて死戦せい」

孔明《こうめい》は、また、最後に関興《かんこう》へこういう命令を与えた。

「汝は、一軍をもって、この附近の山間にひそみ、明日、予が山上にあって、紅《くれない》の旗をうごかすのを見たら、一度に出て、敵とまみえよ。かならず日頃の戦いと思うな」

かくてすべてに渡って手筈《てはず》が整うと、孔明《こうめい》は、一睡《いっすい》をとって、黎明《れいめい》早くも山上へ登って行った。この日、朝雲は低く、日輪は雲表《うんぴょう》を真紅に染め、未《いま》だ万地の血にならない前に、天すでに血の如《ごと》しであった。

三

両軍の決戦的意気といい、その精猛を挙げつくしている点といい、また戦場の地勢から観《み》ても、終日にわたったその日の激戦は、まさに蜀魏《しょくぎ》の関《せき》ケ原《はら》ともいえるものであった。

蜀《しょく》の馬忠《ばちゅう》、張嶷《ちょうぎ》、呉懿《ごい》、呉班《ごはん》などが、まず四陣を展《ひら》いて、

「来《きた》れ。――来《きた》らば」

と、手具脛《てぐすね》ひいて待つ所へ、魏《ぎ》軍三万の張郃《ちょうこう》、戴陵《たいりょう》はほとんど鎧袖一触《がいしゅういっしょく》の勢いでこれへ当《あた》ってきた。

時は大夏《たいか》六月。人馬は汗にぬれ、草は血に燃え、一進一退、叫殺《きょうさつ》、天に満つばかりだった。

蜀《しょく》は、時に急に、時に緩《かん》に、やがて約二十里もくずれ、さらに五十里も追われた。

朝から急歩調で、追迫をつづけ、かつ、攻勢をゆるめずにあった魏《ぎ》は、炎日と奮闘に、ようやく疲れを示した。刻《とき》、陽《ひ》も中天の午《うま》の刻に近かった。

すると、一峰の上で、突として紅《くれない》の旗がうごいた。

孔明《こうめい》の下せる大号令のしるしである。

「今か。今か――」と、それを待っていた関興《かんこう》の五千騎は、疾風《はやて》のごとく、谷の内から出

て、魏《ぎ》勢の横を衝《つ》いた。

いったん退いた蜀《しょく》の四軍も、たちまちひるがえって、張郃《ちょうこう》、戴陵《たいりょう》へ大反撃を捲《ま》き起《おこ》してくる。

凄愴《せいそう》なる血の雲霧が、眼のとどくかぎりの山野にみなぎった。

屍山血河《しざんけつが》。馬さえ敵の馬を咬《か》んで闘い狂う。

蜀《しょく》の損害も甚だしいが、魏《ぎ》の精兵もこの一刻においておびただしく撃たれた。その上、蜀《しょく》の張翼《ちょうよく》、王平《おうへい》の二手がうしろへまわって出たため、三万の兵ことごとく潰滅《かいめつ》し去るかと危ぶまれた。

ところへ、魏《ぎ》の主力、司馬懿仲達《しばいちゅうたつ》の主力が着いた。

蜀《しょく》の王平《おうへい》と張翼《ちょうよく》とは、初めから進んでその危地に入っていたので、彼らは覚悟の前とし、直ちに、

「諸軍、命をすてて戦え」と、この新手へ向き直って奮迅《ふんじん》した。

鼓声叫喚《こせいきょうかん》は天地を晦《くろ》うし、血はこんこん馬蹄《ばてい》を浸《ひた》し、屍《かばね》は積んで累々《るいるい》山をなしてゆく。

時に、蜀《しょく》の姜維《きょうい》と廖化《りょうか》は、

「今こそ、あれを」と、かねて孔明《こうめい》から授けられていた錦《にしき》の嚢《ふくろ》を解いて見た。令札に一行の命令がしたためてあった。曰《いわ》く。

——汝ラ二隊ハココヲ捨テテ司馬懿《シバイ》ガ後ニセル渭水《イスイ》ノ魏《ギ》本陣ヲ衝《ツ》ケ。

山伝い、峰伝いに姜維《きょうい》と廖化《りょうか》の二隊は、逆に、渭水《いすい》方面へ駈《か》けた。

司馬懿《しばい》仲達《ちゅうたつ》は、これを知ると、色を失った。

「あ。——。長安《ちょうあん》の途《みち》が危うくなる!」

魏《ぎ》はにわかに総退却の命をうけた。すなわち仲達《ちゅうたつ》の主力以下、眼前の惨敗を打ちすてて、急遽《きゅうきょ》、渭水《いすい》の固めに引っ返したのである。

さしもの大戦も暮れた。

夜に入るも月は赤く、草に伏す両軍の屍《しかばね》は、実に、万余の数を超えていたといわれる。

「勝った。わが軍の捷《かち》だ」

魏《ぎ》は云《い》った。蜀《しょく》も唱えた。

要するに、損害は互角だった。またその戦力も伯仲していたものといえよう。

けれどこの一戦で魏将《ぎしょう》の討たれた数は蜀《しょく》以上のものがあり、史上、記《しる》すにいとまなきほどであるといわれている。

しかし、すぐこの後において、蜀《しょく》にも一悲報が来た。それはさきに負傷して成都《せいと》へ還《かえ》っていた張飛《ちょうひ》の子張苞《ちょうほう》の死であった。破傷風《はしょうふう》を併発してついに歿《ぼっ》したという知らせが孔明《こうめい》の手もとに届いた。

「ああ。……張苞《ちょうほう》も死んだか」

孔明《こうめい》は声を放って哭《な》いたが、とたんに血を吐いて昏絶《こんぜつ》した。その後、十日を経て、ようやくすこし元気をとりもどしたが、年来のつかれも出たか、容易に以前のような健康にかえらなかった。

「かなしむな。予の憂いを陣上にあらわすな。われ病むことを、もし仲達《ちゅうたつ》が知ったら、大挙してふたたびこれへ来るだろう」

孔明《こうめい》はそう戒めて、旌旗《せいき》粛々《しゅくしゅく》、漢中《かんちゅう》へ帰った。後で、知った仲達《ちゅうたつ》は、機を覚《さと》らなかったことを大いに悔い、また顧みて、「彼の神謀は、とうてい、人智を以《もっ》て測りがたいものがある」と、以後いよいよ要害を固め、洛陽《らくよう》に還《かえ》って委細を魏帝《ぎてい》に奏した。その頃また孔明《こうめい》も久しぶりに成都《せいと》へもどり、劉禅《りゅうぜん》を拝して、相府《しょうふ》に退き、しばし病を養っていた。

長雨《ながあめ》

一

秋七月。魏《ぎ》の曹真《そうしん》は、

「国家多事の秋《とき》。久しく病に伏して、ご軫念《しんねん》を煩《わずら》わし奉りましたが、すでに身も健康に復しましたゆえ、ふたたび軍務を命ぜられたく存じます」

と、朝廷にその姿を見せ、また表《ひょう》を奉って、

――秋すずしく、人馬安閑、聞くならく孔明《こうめい》病み、漢中《かんちゅう》に精鋭なしという。蜀《しょく》、いま討つべし。魏《ぎ》の国患《こっかん》、いま除くべし。

という意見をすすめた。

魏帝《ぎてい》は、侍中《じちゅう》の劉曄《りゅうよう》に諮《はか》った。

「蜀《しょく》を伐《う》たん乎《か》。それとも、止《や》めたほうがよいか」

劉曄《りゅうよう》はすぐ答えた。

「伐《う》たざれば百年の悔いです」

その劉曄《りゅうよう》が、わが邸《やしき》に帰っていると、朝廷の武人や、大官が、入《い》れ代《かわ》り立《た》ち代《かわ》り来て彼へただした。

「この秋《とき》こそ、大兵を起《おこ》して、年来の魏《ぎ》の患《うれ》いたる宿敵蜀《しょく》を伐《う》つのだと、帝には仰せられている。その事はほんとうでしょうか」

すると劉曄《りゅうよう》は一笑のもとに、

「君らは蜀《しょく》の山川《さんせん》がいかなる嶮岨《けんそ》か知らないとみえる。いったい蜀《しょく》を過小評価していることが、魏《ぎ》の患《うれ》いというべきだ。帝にはよくご存じあるはずである。なんでさような軽挙を敢《あ》えてして、この上軍馬の損傷をねがわれるものか」

と否定し去って、まるで顔でも洗って来給《たま》え、といわぬばかりの返辞だった。

楊曁《ようき》という一官人が、この矛盾《むじゅん》を訝《いぶ》かって、こんどは直接、魏帝曹叡《ぎていそうえい》にこれをただしてみた。

「蜀《しょく》を伐《う》つ儀はご中止なされたのですか」

「汝は書生だ。兵法を語る相手ではない」

「でも劉曄《りゅうよう》が、そんなばかな軍《いくさ》はせぬといっていますから」

「劉曄《りゅうよう》がそういっておると？」

「はい。何せい、劉曄《りゅうよう》は先帝の謀士でしたから、みな彼の言を信じております」

「はての？」

帝はさっそく劉曄《りゅうよう》を召して、さきには朕《ちん》に蜀伐《しょくう》つべしとすすめ、宮廷の外では反対に、伐《う》つべからずと唱えているそうだが、汝の本心はいったい何処《いずこ》にあるのかと詰問された。

と劉曄《りゅうよう》はけろりとして、

「何かのお聞き違いでございましょう。臣の考えは決して変《かわ》っておりません。蜀山蜀川《しょくさんしょくせん》の嶮《けん》を冒《おか》し、無碍《むげ》に兵馬を進めるなどは、我から求めて国力を消耗し、魏《ぎ》を危うきへ押しこむようなものです。彼から来るなら仕方がありませんが、我から攻めるべきではありません。蜀伐《しょくう》つべからずであります」

帝は妙な顔して、彼の弁にまかせていた。やがて話がほかにそれると、侍座《じざ》に佇《た》っていた楊暨《ようき》はどこかへ立ち去った。

楊暨《ようき》がいなくなると、劉曄《りゅうよう》は声をひそめて、

「陛下はまだ兵法の玄機《げんき》をお悟りになっていないと見えます。蜀を伐《う》つことは大事中の大事です。何ゆえ楊暨《ようき》や宮中の者にそんな秘事をおんみずからお洩《も》らしになりましたか」

「あ、そうか。……以後は慎もう」

曹叡《そうえい》は初めて覚《さと》った。

荊州《けいしゅう》へ行っていた司馬懿《しばい》が帰ってきた。彼も同意見であった。荊州《けいしゅう》ではもっぱら呉《ご》の動静を視察してきたのである。司馬懿《しばい》仲達《ちゅうたつ》の観《み》るところでは、「呉《ご》は蜀《しょく》を助けそうに見せているが、それはいつでも条約に対する表情だけで、本腰なものではない」という見解が確かめられていた。

号して八十万、実数四十万の大軍が、蜀《しょく》境の剣門関《けんもんかん》へ押し寄せたのは、わずか十月《とつき》の後で、洛陽《らくよう》の上下は呆気《あっけ》にとられたほど迅速かつ驚くべき大兵のうごきだった。

このとき、幸いにも、孔明《こうめい》の病はすでに恢復《かいふく》していた。

「――血を吐いて昏絶《こんぜつ》す」というとよほどな重態か不治の難病にでも罹《かか》ったように聞《きこ》えるが、「血を吐く」も「昏絶《こんぜつ》」も原書のよく用いている驚愕《きょうがく》の極致をいう形容詞であることはいうまでもない。

孔明《こうめい》は、王平《おうへい》と張嶷《ちょうぎ》を招き、

「汝らおのおの千騎をひっさげ、陳倉道《ちんそうどう》の嶮《けん》に拠《よ》って、魏《ぎ》の難所を支えよ」と、命じた。

二将は唖然《あぜん》とした。いや哀《かな》しみ顫《わなな》いた。――敵は実数四十万という大軍、わずか二千騎でどうして喰《く》い止《と》められよう。死にに行けというのと同じであると思った。

二

孔明《こうめい》のむごい命令に、ふたりとも悴然《すいぜん》としたまま、その無慈悲をうらんでいるかのような容子《ようす》なので孔明《こうめい》は自分の言にまた説明を加えた。

「この頃、天文《てんもん》を観《み》ていると、太陰畢星《たいいんひっせい》に濃密な雨気がある。おそらくここ十年来の大雨がこの月中にあるのではないかと考えられる。魏《ぎ》軍何十万騎、剣門関《けんもんかん》をうかがうも、陳倉《ちんそう》道《どう》の隘路《あいろ》、途上の幾難所、加うるにその大雨にあえば、とうてい、軍馬をすすめ得るものではない。——故に、われは敢《あ》えてその困難に当《あた》る要はない。まず汝らの軽兵をさし向けておいて、後、彼の疲労困憊《ひろうこんぱい》を見すましてからいちどに大軍をおしすすめて伐《う》つ。予も、やがて漢中《かんちゅう》へ行くであろう」

そう聞くと、王平《おうへい》も張嶷《ちょうぎ》も、

「お疑いして申し訳ありません。では、即刻これから」と勇躍して、陳倉道《ちんそうどう》へいそいだ。そして彼らは軽兵二千をもって、高地を選び長雨《ながあめ》の凌《しの》ぎを考慮し、かつ一ヵ月余の食糧を持って滞陣していた。

魏《ぎ》の四十万騎は、曹真《そうしん》を大司馬《だいしば》征西大都督《せいせいだいととく》にいただき、司馬懿《しばい》は大将軍副都督《ふくととく》に、また劉曄《りゅうよう》を軍師として壮観極まる大進軍をつづけて来た。

ところが、陳倉《ちんそう》の道に入ると、途々《みちみち》の部落は例外なく焼き払われていて、籾《もみ》一俵鶏《とり》一羽獲《え》られなかった。

「これも孔明《こうめい》の周到な手まわしとみゆる。心憎い用意ではある」と語らい合って、なお数日を進むうちに、一日、司馬懿《しばい》は突然、曹真《そうしん》や劉曄《りゅうよう》にこう云《い》い出《だ》した。

「これから先へは、もう絶対に進軍してはなりませぬ。昨夜、天文を案じてみるに、どうも近いうちに大雨が来そうです」

「そうかなあ?」

曹真《そうしん》も劉曄《りゅうよう》も疑うような顔をしていたが、司馬懿《しばい》仲達《ちゅうたつ》の言であるし、万一のことも考慮して、その日から前進を見あわせた。

竹木を伐《き》って、急ごしらえの仮屋を作り、十数日ほど滞陣していると、果たして、きょうも雨、次の日も雨、明けても暮れても、雨ばかりの日がつづいた。

その雨量も驚かれるばかりである。車軸《しゃじく》を流すという形容もおろか、馬も流され人も漂い、軍器も食糧もみな水漬《みずつ》いてしまう。いや仮屋もたちまち水中に没し、山の上へ上へと移って行った。

しかも、道も激流となり、絶壁も滝となり、谷を覗《のぞ》けば谷も湖《うみ》と化している。ほとんど、夜も眠れない有様である。

こうした大雨が三十余日もひっきりなしに続いた。病人溺死者《できししゃ》は続出し、食糧は途絶え、後方への連絡もつかず、四十万の軍馬はここに水ぶくれとなってしまいそうであった。

この事、洛陽《らくよう》に聞《き》こえたので、魏帝《ぎてい》の心痛もひとかたでない。壇《だん》を築いて、

「雨、やめかし」

と、天に禱《いの》ったが、そのかいも見えない。

太尉《たいい》華歆《かきん》、城門校尉《こういようふ》楊阜、散騎黄門侍郎《さんきこうもんじろう》王粛《おうしゅく》たちは、初めから出兵に反対の輩《ともがら》だったので、民の声として、

「早々、師《いくさ》を召《め》し還《かえ》し給《たま》え」

と、帝にいさめた。

詔《みことのり》は、陳倉《ちんそう》に達した。

その頃、ようやく、雨はあがっていたが、全軍の惨状は形容の辞もないほどである。勅使は哭《な》き、曹真《そうしん》、劉曄《りゅうよう》も哭《な》いた。

司馬懿《しばい》は、慙愧《ざんき》して、

「天を恨むよりは、自分の不明を恨むしかありません。この上は、帰路に際して、ふたたびこの兵を損じないようにするしかない」と、やっと水の退《ひ》いた谷々に、入念に殿軍《しんがり》を配し、主力の退軍もふた手に分けて、一隊が退《ひ》いてから、次を退《ひ》くというふうに、あくまで緻密《ちみつ》にひきあげた。

孔明《こうめい》は、蜀《しょく》の主力を、赤坡《せきは》という所まで出して、この秋ばれに、心地よい報告をうけと

っていたが、

「病みつかれ果て、ただ今、魏《ぎ》の全軍が、続々ひきあげて帰ります」

と聞いても、

「追えば必ず仲達《ちゅうたつ》の計にあたるであろう。この天災による敗れを、蜀《しょく》に報復して、面目を立てて帰らんとしている必勝の心ある者へ、われから追うのは愚《ぐ》である。帰るにまかせておけばよい」

そういって、すこしも意《こころ》をうごかさなかった。

賭《かけ》

一

魏《ぎ》の総勢が遠く退いた後、孔明《こうめい》は八部の大軍をわけて箕谷《きこく》と斜谷《やこく》の両道からすすませ、四度《よたび》祁山《きざん》へ出て戦列を布《し》かんと云《い》った。

「長安《ちょうあん》へ出る道はほかにも幾条《いくすじ》もあるのに、丞相《じょうしょう》には、なぜいつもきまって、祁山《きざん》へ進み出られるのですか」

諸将の問に答えて、

「祁山《きざん》は長安《ちょうあん》の首である」と、孔明《こうめい》は教えた。

「見よ隴西《ろうせい》の諸郡から、長安《ちょうあん》へ行くには、かならず通らねばならぬ地勢にあることを、しかも、前は渭水《いすい》にのぞみ、うしろは斜谷《やこく》に靠《よ》り、重畳《ちょうじょう》の山、起伏する丘、また谷々の隠見する自然は、ことごとくみな絶好の楯《たて》であり壁であり石垣であり塹壕《ざんごう》であり塁《るい》である。右に入り、左に出《い》で、よく兵を現《あら》わし得《う》るところ、かくの如《ごと》き戦場はすくない。――ゆえに長安《ちょうあん》を望むにはまず祁山《きざん》の地の利を占めないわけにはいかないのだ」

「なるほど」と、人々ははじめて会得《えとく》した。また数次の苦戦を重ねながらも、地の利に惑ったり、地を変えてみたりしない孔明《こうめい》の信念に心服した。

その頃、魏《ぎ》軍はようやく、難所を脱して遠く引《ひ》き退き、ほっと一息ついていた。途々《みちみち》、残してきた伏勢も、追々《おいおい》ひきあげてきて、

「四日あまり潜《ひそ》んでいましたが、いっこう蜀《しょく》軍の追ってくる気配もありませんので、立ち帰りました」という報告であった。

そこで約七日ほど滞在して、蜀《しょく》軍の動静をうかがっていたが、いっこう何のおとずれも

ない。

曹真《そうしん》は、司馬懿《しばい》に語った。

「察するに、先頃の長雨《ながあめ》で、山々の桟《かけはし》も損じ、崖道《がけみち》も雪崩《なだれ》のため蜀兵《しょく》もうごくことならず、遂に、われわれの退軍したのもまだ知らずにおるのではあるまいか」

「いやいや、そんなはずはないでしょう。蜀軍《しょく》はかならずわれわれの跡をしたって出てくるにちがいない」

「どうしてそういえるか」

「孔明《こうめい》が追撃を加えてこないわけは、われの伏兵を恐れたからです、思うに彼はこの晴天を望んで、一転、祁山《きざん》方面へすすんでいるのでしょう」

「さあ、その説にはちと服しかねるな」

「いや、きっと彼は、祁山《きざん》へ出てきますよ。おそらく全軍を二手に分けて、箕谷《きこく》、斜谷《やこく》の両道から」

「はははは。どうかな?」

「決して、お疑いあるべからずです。——今からでも、箕谷《きこく》、斜谷《やこく》の途中へ、急兵をさしむけ、道に伏せておけば、彼の出鼻を叩《たた》くには充分間に合いましょう」

司馬懿《しばい》は力説したが、曹真《そうしん》は信じない。常識から判断しても、孔明《こうめい》たる者が、そんな迂《う》愚《ぐ》な戦法は取るまいというのである。やって来るほどなら、我方《わがほう》の退却は絶好の戦機だから、急追また急追、これへ迫ってくるのがほんとうだと主張して譲らない。

「では、こうしましょう」と、司馬懿《しばい》も自説を固執してついにこう云《い》いだした。

「いま閣下と私で、おのおの二軍を編制し、箕谷《きこく》と斜谷《やこく》にわかれて、おたがいに狭路を擁し、彼の通過を待ち伏せます。そしてもしこれから十日の後まで、孔明《こうめい》がそれへ来なかったら、仲達《ちゅうたつ》はいかなるお詫《わ》びでもいたしますが」

「どういう謝罪の法をとるかね」

「この面《おもて》に紅粉《こうふん》を塗り、女の衣裳《いしょう》を着て、閣下の前にお辞儀いたします」

「それはおもしろい」

「しかし、もし閣下のお説がまちがっていたらどうなさいますか」

「さよう。どうするかな」

「これは大きな賭《かけ》ですから、片方だけの罰則では意味をなしますまい」

「然《しか》らば、もし貴説があたったときには、予は魏帝《ぎてい》から拝領した玉帯一条《ぎょくたいひとすじ》と名馬一頭をご辺に贈ろう」

「ありがとうございます」

「まだ、お礼は早いよ」

「いや戴《いただ》いたのも同じことでしょう」と、仲達《ちゅうたつ》は呵々《かか》と笑った。

その夕べ、彼は祁山《きざん》の東にあたる箕谷《きこく》に向《むか》い、曹真《そうしん》も一軍をひきいて、祁山《きざん》の西方、斜《や》谷《こく》の口に伏せた。

二

伏勢の任務は戦うときよりはるかに苦しい。来るか来ないか知れない敵に備えて、じっと昼夜すこしの油断もならないし、火気はもちろん厳禁だし、害虫毒蛇に襲われながら身動きもならない忍耐一点ばりである。

「なんたるこった。敵も来ないのに幾日も気力を費やしているなどとは。――一体、主将たる者が、無用の意地を張って、物賭《ものかけ》などして多くの兵をみだりに動かすということからして怪《あや》しからぬ沙汰《さた》だ」

慨然《がいぜん》と、ひとりの部将が、部下に不平をもらしていた。

折ふし陣地を見廻《みまわ》っていた司馬懿《しばい》仲達《ちゅうたつ》が、ふとその声を聞きとめた。仲達《ちゅうたつ》は営所に帰るやいなすぐ左右の者を派してその部将を床几《しょうぎ》の前に求めた。

「汝だな。先ほど、不平を唱えていたのは」

「いや、そんな、不平などは」

「だまれ、予の耳にはいっておる」

「……………」

部将は恐れ入って沈黙した。

司馬懿《しばい》は面《おもて》を改めて云《い》った。

「賭事《かけごと》をなすために兵を動かしたと汝は曲解しておるらしいが、それは予の上官たる曹真《そうしん》を励ますためであり、またただ、魏《ぎ》の仇《かたき》たる蜀《しょく》を防がん希《ねが》いのほかに私心あるものでもない。もし敵に勝たば、汝らの功もみな帝に奏し、魏《ぎ》の国福を共によろこぶ存念であるのだ。――然《しか》るに、みだりに上将の言行を批判し、あまっさえ怨言《えんげん》を部下に唱えて士気を弱むるなど、言語道断《ごんごどうだん》である」

直ちに、彼は、打首《うちくび》を命じた。

部将の首が陣門に梟《か》けられたのを見て、多少、ほかにも同じ気持《きもち》を抱いていた者もあったので、諸将みな胆《きも》を冷やし、一倍、油断なく、埋伏《まいふく》の辛さを耐えて、孔明《こうめい》軍が来るのを今か今かと待っていた。

折しも、蜀《しょく》の魏延《ぎえん》、張嶷《ちょうぎ》、陳式《ちんしき》、杜瓊《とけい》などの四将二万騎は、この一道へさしかかって来たが、たまたま斜谷《やこく》の道を別に進軍している孔明《こうめい》のほうから聯絡《れんらく》があって、

「丞相《じょうしょう》の仰せには、箕谷《きこく》を通る者は、くれぐれも敵の伏勢に心をつけ、一歩一歩もかかり

そめに進まれるな、とのご注意でありました」と、伝言して来た。

使者は鄧芝《とうし》である。聞いた者は陳式《ちんしき》と魏延《ぎえん》で、またいつもの用心深いお疑いが始まったことよと一笑に附して、

「魏《ぎ》軍は三十余日も水びたしになったあげく、病人もふえ、軍器も役立たず、ことごとく引き退いてしまったものなのに、何でこれへ出直してくる余力などあるものではない」と、二人して云《い》った。

鄧芝《とうし》は、使いとして当然、

「いや丞相《じょうしょう》の洞察に、過《あやま》ったことはありませぬぞ」

と、戒めたが、魏延《ぎえん》はなお、

「それほど達見の丞相《じょうしょう》ならば、街亭《がいてい》であんな敗れを取るわけもないではないか」

と、皮肉を弄《ろう》した上、

「一気、祁山《きざん》に出て、人より先に陣を構えてみせる。そのとき丞相《じょうしょう》が羞《は》じるか羞《は》じないでいるか、その顔を足下《そっか》も見てい給《たま》え」と、いった。

鄧芝《とうし》はいろいろ諫《いさ》めたが、この人の頑冥《がんめい》さを度しがたしと思ったので、大急ぎで斜谷《やこく》の道へ引っ返し、これを孔明《こうめい》に復命した。孔明《こうめい》はそれを聞くと、

「さもあらんか」と、何事か思《おも》い当《あた》っているらしく、さしても意外とせず、こういった。

「魏延《ぎえん》は近頃、予を軽んじている。魏《ぎ》と戦って幾度か利あらず、ようやくこの孔明《こうめい》にあいそをつかしておるものと思われる。……ぜひもない」と、自己の不徳を嘆じ、やがてまたこう託《かこ》った。

「むかし先帝も仰せられたことがある。魏延《ぎえん》は勇猛ではあるが、叛骨《はんこつ》の士であると。予もそれを知らないではないが、つい彼の勇を惜しんで今日に至った。……いまはこれを除かねばならないだろう」

ところへ、早馬が来た。

「昨夜、箕谷《きこく》の道で、真先《まっさき》に進んでいた陳式《ちんしき》が、敵の伏勢に囲まれてその兵五千は殲滅《せんめつ》され、残るものわずかに八百名、つづいて魏延《ぎえん》の部隊も危ぶまれております」

孔明《こうめい》はかろく舌打ちして、

「鄧芝《とうし》。もう一度、箕谷《きこく》へ急げ。そして陳式《ちんしき》をよくなぐさめておけ。うっかりすると、罪を恐れて、かえって豹変《ひょうへん》するおそれがある」

と、まず何よりも先に、彼はそれに対する一策を急いだ。

三

鄧芝《とうし》を使いに奔《はし》らせた後、孔明《こうめい》はややしばし眉《まゆ》をよせて苦吟していた。

やがて静かに、眼をひらくと、

「馬岱《ばたい》、王平《おうへい》。――馬忠《ばちゅう》、張翼《ちょうよく》にも、すぐ参れと伝えよ」

伝令に云《い》って、一同が揃《そろ》うと、何事か秘策をさずけ、

「各〻《おのおの》。すぐ行け」と、急がせた。

また関興《かんこう》、呉懿《ごい》、呉班《ごはん》、廖化《りょうか》なども招いて、それぞれ密計をふくませ、後、彼自身もまた大軍をひきいて堂々前進した。

一方――魏《ぎ》の大都督《だいととく》曹真《そうしん》は、斜谷《やこく》方面の要路へ出て、ここ七日ばかり伏勢の構えを持していたが、いっこう蜀《しょく》軍に出会わないので、「司馬懿《しばい》との賭《かけ》はもう自分の勝ちである」と、そろそろたかをくくっていた。彼の意思の対象は蜀《しょく》軍よりも、むしろ司馬懿《しばい》との賭《かけ》にあった。いや自己の小さい意地や面子《メンツ》にとらわれていたというほうが適切であろう。

「自分の勝ちになったら、司馬懿《しばい》がどんなに恥じ入るか、ひとつ彼が面《おもて》に紅粉《こうふん》を塗って、女の着物を着てあやまる恰好《かっこう》を見てやらねばならん」

などと小我《しょうが》の快感を空想していた。

そのうちに、約束の十日近くである。物見の者が、

「兵数はよく分《わか》りませんが、蜀《しょく》の兵がちらちらこの先の谷間に出没しているふうです」

と、告げて来た。

「たかの知れたものだろう」

と、曹真《そうしん》は秦良《しんりょう》という大将に約五千騎ほど授けて、谷口をふさがせ、

「十日の期が満つれば、賭《かけ》はわが勝ちとなる。だからあと二日ほどは、旗を伏せ鼓《こ》をひそめ、ただそこを塞《ふさ》ぎ止《と》めておれ」と、命じた。

秦良《しんりょう》は命令を守っていたが、広い谷あいを覗《のぞ》くと、四山《しざん》の水が溜《たま》るように、刻々と蜀《しょく》の軍馬がふえてくる。しかも侮りがたい気勢なので、「これは」と、急に自分のほうからも、おびただしい旗風を揚げて、ここには備えがあるぞと、堅陣を誇示した。すると蜀勢《しょく》は、その夜から翌日へかけて、続々と退いてゆく様子である。さては恐れをなして道を変更したなと見たので、秦良《しんりょう》は、この図《ず》をはずすなと、にわかに、追撃をかけた。

谷道を縫って五、六里も駆け、ひろやかな懐《ふところ》へ出た。けれど蜀兵《しょく》はどこへ去ったか影も形もなくなった。秦良《しんりょう》はひと息入れて、

「何だ、容態ばかり物々《ものもの》しくやって来て、みえほどもない腰抜け軍隊だ」と、あざ笑っていた。

その声も止《や》まないうちである。四方から喊声《かんせい》が起《おこ》った。急鼓《きゅうこ》地をゆるがし、激箭《げきせん》風を切って、秦良《しんりょう》軍五千を蔽《おお》いつつんだ。

馬煙と共に近づく旗々は、蜀《しょく》の呉班《ごはん》であり、関興《かんこう》であり、また廖化《りょうか》であった。

魏《ぎ》兵は胆《きも》をひやして四散したが、ここは完全な山ふところ、逃《に》げ奔《はし》ろうとする道はことごとく蜀《しょく》軍で埋まっている。秦良《しんりょう》も囲みを突いて一方へ逃走を試みたが、追いしたった廖化《りょうか》のため一刀のもとに斬《き》り落《お》された。

「降伏する者は助けん。盔《かぶと》を捨てよ、甲《よろい》を投げよ」

高き所から声がした。孔明《こうめい》とその幕将たちである。見るまに魏《ぎ》兵の捨てた武器や旗が山をなした。彼らは唯々《いい》として降兵の扱いを待つのである。

孔明《こうめい》は、屍《かばね》を谷へ捨てさせたが、その物《もの》の具《ぐ》や旗印は、これを取って、自軍の兵に装わせた。つまり敵の具を以《もっ》て全軍偽装したのである。

かくとも知らない曹真《そうしん》は、それから後、秦良《しんりょう》の部下と称する伝令からこんな報告を聞いていた。

「昨日、谷間にうごめいていた敵は、奇計を以《もっ》てみな討ち取りましたからご安心下さるように」

その日の後刻。司馬懿仲達《しばいちゅうたつ》からも使いが来た。これはほんものであった。口上でいう。

「箕谷《きこく》のほうでは、蜀《しょく》軍の先鋒《せんぽう》、陳式《ちんしき》の四、五千騎がすでに現《あら》われ、これは殲滅《せんめつ》いたしましたが、閣下のほうは如何《いかが》ですか」

曹真《そうしん》は、嘘《うそ》を答えた。

「いや、我が方には、まだ蜀《しょく》軍は一兵も見ない。賭《かけ》は予の勝ちであるぞと、司《し》馬《ば》懿《い》に申しておいてくれい」

四

十日目が来た。曹《そう》真《しん》は、幕僚たちに向《むか》って、

「賭《かけ》に負けるのは辛いので、司《し》馬《ば》懿《い》はあんなことをいって来たが、箕《き》谷《こく》の方面に事実蜀《しょく》軍が出たかどうか知れたものではない。何としても、彼を賭《かけ》に負かして、司《し》馬《ば》懿《い》仲《ちゅう》達《たつ》が紅《べに》白《お》粉《しろい》をつけ、女の着物を着て謝《あやま》る姿を見てやらなければならん」

などとなお、興じ合っていた。

そこへ鼓《こ》角《かく》の声がしたので、何事かと陣前へ出てみると、味方の秦《しん》良《りょう》軍が旗さし物を揃《そろ》えて静々《しずしず》と近づいてくる。そして、

「ただ今、引《ひき》揚《あ》げて候《そうろ》う」

と、彼方《かなた》から手を振って合図していた。

曹《そう》真《しん》はすこしも疑わず、同じく手を挙げてこれを迎えた。ところが、数十歩の前まで近づくや否《いな》、味方とのみ思っていたその軍隊は一斉に槍先《やりさき》を揃《そろ》えて、

「あれこそ大都督曹真《だいととくそうしん》なれ。曹《そう》真《しん》をのがすな」と、突き進んできた。

曹真《そうしん》は仰天して、陣中へ転げこんだ。するとほとんど同時に、営の裏手からも猛烈な火の手が揚がった。前から関興《かんこう》、廖化《りょうか》、呉班《ごはん》、呉懿《ごい》、裏からは馬岱《ばたい》、王平《おうへい》、馬忠《ばちゅう》、張翼《ちょうよく》などが、早鼓《はやつづみ》を打って、火とともに攻め立てて来たのである。

酸鼻《さんび》、いうばかりもない。焦げる血のにおい、味方が味方を踏みあう叫喚《きょうかん》、備えも指揮もあらばこそ、総帥曹真《そうすいそうしん》の生死すらわからない程だった。

身ひとつ、辛《から》くものがれて、曹真《そうしん》は無我夢中《むがむちゅう》、鞭《むち》も折れよと、馬の背につかまって逃《に》げ奔《はし》っていた。

蜀勢《しょく》は見落《みお》さない。あれを捕れ、あれを射よ、と猟師《りょうし》の如《ごと》く追いまくった。しかしようやく彼は一命を拾った。それは突として、山の一方から馳《か》け降《くだ》ってきたふしぎな一軍が助けたのである。後にやっと人心地がついて曹真《そうしん》が見まわしてみると、自分は司馬懿仲達《しばいちゅうたつ》の軍に護《まも》られていた。

「大都督《だいととく》。どうなすった？」

ひとの悪い仲達《ちゅうたつ》は、からかい気味に、彼を見舞った。曹真《そうしん》は面目なげに、

「箕谷《きこく》にある筈《はず》のご辺が、一体どうして予の危急を救ってくれたのじゃ。何が何やら夢のようで、さっぱり分《わか》らんが」

「よく分《わか》っている筈《はず》ではありませんか。……かならず蜀軍《しょく》がこれへ来ることは」

「いや、謝った。賭《かけ》はたしかに予の負けであった」

「そんなことはどうでもよろしいのです。けれど私から使いをさし上げたところ、斜谷《やこく》方面には何らの異状もない、また蜀《しょく》の一兵も見ないとのお言葉だったということなので、これはいかん、それが真底のお心なら一大事と、取るものも取りあえず、道なき山を横ざまに越えて、お救いに来たわけでありまする」

「玉帯《ぎょくたい》と名馬はご辺へ進上する。もうこのことはいわないでくれ」

「閣下も賭物におこだわり遊ばしますな。そんな物は頂戴《ちょうだい》できません。それよりはどうか国事にいよいよご戒心ください」

曹真《そうしん》はふかく恥じた。そして間もなく渭水《いすい》の岸へ陣地をうつしたが、以来慚愧《ざんき》にせめられて、病に籠《こも》り、陣頭にすがたを見せなくなってしまった。

辛辣《しんらつ》な仲達《ちゅうたつ》の舌が、どちらかといえば人の好《よ》い曹真《そうしん》をついに病気にさせたのだといえないこともない。元来仲達《ちゅうたつ》の皮肉と辛辣《しんらつ》な舌は、ときに人を刺すようなところがある。

孔明《こうめい》は、予定のように祁山《きざん》に布陣をなし遂《と》げた。諸軍をねぎらい、賞罰をあきらかにし、全軍これで事なきかのように見えたが、彼はかねての宿題をやはり不問にはしておかなかった。

陳式《ちんしき》と魏延《ぎえん》が呼び出された。

孔明《こうめい》は、おごそかに、

「鄧芝《とうし》を使いとして、敵の伏勢をかたくいましめておいたのに、わが命をかろんじて、大兵を損じたるは何事か」と果然、罪を責めた。

陳式《ちんしき》は魏延《ぎえん》に科《とが》をなすり、魏延《ぎえん》は陳式《ちんしき》に罪を押しつけた。孔明《こうめい》は双方の言分《いいぶん》を聞いてから、

「陳式《ちんしき》がなお一命を保ち、いくらかの兵でもあとに残すことができたのは、魏延《ぎえん》が第二陣から援《たす》けたからではないか。咄《とつ》、卑怯者《ひきょうもの》」と、罵《ののし》って、即座に、首を刎《は》ねさせた。

しかし魏延《ぎえん》は責めなかった。叛骨《はんこつ》ある男と知りながら、なお助けておいたのは、国運の重大に顧みて、彼の武勇を用うる日のいよいよ多きを考えていたからであろう。実に、そうした苦衷《くちゅう》を嚥《の》まねばならぬ程、魏《ぎ》にくらべて、蜀《しょく》には事実良将が少なかったのである。

八《はち》陣《じん》展《てん》開《かい》

一

魏《ぎ》は渭水《いすい》を前に。蜀《しょく》は祁山《きざん》をうしろに。――対陣のまま秋に入った。

「曹真《そうしん》の病は重態とみえる……」

一日、孔明《こうめい》は敵のほうをながめて呟《つぶや》いた。

斜谷《やこく》から敗退以後、魏《ぎ》の大都督曹真《だいとくそうしん》が病に籠《こも》るとの風説はかねて伝わっていたが、どうしてその重態がわかりますか――と傍らの者が訊《き》くと、孔明《こうめい》は、

「軽ければ長安《ちょうあん》まで帰るはずである。今なお渭水《いすい》の陣中に留《とど》まっているのは、その病、甚だ重く、また士気に影響するところをおそれて、敵味方にそれを秘しているからだろう」と、いった。

「自分の考えが適中していれば、おそらく彼は十日のうちに死ぬだろう。試みにそれを問うてみよう」

彼は、曹真《そうしん》へ宛てて戦書（挑戦状）をしたため、軍使を派して、曹《そう》の陣営へ送りつけた。

その辞句はすこぶる激越なものだったという。

果たして、明答がない。梨《なし》のつぶてであった。――けれど、それからわずか七日の後、黒布につつまれた柩車《きゅうしゃ》と、白い旗や幡《はん》を立てた寂しい兵列が、哀愁にみちた騎馬の一隊にまもられて、ひそかに長安《ちょうあん》のほうへ流れて行った――という知らせが物見の者から蜀《しょく》の陣に聞《きこ》えた。

「彼は遂に死んだ」

孔明《こうめい》は明言した。そして、

「やがて今までにない猛烈な軍容をもって魏《ぎ》が攻撃を取ってくるにちがいない。夢々、油断あるな」

と、諸軍へいましめていた。

魏《ぎ》の中には、こういう言が行われていた。――孔明《こうめい》は書を以《もっ》て曹真《そうしん》を筆殺《ひっさつ》した――というのである。事実、重病だった曹真《そうしん》は、彼の戦書を一読したせつなから極度に昂奮《こうふん》して危《き》篤《とく》におちいり、間もなく果てたものだった。

これが魏宮《ぎ》中に聞《きこ》えるや、魏帝《ぎてい》と門葉《もんよう》の激昂《げきこう》はただならぬものがあり、蜀《しょく》に対する敵愾《てきがい》心《しん》は延《ひ》いて現地の首班司馬懿《しばい》仲達《ちゅうたつ》への激励鞭撻《げきれいべんたつ》となって、一日もはやくこの恨みを報いよと、朝命ぞくぞく陣へ降《くだ》った。

仲達《ちゅうたつ》は、孔明《こうめい》に、さき頃の戦書の答えを送った。

(曹真亡《そうしんな》けれど、司馬懿《しばい》あり。軍葬のこと昨日に終《おわ》る。明日は出《い》でて、心ゆくまで会戦せん)

孔明《こうめい》は一読、莞爾《かんじ》として、

「お待ちする、よろしく」

とのみ口上で答え、返書はかかず言伝《ことづて》だけで敵の軍使を帰した。

祁山《きざん》の山は高く、渭水《いすい》のながれは悠々。

時も秋八月、両軍はこの大天地に展陣した。

河をはさんで、射戦を交《まじ》え、やがて両々鼓角《こかく》を鳴らして迫りあうや、魏《ぎ》の門旗をひらいて、司馬懿《しばい》その人を中心に、諸大将一団となって、水のほとりまで進んでくるのが見えた。

時を同じゅうして、孔明《こうめい》も蜀《しょく》軍を分けて、四輪車をすすめ、羽扇《うせん》をにぎって近々とその姿を敵にみせていた。

司馬懿《しばい》は大音に呼びかけた。

「もと南陽《なんよう》の一耕夫、身のほどを知らず、天渾《てんこん》の数をわきまえず、みだりに師《いくさ》を出《いだ》して、わが平和の民を苦しむることの何ぞ屢〻《しばしば》なるや。今にして覚《さと》らずんば、汝の腐屍《ふし》もまた、祁山《きざん》の鳥獣に饗《きょう》さるる一朝《いっちょう》の好餌《こうじ》でしかないぞ」

「そういうは仲達《ちゅうたつ》であるか。かつて魏《ぎ》の書庫に住んでいささか兵書の端《はし》をかじった鼠官《そかん》の輩《はい》が、今日、戦冠をいただいてこの陣前に舌長《したなが》の弁をふるうなど笑止に耐えぬ。――われ先帝より孤《みなしご》を託すの遺詔《いしょう》を畏《かしこ》み、魏《ぎ》と倶《とも》に天を戴《いただ》かず、年来、暖衣を退け、飽食を知らず、夢寐《むび》にも兵馬を磨きて熄《や》まざるものは、ただただ反国の逆賊を誅滅《ちゅうめつ》し、天下をして漢朝《かんちょう》一定の本来のすがたに回《かえ》さしめんとする希《ねが》いあるのみ。汝らごとき、一身の栄爵を競い、名利のために戦いを好む者とはおのずからちがうことを知れ。――故に、われは天兵、汝は邪兵、顧みてまず恥《はず》かしい気はしないか」

「吐《ぬ》かしたり南陽《なんよう》の耕夫。さればいずれが正なりや競うて見ん」

「たやすいこと。戦いに表裏二様あり。正法の戦いをなさんとするか、奇兵を求むるか」

「まず正法を以《もっ》て明らかに戦おう」

「正法の戦に三態あり。大将を以《もっ》て闘わしめんか、陣法を以《もっ》て戦わんか、兵を以《もっ》て戦わんか」

「まず陣法を以《もっ》て戦わん」

「そして、汝の敗れたときは？」

「ふたたび三軍の指揮は取るまい。もしまた汝が敗れたときは、汝もいさぎよく蜀《しょく》へ帰り、以後二度と魏《ぎ》の境を侵《おか》さぬという約束をなせ」

二

「よろしい、誓っておく」

孔明《こうめい》は、宣言して、

「まず、汝から一陣を布《し》け」

と促した。

仲達《ちゅうたつ》は馬をかえして、中軍へ馳《か》け入《い》り、黄の旗を振って、兵をうごかし、各隊を分配して、すぐ戻ってきた。

「孔明《こうめい》、いまの陣立てを知ったるか」

「笑うべし、蜀《しょく》軍の士は、大将ならずともそれくらいな陣形は誰も存じておる。即ち混元《こんげん》一気《いっき》の陣と観《み》る」

「然《しか》らば、汝も一陣を布《し》いてみよ。仲達《ちゅうたつ》が見物せん」

孔明《こうめい》は車を中軍へ引かせ、羽扇《うせん》をもって一たび招き、また車を進めてきた。

「仲達《ちゅうたつ》見たか」

「児戯《じぎ》にひとしい。いま汝の布《し》いたのは八卦《はっけ》の陣だ」

「なおよくこれを破り得るか」

「何の造作もない」

「さらばかかってみよ」

「すでにその陣組を知るものが、なんで打破の法を知らずにいようか。見よ、わが鉄砕《てっさい》の指揮を」

仲達《ちゅうたつ》は直ちに、戴陵《たいりょう》、張虎《ちょうこ》、楽綝《がくりん》の三大将をさしまねき、その法を授けた。

「いま孔明《こうめい》の布《し》いた陣には八つの門がある。名づけて、休《きゅう》、生《せい》、傷《しょう》、杜《と》、景《けい》、死《し》、驚《きょう》、開《かい》の八部とし、うち開《かい》と休《きゅう》と生《せい》の三門は吉。傷《しょう》と杜《と》と景《けい》と死《し》と驚《きょう》との五門は凶としてある。即ち東の方の生門《せいもん》、西南の休門《きゅうもん》、北の開門《かいもん》、こう三面より討って入れば、この陣かならず敗れ、味方の大勝を顕《あら》わすものとなる。構えて、惑わず、法のとおり打ってかかれ」

と、きびしく命令した。

魏《ぎ》の三軍は一せいに鼓《こ》を鳴らし鉦《かね》を励まし、八陣の吉門《きつもん》を選んで猛攻を開始した。けれど、孔明《こうめい》の一扇一扇《いっせんいっせん》は不思議な変化を八門の陣に呼んで、攻めても攻めてもそれは連城の壁をめぐるが如《ごと》く、その内陣へ突き入る隙《すき》が見出《みいだ》せなかった。

このうちに魏《ぎ》軍は、重々畳々《ちょうちょうじょうじょう》と諸所に分裂を来《きた》し、戴陵《たいりょう》、楽綝《がくりん》とほか六十騎は挺身《ていしん》してついに蜀《しょく》の中軍へ突入していたが、あたかも旋風の中へ飛び込んでしまったように、惨霧濛々《さんむもうもう》と、度を失い、ここかしこに射立てられて叫喊《きょうかん》する味方の騒乱を感じるのみで、少しも統一がとれなかった。

のみならず気がついたときは、楽綝《がくりん》、戴陵《たいりょう》以下六十騎は、完全に捕虜となっていた。重囲を圧縮されて、武装解除を受くるの地位に立っていたのである。

孔明《こうめい》は、車から一眄《いちべん》して、

「これは当然の結果で、べつに奇妙とするにも足らん。解き放して魏《ぎ》軍へ追い返してやれ。汝らはまた、司馬懿《しばい》によく申し伝えよ。――かかる拙なる戦法をもって、いずくんぞわが八陣を破り得べき。もう少し兵書を読み、身に学問を加えよ」と。

戴陵《たいりょう》、楽綝《がくりん》たちは恥じ入って、孔明《こうめい》の姿も仰げなかった。

孔明《こうめい》はまた云《い》った。すでに一人でもわが陣内を踏みにじったことは無興《ぶきょう》である。生命《いのち》を取るのも大人気ないが、ただこのまま返すも戒めとならぬ。擒人《とりこ》ども六十余名の太刀物《たちもの》の具《ぐ》をはぎ取って赤裸になし、顔に墨を塗って陣前より囃《はや》しては追い、囃《はや》しては返すべし――と。

司馬懿《しばい》はこれを眺めて烈火のごとく怒った。楽綝《がくりん》、戴陵《たいりょう》などに加えられた辱《はずかし》めは、いうまでもなく自分への嘲弄《ちょうろう》である。われこの所に出て隠忍持久《いんにんじきゅう》、あえて軽戦小利をねがわず、今日孔明《こうめい》と会すや、まずこの絶大なる侮辱をうけ、何の面目あって魏《ぎ》の人にまみえん。この上はただ身も更《さら》なり諸軍もいのちを捨てて戦え。それあるのみと、彼はみずから剣を抜いて、左右百余騎の大将を督し、麾下《きか》数万の兵力を一手にあわせて、大山《たいざん》のおめき崩るるごとく蜀《しょく》軍へむかって総攻撃の勢いに出た。

ところが、このとき、はからざる後方から、味方の軍とも思われぬ旺《さかん》な喊声《かんせい》と攻《せ》め鼓《つづみ》を聞いた。ふりかえってみると、砂雲漠々《さうんばくばく》として、こなたへ迫る二大隊がある。

「しまった」

仲達《ちゅうたつ》は絶叫して、にわかに指揮をかえたが、迅雷はすでに魏《ぎ》の後方を撃っていた。いつのまにか迂回《うかい》していた蜀《しょく》の姜維《きょうい》、関興《かんこう》の二将が喚《おめ》きこんで来たのである。

竈《かまど》

一

この時の会戦では、司馬懿《しばい》は全く一敗地にまみれ去ったものといえる。魏《ぎ》軍の損害もまたおびただしい。以来、渭水《いすい》の陣営は、内に深く守って、ふたたび鳴りをひそめてしまった。

孔明《こうめい》は、拠《よ》るところの祁山《きざん》へ兵を収めたが、勝《か》ち軍《いくさ》に驕《おご》るなかれと、かえって全軍を戒めていた。そしていよいよ初志の目標にむかい、長安《ちょうあん》、洛陽《らくよう》へ一途進撃して、漢朝《かんちょう》一統の大業を果《はた》さんものとかたく期していたが、ここに測らずも軍中の一些事《いちさじ》から、やがて大きな蹉跌《さてつ》を来《き》たすにいたった。

後方の増産運輸に力を入れていた李厳《りげん》が、永安城《えいあんじょう》から前線へ兵糧を送らせて来た。その奉行は都尉《とい》苟安《こうあん》という男だったが、酒好きのため、途中でだいぶ遊興に日を怠り、日限を十日余りも遅れてやっと祁山《きざん》に着いた。

「はて、なんと弁解しようか」

当然な譴責《けんせき》を恐れて、苟安《こうあん》は途々《みちみち》考えてきたらしい。孔明《こうめい》の前に出ると白々しく云《い》った。

「渭水《いすい》を挟んで大会戦が行われていると途中で聞き、万一大事な兵糧を敵方に奪われてはと存じ、わざと山中に蟄伏《ちっぷく》して、戦いの終《おわ》るのを待って再び出かけました。そんなわけでありまして」

孔明《こうめい》はみなまで聞かず、叱《しか》って云《い》った。

「兵糧は戦いの糧《かて》。運輸の役も戦いである。だのに、戦いを見て戦いを休《や》めるというのは、すでに大なる怠りだ。しかも汝の言い訳は虚言《きょげん》に過ぎない。汝の皮膚は決して山野に蟄伏《ちっぷく》して雨を凌《しの》いできたものでなく、酒の脂《あぶら》に弛《ゆる》んでいる。すでに運輸に罰則あり、三日誤れば徒罪に処し、五日誤れば斬罪《ざんざい》を加うべしとは、かねて明示してある通りだ。今さら、いかにことばを飾るも無用であろう」

苟安《こうあん》の身はすぐ断刑の武士たちへ渡された。長史《ちょうし》楊儀《ようぎ》は、彼が斬《き》られることになったと聞いて、大急ぎで孔明《こうめい》のところへ来て諌《いさ》めた。

「ご立腹はもっともですが、苟安《こうあん》は李厳《りげん》がたいへん重用している部下ですから、彼を処刑するときっと李厳《りげん》がつむじを曲げましょう。いま蜀《しょく》中から銭糧《せんりょう》の資を醵出《きょしゅつ》して戦力増加に当《あた》っているのは李厳《りげん》その人ですから、その当事者と丞相《じょうしょう》との間に確執が生じては、戦力の上に大きな影響がないわけには参りません。どうかここは胸を撫《な》でて苟安《こうあん》の死はゆるしてやっていただきたいと思いますが」

孔明《こうめい》は沈黙したまま、熱い湯を呑《の》むような顔をしていた。さきには、あれほど惜しんでいた馬謖《ばしょく》をすら斬《き》らせた程、軍律にはきびしい彼なのである。けれど今はそれをすら忍んだ。

「死罪はゆるす。しかし不問に付しておくわけにはゆかない。杖《じょう》八十を加えて、将来を戒めておけ」

楊儀《ようぎ》は、彼の胸を察して、深く謝して退《さ》がった。

荀安《こうあん》はそのために、八十杖《じょう》のむちを打たれて、死をゆるされた。けれど彼は、楊儀《ようぎ》の恩も、孔明《こうめい》の寛仁も思わなかった。反対に怒りをふくみ、深く孔明《こうめい》を恨んで、夜半に陣地を脱走してしまった。

家来、五、六騎と共に、そっと渭水《いすい》を越えて、魏《ぎ》軍へ投じてしまったのである。そして司馬懿《しばい》の前にひざまずいてさんざんに孔明《こうめい》を悪くいった。

「至極《しごく》もっともらしいが、急には信用いたし難い。なぜならばそれも孔明《こうめい》の計かも知れないからな」

仲達《ちゅうたつ》は要心深く彼をながめて、

「もし真実、魏《ぎ》に仕えて、長くわが国に忠誠を誓う気なら、ひとつ大きな働きをして来給《たま》え。もしそれが成功したら我輩《わがはい》から魏帝《ぎてい》へ奏して、足下《そっか》自身も驚くような重職に推挙してやろうじゃないか」と云《い》った。荀安《こうあん》は、再拝して、

「それはぜひやらせて下さい。こうなる上は何でもやります」と、いった。

司馬懿《しばい》は一策を彼に授けた。

荀安《こうあん》は間もなく姿をかえて、蜀《しょく》の成都《せいと》へ入り込んだ。そして都中に諜報機関の巣をつく

り、莫大《ばくだい》な金を費《つか》って、ひたすら流言蜚語《りゅうげんひご》を放つことを任務としていた。この悪気流はたちまちその効をあらわし、蜀中《しょく》の朝野《ちょうや》は前線の孔明《こうめい》に対して、次第に正しく視《み》る目を失ってきた。とかく邪視、疑惑で見るように傾いてきた。

二

たれ云《い》うとなく蜀宮中《しょくきゅうじゅう》に、孔明《こうめい》はやがて漢中《かんちゅう》に一国を建て自らその主となる肚《はら》らしい、という風説が立ち始めた。

甚だしきは、それにもっと尾鰭《おひれ》をつけて、

「彼の兵馬の権を以《もっ》てすれば、この蜀《しょく》を取ることだってできる。彼がしきりに蜀君《しょくくん》の暗愚をなじったり怨言《えんげん》を撒《ま》いているのはその下心ではないか」

などと流言してはばからぬ者すらあった。

都下にも同じ声が行われたが、宮中の流言の出どころは内官であった。苟安《こうあん》に買収された徒が浅慮《あさはか》にも私利私慾《しりしよく》に乗ぜられて、思うつぼへ落ちたものであった。

この結果はやがて、蜀帝《しょくてい》の勅使派遣となって具体化して来た。要するに帝の後主劉禅《こうしゅりゅうぜん》もまたついにうごかされたのである。すなわち、節《せつ》を持たせて、前線に勅命を伝え、

——朕《ちん》、大機の密《みつ》あり、直々《じきじき》、丞相《じょうしょう》に問わん、即時、成都《せいと》に還《かえ》れ。

と、召喚を発したのであった。

命に接するや孔明《こうめい》は天を仰いで大いに哭《なげ》き、落涙長嘆《らくるいちょうたん》してやまなかったという。

「主上はまだ御年《おんとし》もいとけなくおわすがゆえ、おそらくは佞官《ねいかん》のみだりなる言に惑わされたものであろう。いま戦況は我に有利に展開し、ようやく長安《ちょうあん》を臨む日も近からんとするときにこの事あるは、そも天意か、はた蜀《しょく》の国運の未《いま》だ開けざる約束事か。――さりとて、もし勅にそむけば、佞人《わいじん》の輩はいよいよ我説《がせつ》を虚大に伝え、この身また君を欺《あざむ》く不忠の臣とならざるを得ない。しかも今ここを捨ててかえるときは、再びまた祁山《きざん》へ出ることは難《かた》かろう。そのひまに魏《ぎ》の国防はいよいよ強化され、長安《ちょうあん》、洛陽《らくよう》はついに不落のものとなるはいうまでもない」

かく悶々《もんもん》たる痛涙《つうるい》はながしたが、大命ぜひなく、孔明《こうめい》は即日、大軍を引き払った。

その際、姜維《きょうい》が憂えて、

「司馬懿《しばい》の追撃をいかにして防がれますか」と、いった。

孔明《こうめい》は指令をさずけた。

「兵を五つ手に分け、それぞれ道を変えて退け。主力は、ここの陣を引くにあたり、兵一千をとどめて、二千の竈《かまど》をほらせ、次の日退陣して宿る所には、また四千の竈跡《かまどあと》を掘り残しておくがよい。かくて三日目の屯《たむろ》には六、七千。五日目の野営には一万と、退くに従って倍加してゆくのだ」

「むかし孫臏《そんぴん》は、兵力を加えるたびに竈《かまど》の数を減じて退却し、敵をあざむく計を用いて、龐涓《ほうけん》を計って大勝を得たということを聞いていますが、いま丞相《じょうしょう》は反対に、兵を減じるたびに、竈《かまど》の数をふやしておけと仰せあるのは、いかなるお考えですか」

「孫臏《そんぴん》の計を逆に行うに過ぎない。よく物を識《し》っている人間を計るにはその人間の持っている知識の裏をゆくことも一策となる。——司馬懿《しばい》もおそらく疑ってよく深追いをなし得ないだろう」

かくて蜀《しょく》軍は続々五路《ごろ》にわかれて引揚《ひきあ》げを開始したが、孔明《こうめい》の予察どおり、司馬懿仲《しばいちゅう》達《たつ》は、蜀《しょく》兵の埋伏《まいふく》をおそれて、敢然《かんぜん》たる急追には出なかった。

しかし、物見の報告によると、さして伏兵の計もないらしいとのことに、徐々、軍を進ませて、蜀《しょく》の駐屯した後々を見てゆくと、その場所と日を重ねるに従って、竈《かまど》の数が際立って増加している。竈《かまど》の跡の多いのは当然、兵站《へいたん》の増量を示すものであるから、仲達《ちゅうたつ》は
いちいちそれを検分して、

「さては、彼は、退くに従って殿《しんがり》軍の兵力を強化しているな、さまで戦意の昂《たか》い軍勢を、ただ退く敵と侮《あなど》って追い討ちすれば、どんな反撃をうけるやも知れない」

と、要心ぶかく考え、

「――荀安《こうあん》を成都《せいと》へやって行わせた、わが計画はもう大効果を挙げている。その結果、かく孔明《こうめい》の召還となったものを、それ以上の慾《よく》を求むるまでもあるまい」

と、大事をとって遂に追撃を下さずにしまった。

ために、孔明《こうめい》は一騎も損じることなくこれほどの大兵の総引揚《そうひきあ》げを悠々なしとげたが、後、川口《せんこう》の旅人が、魏《ぎ》へ来て洩《も》らした噂《うわさ》から、竈《かまど》の数に孔明《こうめい》の智略があったこともやがて司馬懿《しばい》の聞くところとなった。

けれど司馬懿《しばい》は悔やまなかった。

「――相手がほかの者では恥にもなるが、孔明《こうめい》の智略にかかるのは自分だって仕方がない。彼の智謀は元来自分などの及ぶところではないのだから」

麦《むぎ》青《あお》む

一

孔明《こうめい》は成都《せいと》に還《かえ》ると、すぐ参内《さんだい》して、天機を奉伺《ほうし》し、帝劉禅《ていりゅうぜん》へこう奏した。

「いったい如何《いか》なる大事が出来て、かくにわかに、臣をお召《め》し還《かえ》し遊《あそ》ばされましたか」

もとより何の根拠もないことなので、帝はただうつ向いておられたが、やがて、

「余り久しく相父《しょうほ》の姿を見ないので、慕わしさのあまり召《め》し還《かえ》したまでで、べつに理由はない」

と正直に答えた。

孔明《こうめい》は色をあらためて恐らくはこれ何か内官の讒《ざん》に依《よ》るものではありませぬかと、突っこんでたずねた。帝は黙然《もくねん》たるままだったが、

「いま相父《しょうほ》に会って、初めて疑いの心も解けたが、悔ゆれども及ばず、まったく朕《ちん》のあやまりであった」と深く後悔のさまを示した。

孔明《こうめい》は、相府《しょうふ》へ退《さ》がると、直ちに宮中の内官たちの言動を調べさせた。出師《すいし》の不在中孔《こう》明《めい》を誹謗《ひぼう》したり、根もない流説を触れまわったりしていた悪質の者数人は前から分《わか》っていたのですぐ拉致《らっち》されて来た。

孔明《こうめい》は彼らに詰問した。

「いやしくも卿《けい》らは、戦いの後ろにあって、国内の安定と民心の戦意を励ます重要な職にありながら、何で先に立って、不穏《ふおん》な流説《るせつ》を行い、朝野《ちょうや》の人心を惑わしめたか」

ひとりの内官は懺悔《ざんげ》してまっすぐに自白した。

「戦いがやみさえすれば、暮《くら》し向《む》きも気楽になり、諸事以前のような栄耀《えいよう》が見られると存じまして。つい……」

「ああ、何たる浅慮《あさはか》な――」と、孔明《こうめい》は痛嘆して、彼らの小児病的な現実観をあわれんだ。

「もし蜀《しょく》が卿《けい》らのような考え方でいたら、戦いはわれから避けようとしても、魏《ぎ》から押しつけてくるし、呉《ご》からも持ち込んできて、好むと好まざるとにかかわらず、蜀《しょく》境の内において、今日の戦争をしていなければなるまい。しかもその戦いは敗《やぶ》るるにきまっており、その惨禍は、祁山《きざん》へ出て戦う百倍もひどいものを見ただろう。しかのみならず、汝らはじめ蜀《しょく》の民は、今日の戦後に働くどころの苦しみではなく、魏《ぎ》や呉《ご》の兵に、家も国土も蹂《じゅう》躙《りん》され掠奪凌辱《りゃくだつりょうじょく》のうき目にあうはいうまでもなく、永く呉《ご》の奴隷《どれい》に落《お》され、魏《ぎ》の牛馬にされて、こき使わるるは知れたこと。――きょうの不平と、その憂き目と思《おも》い較《くら》べて、いずれがよいと欲しているか」

内官たちは皆、ふかく頭《こうべ》を垂れたまま、一言の言い訳もできなかった。

「――しかし、恐らくこれは、敵国の謀略だろう。いったい、わが軍、官、民の離反を醸《かも》すような風説は、誰から出たのか。卿《けい》らは誰から聞いた」

その出所をだんだん手繰《たぐ》ってみると、結果、苟安《こうあん》という者であるということが明瞭になった。

すぐ相府《しょうふ》から保安隊の兵がその住居へ捕縛に向《むか》ったが、時すでに遅かった。苟安《こうあん》は風を喰《く》らってとうに魏《ぎ》の国へ逃《に》げ失《う》せていた。

孔明《こうめい》は、百官を正し、蔣琬《しょうえん》、費禕《ひい》などの大官にも厳戒を加え、ふたたび意気をあらためて、漢中《かんちゅう》へ向《むか》った。

連年の出師《すいし》に兵のつかれも思われたので、今度は全軍をふたつに分けて、一半を以《もっ》て、漢中《かんちゅう》にのこし、一半を以《もっ》て、祁山《きざん》へ進発した。そしてこれの戦場にある期間を約三月と定め、百日交代の制を立てた。――要するに百日ごとに、二軍日月《じつげつ》のごとく戦場に入《い》れ代《かわ》って絶えず清新な士気を保って魏《ぎ》の大軍を砕かんとしたものである。

蜀《しょく》の建興《けんこう》九年は、魏《ぎ》の太和《たいわ》五年にあたる。この春の二月、またも急は洛陽《らくよう》の人心へ伝え

られ、魏帝《ぎてい》はさっそく力と恃《たの》む司馬懿《しばい》仲達《ちゅうたつ》を招いて、

「孔明《こうめい》に当《あた》るものは、御身《おんみ》をおいてほかにはない。国のため、身命をつくしてくれよ」

と、軍政作戦すべてを託した。

「曹真大都督《そうしんだいととく》すでにみまかる。この上は微臣の力を尽《つく》して、日頃のご恩におこたえ申し奉らん」

司馬懿《しばい》は早くも長安《ちょうあん》に出て、全魏《ぎ》軍の配備に当《あた》った。すなわち左将軍張郃《ちょうこう》を大先鋒《だいせんぽう》とし、郭淮《かくわい》に隴西《ろうせい》の諸軍を守らせ、彼自身の中軍は堂々、右翼左翼、前後軍に護《まも》られて、渭《い》水《すい》の前に、大陣を布《し》いた。

二

祁山《きざん》は霞《かす》み、渭水《いすい》の流れも温《ぬる》んできた。春日の遅々たる天、久しく両軍の鼓《こ》も鳴らなかった。

仲達《ちゅうたつ》は一日《あるひ》、張郃《ちょうこう》と会って語った。

「思うに孔明《こうめい》は相変《あいかわ》らず、兵糧の悩みに種々工夫をめぐらしているだろう。隴西《ろうせい》地方の麦もようやく実ってきた頃だ。彼はきっと静かに軍を向けて、麦を刈り取り、兵食の資《たすけ》に当てようと考えるにちがいない」

「隴西《ろうせい》の青麦は莫大《ばくだい》な量です。あれを刈れば優に蜀《しょく》軍の食は足りましょう」

「ご辺は渭水《いすい》にあって、しかと祁山《きざん》へ対しておれ。司馬懿《しばい》みずからこの軍を率いて、隴西《ろうせい》に出《い》で向《むか》う孔明《こうめい》の目的を挫《くじ》いてみせん」

彼はこう意図した。渭水《いすい》の陣には張郃《ちょうこう》と四万騎をのこしたのみで、その余の大軍すべてを動かし、彼自身、これを率いて、隴西《ろうせい》へ向《むか》った。

仲達《ちゅうたつ》の六感は誤らなかった。時しも孔明《こうめい》は、隴西《ろうせい》の麦を押《おさ》える目的で、鹵城《ろじょう》を包囲し、守将の降《こう》を容《い》れて、

「麦は今、どの地方がよく熟しているか」

と、その降将に質問していた。

「ことしは隴上《ろうじょう》のほうが早く熟《う》れているようです。それに隴上《ろうじょう》のほうが麦の質も上等です」

こう聞いたので、孔明《こうめい》は、占領した鹵城《ろじょう》の守りには、張翼《ちょうよく》と馬忠《ばちゅう》をとどめ、自ら残余の軍をひきつれて、隴上《ろうじょう》へ出て行った。

すると、先駆の小隊から、

「隴上《ろうじょう》には入れません。すでに魏《ぎ》の軍馬が充満しており、中軍を望むと、司馬懿《しばい》仲達《ちゅうたつ》の旗が見えます」と報じて来た。

孔明《こうめい》は舌打ち鳴らして、

「あれほど密《みつ》に祁山《きざん》を出てきたが、彼はもう我の麦を刈らんことを量り知ったか。——さもあらば仲達《ちゅうたつ》にも不敗の構えあることであろう。我とて世のつねの気ぐみではそれに打ち勝てまい」

深く期して、彼はその夕べ沐浴《もくよく》して身を浄《きよ》め、平常乗用の四輪車と同じ物を四輛《りょう》も引き出させた。

やがて夜に入るや、孔明《こうめい》の帷幕《いばく》には、三名の将が呼ばれて、何事かひそやかに、遅くまで語らっていた。

一番に姜維《きょうい》がそこを出て、一輛《いちりょう》の車を引かせて自陣へ帰った。二番目に馬岱《ばたい》がまた一つの車を持って帰った。三番目には魏延《ぎえん》が同じように自分の陣へ一つの車を運んで行った。

かくて残った一輛《いちりょう》は、しばし星の下《もと》に置かれていたが、やがて営を出てきた孔明《こうめい》が、自身それに乗って、

「関興《かんこう》、用意はできたか」と、出陣を促した。

おうっと、遠くから答《いら》えて、関興《かんこう》は妖《あや》しげな一軍隊をさし招いて、たちまち、車のまわりに配した。

まず、車の左右に、二十四人の屈強な武者が立ち並んで、それを押した。みな跣足《すあし》であ

り、みな黒き戦衣を着し、みな髪を振りさばき、また皆、片手に鋭利な真剣を提《さ》げている。

　さらに四人、同じ姿の者が、車の先に立ち、北斗七星《ほくとしちせい》の旗を護符《ごふ》のごとく捧《ささ》げていた。

　そしてなお五百人の鼓兵《こへい》が鼓《こ》を持ってこれに従い、槍隊《そうたい》千余騎は、前途幾段にもわかれて、孔明《こうめい》の車を衛星のように取り囲んだ。

　孔明《こうめい》の装束も、常とはすこし変《かわ》っている。いつもの綸巾《りんきん》ではなく、頭には華やかな簪冠《さんかん》をいただいている。衣はあくまで白く、佩剣《はいけん》の珠金《しゅきん》が夜目にも燦爛《さんらん》としていた。

　また関興《かんこう》やそのほかの旗本は、みな天蓬《てんぽう》の模様のある赤地錦《あかじにしき》の戦袍《せんぽう》を着、馬を飛ばせば、さながら炎が飛ぶかと怪《あや》しまれた。

　かくてこの天より降《くだ》れる鬼神の陣かとも疑われるこの妖装軍《ようそうぐん》は、深更《しんこう》に陣地を発して、隴上《ろうじょう》へ向《むか》って行った。

　そのあとから約三万の歩兵が前進した。これは手に手に鎌を持っているのだ。おそらく戦いの隙《すき》を見ては麦を刈って、これを後方へ運搬する手筈《てはず》のもとに組織された軍であろう。日頃の行軍編制とはまるで違う。なにしても異様なる有様であった。

　魏《ぎ》本軍の前隊を哨戒《しょうかい》していた物見の兵は仰天した。こけ転《まろ》んで、部将に告げ、部将はこれを、中軍へ急報した。

「なに。鬼神の軍が来たと」

司馬懿《しばい》は嘲笑《あざわら》って、陣頭へ馬をすすめて来た。時はまさに丑《うし》の真夜中であった。

北斗七星旗《ほくとしちせいき》

一

青貝の粉《こ》を刷《は》いたような星は満天にまたたいていたが、十方の闇は果てなく広く、果てなく濃かった。陰々たる微風は面を撫《な》で、夜気はひややかに骨に沁《し》む。

「なるほど、妖気が吹いてくる――」

仲達《ちゅうたつ》は眸《ひとみ》をこらして遠くを望み見ていた。陰風《いんぷう》を巻いて馳《か》け来《く》る一輛《いちりょう》の車にはそれを囲む二十八人の黒衣の兵が見える。髪をさばき、剣を佩《は》き、みな跣足《はだし》であった。北斗七星《ほくとしちせい》の旗はその先頭に馳《か》け、また炎の飛ぶが如《ごと》き赤装束の騎馬武者が全軍を叱咤《しった》してくる。

「孔明《こうめい》だ」

仲達《ちゅうたつ》はなお見まもっていた。四輪の車は鳴《な》り奔《はし》ってくる。車上、白衣簪冠《さんかん》の人影こそ、まぎれなき諸葛亮孔明《しょかつりょうこうめい》にちがいなかった。夜目にも遠目にも鮮やかである。

「あははは」

突然仲達《ちゅうたつ》は大笑した。そして旗本以下屈強な兵二千をうしろからさしまねいて、直ちに号令した。

「鬼面人《ひと》を嚇《おど》すというやつだ——妖《あや》しむことはない。恐れることもない。破邪の剣を揮《ふる》って馳《か》け崩《くず》してみろ。化けた孔明《こうめい》も跣足《はだし》になって逃げ出すだろう。汝らが迅速なれば、その襟がみをつかんで、彼奴《あやつ》を捕虜《とりこ》となすこともできる。——それっ、近づいてきた。かかれっ」

二千の鉄騎は励み合って、わあっと、武者声を発しながら驀進《ばくしん》した。すると孔明《こうめい》の車は、ぴたりととまり、二十八人の黒衣兵も、七星の旗も、赤装束の騎馬武者もすべてにわかに後ろを見せて、しずしずと引き退いて行く様子である。

「早くも逃げ始めたぞ。のがすな」と、魏《ぎ》の鉄騎隊は鞭《むち》打った。

ところが、不思議や、追えども追えども追いつかない。

妖《あや》しき霧が吹《ふ》き起《おこ》って、白濛々黒迷々《はくもうもうこくめいめい》、彼方《かなた》の車は目の前にありながら、馬は口に泡《あわ》を嚙《か》み、身は汗に濡《ぬ》るるばかりで、少しも距離は短縮されないのであった。

「奇怪奇怪。おれたちはもう三十余里も馬を飛ばして来ているのに？」

「孔明《こうめい》の車はあのように急ぎもせず徐々《しずしず》と行くのに？」

「これで追いつけないとはどういうわけだろう」

呆《あき》れ返《かえ》って、魏《ぎ》の勢はみな馬をとどめ、茫然《ぼうぜん》、怪《あや》しみに打たれていた。

すると孔明《こうめい》の車とその一陣はまた此方《こなた》へ向《むか》って進んでくる。魏《ぎ》兵はそれを望むと、

「おのれ、こんどこそは」

喚《わめ》いて攻めかかったが、こっちで奔《はし》ると、彼方《かなた》の影は再び後ろを見せている。しかも悠々とさわがず乱れず逃げてゆく。

またも追うこと二十余里。鉄騎二千はみな息をきらしたが、孔明《こうめい》の車との隔《へだた》りは、依然すこしも変《かわ》っていない。

「これはいよいよ凡事《ただごと》ではない」

迷いにとらわれて、一つ所に人馬の旋風《つむじ》を巻いていた。そこへ後ろから馬を飛ばしてきた仲達《ちゅうたつ》が、口々にいう嘆《たん》を聞いて、さてはと悟り顔に、

「察するにこれは、孔明《こうめい》のよくなす八門遁甲《はちもんとんこう》の一法、六甲天書《りっこうてんしょ》のうちにいう縮地《しゅくち》の法を用いたものであろう。悪くすると冥闇《めいあん》必殺の危地へ誘いこまれ、全滅の憂き目にあうやも測り難い。もはや追うな。もとの陣地へ退《ひ》け」と、にわかに下知《げち》をあらためて、急に馬首を向けかえた。

すると不意に西方の山から鼓《こ》が鳴った。愕然《がくぜん》と、闇をすかして望み見ると、星あかりの下を、一彪《いっぴょう》の軍馬が風の如《ごと》く馳《か》けてきた。たちまちその中から二十八人の黒衣の兵と、北斗七星《ほくとしちせい》の旗と、火焰《かえん》の如《ごと》き騎馬の大将があらわれて、真先《まっさき》に進んでくる。

近づくを見れば、黒衣の兵はみな髪をふり乱し、白刃をひっさげ、素はだしの態《てい》である。四輪車のうえの白衣簪冠《さんかん》の人もまた前に追いかけた者と少しもちがわない。

「や、や。ここにもまた孔明《こうめい》がいる？」

仲達《ちゅうたつ》は味方の怯《ひる》むをおそれて、自身先に立って追いかけてみた。二十里、三十里と、追いかけ追いかけ鞭《むち》打ったが、どうしてもこれに近づき得ないことも、前の時と同じだった。

「奇怪だ。これは実に不思議極まる」

と、彼すらへとへとになって引っ返してくると、また一方の山の尾根から、七星の旗と黒衣の怪兵二十八人が、同じ人を乗せた四輪車を押し進めてきた。

二

人か鬼か、実か幻《まぼろし》か、魏《ぎ》の勢は駭然《がいぜん》と慄《ふる》えあがり、敢《あ》えて撃とうとする者もない。

「退《ひ》けや、退《ひ》けや」

と、司馬懿《しばい》も今は、胆《きも》も魂も身に添わず、逃《に》げ奔《はし》る一方だった。

するとまたまた、行く手の闇の曠野《こうや》に、颯々《さっさつ》たる旗風の声と車輪の音がしてきた。仲《ちゅう》達《たつ》は驚倒して眼をみはった。車上の人はたしかに孔明《こうめい》であり、左右二十余人の黒衣白人の影も、北斗七星《ほくとしちせい》の旗も、初めに見たものと寸分の相違もない。

「いったい孔明《こうめい》は何人いるのか？　この分では蜀《しょく》軍の数も量り知ることができない」

彼と数千の鉄騎は、ほとんど、悪夢の中を夜どおし駈《か》け歩《ある》いたように疲れ果てて、朝頃、ようやく上邽《じょうけい》の城へ逃げ帰ってきた。

その日、ひとりの蜀《しょく》兵が捕虜になって来た。調べてみると、青麦を刈って鹵城《ろじょう》へ運送していた者だという。

「さてはあの隙《すき》に、多量の麦を刈り取られていたか」

とさとって、仲達《ちゅうたつ》がなおその兵を自身で吟味《ぎんみ》してみると、昨夜の怪《あや》しい妖陣のうちの一陣はたしかに孔明《こうめい》の車であったに違いはないが、あと三陣の隊伍《たいご》と車は、姜維《きょうい》、魏延《ぎえん》、馬岱《ばたい》などが偽装していたもので、孔明《こうめい》の影武者であったに過ぎないということが分《わか》った。

「ああそれで縮地《しゅくち》の法の手段《てだて》が読めた。同装同色同物の隊伍《たいご》を四つ編制しておいて、追われて逃げる時は、曲《まが》り道《みち》の山陰や、丈高《たけたか》き草の道などで、近きが隠れ、遠きが現《あら》われ、いわゆる身代《みがわ》りの隠顕《いんけん》出没によって、追う者の眼を惑わし惑わし逃げていたのだ。……さすがは諸葛亮《しょかつりょう》。さりとは智者なるかな」

彼は正直に孔明《こうめい》を惧《おそ》れた。そしていよいよ守るを主としていた。

「鹵城《ろじょう》にある蜀《しょく》兵を、深く探ってみましたところ、案外少数です。大軍と見せていたは孔《こう》明《めい》の軍立《いくさだ》てによる用兵の妙で、味方の兵力をもって包囲すれば、おそらく袋の鼠《ねずみ》でしょう」

郭淮《かくわい》はしきりに主張した。良策もなきまま以後、消極的に堕《だ》し過《す》ぎていたことを自身も反省していた仲達《ちゅうたつ》は、彼に説かれて、

「では、動かずと見せて、急に前進し、一挙に鹵城《ろじょう》を包囲してしまおう。それが成功すれば、後の作戦はいくらでも立つ」

夕陽《せきよう》西へ沈む頃、ここの大軍はいちどに発足した。鹵城《ろじょう》はさして遠くない。夜半までには難しいが、未明には着ける予定である。

途中の湿地帯と河原と山とを除くほかは、すべて熟れたる麦の畑だった。蜀《しょく》の斥候兵《せっこうへい》は点々と一町おきにその中に隠れていた。

一条の縄から縄が鹵城《ろじょう》のすぐ下までつながっていた。一兵がその鳴子《なるこ》を引くと、次の兵から次の兵へ鳴子《なるこ》を伝え、電瞬の間に、（魏《ぎ》の襲撃あり）——は蜀《しょく》軍のうちへ予報されていた。

で、孔明《こうめい》は、来《きた》るべき敵に対して、策を立て、配備をなし、なお充分、手具脛《てぐすね》ひいているほどな暇《いとま》を持っていた。

もとより地方の一城なので、塀は低く、濠《ほり》は浅い。取りつかれては最後である。姜維《きょうい》、馬岱《ばたい》、馬忠《ばちゅう》、魏延《ぎえん》などの諸隊はおおむね逸早《いちはや》く城外へ出ていた。

城外は一望麦野《ばくや》であった。潜《ひそ》むには絶好である。深夜の風は麦の穂を波立てていた。

音なき怒濤《どとう》のごとく魏《ぎ》の大軍は迫ってきた。――敵はまだ覚《さと》らず――と思ったか全軍を分散して、城の東西南北に分《わか》ち始《はじ》めた。と思うまに城の上から数千の弩《いしゆみ》がいちどに弦《つる》を切って乱箭《らんせん》を浴びせてきた。さては敵も知ったるぞ、この上は一揉《ひとも》みに踏みつぶせ――と濠《ほり》をこえて城壁へかかると大石巨木が雪崩《なだ》れ落《お》ちてきた。浅い濠《ほり》はたちまち屍《しかばね》で埋まった。

「少々苦戦」と司馬懿《しばい》はなお励ましていたが、一瞬の後、その少々は大々的に変《かわ》った。すなわち背後の麦畑がみな蜀《しょく》兵と化したのである。いかに精鋭な魏《ぎ》軍も乱れざるを得なかった。

暁の頃。司馬懿《しばい》仲達《ちゅうたつ》は一つの丘に馬を立てて唇を噛《か》んでいた。見事夜来の一戦も敗れたのである。損害を数えると、死傷約千余を出しているという。

以来また彼は上邽城《じょうけいじょう》の殻《から》に閉《と》じ籠《こも》る臆病《おくびょう》なやどかりになっていた。郭淮《かくわい》は無念にたえず、日夜智慧《ちえ》をしぼって、次の一策を仲達《ちゅうたつ》へすすめた。その計は奇想天外であって、ようやく仲達《ちゅうたつ》の眉《まゆ》を晴れしめるに足りた。

三

鹵城《ろじょう》は決して守るにいい所ではないが、魏《ぎ》軍の動向は容易に測り難いものがあるので、孔明《こうめい》もじっと堅守していた。

しかし彼は、この自重も決して策を得たものとはしていない。なぜならば近頃、司馬懿《しばい》は雍涼《ようりょう》に檄文《げきぶん》を飛ばして、孫礼《そんれい》の軍勢を剣閣《けんかく》に招いているふうが見える。ひとたび魏《ぎ》がその尨大《ぼうだい》な兵力を分けて、蜀《しょく》境の剣閣《けんかく》でも襲うことになろうものなら、帰路を断たれ、運輸の連絡はつかなくなり、ここの陣地にある蜀《しょく》軍数万は孤立《こりつ》して浮いてしまう。

「――余りに動かざるは、かえって、大いなる動きあるに依《よ》るともいう。どうも近ごろ魏《ぎ》軍の静かなのは不審だ。姜維《きょうい》と魏延《ぎえん》とは、各一万騎をつれて、剣閣《けんかく》へ加勢に赴《ゆ》け。何となく心許《こころもと》ないのはあの要害である」

姜維《きょうい》と魏延《ぎえん》とは、彼の命をうけて、即日軍勢をととのえ、剣閣《けんかく》へ向《むか》って行った。

それから後のことである。長史楊儀《ちょうしようぎ》は孔明《こうめい》の前へ出て、

「さきに漢中《かんちゅう》を立たれる際、丞相《じょうしょう》は、軍を二つに分けて、百日交代で休ませると宣言な

されたでしょう。どうも弱ったことであります」

「楊儀《ようぎ》。何を困ったというか」

「もはやその百日の日限がきたのです。前線の兵と交代する漢中《かんちゅう》の軍はもう彼《か》の地を出発したといって参りました」

「すでに法令化した以上、一日も違《たが》えてはならん。早々この兵は漢中《かんちゅう》へ還《かえ》せ」

「いまここに八万の軍があります。どう交代させますか」

「四万ずつ二度にわけて還《かえ》すがいい」

諸軍はこれを聞いて大いに歓《よろこ》び、それぞれ帰還の支度《したく》をしていた。

ところへ剣閣《けんかく》から早馬が来た。魏《ぎ》の大将孫礼《そんれい》が、雍涼《ようりょう》の勢を新たに二十万騎募《つの》って、郭淮《かくわい》と共に剣閣《けんかく》へ猛攻してきたというのである。

それさえあるにまたまた、司馬懿《しばい》仲達《ちゅうたつ》が時を同じゅうして、全魏《ぎ》軍に総攻撃の命を発し、今しもこの所へ押《お》し襲《よ》せてくるとも伝えてきた。

全城の蜀《しょく》軍が愕《おどろ》きおそれたことはいうまでもない。楊儀《ようぎ》は倉皇《そうこう》と孔明《こうめい》に告げていた。

「こうなっては交代どころではありません。帰還のことは、しばらく延期して、目前の敵の強襲を防がせねばなりますまい」

「いやいや、そうでない」孔明《こうめい》はつよく面《おもて》を横に振っていった。

「わが師《いくさ》を出して、多くの大将を用い、数万の兵をうごかすも、みな信義を本《もと》としていることである。この信義を失《うしの》うては、蜀《しょく》軍に光彩もなく、大きな力は出せなくなる。また彼らの父母妻子も、すでに百日交代の規約を知っているゆえ、みな家郷にあって指折り数え、わが子、わが良人《おっと》の帰りを門《かど》に待っているであろう。たとい今いかなる難儀におよぶとも、予はこの信義を捨てることはできない」

楊儀《ようぎ》は、早速、孔明《こうめい》のことばをそのまま蜀《しょく》軍の兵に告げた。

それまでは、種々《いろいろ》に臆測して、多少動揺を見せていた兵も、孔明《こうめい》の心をこうと聞くと、みな涙をながして、

「丞相《じょうしょう》はそれほどまで、吾々《われわれ》を思っていて下されたのか」

「かくのごときご恩にたいして、何で吾々《われわれ》として、丞相《じょうしょう》の危急を見ながら、ここを去り得ようか」

彼らはこぞって、楊儀《ようぎ》を通じ、孔明《こうめい》に願い出てきた。

「願わくは命を捨てて、丞相《じょうしょう》の高恩に報ぜん」

孔明《こうめい》はなお還《かえ》れとすすめたが、彼らは結束して踏《ふ》み止《とど》まった。そして目に余るほどな魏《ぎ》の大軍に反撃を加え、遂には、先を争って城外へ突出《とっしゅつ》し、雍涼《ようりょう》勢の新手をも粉砕して、数日の間に、さしもの敵を遠く退けてしまった。

けれど一難去ればまた一難。全城凱歌《がいか》に沸《わ》き満《み》ちているいとまもなく、永安城《えいあんじょう》にある味方の李厳《りげん》から計らずも意外な情報を急に告げてきた。

木《もく》門《もん》道《どう》

一

永安城《えいあんじょう》の李厳《りげん》は、増産や運輸の任に当《あた》って、もっぱら戦争の後方経営に努め、いわゆる軍需相《ぐんじゅしょう》ともいうべき要職にある蜀《しょく》の大官だった。

今その李厳《りげん》から来た書簡を見ると、次のようなことが急告してある。

近ゴロ聞ク東呉《トウゴ》、人ヲシテ洛陽《ラクヨウ》ニ入ラシム。魏《ギ》ト連和シ、呉《ゴ》ヲシテ蜀《ショク》ヲ取ラシメント。幸イニ呉《ゴ》イマダ兵ヲ起《オコ》サズ、今厳哨《ゲンショウ》シテ消息ヲ知ル。伏シテ望ムラクハ、丞相《ジョウショウ》ノ謀《ハカ》リ遠《トオ》キヲ慮《オモンパカ》リテ、早ク良図《リョウト》ヲ施シテ怠リヲ欲スルコトナカランコトヲ。

孔明《こうめい》は大きな衝撃をうけた。事実、この書面に見えるような兆候があるとすればこれは真に重大である。魏《ぎ》に対しての蜀《しょく》の強味は何といっても、一面に蜀呉《しょくご》相侵《あいおか》すことなき盟約下にあることが基幹をなしているのに、その呉《ご》が今、寝返りを打って、魏《ぎ》と連和するような事態でも起《おこ》るとしたら、これは根本的に蜀《しょく》の致命とならざるを得ない。

「決して遅疑逡巡《ちぎしゅんじゅん》している問題ではない」

ここにおいて、彼は、大英断を以《もっ》て、直ちに全戦線の総退却を決意した。

「まず、すみやかに祁山《きざん》を退くべきである」

と鹵城《ろじょう》から使いを急派して、祁山《きざん》に残して来た王平《おうへい》、張嶷《ちょうぎ》、呉班《ごはん》、呉懿《ごい》の輩《ともがら》に宛てて、

「自分がここにあるうちは、魏《ぎ》も迂闊《うかつ》には追うまい。乱れず、躁《さわ》がず、順次退陣して、ひとまず漢中《かんちゅう》に帰れ」と、命を封じて云《い》い送《おく》った。

一面、孔明《こうめい》はまた、楊儀《ようぎ》、馬忠《ばちゅう》の二手を、剣閣《けんかく》の木門道《もくもんどう》へ急がせ、後、鹵城《ろじょう》には擬旗《ぎき》を植え並べ、柴《しば》を積んで煙をあげ、あたかも、人のおるように見せておいて、急速に、彼とその麾下《きか》もことごとく木門道《もくもんどう》さして引き退いた。

渭水《いすい》の張郃《ちょうこう》は、馬を打って、上邽《じょうけい》へやって来た。司馬懿《しばい》に諮《はか》るためである。

「何か起《おこ》ったにちがいない。蜀《しょく》軍の退陣、ただ事ではありません。今こそ急追殲滅《せんめつ》を喰《く》らわす時機ではないでしょうか」

「いや待て、孔明《こうめい》のことだ。迂闊《うかつ》には深入りできぬ」

「大都督《だいととく》にはどうしてそう孔明《こうめい》を虎の如《ごと》く恐れ給《たも》うか、天下の笑《わら》い種《ぐさ》になろうに」

時に、一兵が来て、鹵城《ろじょう》の変を告げた。司馬懿《しばい》は張郃《ちょうこう》を伴って、高きに登り、鹵城《ろじょう》の旗や煙をややしばし眺めていたが、突然、哄笑して、

「何様《なにさま》、旗も煙も、たしかに擬勢《ぎせい》だ。鹵城《ろじょう》は今や空城《あきしろ》にちがいない。いざ追い撃たん」

と、彼も今は疑う余地もなしと、にわかに、上邽《じょうけい》から奔軍《ほんぐん》を駆って急進した。

すでに木門道《もくもんどう》に近づくと、張郃《ちょうこう》はまた、司馬懿《しばい》に云《い》った。

「かかる大兵の行軍では、どうしても遅鈍ならざるを得ません。それがしが軽騎数千をひっさげて先駆し、まず敵を捉えて喰《く》い下《さが》っておりますから、都督《ととく》の本軍は後からおいで下さい」

「いや、軍の速度の遅いのは、大兵なるゆえばかりではない。孔明《こうめい》の詭計《きけい》を慎重に打診しながら進んでいるせいにもよるのだ」

「またしてもそのように孔明《こうめい》を恐れ恐れ進んでいられるのですか。それでは追撃する意義は失《な》くなってしまう」

「大なる禍《わざわ》いに陥るよりはまし、である。もし貴公のごとく功を急がば、必ず悔いを求めるだろう」

「身を捨てて国家に報ずる時、大丈夫たる者、死すとも何の悔いがありましょうや」

「いや、貴公は性《しょう》火の燃ゆるごときものあって、意気はまことに旺《さかん》ではあるが、また非常に危険でもある。深く慎み給《たま》え」

「なんの、孝はまさに力をつくすべし、忠はまさに命を捨つべし。この期《ご》に当《あた》って、顧みることはありません。ただ、孔明《こうめい》を撃つあるのみです。ぜひおゆるし願いたい」

「それほどにいうならば、ご辺は五千騎をもってまず急げ。別に賈翔《かしょう》、魏平《ぎへい》に二万騎を附《つ》けて後から続かせる」

張郃《ちょうこう》はよろこび勇んで、手兵五千騎、みな軽捷《けいしょう》を旨とし、飛ぶが如《ごと》く、敵を追った。

行くこと七十里。たちまち一叢《いっそう》の林のうちから、鼓鉦《こしょう》、喊《とき》の声があがって、

「賊将、どこへ急ぐか、蜀《しょく》の魏延《ぎえん》ならばここにおるぞ」

と、呼ばわる声がした。

二

天性火の如《ごと》しという定評のある張郃《ちょうこう》だった。その張郃《ちょうこう》が、火そのものとなって、

(孔明《こうめい》の首級を見るはいまにある)

と誓い、畢生《ひっせい》の勇猛をふるって、無二無三猪突《ちょとつ》してきた矢先である。

「何をっ——」と一声、喚《わめ》き返《かえ》すや否《いな》、魏延《ぎえん》の兵を追い散らした。魏延《ぎえん》はちょっと出て、

槍《やり》を合わせたが、すぐ偽り負けて逃《に》げ奔《はし》った。

「口ほどもない木《こ》っ端《ぱ》ども」

と、張郃《ちょうこう》は眼尻で嘲《あざけ》りつつ、また先へ急いだ。そして約二十里ほど来ると、一山の上から蜀《しょく》の関興《かんこう》と名乗って駈《か》け下《くだ》ってきた軍馬がある。

張郃《ちょうこう》は憤怒して迎えた。

「かねて聞く関羽《かんう》の小倅《こせがれ》。汝また非業《ひごう》の死を亡父《ちち》に倣《なら》うか」

関興《かんこう》はその勢いに恐れたかの如《ごと》く逃げ出した。張郃《ちょうこう》は追《お》い巻《まき》して行ったが、一方に密林が見えたので、ふと万一を思い、

「伏兵があるかも知れぬ。そこの林を掻《か》き捜《さが》せ」

と、兵に下知《げち》して、しばし息をついでいた。

すると先に隠れた魏延《ぎえん》が後ろから襲ってきた。魏延《ぎえん》に当《あた》って力戦していると、関興《かんこう》が引っ返してきて鼓躁《こそう》した。或《ある》いは逃げ、或《ある》いは挑《いど》み、こうして張郃《ちょうこう》を翻弄《ほんろう》して疲れしめながら、魏延《ぎえん》はついに目的どおり張郃《ちょうこう》を木門道《もくもんどう》の谷口まで強引に誘い込んできた。

地形の険隘《けんあい》に気づいて、張郃《ちょうこう》もここまで来ると、盲進するなく、一応軍勢をととのえていたが、魏延《ぎえん》はその暇《いとま》を与えず、絶えず戦いを挑んできては彼を辱《はずかし》めた。

「張郃張郃《ちょうこうちょうこう》。初めの勢いもなく早《は》や臆病風《おくびょうかぜ》におそわれたか。帰《かえ》り途《みち》を案じているのか」

張部《ちょうこう》はまた火となって、

「逃げ上手め。そこを去るな」

「逃げるのではない。我は漢《かん》の名将、汝は逆門の鼠賊《そぞく》。刃《やいば》の穢《けが》れを辱《は》じるのだ」

「うぬ。その吠面《ほえづら》にベソ掻《か》くな」

遂に彼は司馬懿《しばい》の戒めもわすれて、木門道《もくもんどう》の谷まで駈《か》け込《こ》んでしまった。

しかも時はようやく薄暮に迫って、西山の肩に茜《あかね》を見るほか谷の内はすでに仄暗《ほのぐら》い。魏《ぎ》の将士は口々に後ろから、

「将軍、帰り給《たま》え。将軍、引っ返し給《たま》え」と呼んでいたが、張部《ちょうこう》は、憎き魏延《ぎえん》を打ちとめぬうちはと、奔馬《ほんば》の足にまかせて鞭《むち》打つ敵を追っていた。

「卑怯者《ひきょうもの》っ。恥知らず、最前の口をわすれたか」

早《は》や手も届かん間近にある魏延《ぎえん》の背へ向《むか》って張部《ちょうこう》は罵《ののし》りやまず、いきなり馬上から槍《やり》を投げつけた。

魏延《ぎえん》は馬のたてがみに首をうつ伏せ、槍《やり》は彼の盔《かぶと》の錣《しころ》を射抜いて彼方《かなた》へ飛んだ。

「あっ、将軍」

味方の声に、思わず振り向くと、張部《ちょうこう》の先途《せんど》を案じて、慕ってきた百余騎の将が、一斉に山を指さして叫んだ。

「怪《あや》し火《び》が見えますぞ。あの山頂に」

「何かの合図やも知れません」

「夜に入ってはいよいよ大事、早々、あとへお帰りあって、明日を期せられたほうがよいでしょう」

けれどこれらの忠告すらすでに遅きに失していた。

突然、虚空に大風が起《おこ》った。それは万弩《ばんど》の箭《や》うなりである。たちまち絶壁は叫び、谷の岩盤はみな吼《ほ》えた。それは敵の降らしてくる巨木大石の轟《とどろ》きである。

「や、や。さては」

気づいた時は、彼方此方《あちらこちら》に火が起《おこ》っていた。低い灌木《かんぼく》も高い木も焼け始めた。張部《ちょうこう》は、狂《くる》い廻《まわ》る馬にまかせて谷口を探したが、そこの隘路《あいろ》もすでにふさがれていた。

性《しょう》火の如《ごと》しといわれていた張部《ちょうこう》は、遂に炎の中に身をも焼いてしまった。

孔明《こうめい》は、木門道《もくもんどう》の外廓《がいかく》をなす一峰に姿を現《あら》わして、うろたえ迷う魏《ぎ》の兵にこういった。

「きょうの狩猟《かり》に、我は、馬を得んとして、猪《いのこ》を獲《え》た。次の狩猟《かり》には、仲達《ちゅうたつ》という稀代《きたい》な獣《けもの》を生擒《いけど》るだろう。汝ら帰って司馬懿《しばい》に告げよ。兵法の学びは少しは進んでおるかと」

張部《ちょうこう》を亡《うしな》った魏《ぎ》兵は、我先に逃げ帰って、その実状を司馬懿《しばい》に告げた。

三

張郃《ちょうこう》の戦死は惜しまれた。彼が魏《ぎ》でも屈指の良将軍たることは誰も認めていたし、実戦の閲歴《えつれき》も豊かで、曹操《そうそう》に仕えて以来の武勲もまた数えきれない程である。

「彼を討死《うちじに》させたのは、実に予の過ちであった。あくまでも彼の深入りを許さなければよかったのだ」

こう痛嘆して、誰よりもその責めを感じていたのは、勿論《もちろん》、司馬懿《しばい》その人だった。

同時に司馬懿《しばい》は、孔明《こうめい》の作戦が何を狙《ねら》っていたものかを、今は明瞭に覚《さと》ることもできた。

――敵を嶮《けん》に誘い、味方を不敗の地に拠《よ》らせ、而《しか》して、計をうごかし、変を以《もっ》て、これを充分に捕捉滅尽《ほそくめつじん》する。

ここに孔明《こうめい》の根本作戦があるものと観破した。

そう考えてくると、渭水《いすい》から郿城《けいじょう》、郿城《けいじょう》からこの剣閣《けんかく》へと、いつか自分も次第に誘い出されて、危険極まる蜀山蜀水《しょくざんしょくすい》のうちに踏み入りかけていることも顧みられた。

「――危うい哉《かな》。知らず知らずに自分も彼の誘導作戦にかかっている」

司馬懿《しばい》は急に兵を返して、要所要所に諸将を配し、ただよく守れと境を厳にして、自身はやがて洛陽《らくよう》へ上った。

戦況奏上のためだった。魏帝《ぎてい》も張郃《ちょうこう》の死をかなしみ、群臣もみな落胆して、

「敵国のまだ亡《ほろ》ばぬうちに、われは国の棟梁《とうりょう》を失った。前途の難を如何《いか》にすべき」

と、嘆きの声と、沈滅の色は、魏《ぎ》宮中を一時沈衰《ちんすい》の底へ落《おと》した。

時に、諫議大夫《かんぎたいふ》の辛毘《しんび》が、帝にも奏し、群臣にもいった。

「武祖文皇《ぶそぶんのう》二代を経、今帝《きんてい》また龍《りゅう》のごとく世に興《おこ》り給《たま》い、わが大魏《たいぎ》の国家は、強大天下に比なく、文武の良臣また雨の如《ごと》し。何ぞ、一張郃《ちょうこう》の戦死をさまで久しく悲しまるるか。――家人の死は一家の情を以《もっ》て嘆くもよし惜しむもよろしいが、国民の死は国家の大を以《もっ》てこれを悠久に崇《あが》め、これを盛葬し、これを称《たた》えて、全土の人士を振《ふる》わすべきではありませんか」

「まことに、辛諫議《しんかんぎ》のことばは当《あた》っておる」

やがて木門道《もくもんどう》から取り上げてきた屍《しかばね》に対して、帝は厚き礼を賜《たま》い、洛陽《らくよう》を人と弔旗《ちょうき》に埋むるの大葬を執《と》り行《おこな》って、いよいよ、討蜀《とうしょく》の敵愾心《てきがいしん》を振起させた。

一方、孔明《こうめい》は、軍を収めて、漢中《かんちゅう》の営に帰ると、すぐ諸方へ人を派して、魏呉《ぎご》両国間の機微をさぐらせていたが、そこへ成都《せいと》から尚書費禕《しょうしょひい》が来て、率直に朝廷の意をつたえた。

「何の理由もなく漢中《かんちゅう》へ兵をおかえしなされたのは何故《なにゆえ》ですか。帝もご不審を抱いておられますぞ」

「近頃、呉《ご》と魏《ぎ》との間に、秘密条約が結ばれた形跡ありとのことに、万一、呉《ご》が矛《ほこ》を逆しまにして、蜀《しょく》境を衝《つ》くような事態でも起《おこ》っては重大であると思うて、急遽《きゅうきょ》、祁山《きざん》を捨てて万全を期したまでであるが」

「おかしいですな。兵糧運輸の線は、充分に活動しておりましたか」

「とかく後方からの運送はとどこおりがちで、ために、持久を保ち、糧食を獲るためにも、種々、作戦以外の作戦と経営をなさねばならなかった」

「それでは、李厳《りげん》のはなしと、まるであべこべです。李厳《りげん》の申すには、このたびこそ兵糧にも困らぬほど、後方からの運輸も充分に行っているのに、孔明《こうめい》が突然退軍したのはいぶかしいことであるとしきりに申《もう》し触《ふ》らしています」

「それは言語道断《ごんごどうだん》」

と、孔明《こうめい》もちょっと呆《あき》れ顔《がお》をして――

「魏呉《ぎご》両国間に、秘密外交のうごきが見ゆると、われへ報《し》らせてきた者は、その李厳《りげん》であるのに」

「ははあ。それで読めました。李厳《りげん》の督しておる軍需増産の実績がここ甚だあがらないので、科《とが》を丞相《じょうしょう》に転嫁《てんか》せんとしたものでしょう」

「もってのほかのことだ。もし事実とすれば、李厳《りげん》たりとも、免《ゆる》してはおかれない」

孔明《こうめい》は赫怒《かくど》した。

このため、彼は成都《せいと》へ還《かえ》って、厳密な調査を府員へ命じた。李厳《りげん》の弄策《ろうさく》は事実とわかった。

「本来、首を刎《は》ねても足らない大罪であるが、李厳《りげん》もまた、先帝が孤《みなしご》をお託し遊ばした重臣のひとりだ。官職を剝《は》いで、一命だけは助けおく。——即日、庶人へ落《おと》して、梓潼郡《しどうぐん》へ遠流《おんる》せよ」

孔明《こうめい》はかく断じたが、その子の李豊《りほう》は留《とど》めて、長史《ちょうし》劉琰《りゅうえん》などと共に、兵糧増産などの役に用いていた。

具眼《ぐがん》の士《し》

一

多年軍需相《ぐんじゅしょう》として、重要な内政の一面に才腕をふるっていた李厳《りげん》の退職は、何といっても、蜀《しょく》軍の一時的休養と、延《ひ》いては国内諸部面の大刷新を促さずにはおかなかった。

蜀道《しょくどう》の嶮岨《けんそ》は、事実、誰がその責任者に当《あた》っても、克服することのできない自然的条件であり、加うるに、蜀廷《しょくてい》の朝臣には、孔明《こうめい》のほかに孔明《こうめい》なく、外征久しきにわたるあいだには、きまって何かの形で、その弱体な内紛が現《あら》われずにいなかった。

孔明《こうめい》の苦労は実にこの二つにあったといってよい。しかも帝劉禅《ていりゅうぜん》は、甚だ英邁《えいまい》の資でないのである。うごかされやすくまたよく迷う。

しかし孔明《こうめい》がこの遺孤《いこ》に仕えることは、玄徳《げんとく》が世にいた頃と少しも変《かわ》らなかった。いやもっと切実な忠愛と敬礼を捧《ささ》げきって骨も細りゆく姿だった。それだけに帝劉禅《ていりゅうぜん》が彼を慕い彼を惜しむことも一通りでなかったが、如何《いかん》せん、孔明《こうめい》がいないときというと群臣がうごく。群臣がうごくと帝も迷いにつつまれる。蜀《しょく》朝廷は実にいつも遠きに孔明《こうめい》の後《うし》ろ髪《がみ》を引くものであった。ここにおいて孔明《こうめい》は、

「三年は内政の拡充に力を注ごう」

と決意した。三年師《いくさ》を出さず、軍士を養い、兵器糧草《りょうそう》を蓄積して、捲《けん》土重《どちょう》来《らい》、もって先帝の知遇にこたえんと考えたのである。

いかなる難事が重なろうと、中原《ちゅうげん》進出の大策は、夢寐《むび》の間《ま》も忘れることなき孔明《こうめい》の一念だった。そのことなくしては孔明《こうめい》もない。彼の望み、彼の生活、彼の日々、すべては凝ってそれへの懸命に生きていた。

三年の間、彼は百姓を恤《あわれ》み宥《いた》わった。百姓は天地か父母のように視《み》た。彼はまた、教学と文化の振興に努めた。児童も道を知り礼をわきまえた。教学の根本を彼は師弟の結びにありとなし、師たるものを重んじ、その徳を涵養《かんよう》させた。また内治の根本は吏にありとなし、吏風を醇化《じゅんか》し吏心を高めさせた。吏にしてひとたび瀆職《とくしょく》の辱《はじ》を冒《おか》す者あれば、市に曝《さら》して、民の刑罰よりもこれを数等厳罰に処した。

「口舌《こうぜつ》を以《もっ》ていたずらに民を叱《しか》るな。むしろ良風を興《おこ》して風《ふう》に倣《なら》わせよ。風を興《おこ》すもの師と吏にあり。吏と師にして善風を示さんか、克己《こっき》の範を垂れその下《もと》に懶惰《らんだ》の民と悪風を見ることなけん」

孔明《こうめい》はつねにそういっていた。かくて三年の間に、蜀《しょく》の国力は充実し、朝野《ちょうや》の意気もまったく一新された。

「――三年経《た》ちました――。尺蠖《しゃっかく》の縮むは伸びんがため。いまようやく軍もととのいましたゆえ、六度征旗をすすめて中原《ちゅうげん》へ出ようと思います。ただ臣亮《しんりょう》もはや知命の年齢ですから、戦陣の不常どんなことがあろうとも知れません。……陛下も何とぞ先帝の英資にあやかり給《たも》うてよく輔弼《ほひつ》の善言を聞き、民を慈《いつく》しみ給《たま》い、社稷《しゃしょく》をお守りあって、先帝のご遺命を完《まっと》う遊ばさるるよう伏しておねがい致しまする。――臣は、遠き戦陣におりましても、心はつねに陛下のお側におりましょう。陛下もまた、孔明《こうめい》はここにあらずとも、常に成都《せいと》を守っているものとお思い遊ばしてお心づよくおわしませ」

後主劉禅《こうしゅりゅうぜん》は、孔明《こうめい》がこう別れを奏してひれ伏すと、何のことばもなくしばし御衣《ぎょい》の袂《たもと》に面《おもて》をつつんでいた。

なおこの際にも、成都《せいと》人の一部では、宮門の柏樹《はくじゅ》が毎夜泣くとか、南方から飛翔《ひしょう》してきた数千の鳥群がいちどに漢水《かんすい》へ落ちて死んだとか、不吉な流言をたてて、孔明《こうめい》の出軍を阻《はば》めようとする者もあったが、孔明《こうめい》の大志は、決してそんな虚謬《きょびゅう》の説に弱められるものではなかった。

彼は一日、成都《せいと》郊外にある先帝の霊廟《れいびょう》に詣でて、大牢《たいろう》の祭をそなえ、涙を流して、何事か久しく祈念していた。

彼が玄徳《げんとく》の霊にたいして、何をちかったかは、いうまでもないことであろう。数日の後、大軍は成都《せいと》を発した。帝は、百官をしたがえて、城外まで送り給《たも》うた。

蜀道《しょくどう》の嶮《けん》、蜀水《しょくすい》の危《き》も、踏《ふ》み渉《わた》ること幾度。蜿蜒《えんえん》として軍馬はやがて漢中《かんちゅう》へ入った。

ところが、まだ戦わぬうちに、孔明《こうめい》は一つの悲報に接した。それは関興《かんこう》の病歿《びょうぼつ》だった。

二

さきに張苞《ちょうほう》を亡《うしな》い、いままた、関興《かんこう》の訃《ふ》に接して、孔明《こうめい》の落胆はいうまでもないことだが、その嘆きはかえって、この時の第六次出師《すいし》の雄図《ゆうと》をしてさらにさらに、愁壮《しゅうそう》なものとしたことも疑われない。

漢中《かんちゅう》に勢揃《せいぞろ》いをし、祁山《きざん》へ進発した蜀軍《しょく》は、五大部隊にわかれ、総兵三十四万と号していた。

ときに魏《ぎ》は改元《かいげん》第二年を迎えて、青龍《せいりゅう》二年春二月だった。

去年、摩坡《まひ》という地方から、青龍《せいりゅう》が天に昇ったという奇異があって、これ国家の吉祥なりと、改元されたものである。

また、司馬懿《しばい》はよく天文を観《み》るので、近年北方の星気盛んで、魏《ぎ》に吉運の見えるに反し、

彗星太白《すいせいたいはく》を犯し、蜀天《しょく》は晦《くら》く、いまや天下の洪福《こうふく》は、わが魏《ぎ》皇帝に幸いせん――と予言していたところなので、

「孔明《こうめい》三年の歳月を備えに蓄えて六度祁山《きざん》に出《い》づ」

という報に接したときには、

「明《めい》なる哉《かな》。これ蜀《しょく》の敗滅、魏《ぎ》の隆昌《りゅうしょう》。天運果たしてこの事をすでに告ぐ」

と、勇躍、詔《しょう》を拝して、かつて見ぬほどな大軍備をととのえた。

出陣にさきだって、仲達《ちゅうたつ》は、

「かつて父を漢中《かんちゅう》に討たれた夏侯淵《かこうえん》の子ら四人が、常に父を蜀《しょく》のために亡《うしな》った恨みを嚥《の》んで切歯扼腕《せっしやくわん》しております。ねがわくは、今度の軍《いくさ》に、その遺子四人を伴って行きたいと思いますが」

と、曹叡《そうえい》に奏して、その許しをうけていた。これらの四子は、さきに失敗を招いた夏侯《かこう》楙駙馬《もふば》などとは大いに質がちがっていて、兄の覇《は》は弓馬武芸に達し、弟の恵《けい》は六韜三略《りくとうさんりゃく》を諳《そら》んじてよく兵法に通じ、他の二兄弟もみな俊才の聞《きこ》えがあった。

長安《ちょうあん》に集結した魏下《ぎか》諸州の精鋭は四十四万といわれた。そして宿命の決戦場渭水《いすい》を前にして従前どおり布陣したが、祁山《きざん》の蜀《しょく》勢も、この魏《ぎ》勢も、戦いの回を追うごとに、その経験から地略的な攻究もすすみ、また装備や兵力は逐次増強されて、これを第一回第二回

ごろの対峙《たいじ》ごろから較《くら》べると双方の軍容にも僅《わず》かな年月のあいだに著しい進歩が見える。

作戦上から今次の相違を見ると、魏《ぎ》はまず五万の工兵隊を駆使して、竹木を伐採させ、渭水《いすい》の上流九ヵ所に浮橋《うきはし》を架し、夏侯覇《かこうは》、夏侯威《かこうい》のふた手は、河を渡って、河より西に陣地を張った。

これは従来に見られなかった魏《ぎ》の積極的攻勢を示したものであると共に、用意周到な司《し》馬懿《ばい》は、本陣の後ろにある東方の曠野《こうや》に、一城を構築して、そこを恒久的な基地となした。

この恒久戦の覚悟はまた、より強く、今度は蜀《しょく》軍の備えにも観取できる。祁山《きざん》に構えた五ヵ所の陣屋は、これまでの規模とそう変《かわ》りはないが、斜谷《やこく》から剣閣《けんかく》へわたって十四ヵ所の陣屋を築き、この一塁一塁に強兵を籠めて、運輸の連絡と、呼応連環《こおうれんかん》の態勢を作ったことは、

「魏《ぎ》を撃たずんば還《かえ》らじ」

となす孔明《こうめい》の意志を無言に儼示《げんじ》しているものにほかならない。

時に、その一塁から一報があって、孔明《こうめい》に、敵陣に変化あることを告げた。

「——魏《ぎ》の大将、郭淮《かくわい》、孫礼《そんれい》の二軍が、隴西《ろうせい》の軍馬を領して、北原《ほくげん》へ進出し、何事か為《な》すあらんとするものの如《ごと》く動いています」

この情報に接した孔明《こうめい》は、

「それは司馬懿《しばい》は、前に懲《こ》りて、隴西《ろうせい》の道をわれに断たれんことをおそれて手配をいそいだものと思わるる。――今、詐《いつわ》って、蜀《しょく》が彼のおそれる隴西《ろうせい》を衝《つ》く態《てい》をなすならば、司馬《しば》懿《い》は驚いて、その主力を応援にさし向けるだろう。敵の備えなきを撃つ――その虚は後の渭水《いすい》にある」

北原《ほくげん》は渭水《いすい》の上流である。孔明《こうめい》は百余座の筏《いかだ》に乾いた柴《しば》を満載させ、夜中、水に馴《な》れた五千の兵をすぐって、北原《ほくげん》を襲撃させ、魏《ぎ》の主力がうごくのを見たら直ちに筏《いかだ》に火をつけて下流へ押しながし、敵の浮橋《うきはし》を焼き立て、西岸の夏侯《かこう》軍を捕捉し、また立ち所に、渭水《いすい》の南岸へ兵を上げて、そこの魏《ぎ》本陣を乗っ取らんという画策を立てた。

これが果たしてうまく魏《ぎ》軍を計り得るかどうかは、魏《ぎ》の触覚たる司馬《しば》懿《い》その人の頭脳ひとつにあった。

三

さすがに、彼は観破した。

「いま孔明《こうめい》が、上流に多くの筏《いかだ》を浮かべ、北原《ほくげん》を攻めそうな擬勢《ぎせい》を作っているが、虚を見て、筏《いかだ》を切り流し、それに積んだ松柴《まつしば》と油をもって、わが数条の浮橋《うきはし》を焼き払うつもりに違いない」

司馬懿《しばい》はこういって、夏侯覇《かこうは》、夏侯威《かこうい》に何事か命じ、郭淮《かくわい》、孫礼《そんれい》、楽綝《がくりん》、張虎《ちょうこ》などの諸将へもそれぞれ秘命を授けおわった。

やがて戦機は、蜀《しょく》軍の北原《ほくげん》攻撃から口火を切った。

呉懿《ごい》、呉班《ごはん》の蜀《しょく》兵は、かねての計画どおり、無数の筏《いかだ》に焚草《やきぐさ》を積んで、河上に待機していた。

――日が暮れてきた。

北原《ほくげん》の戦況は、初め、魏《ぎ》の孫礼《そんれい》がうって出たが、もろくも打ち負けて退却した。そこへかかった蜀《しょく》の魏延《ぎえん》、馬岱《ばたい》は、

「負け振りがおかしい？」と見て、敢《あ》えて深追いしなかったが、それでもたちまち両岸の物陰から魏《ぎ》の旗がひらめき見え、喊声《かんせい》、雷鼓《らいこ》の潮《うしお》とともに、

「司馬懿《しばい》、待ちうけたり」

「郭淮《かくわい》。これにあり」

と、両方から刹出《せっしゅつ》して、半円陣を結び、敵と河とを一方に見て、圧縮して来た。

魏延《ぎえん》と馬岱《ばたい》は、命をかざして奮戦したが、到底、勝ち目のない地勢にあり、河流へせき落《お》とされて溺《おぼ》れる者、つつまれて討たれる者など、大半の兵を失ってしまった。

ふたりは辛《から》くも水上へ逃げたが、この頃、待ちきれずに、呉懿《ごい》、呉班《ごはん》の手勢も、大量な

筏《いかだ》を流し始めていた。

しかしそれらの筏群《いかだ》が、魏《ぎ》陣の架けた浮橋《うきはし》まで流れてこないうちに、張虎《ちょうこ》、楽綝《がくりん》などの手勢がべつな筏《いかだ》で縄を張りめぐらし、蜀《しょく》の筏《いかだ》をことごとく堰《せ》きとめて、それを足場に矢《や》戦《いくさ》をしかけて来た。

蜀《しょく》兵はこの際なんらの飛道具も備えていなかったので、筏《いかだ》を寄せて、斬《き》り結《むす》ぶしか手がなかったのである。それを寄せつけ寄せつけ魏《ぎ》は雨の如《ごと》く矢を浴びせた。

蜀将《しょくしょう》のひとり呉班《ごはん》もついに一矢《いっし》をうけて水中に落命した。その上、火計はまったく失敗に帰し、蜀《しょく》軍の敗亡惨たるものだった。

ここの失敗は、当然別働隊たる王平《おうへい》、張嶷《ちょうぎ》のほうへも狂いを生じていないはずはない。

二軍は、孔明《こうめい》の命によって、渭水《いすい》の対岸をうかがい、浮橋《うきはし》の焼ける火を見たら、直ちに、司馬懿《しばい》の本陣へ突入しようと息をこらしていたが、夜が更《ふ》けても、いっこう上流に火光が揚がらないので、

「はて。どうしたものだろう?」としびれを切らしていた。

張嶷《ちょうぎ》は、待ちくたびれて、

「対岸をうかがうに、魏《ぎ》陣はたしかに手薄らしく思われる。いっそのこと、突っ込もうか」

と逸《はや》ったが、王平《おうへい》が、

「敵にどんな隙《すき》があろうと、ここだけの状況で作戦の機約をかえることはできない」

と固く持して、なお根気よく、火の手を待っていた。

するとそこへ、急使が来た。馬をとばして馳《か》けてくるなり、大声でさしまねいていう。

「平《へい》将軍も、嶷《ぎ》将軍も、はやはや退き給《たま》え。丞相《じょうしょう》のご命令である。——北原《ほくげん》も味方の敗れとなり、浮橋《うきはし》を焼く計もことごとく齟齬《そご》いたして、蜀《しょく》勢はみな敗れ去った」

「なに。味方の大敗に終《おわ》ったと」

さすがの王平《おうへい》もあわてた。

急に二軍が退き出したせつなである。それまで河波の音と蘆荻《ろてき》の声しかなかった附近の闇がいちどに赤くなった。そして一発の轟音《ごうおん》が天地のしじまを破るとともに、

「王平《おうへい》。逃げ出すのか」

「張嶷《ちょうぎ》。いずこへ奔《はし》るか」

と、魏《ぎ》の伏兵が四方八方から襲いかかって来た。

はかると思いながら、事実はまったく敵の陥穽《かんせい》のなかにいたのである。かくては戦い得る態勢もとり得ない。王平《おうへい》、張嶷《ちょうぎ》の二軍もさんざんにうたれて逃げ崩れた。

上流下流の全面にわたって、この夜、蜀《しょく》軍のうけた兵力の損害だけでも一万をこえてい

た。孔明《こうめい》は敗軍を収めて祁山《きざん》へ立ち帰ったが、彼がかくの如《ごと》く計を誤ったことはめずらしい。日頃の自信にもすくなからぬ動揺を与えられたに違いあるまい。その憂いは面《おもて》にもつつめなかった。

四

一日、孔明《こうめい》の憂色をうかがって、長史《ちょうし》楊儀《ようぎ》がひそかに訴えた。

「近頃、魏延《ぎえん》が丞相《じょうしょう》の陰口を叩《たた》いて、とかく軍中の空気を濁していますが、何か原因があるのですか」

孔明《こうめい》は眉《まゆ》重《おも》くうなずいた――。

「彼の不平は今に始まったことではないよ」

楊儀《ようぎ》はいぶかしげに、

「そこまでご承知でありながら、人一倍、軍紀にきびしい丞相《じょうしょう》が、なぜ彼の悪態を放置しておかれるのです?」

「楊儀《ようぎ》。さようなことは、みだりに云《い》うものではない。予が胸も察するがいい。蜀《しょく》の諸将と軍力をよく観《み》て」

楊儀《ようぎ》は沈黙した。そして孔明《こうめい》の意中を酌むにつけ断腸《だんちょう》の思いがあった。連戦多年、蜀《しょく》軍の将星は相次いで墜《お》ち、用いるに足る勇将といえば実に指折るほど少なくなっている。――ともあれその中にあって魏延《ぎえん》の勇猛は断然衆を超えているものがある。

いまその魏延《ぎえん》をも除くならば、蜀《しょく》陣の戦力はさらに落莫《らくばく》たらざるを得ない。孔明《こうめい》がじっと怺《こら》えているのは、そのためであろうと楊儀《ようぎ》は察した。

時に成都《せいと》からの用命をおびて、尚書費禕《しょうしょひい》がこの祁山《きざん》へ来た。孔明《こうめい》は彼に会うと告げた。

「ここにご辺ならでは能《かな》わぬ大役がある。蜀《しょく》のために、予の書簡を携えて、呉《ご》へ使いに赴いてくれまいか」

「丞相《じょうしょう》の命令なれば、辞す理由はありません。どこへでも参りましょう」

「快く承知してくれて有難《ありがた》い。ではこの書簡を孫権《そんけん》に捧《ささ》げ、なお卿《けい》の才を以《もっ》て、呉《ご》をうごかすことに努めてもらいたい」

孔明《こうめい》が彼に託したものは、実に蜀呉《しょくご》同盟条約の発動にあった。書中、祁山《きざん》の戦況を縷々《るる》と告げて、いまや魏《ぎ》軍の全力はほとんどこの地に牽引《けんいん》されてある。この際、呉《ご》がかねての条約にもとづいて、魏《ぎ》の一面を撃つならば、魏《ぎ》はたちまち両面的崩壊《ほうかい》を来《きた》し、中原《ちゅうげん》の事はたちまちに定まる。然《しか》る後は、蜀呉《しょくご》天下を二分して、理想的な建設を地上に興すことができよう。と切々説いているものであった。

費禕《ひい》は、建業《けんぎょう》へ行った。

孫権《そんけん》は、孔明《こうめい》の書簡を見、また蜀《しょく》の使いを応接するに、礼はなはだ厚かった。

そして、彼に云《い》った。

「呉《ご》といえど、決して蜀魏《しょくぎ》の戦局に冷淡なものではない。しかしその時を見、また充分な戦力を養っていたもので、今や機は熟したと思われるゆえ、日を定めて、朕《ちん》自ら水陸の軍をひきい、討魏《とうぎ》の大旆《たいはい》をかかげて長江《ちょうこう》を溯《のぼ》るであろう」

費禕《ひい》は拝謝して、

「おそらく魏《ぎ》の滅亡は百日を出《い》でますまい。して、どういう進攻路をとられますか」

と、その口裡《くちうら》の虚実をうかがった。

孫権《そんけん》は、言下に、

「まず、総勢三十万を発し、居巣門《きょそうもん》から魏《ぎ》の合淝《がっぴ》、彩城《さいじょう》を取る。また陸遜《りくそん》、諸葛瑾《しょかつきん》らに江《こう》夏《か》、沔口《べんこう》を撃たせて襄陽《じょうよう》へ突入させ、孫韶《そんしょう》、張承《ちょうしょう》などを広陵《こうりょう》地方から淮陽《わいよう》へ進ませるであろう」

と、平常の怠りない用意をほのめかして掌《たなごころ》を指すように語った。

酒宴となって、くつろいだ時である。今度は孫権《そんけん》が費禕《ひい》へたずねた。

「いま、孔明《こうめい》の側にいて、功労を記し、兵糧その他の軍政を扶《たす》けている者は誰だな？」

「長史《ちょうし》の楊儀《ようぎ》であります」

「つねに先鋒《せんぽう》に当《あた》る勇将では」

「まず、魏延《ぎえん》でしょうか」

「内は楊儀《ようぎ》、外は魏延《ぎえん》か。ははは」

と、孫権《そんけん》は意味ありげに打ち笑って、

「自分はまだ、楊儀《ようぎ》、魏延《ぎえん》の人物は見ていないが、多年の行状で聞き知る所、いずれも蜀《しょく》を負うほどな人物ではなさそうだ。どうして孔明《こうめい》ほどな人が、そんな小人輩《しょうじんばら》を用いているのか」

費禕《ひい》はことばもなく、その場はよいほどにまぎらわしたが、後、祁山《きざん》に帰って、復命したあとで、これをそのまま孔明《こうめい》に語ると、孔明《こうめい》は嘆息して、

「さすがに孫権《そんけん》も具眼《ぐがん》の士である。いかに良く見せようとしても天下の眼はあざむかれないものだ。魏延《ぎえん》、楊儀《ようぎ》の小さいことは、われ疾《と》くに知るも、呉《ご》の主君までが観抜《ひぬ》いていようとは思わなかった」

と、なお独り託《かこ》っていた。

木牛流馬《もくぎゅうりゅうば》

一

「それがしは、魏《ぎ》の部将鄭文《ていぶん》という者です。丞相《じょうしょう》に謁《えっ》してお願いしたいことがある」

ある日、蜀《しょく》の陣へ来て、こういう者があった。

孔明《こうめい》が対面して、

「何事か」

と、質《ただ》すと、鄭文《ていぶん》は拝伏して、

「降参を容《い》れていただきたい」と、剣を解いて差し出した。

理由を問うと、鄭文《ていぶん》は、

「それがしは、もとから魏《ぎ》の偏将軍《へんしょうぐん》でした。然《しか》るに、司馬懿《しばい》の催しに応じて、参軍してから後は、自分より後輩の秦朗《しんろう》という者を重用して、それがしを軽んじるのみか、軍功を依怙贔屓《えこひいき》になし、あまっさえそれがしが不平を洩《も》らしたと称して、殺さんとする気振りすらあるのです。犬死《いぬじに》せんよりはと、丞相《じょうしょう》の高徳を慕って降伏にきた次第です。お用い下されば、この恨みを報ぜんためにも、きっと蜀《しょく》のために忠を尽《つく》しましょう」と、述べた。

すると、祁山《きざん》の下の野に、一騎の魏将《ぎしょう》が、鄭文《ていぶん》を追ってきて、鄭文《ていぶん》を渡せと、しきりに喚《わめ》いていると、営外の物見が報《し》らせてきた。

「誰か汝を追ってきたというが、汝に覚えのある者か」

孔明《こうめい》が訊《き》くと、

「それこそ、それがしのことを、つねに司馬懿《しばい》に讒《ざん》している秦朗《しんろう》でしょう。司馬懿《しばい》にいいつけられて、追手《おって》に来たものでございましょう」

と、鄭文《ていぶん》は急にそわそわしだした。

「汝とその秦朗《しんろう》とは、いずれが武勇が上か。司馬懿《しばい》が秦朗《しんろう》を重用するというのは、汝の武勇が彼より劣るためではないか」

「そんなことはありません。断じて秦朗《しんろう》ごときに劣るそれがしではない」

「もし汝の武勇が秦朗《しんろう》に勝るものならば、司馬懿《しばい》は讒者《ざんしゃ》の言に過《あやま》られたもので曲《きょく》は彼にありといってよい。同時に、汝の言も信ずるに足りよう」

「そうです。その通りです」

「では、すぐ馬をとばして、秦朗《しんろう》と一騎打ちを遂《と》げ、その首をこれへ持ってこい。然《しか》る後、降《こう》を容《い》れ、重き位置を与えよう」

「お易《やす》いこと。丞相《じょうしょう》も見て下さい」

鄭文《ていぶん》は、馬をとばして、野へ駈《か》け下《お》りた。

そこに待っていた魏《ぎ》の一将は、

「やあ、裏切者め。わが馬を盗んで、蜀《しょく》陣へ逃げ込むとは、呆《あき》れ返《かえ》った恥知らず、司馬懿《しばい》大都督《だいととく》の命に依《よ》って誅殺《ちゅうさつ》を下す。わが刃《やいば》をうけよ」

大音にいって、鄭文《ていぶん》へ斬《き》ってかかった様子に見えたが、まるで腕がちがうとみえて、からみ合ったかと思うとたちまち鄭文《ていぶん》のために返討《かえりう》ちにされていた。

鄭文《ていぶん》はその首を掻《か》っ切《き》ってふたたび孔明《こうめい》の前へ戻ってきた。孔明《こうめい》はもう一度いいつけた。

「秦朗《しんろう》の屍《かばね》や衣裳《いしょう》も持ってこい」

鄭文《ていぶん》はまた駆け戻って、死骸《しがい》を揃《そろ》えた。孔明《こうめい》は篤《とく》と見ていたが、

「鄭文《ていぶん》の首を斬《き》れ」

と左右の武士へ命じた。

「あっ。な、なんで。――それがしを？」

と、鄭文《ていぶん》は首を抱えて絶叫した。孔明《こうめい》は、笑った。

「この屍《かばね》は、秦朗《しんろう》ではない。秦朗《しんろう》は予も前から見知っている。似ても似つかぬ下郎をもっ

て秦朗《しんろう》なりと欺《あざむ》いても、その計には乗らん。思うに、仲達《ちゅうたつ》が申しつけた偽計にちがいあるまい」

鄭文《ていぶん》は震いおそれて、その通りですと自白した。孔明《こうめい》は思案していた。そして何か思い直したように、

「鄭文《ていぶん》を檻車《かんしゃ》に入れておけ」と、しばらく斬《き》るのを見合わせた。

翌日。孔明《こうめい》は自分の書いた原文を示して、

「命が惜しくば、司馬懿《しばい》へ宛ててこの通りの書簡を書け」と、鄭文《ていぶん》へ筆紙を持たせた。

鄭文《ていぶん》は檻《おり》の中でその通りの書簡を書いた。これを持った蜀《しょく》の一兵は附近の住民に姿を変えて、魏《ぎ》の陣へまぎれ入った。そして、

「鄭文《ていぶん》という人から頼まれて来た者ですが」

と、司馬懿《しばい》の側臣に手渡した。

司馬懿仲達《しばいちゅうたつ》は、書簡を熟視した。筆蹟《ひっせき》は鄭文《ていぶん》にまぎれない。彼はいたく歓《よろこ》んだ様子で、使いの男に酒食を与え、誰にも洩《も》らすなと口止めして帰した。

二

鄭文《ていぶん》の書簡には、

――明夜、祁山《きざん》の火を合図に、都督《ととく》みずから大軍をひきいて攻め懸《かか》り給《たま》え。孔明《こうめい》不覚にもそれがしの降伏を深く信じて、この身彼の中軍にあり。時を合わせて呼応一擱《いっかく》、孔明《こうめい》を擒人《とりこ》になさんこといま眼前に迫る。期してはずし給《たも》うな。

というような文意であった。

容易にひとの計略にはかからない司馬懿《しばい》も、自分の仕掛けた計略にはつい懸《かか》った。翌日一日、密々準備して、夜に入るや、渭水《いすい》の流れをそっと渉《わた》らんとした。

「父上にも似気《にげ》ないことを」

息子の司馬師《しばし》は父に諫《いさ》めた。一片の紙片を信じて、これまで自重していた戦機を、我から動かすなどということは、日頃の父上らしくもない軽忽《けいこつ》であると直言したのである。

「げにも」

と、司馬懿《しばい》は子の言を容《い》れて、急に、自分は後陣へまわり、べつな大将を先陣に配した。

その夜、宵のうちは、風清く、月明《つきあか》らかで、粛々《しゅくしゅく》たる夜行には都合が悪かったが、渭《い》水《すい》を渉る頃から、夜霧ふかく、空も黒雲にとざされて来たので、司馬懿《しばい》はかぎりなく歓《よろこ》んで、

「これ、天われを助くるもの」

と、人は枚《ばい》を啣《ふく》み、馬は口を勒《ろく》し、深く蜀《しょく》陣へ近づいた。

一方。この夜を期して、

「かならず司馬懿《しばい》を捕《とら》えん」

と、計りに計っていた孔明《こうめい》も、剣に仗《よ》り、壇に歩して昼は必勝の祈禱《きとう》をなし、夕べは血をそそいで諸将と決死の杯を酌み交わし、夜に入るや手分けを定めて、三軍、林のごとく待ちうけていた。

夜は更《ふ》けて、黒霧迷濛《こくむめいもう》たる頃、忽然《こつぜん》、堰《せき》を切られた怒濤《どとう》のごときものが、蜀《しょく》の中軍へなだれ入った。しかしそこの営内は空虚《うつろ》だった。魏《ぎ》勢は怪《あや》しみ疑って、

「敵の計に陥《お》ちるな」と、戒め合ったが、すでにそのとき魏《ぎ》勢は完全に出る道を失っていたのである。

鼓角《こかく》、鉄砲、喊《とき》の声は、瞬時の間に起《おこ》って、魏《ぎ》の先鋒《せんぽう》の大半を殲滅《せんめつ》した。その中には、魏将《ぎしょう》の秦朗《しんろう》も討死《うちじに》を遂《と》げていた。

司馬懿《しばい》は幸いにも後陣だったので、蜀《しょく》の包囲鉄環《てっかん》からは遁《のが》れていたが、残る兵力を救わんため、一《いっ》たんは強襲を試みて、彼の包囲を外から破らんとした。しかし、それも自軍の兵力をおびただしく損じたのみで、残る先鋒《せんぽう》軍の約一万も敵の中に見捨てて、引き退くしかなかった。

「かくの如《ごと》き平凡なる戦略にかかって、平凡なる敗北を喫したことはない」

めったに感情を激さない司馬懿《しばい》も、この時ばかりはよほど口惜しかったとみえて、退陣の途中も歯がみをした。

しかもその頃になると、空はふたたび晴れて、晃々《こうこう》たる月天に返り、一時の黒雲は夢かのように考えられた。で、生き残って帰る魏将士《ぎしょうし》の間には、誰いうとなく、「これは孔明《こうめい》が、八門遁甲《はちもんとんこう》の法を用いて、われらを黒霧のうちに誘い、また後には、六丁六甲《ろくちょうろっこう》の神通力を以《もっ》て、黒霧をはらい除いたせいである」

というような妖言《ようげん》を放って、しかも誰もそれを疑わなかった。

「ばかを申せ、彼も人、我も人。世に鬼神などあるべきでない」

司馬懿《しばい》は陣中の迷信に弾圧を加え、厳しく妄言《もうげん》を戒めたが、孔明《こうめい》は一種の神通力を持って、奇蹟《きせき》を行う者だという考えは牢固《ろうこ》として抜くべからざる一般の通念になってきた傾きすらあった。

魏《ぎ》の兵がこういう畏怖にとらわれだしたので、司馬懿《しばい》もその怯兵《きょうへい》を用いるのは骨であった。で、以後また、堅く要害を守り、一にも守備、二にも守備、ただこれ守るを第一として敢《あ》えて戦うことをしなかった。

その間に孔明《こうめい》は、渭水《いすい》の東方にあたる葫蘆谷《ころこく》に千人の兵を入れ、谷のうちで土木の工を起《おこ》させていた。この谷はふくべ形の盆地を抱いて、大山に囲まれ、一方に細い小道があるだけで、わずかに一騎一列が通れるに過ぎない程だった。

孔明《こうめい》も日々そこへ通って、何事か日夜、工匠《たくみ》の指図をしていた。

三

魏《ぎ》が、敢《あ》えて戦わず、長期を持している真意は、あきらかに蜀《しょく》軍の糧食涸渇《こかつ》を待つものであるはいうまでもない。

長史楊儀《ちょうしようぎ》は、その点を憂えて、しばしば、孔明《こうめい》に訴えていた。

「いま蜀《しょく》本国から運輸されて来た軍糧は、剣閣《けんかく》まで来て山と積まれている状態ですが、いかんせん剣閣《けんかく》から祁山《きざん》までは悪路と山岳続きで、牛馬も仆《たお》れ、車も潰《つい》え、輸送は少しもはかどりませぬ。この分ではたちまち兵糧に詰《つま》ってくると案じられますが」

建興《けんこう》九年の第二次祁山《きざん》出陣以来、第三次、第四次と戦《いくさ》を重ねるごとに、つねに蜀《しょく》軍の悩みとされていたのはこの兵糧と輸送の問題だった。

今や約三年の休戦に農を勧め、士を休め、かつて見ぬほどな大規模の兵力と装備を擁して、六度祁山《きざん》へ出た孔明《こうめい》が、その苦い経験をふたたびここに繰り返そうとは思われない。

「いや、そのことなら、近いうちに解決する。心配すな」

孔明《こうめい》は楊儀《ようぎ》に云《い》った。

その楊儀《ようぎ》を始め蜀軍《しょくぐん》の諸将は、やがて或《あ》る日、孔明《こうめい》に導かれて、葫蘆谷《ころこく》の内へ入ることを許された。

（ここ一ヵ月も前から何を工事しておられるのか？）と、前からいぶかっていた諸将は、その谷内がいつのまにか一大産業工場と化しているのを見てみな瞠目《どうもく》した。

何が製産されていたかといえば、孔明《こうめい》の考案にかかる「木牛《もくぎゅう》」「流馬《りゅうば》」とよぶ二種の輸送機であった。

これに似た怪獣形戦車は、かつて南蛮《なんばん》遠征のとき敵陣の前にならべられたことがある。今度発明のものは、それを糧運専用の輜重車《しちょうしゃ》に改造されたものといえる。そしてそれは第二次、第三次出兵の折にも少しは試用されたが、効果が少ないので、その後三年の休戦中に、孔明《こうめい》がさらに鋭意工夫を加え、ここに大量製産にかかる自信を持つに至った新兵器であった。

「動物の牛馬を使役すれば、牛馬の糧食を要し、舎屋《しゃおく》や人手間《ひとでま》がかかる上、斃死《へいし》、悪病に仆《たお》れるおそれもあるが、この木牛流馬《もくぎゅうりゅうば》なれば、大量の物を積んで、しかも食うことなく疲れることも知らない」

すでに無数に製造されていた実物を示して、孔明《こうめい》はその「分墨尺寸《ぶんぼくしゃくすん》」――つまり設計図についても、自身いろいろ説明を加えて、諸将へ話した。

一体木牛《もくぎゅう》流馬《りゅうば》とは、どんな構造の物かを考えるに、後代に伝わっている寸法や部分的な解説だけでは、概念を知るだけでも、かなり困難である。「漢晋春秋《かんしんしゅんじゅう》」「亮集《りょうしゅう》」「後主伝《こうしゅでん》」等に記載されている所を綜合《そうごう》してみると、大略、次の如《ごと》き構造と効用の物であることがほぼ推察される。

木牛《モクギュウ》トハ、四角ナル腹、曲《マガ》レル頭《カシラ》、四本ノ脚、屈折自在、機動シテ歩行ス。頭《カシラ》ハ頸《クビ》ノ中カラ出ル、多クヲ載《ノ》セ得《ウ》ルモ、速度ハ遅シ。大量運搬《ウンパン》ニ適シ、日常小事ノ便ニハ用イ難シ。一頭軽行スルトキハ一日数十里ヲ行クモ、群行スルトキハ二十里ニトドマル。

また、べつな書には——

曲《マガ》レルハ牛ノ頭《カシラ》トシ、双《ソウ》ナルハ牛ノ脚トシ、横ナルハ牛ノ頸《クビ》トシ、転ズルハ牛ノ背トシ、方《ホウ》ナルハ牛ノ腹トシ、立テルハ牛ノ角《ツノ》トシ、鞅《オウ》（胸ノ綱）鞦《シュウ》（尾ノ綱）備ワリ、軸、双、轅《エン》（ながえ）ヲ仰グ。人行六尺ヲ牛行相歩《ギュウコウアイホ》ス。人一年分ノ糧食ヲ載セテ一日行クコト二十里。人大イニ労セズ。

とも見える。

蜀《ショク》中ニ小車アリ。能《ヨ》ク八石《コク》ヲ載《ノ》セテ、一人ニテ推スヲ得ベシ。前ハ牛頭ノ如《ゴト》シ。マタ、大車アリ、四人ヲ用イテ、十石《コク》ヲ推載ス。蓋《ケダ》シ木牛流馬《モクギュウリュウバ》ニ倣《ナラ》エルモノカ。

これは「後山叢譚《ござんそうだん》」の誌《しる》している所であるが、もちろん後代の土俗運輸をそれに附説したものであることはいうまでもない。いずれにしてもその機動力の科学的構造は甚だ分明でないが、実用されて大効のあったことは疑われていない。

さて、この輜重機《しちょうき》が沢山《たくさん》に造られだすと、蜀《しょく》軍は右将軍高翔《こうしょう》を大将として、ぞくぞく木牛《もくぎゅう》流馬《りゅうば》隊《たい》をくり出し、剣閣《けんかく》から、祁山《きざん》へ、たちまち大量な兵糧の運輸が開始された。

蜀《しょく》兵はその量を眺めただけで、勇気百倍した。反対に、魏《ぎ》の持久作戦は、根本的にその意義を覆《くつがえ》さるるに至った。

ネジ

一

「張虎《ちょうこ》と楽綝《がくりん》か。早速見えて大儀だった。まあ、腰かけてくれ」

「懿都督《いととく》。何事ですか」

「ほかでもないが、近頃、敵の孔明《こうめい》がたくさんにつくらせたという木牛《もくぎゅう》流馬《りゅうば》なるものを、貴公らは見たか」

「いやまだ目撃しません」

「剣閣《けんかく》と祁山《きざん》の間で、盛んに輸送に用いているというじゃないか」

「そうだそうです」

「彼につくれる物なら、その構造を見れば、わが陣でもつくれぬことはない。ひとつ貴公らが協力して、斜谷《やこく》の道に兵を伏せ、敵の輸送隊を襲撃して、その木牛流馬《もくぎゅうりゅうば》とかいう器械を四、五台捕獲して来ぬか」

「承知しました。ご命令はそれだけですか」

「ほかに戦果を望まんでもよい。急に行ってくれ」

「お易《やす》いことです」

司馬懿《しばい》の中営を出た二将は、すぐ軽騎隊一軍と歩兵一千をつれて斜谷《やこく》へ赴いた。

三日ほど経《た》つと、楽綝《がくりん》、張虎《ちょうこ》は目的の輸送機を奪って帰ってきた。

司馬懿《しばい》はそれを解体してことごとく図面に写し取らせ、陣中の工匠《たくみ》を呼んで模造させた。

尺寸長短、機動性能、すこしも違わないものが製作された。で、これを基本に数千の工匠《たくみ》を集め、夜を日に継いで増産させたので、たちまち、魏《ぎ》にも数千台の木牛流馬《もくぎゅうりゅうば》が備わった。

孔明《こうめい》はこれを聞くと、むしろ歓《よろこ》んで、

「それはわが思うつぼである。近日のうちに、大量の兵糧が魏《ぎ》から蜀《しょく》へ贈り物にされて来よう」

と、いった。

七日ほど後、蜀《しょく》の斥候《せっこう》が、一報をもたらした。

千余輛《りょう》にのぼる敵の木牛 流馬《もくぎゅうりゅうば》が隴西《ろうせい》から莫大《ばくだい》な糧米を積んでくるというのである。

「仲達《ちゅうたつ》のなすことは、やはり、我が思うところを出ていないものであった」

孔明《こうめい》はすぐ王平《おうへい》を呼んだ。そしていうには、

「汝の持つ千騎の兵を、ことごとく魏《ぎ》の勢に変装させ、直ちに、北原《ほくげん》を通って隴西《ろうせい》の道すじへ向《むか》え。今から行けば、北原《ほくげん》へかかるのは、ちょうど夜中になろう。さしずめ、北原《ほくげん》を守る魏将《ぎしょう》が、何者の手勢ぞと、誰何《すいか》するにちがいない。その時は、魏《ぎ》の兵糧方の者と答えれば難なく通過できよう。――そして、魏《ぎ》の木牛 流馬《もくぎゅうりゅうば》隊《たい》を待ち伏せ、それを殲滅《せんめつ》して、ただ千余輛《りょう》の器械のみを曳《ひ》いて、ふたたび北原《ほくげん》へ引っ返せ。――北原《ほくげん》には、魏《ぎ》の大将郭淮《かくわい》の城もあることゆえ、今度は見のがさず邀撃《ようげき》して来るに相違ない」

これはなかなか困難な作戦である。せっかく、鹵獲《ろかく》した木牛 流馬《もくぎゅうりゅうば》が、この場合には、味方の足手まといになりはしまいか？　と王平《おうへい》が眉《まゆ》をひそめていると、孔明《こうめい》は、

「さて、その時は、木牛 流馬《もくぎゅうりゅうば》の口をひらき、舌に仕掛けてあるネジを回転して、皆そこへ捨て去ればよい。敵はそれを奪《と》りかえしたことによって、長追いもして来まい。――以後の作戦はなおべつの者に命じておくから」

と云《い》いふくめた。王平《おうへい》はそう聞くと充分確信を得たもののように出て行った。次に呼ばれたのは張嶷《ちょうぎ》であった。張嶷《ちょうぎ》に対しては、こういう奇策が授けられた。

「汝は、五百の兵をもって、六丁六甲《ろくちょうろっこう》の鬼神軍に仕立て兵にはみな鬼頭を冠《かぶ》らせ、面《おもて》を塗って妖《あや》しく彩《いろど》らせよ。そしておのおの黒衣素足《こくいすあし》、手に牙剣《がけん》をひっさげ旗を捧《さき》げ、腰には葫蘆《ころ》をかけて内に硫黄煙硝《いおうえんしょう》をつめこみ、山陰にかくれていて、郭淮《かくわい》の部下がわが王平《おうへい》軍を追いちらし、木牛 流馬《もくぎゅうりゅうば》を曳《ひ》いてかえらんとする刹那《せつな》に彼を襲え。必定《ひつじょう》敵は狼狽驚愕《ろうばいきょうがく》、すべてを捨てて逃げ去るにきまっている。で、その後に、全部の木牛 流馬《もくぎゅうりゅうば》の口腔《こうこう》のネジを左にまわし、わが祁山《きざん》へさして曳《ひ》いてこい」

次には、姜維《きょうい》と魏延《ぎえん》が、彼の前に呼ばれ、何事かまたべつな計をうけて去り、最後に馬岱《ばたい》、馬忠《ばちゅう》も一方の命令をうけて、これは渭水《いすい》の南のほうへ馳《か》け向《むか》った。

すでにその日も暮れ、北原《ばくげん》の彼方《かなた》、重畳《ちょうじょう》たる山々は、星の下に、黒々と更《ふ》けて行った。魏《ぎ》の鎮遠《ちんえん》将軍岑威《しんい》は、この夜、蜿蜒《えんえん》たる輜重隊《しちょうたい》を率いて、隴西《ろうせい》の方から谷をめぐり山をかけて、真夜中までには、北原《ほくげん》の城外まで行き着かんものと急いでいた。

すると、途中でいぶかしい一軍に出会った。蜀《しょく》の牙門《がもん》将軍王平隊《おうへいたい》なのである。けれどこの兵はみな魏《ぎ》勢に変装していたので、夜目ではちょっと判断がつかなかった。

二

岑威《しんい》の軍は怪《あや》しんで、まず大声でたずねた。

「そこへ来た部隊は、どこの何者の手勢か」と。

すると、王平《おうへい》の偽装隊は、なおのろく近づいてきながら、ようやくすぐ側へ来ると口々にいった。

「輸送方の者ですよ」

「輸送方とは即ちわれわれのことだ。汝らはどこの輸送方だ」

「きまっている。蜀《しょく》の諸葛丞 相《しょかつじょうしょう》の命をうけて運搬に来た者だ」

「何っ。蜀《しょく》勢だと？」

仰天して立ち直ったが、そのとき魚の泳ぐように馬をはやめて部隊の真ん中へ跳びこんで行った王平《おうへい》が、

「おれは蜀《しょく》の牙門王平《がもんおうへい》だ。岑威《しんい》の首と、木牛 流馬《もくぎゅうりゅうば》は残らず貰《もら》いうけたからそう思え」

と、ひときわ目立つ魏《ぎ》の大将へ斬《き》ってかかった。

彼が目がけた者は誤りなく敵将の岑威《しんい》だった。岑威《しんい》は狼狽《ろうばい》して全隊へ何か号令を下していたが、王平《おうへい》と聞いて、さらに胆《きも》をつぶし、得物《えもの》を揮《ふる》って抗戦したが、たちまち王平《おうへい》の一撃に遭って、馬上から斬《き》って落《おと》された。

不意であり、闇夜である。

ことに、戦闘力に弱点のある輜重隊《しちょうたい》なので、指揮官たる岑威《しんい》が討たれると、魏《ぎ》兵は四分五裂して、逃げ散った。王平《おうへい》はすぐ、「それっ。流馬《りゅうば》を曳《ひ》け、木牛《もくぎゅう》を推せ」と部下を督した。千余輛《りょう》の木牛《もくぎゅう》流馬《りゅうば》を分捕り、道を急いで、以前の北原《ほくげん》へ引っ返して行った。北原《ほくげん》は魏《ぎ》の一基地である。ここの塁壕《るいごう》を守る郭淮《かくわい》は、岑威《しんい》の手下が敗走してきたことによって急変を知り、兵を揃《そろ》えて、蜀《しょく》勢の帰る道を扼《やく》していた。

王平《おうへい》は、そこまで来ると、

「ネジをまわして逃げろ」と、予定の退却を命じた。

兵は一斉に、木牛《もくぎゅう》流馬《りゅうば》の口中にある螺旋《らせん》仕掛けのネジを右へ転じて逃げ去った。

郭淮《かくわい》は、兵糧の満載してある千余輛《りょう》のそれを奪回して、まずよしと、城塁へ曳《ひ》かせて帰ろうとしたが、もとより木牛《もくぎゅう》流馬《りゅうば》の構造や操作の法を知らないので、舌根のネジ仕掛けに気がつかず、ただ押してみたり曳《ひ》っぱっているので、いくらどう試みても 歩も動き出さないのであった。

「はて。これはどうしたものだろう?」と、ただ怪《あや》しみ疑っていると、たちまち一方の山陰から殷々《いんいん》たる鼓角《こかく》が鳴りひびき妖《あや》しげな扮装《いでたち》をした鬼神軍が飛ぶように馳《か》けてきた。

「すわやまた、孔明《こうめい》が神異《しんい》を現《あら》わしたぞ」

と、魏《ぎ》勢はそれを見るや慄《ふる》い恐《おそ》れて皆逃げくずれた。鬼形《きぎょう》の一軍はもとより蜀《しょく》の姜維《きょうい》、魏延《ぎえん》などで、ふたたび兵糧満載の木牛 流馬《もくぎゅうりゅうば》をことごとく手に収め、凱歌《がいか》をあげて祁山《きざん》へ曳《ひ》いて帰《かえ》った。

一方、渭水《いすい》の司馬懿《しばい》は、この急変を早打ちで知ると、

「安からぬことよ」と、急に軍勢を催して、自身救援に赴いた。

ところがその途中には、蜀《しょく》の廖化《りょうか》や張 翼《ちょうよく》などが、手具脛《てぐすね》ひいて待ち伏せていた。ためにその途中、彼の軍は手痛く不意を衝《つ》かれ、前後の旗本も散々に打ち滅ぼされてしまった。そして司馬懿《しばい》はついにただ一騎となってしまい、闇夜を鞭《むち》打って方角も見さだめず、無我《むが》夢中《むちゅう》で逃《に》げ奔《はし》っていた。

廖化《りょうか》が見つけた。

「天の与え。こよいこそ、司馬仲 達《しばちゅうたつ》の首はわが手の物」と揉《も》みに揉《も》んで追撃した。

司馬懿《しばい》は振り向いて、迫りくる敵影と、真っ先の廖化《りょうか》を見て、

「わが運の尽きは今か」と、身の毛をよだたせた。

すでに、廖化《りょうか》の剣は、彼のうしろに迫っていた。司馬懿《しばい》は目の前にある喬木《きょうぼく》の根をめぐって逃げた。それは十抱《とかか》えもある大木だった。

廖化《りょうか》も大木をめぐって追いまわした。司馬懿《しばい》の運が強かったものか、廖化《りょうか》が馬上から振り下ろした一刀は、相手の肩をはずれて、喬木《きょうぼく》の幹へ発矢《はっし》と切りこんでしまった。余りに勢いよく斬《き》り込《こ》んだので、廖化《りょうか》が、

「しまった」と、喚《わめ》きながら抜き戻そうとあせるうちに、司馬仲達《しばちゅうたつ》は乗れる馬に一撃加えて、遠くの闇の裡《うち》へ逃げ去った。

三

「残念」

廖化《りょうか》は地だんだを踏んだ。そしてようやく刀を抜きはずすと、再び、

「この機を逸《いっ》して、いつの日か仲達《ちゅうたつ》の首を見ん」

と、なお諦《あきら》めかねつ、その馬を乗りつぶすまで、司馬懿《しばい》の行方《ゆくえ》を追いかけた。

けれど、仲達《ちゅうたつ》の姿は、ついにまた見ることができなかった。

ただ、途中、林の岐《わか》れ途《みち》で、一個の盔《かぶと》を拾った。黄金《こがね》作りの美々《びび》しいもので、紛《まぎ》れもなく敵の大都督《だいとどく》の戦冠《せんかん》である。

「さては、東へさして、落ちたな――」と、廖化《りょうか》は部下を糾合《きゅうごう》して、直ちに、その方角を追撃させ、自身も東の道へ向《むか》って行ってしまったが、いずくんぞ知らん仲達《ちゅうたつ》が逃げて行ったのは、反対の西の道だったのである。

これは仲達《ちゅうたつ》がわざと落《おと》して行ったもので、とうとうまたなきこの機会を空しく取り逃がしてしまったのは、彼のためにも、蜀《しょく》軍のためにも、実に惜しいことをしたものというほかはない。

反対に、魏《ぎ》にとっては、この小さな一機智《きち》が、実に大きな倖《しあわ》せだったといえる。もしこの時、廖化《りょうか》が仲達《ちゅうたつ》の機智《きち》を見破って、

(盔《かぶと》を、東の道へ落《おと》したのは、かえって、西の道こそ疑わしい)

となして、その方角へ、敵を追求して行ったとしたら、全戦局は一変して、後の蜀《しょく》も魏《ぎ》の歴史もまったくあのように遺《のこ》されて来なかったであろう。

しかし、歴史のあとを、大きく眺めるときは、いつの時代でも、いかなる場合にも、これを必然なる力と、人力を超えた或《あ》るものの力――いわゆる天運、または偶然とよぶようなものとの二つに大別できると思う。

魏《ぎ》国の国運というものや、仲達《ちゅうたつ》個人の運勢も強かったことは、このときの一事を見ても、何となく卜《ぼく》し得《う》るものがあった。それにひきかえて、蜀《しょく》の運気はとかく揮《ふる》わず、孔明《こうめい》の神

謀も、必殺の作戦も、些細なことからいつも喰《く》いちがって、大概の功は収め得ても、決定的な致命を魏《ぎ》に与え得なかったというのは、すでに人智人力以外の、何ものかの運行に依《よ》るものであるとしか考えられない。

さて、司馬懿《しばい》は、日頃、ふかく戒めながら、またも孔明《こうめい》の策略にかかって、おびただしい損傷を自軍にうけたが、

「これは、よくよく考えると、孔明《こうめい》の計に乗るというよりは、毎度、自分の心に惑って、自ら計を作っては、その計に乗っているようなものだ。孔明《こうめい》に致されまいとするなら、まず自分の心に変化や惑いを生じないように努めるに限る」と、まったく自戒の内に閉《と》じ籠《こも》って、ひたすら守勢を取り、鉄壁に鉄壁をかさねて、攻勢主義の敵に、手も足も出せないような策を立てた。

一面、蜀《しょく》軍のほうは、

「戦えばいつもこの通りだ」

と、非常に気勢を昂《あ》げていた。廖化《りょうか》は、持ち帰った仲達《ちゅうたつ》の盔《かぶと》を孔明《こうめい》に示して、

「かくの通り、彼が盔《かぶと》を捨てて逃げ惑うほど、追いつめ追いつめ、こッぴどく懲《こ》らしめてくれました」

と、大いに功を誇れば、姜維《きょうい》、張嶷《ちょうぎ》、王平《おうへい》なども、それぞれその夜の功を称えて、

「木牛流馬《もくぎゅうりゅうば》一千余車。それに積んだ糧米だけでも二万二、三千石は鹵獲《ろかく》いたしました。これで当分、軍糧は豊かです」と、各〻《おのおの》、勇《いさ》み矜《ほこ》らぬはなかった。

「そうか。よくこそ」と孔明《こうめい》は、それから各自の者へ向《むか》って、賞辞と宥《いたわ》りを惜しまなかった。けれど彼の心中には、拭いきれない一抹のさびしさがあった。

いまもしここの陣に、関羽《かんう》の如《ごと》きものがいたら、こんな小戦果を以《もっ》て、誇りとするのはおろか、到底、満足はしなかったろう。かえって、

（丞相《じょうしょう》からこれほどの神謀を授かりながら、肝腎《かんじん》な司馬懿《しばい》を取り逃がしたことは、なんとも無念であります、申し訳もありません）

慙愧叩頭《ざんきこうとう》して、その罪を詫《わ》びて止《や》まないに違いない。

（ああ、関羽《かんう》亡《な》し、張飛《ちょうひ》なし、また幾多の旧幕僚もいつか減じて、ようやく、蜀中《しょくちゅう》人はいなくなった）

口には出さないが、孔明《こうめい》の胸裡《きょうり》にある一点の寂寥《せきりょう》というのは実にそれであった。彼には科学的な創造力も尽きざる作戦構想もあった。それを以《もっ》て必勝の信ともしていたのである。けれど唯《ただ》、蜀《しょく》陣営の人材の欠乏だけは、いかんともこれを補うことができなかった。

豆《まめ》を蒔《ま》く

一

自国の苦しいときは敵国もまた自国と同じ程度に、或《ある》いはより以上、苦しい局面にあるという観察は、たいがいな場合まず過《あやま》りのないものである。

その前後、魏《ぎ》都洛陽《とらくよう》は、蜀《しょく》軍の内容よりは、もっと深刻な危局に立っていた。それは、蜀呉《しょくご》条約の発動による呉《ご》軍の北上だった。しかもそれはかつて見ないほど大規模な水陸軍であると伝えられたので、

「魏《ぎ》の安危はこのときにあり」となして、魏帝曹叡《ぎていそうえい》は急使を渭水《いすい》に派して、この際、万一にも、蜀《しょく》に乗ぜられるような事態を招いたら、それは決定的に魏《ぎ》全体の危殆《きたい》を意味する。いよいよ守るを主として、必ず自ら動いて戦うなかれ――と、司馬懿《しばい》へ厳命した。

一面、曹叡《そうえい》は、時局の重大性に鑑《かんが》みて、

「いまは坐《ざ》してこれが収拾を俟《ま》っていてよいような事態ではない。先帝の経営と幾多の苦

心に倣《なら》い、朕《ちん》も親しく三軍を率い、自ら陣頭に立って、呉《ご》を撃滅し尽《つく》さなければ止《や》まないであろう」

劉劭《りゅうしょう》を大将として、江夏《こうか》の方面へ急派し、田予《でんよ》に一大軍をさずけて襄陽《じょうよう》を救わせた。そして曹叡《そうえい》みずからは、満寵《まんちょう》そのほかの大将を従えて、合淝《がっぴ》の城へ進出した。

この防呉《ぼうご》作戦については、叡帝《えいてい》親征の事が決《きま》る前に、その廟議《びょうぎ》でも大いに議論のあった所であるが、結局、先帝以来、不敗の例となっている要路と作戦を踏襲《とうしゅう》することになったものである。

先陣に立った満寵《まんちょう》は、巣湖《そうこ》の辺まできて、はるか彼方《かなた》の岸を見ると、呉《ご》の兵船は、湖《こ》口《こう》の内外に、檣頭《しょうとう》の旗をひるがえして、林の如《ごと》く密集していた。

「ああ旺《さかん》なものだ。魏《ぎ》と蜀《しょく》は、ここ連年にわたって、祁山《きざん》と渭水《いすい》に、莫大《ばくだい》な国費と兵力を消耗してきているが、呉《ご》のみは独りほとんど無傷である。加うるに江南《こうなん》以東の富力を擁し、充分、両国の疲弊をうかがってこれへ大挙して来たものとすれば、これは容易なことでは撃攘《げきじょう》できまい」

いささか敵の陣容に気を呑《の》まれたかたちの満寵《まんちょう》は、大急ぎで駒を引っ返し、曹叡《そうえい》の前にもどってこの由《よし》を復命した。

曹叡《そうえい》はさすがに魏《ぎ》の君主だけあって大気《たいき》である。満寵《まんちょう》の言を聞くとむしろ笑って云《い》った。

「富家《ふうか》の猪《いのこ》は脂《あぶら》に肥え、見《こ》かけは強壮らしいが、山野の気性を失って、いつの間にか鈍重になっている。――我には、西境北辺に、連年戦《たたこ》うて、艱苦《かんく》の鍛《きた》えをうけた軽捷《けいしょう》の兵のみがある。何をか恐れん」

と、直ちに、諸将をあつめて、軍議をこらし、その結果、

（敵の備えなきを打つ）と、奇襲戦法をとることになった。

驍将《ぎょうしょう》張球《ちょうきゅう》は、もっとも壮な軽兵五千をひっさげて、湖口《ここう》より攻めかかり、背には沢《たく》山《さん》の投げ炬火《たいまつ》を負わせて行った。また満寵《まんちょう》も、同じく強兵五千を指揮し、その夜二更《にこう》、ふた手にわかれて、呉《ご》の水寨《すいさい》へ近づいた。

埠頭《ふとう》も、湖上も、波しずかに、月は白く、鴻《こう》の声しかしなかったが、やがて一時に、波《は》濤《とう》天を搏《う》ち、万雷一時に雲を裂くような喊声《かんせい》が捲《ま》き起《おこ》った。

「夜襲だ」

「魏《ぎ》勢が渡ってきた」

呉《ご》軍はあわてふためいた。曹叡《そうえい》が観破したとおり、彼は余りにその重厚な軍容のうちに安心していたのである。刀よ、物《もの》の具《ぐ》よ、櫓《ろ》よ櫂《かい》よ、と騒ぎ合ううちに、火雨のごとき投げ炬火《たいまつ》が、一船を焼きまた一船に燃えうつり、またたく間に、水上の船影幾百、大小を問わず、焔々《えんえん》と燃え狂わざるなき狂風熱水と化してしまった。

この手の呉《ご》の大将は諸葛瑾《しょかつきん》であった。赤壁《せきへき》以来、船団の火攻は、呉《ご》が奥の手としているものなのに、不覚にも、呉《ご》はこの序戦において、かく大失態を演じてしまったのである。一夜の損傷は、武具、兵糧、船舶、兵力にわたって、実に莫大《ばくだい》なものを失った。敗将諸葛《しょかつ》瑾《きん》は、ついに残る兵力を沔口《べんこう》まで退《ひ》いて、味方の後軍に救援を求め、魏《ぎ》軍は、「幸先《さいさき》よし」と、勇躍して、さらに次の作戦に向《む》かって、満を持していた。

二

蜀《しょく》の孔明《こうめい》、魏《ぎ》の仲達《ちゅうたつ》、これに比する者を呉《ご》に求めるなれば、それは陸遜《りくそん》であろう。

陸遜《りくそん》は、呉《ご》の総帥《そうすい》として、その中軍を荊州《けいしゅう》まで進めていたが、巣湖《そうこ》の諸葛瑾《しょかつきん》が大敗した報をうけて、「これはいかん――」と、早くも当初の作戦を一変して、新たな陣容を工夫していた。

魏《ぎ》の出撃が、予想以上迅速で、かつその反抗力の旺盛なことも、彼のやや意外としたところであった。

「連年あれほど滑水《いすい》で、軍需兵力を消耗していながら、なおこれだけの余力を保有しておるか」

と、底知れない魏《ぎ》の国力に、今さらながら愕《おどろ》いた。

「序戦に敗れたのは、諸葛瑾《しょかつきん》の科《とが》というよりは、むしろ呉人《ご》の魏国《ぎこく》認識が足らなかったものといえる」

陸遜《りくそん》は、表《ひょう》を以《もっ》て、呉帝《ごてい》に奏した。それは今、新城《しんじょう》へ攻めかかっている味方をして、魏《ぎ》軍のうしろへ迂回《うかい》させ、敵曹叡《そうえい》の本軍を、大きな包囲環のうちに取り囲もうという秘策だった。

初め、陸遜《りくそん》も諸葛瑾《しょかつきん》も、魏《ぎ》の主力は、おそらく新城《しんじょう》の急に釣られて、その方面へ全力を向けるだろうと思っていたのである。この予想はずれが、巣湖《そうこ》の一敗となり、陸遜《りくそん》の作戦変更を余儀なくしてきた一因でもある。

ところが、どうしたことか、この第二段の新作戦も、その機密が、敵側へ洩《も》れてしまった。

諸葛瑾《しょかつきん》は、沔口《べんこう》の陣地から陸遜《りくそん》へ書翰《しょかん》を送って、

「いま、味方の士気は弱く、反対に、魏《ぎ》軍の気勢は、日々強く、勢い侮りがたいものがある。かてて加えて、士気のみだれより、とかく軍機も敵側へ漏れ、事態、憂慮にたえぬものがある。ここは一応本国へ引き上げて、さらに陣容をあらため、時をうかがって、北上せられては如何《いかが》」

と、半ば困憊《こんぱい》を訴え、半ば自己の意見を献言して来た。

陸遜《りくそん》は、使いの者に、

「諸葛瑾《しょかつきん》に伝えるがいい。余りに心を労さぬがよいと。そのうちおのずからわれに計もあれば」

といった。

しかし、それだけの伝言では、諸葛瑾《しょかつきん》はなお安んじきれない。使いの者にいろいろ訊《たず》ねた。

「陸都督《りくととく》の陣地では、軍紀正しく、進撃の備えをしておるのか」

「いや、申しては恐れありますが、軍紀ははなはだみだれ、上下怠《おこた》りすさんで、用心の態《てい》すら見えません」

「はて、進まず、防がず、いったい如何《いか》なる思《おぼ》し召《めし》だろう」

正直な瑾《きん》は、いよいよ不安を抱いて、次には、自身出かけて陸遜《りくそん》へ会いに行った。見るとなるほど、諸軍の兵は、陣外を耕《たがや》して、豆など蒔《ま》いているし、当の陸遜《りくそん》は、轅門《えんもん》のほとりで、諸大将と碁《ご》を囲んでいた。

「これは平和な風景だ」

瑾《きん》はいささかあきれた。そして夜宴のあとで、陸遜《りくそん》と二人きりになったとき、切に、味方の態勢と、魏《ぎ》の勢いとを比較して、彼の善処を促した。

「いや、仰せの通りだ」

陸遜《りくそん》は率直に彼のいうことを認めた。そして、

「自分もここは一度退《ひ》くべきときと考えているが、退軍万全を要する。急に退《ひ》くときは、魏《ぎ》はこの機会に呉楚《ごそ》を呑《の》まんと、大追撃を起《おこ》して来るかも知れない。……さればとて、積極的に出ようとしたわが秘策は敵に漏れたゆえ、曹叡《そうえい》を包囲中に捕《とら》える手段も今は行われない」

と、飾り気なく語った。

しかし囲碁《いご》に閑日《かんじつ》を消していることも、兵に豆を蒔《ま》かせていることも、勿論《もちろん》、彼が魏《ぎ》をあざむく偽態であったことはいうまでもなく、魏《ぎ》は、それをうかがって、陸遜《りくそん》軍がなお年を越えるまで、この地方に長陣を決意しているものと観察していたところ、やがて、諸葛《しょかつ》瑾《きん》が沔口《べんこう》に立ち帰ると間もなく、彼の水陸軍も、陸遜《りくそん》の中軍も、一夜のうちに、長江《ちょうこう》の下流へ急流の如《ごと》く引揚《ひきあ》げてしまった。

「陸遜《りくそん》はまことに呉《ご》の孫子《そんし》だ」

あとでそれを知った魏帝曹叡《ぎていそうえい》は舌を巻いて賞《ほ》めた。魏《ぎ》はさらに、後続軍の新鋭を加えて、呉《ご》の脆弱面《ぜいじゃくめん》を徹底的に破砕すべく二次作戦を計っていたところだったのである。瞬前に、網からそれた鳥群を見送るように、曹叡《そうえい》は残念に思い、またその敏捷《びんしょう》な退軍ぶりを、敵

ながら鮮やかなり、と嘆賞したのであった。

七《しち》盞《さん》燈《とう》

一

呉《ご》は、たちまち出て、たちまち退《ひ》いた。呉《ご》の総退却は、呉《ご》の弱さではなく、呉《ご》の国策であったといってよい。

なぜならば、呉《ご》は、自国が積極的に戦争へ突入する意志をもともと持っていないのである。蜀《しょく》をして魏《ぎ》の頸《くび》を咬《か》ませ、魏《ぎ》をして蜀《しょく》の喉《のど》に爪を立たせ、両方の疲れを見くらべていた。

しかも、蜀呉《しょくご》条約というものがあるので、蜀《しょく》から要請されると無碍《むげ》に出兵を拒むこともできない。――で、出兵はするが、魏《ぎ》へ当《あた》ってみて、

「これはまだ侮《あなど》れぬ余力がある――」と観《み》たので、陸遜《りくそん》は、巣湖《そうこ》へ捨てた損害の如《ごと》きはな

お安価なものであるとして、さっさと引揚《ひきあ》げてしまったものであった。

それにひきかえて蜀《しょく》の立場は絶対的である。小安《しょうあん》をむさぼって守るを国是《こくぜ》となさんか、たちまち、魏呉《ぎご》両国は慾望《よくぼう》を相結んで、この好餌《こうじ》を二分して頒《わか》たんと攻めかかって来るや必せりである。

坐《ざ》して亡《ほろ》ぶを俟《ま》たんよりはと、出《い》でて蜀《しょく》の活路を求めんとせんか、それは孔明《こうめい》の唱える大義名分と現下の作戦以外には、絶対にほかに道はないのだった。

かくて祁山《きざん》、渭水《いすい》の対陣は、蜀《しょく》の存亡にとっても、孔明《こうめい》一身にとっても今は宿命的な決戦場となった。ここを退《ひ》いて蜀《しょく》の生きる道はない生命線であったのである。

近頃、魏《ぎ》の陣営は、洛陽《らくよう》の厳命に依《よ》って、まったく守備一方に傾き——、みだりに敵を刺戟《しげき》し、令なく戦線を越ゆる者は斬《き》らん。
という厳戒まで諸陣地へ布令《ふれ》ていた。
うごかざるを討つは至難である。孔明《こうめい》も計のほどこしようがなかった。
しかし彼は無為にとどまっていなかった。その間に、食糧問題の解決と、占領地の宣撫《せんぶ》にかかった。

屯田兵《とんでんへい》制度をつくり、兵をして田を作らせ、放牧に努めさせた。けれどその屯田兵《とんでんへい》は、すべて魏《ぎ》の百姓に立ちまじって、百姓の援《たす》けをなすものということを原則として、収穫は、百姓がまず三分の二を取り、軍はその一を取るという規則であった。
一、法規以上を追求して、百姓に苛酷なる者。
一、私権を振舞《ふるま》い、百姓の怨嗟《えんさ》をかい、田に怠りの雑草をはやす者。
一、総じて、軍農のあいだに、不和を醸《かも》す者はこれを斬《き》る。
この三章の下に、魏《ぎ》農と蜀《しょく》兵の協和共営が土に生《うま》れだした。ひとつ田に、兵と百姓とは脛《すね》を埋《うず》めて苗《なえ》を植えた。働く蜀《しょく》兵の背中に負われている嬰《あか》ン坊《ぼう》を見ると、それは魏《ぎ》の百姓の子であった。畦《あぜ》や畑や開墾地で、共に糧を喰《く》い湯を沸かして兵農一家の如《ごと》く、睦《むつ》み合《あ》っている団欒《だんらん》も見られた。随処《ずいしょ》にこうしたほほ笑《え》ましい風景が稲や麦の穂と共に成長してきた。

「近頃、祁山《きざん》のあたりでは、みな業を楽しんでいるそうだよ」

各地へ逃散していた百姓は、孔明《こうめい》の徳を伝え聞いて、続々、この地方へ帰ってきた。

こういう状況をつぶさに見てきた司馬懿《しばい》の長男の司馬師《しばし》は、或《あ》る日、父の籠居《ろうきょ》している営中の一房をのぞいて、

「おいでですか」と、入ってきた。

仲達《ちゅうたつ》は、読みかけていた書物を几《き》に置いて、息子の顔を仰いだ。

「おう師《し》か。四、五日見えなかったが、風邪《かぜ》でもひいたか」

「父上。ここは戦場でしょう」

「そうじゃったな」

「風邪ぐらいで寝込んでいられる今日でもなし場所でもありません。――土民に変装して、敵地の状況を視察して来たのです」

「それはよいことをした。どうだな、蜀《しょく》勢の情況は」

「孔明《こうめい》は長久の策をたてています。魏《ぎ》の百姓はみな家に帰り、蜀《しょく》兵と睦《むつ》み合《お》うて、共に田を作っております。要するに、渭水《いすい》から向《むこ》うの地方は日々、蜀《しょく》の国土となりつつある実状。父上もそれはご存じでしょう。一体、なぜ魏《ぎ》軍はこれ程の大軍を擁しながら、空しく戦わずにいるのですか。私には解《げ》せません。……きょうはそれをお伺いにきたわけです」

若い司馬師《しばし》は、こうつめ寄って、戦場では父子《おやこ》の妥協もゆるされないというような顔いろを示した。

二

「いや、わしも思わぬことではないが……。如何《いかん》せん、固く守って攻めるなかれ、という洛陽《らくよう》の勅命じゃ。勅に背《そむ》くわけにゆかん」

司馬懿《しばい》が苦しげに言い訳するのを、息子の司馬師《しばし》はくすぐったいような微苦笑に受けて、

「しかし父上。麾下《きか》の将士は皆、さようには解しておりませんよ。洛陽《らくよう》の指令はいつでも保守的な安全主義ときまっておるのですからな」

「ではなんと解しておるか」

「やはり大都督《だいととく》たる父上自身が孔明《こうめい》に圧倒されて、手も足も出せない恰好《かっこう》になったものだと思っておりましょう」

「それも事実じゃ。わが智謀はとうてい、孔明《こうめい》に及ばん」

「智ある者は智を用い、智なき者は力を使う——とかいうではありませんか。魏《ぎ》軍百万は蜀《しょく》軍に約三倍する兵力です。この大兵と装備と地利を擁しながら、日々呻吟籠居《しんぎんろうきょ》して、将士を倦《う》み怒らせているのは一体如何《いか》なるお心なので——」

「勝算がない。いかに心を砕いても、孔明《こうめい》に勝ち得る虚が見出《みいだ》せんのじゃ。正直、今のところ、わしは唯《ただ》、負けぬことに努めるだけで精いっぱいだ」

「ははあ。父上もすこしご疲労気味とみえますな」

司馬師《しばし》もそれ以上は、父の懊悩《おうのう》を見る気になれない。胸中の不満は少しも減じなかったが、やむなくそのまま引きさがった。

それから数日の後である。陣前の兵が何かわいわい騒いでいる。河岸の斥候《ものみ》が何事か報《し》らせて来たらしく、将士が陣を出て一方を眺めていた。

「何を見ているのか」

司馬師《しばし》も行って見た。なるほど、渭水《いすい》の向う岸《むこぎし》に、一群の蜀兵《しょくへい》が此方《こなた》へ向《むか》って何事か喚《わめ》いている。大勢の真ん中に、旗竿《はたざお》をさしあげているのだ。竿《さお》の先には、燦爛《さんらん》たる黄金の盔《かぶと》をさし懸け、それを振《ふ》り廻《まわ》して、児戯《じぎ》の如《ごと》く、悪口《あっこう》を吐いているものもあった。

「魏《ぎ》の勢ども。これは何か知っておるか」

「汝らの都督《ととく》、司馬《しば》仲達《ちゅうたつ》の盔《かぶと》であるぞ。先頃の敗北に、途《みち》に取《と》り落《おと》して、命からがら逃げおったざまの悪さといったらない」

「口惜しくば、鼓《こ》を鳴らして取り返しに来い」

「いや、来られまい、腰抜け都督《ととく》の手下どもでは」

曝《さら》し物《もの》の盔《かぶと》を打ち振り、手を打《う》ち叩《たた》いて動揺《どよ》めき笑う。

司馬師《しばし》は歯がみをした。諸将も地だんだ踏んで、営中へ帰るや否《いな》、司馬懿《しばい》の所へ押しかけた。そして蜀《しょく》兵の悪口雑言《あっこうぞうごん》を告げて、早々一戦を催し、敵を打《う》ち懲《こ》らさんと口々に迫った。

司馬懿《しばい》は笑っているだけだった。そして呟《つぶや》くようにいう。

「聖賢の言を思い出すがよい。――小サキヲ忍《シノ》バザル時ハ大謀《タイボウ》モ乱ル――とある。いまは守るを上計とするのだ。血気の勇を恃《たの》んではいけない」

かくの如《ごと》く彼は動かず逸《はや》らずまた乗じられなかった。これには蜀《しょく》軍もほとほとあぐねたらしく見える。慢罵《まんば》挑発の策もそのうちに止《や》めてしまった。

ここ数ヵ月、葫蘆《ころ》谷《こく》に入って、孔明《こうめい》の設計にかかる寨《さい》、木柵《もくさく》などの構築に当《あた》っていた馬《ば》岱《たい》は、ようやく既定工事の完了を遂《と》げたとみえて、孔明《こうめい》の許《もと》へその報告に来ていた。

「おいいつけの通り、谷のうちには数条の塹壕《ざんごう》を掘り、寨《さい》の諸所には柴《しば》を積み、硫黄煙《いおうえん》硝《しょう》を彼方此方《あちらこちら》にかくし、地雷を埋め、火を引く薬線は谷のうちから四山《しざん》の上まで縦横に張りめぐらして、目には見えぬように充分注意しておきました」

「そうか。すべて予が渡しておいた設計図に違いはあるまいな」

「遺漏《いろう》はございませぬ」

「よし。司馬懿《しばい》を引き入れて百雷の火を馳走《ちそう》せん。汝は、葫蘆《ころ》谷《こく》のうしろの細道を切りひらいて隠れ、司馬懿《しばい》が魏延《ぎえん》を追うて、谷間へ馳《か》け入《い》ったとき、伏勢を廻《まわ》して、前なる谷の口を封鎖せい。ひとたび、一火を投じれば、万山千谷、みな火となって震《ふる》い崩《くず》れ、司馬懿《しばい》全軍、地底のものとなるであろう」

三

馬《ば》岱《たい》が退出すると、次に魏延《ぎえん》を呼び入れ、また高翔《こうしょう》を招いて、何事か秘議し、そして命を授けては、各方面へさし向けるなど、孔明《こうめい》の帷幕《いばく》には、ようやく、活潑《かっぱつ》な動きが見られた。

のみならず孔明《こうめい》の容子《ようす》には、

(このたびこそ、司馬懿《しばい》を必殺の地へ引き入れて、一挙に年来の中原制覇《ちゅうげんせいは》を達成しなければならぬ)とする非常な決意がその眉《まゆ》にもあらわれていた。

彼はようやく年は五十四。加うるにその痩身《そうしん》は生来決して頑健ではない。かつまた、蜀《しょく》の内部にも、これ以上、勝敗の遷延《せんえん》を無限の対峙《たいじ》にまかせておけない事情もある。盤《ばん》石《じゃく》のごとく動かない魏《ぎ》軍に対して、孔明《こうめい》がここにやや焦躁《しょうそう》の気に駆られていたことは否《いな》めない事実であったろう。

やがて、彼自身も一軍を編制して、自ら葫蘆谷《ころこく》方面へ向《むか》った。移動するに先だって、彼は残余の大軍にたいして、

「各位は、心を一つにして、ただよくこの祁山《きざん》を守れ。そして、司馬懿《しばい》の麾下《きか》が攻めてきたときは、大いに詐《いつわ》り敗れ、司馬懿《しばい》自身が襲《よ》せてきたと見たら、力闘抗戦して、その間隙《かんげき》を測り、渭水《いすい》の敵陣へ迂回《うかい》して、かえって敵の本拠を衝《つ》け」

こう訓示したのち、仔細《しさい》に作戦を指令して去った。そして彼は、その本陣を葫蘆谷《ころこく》の近くに移したのであるが、そこで布陣を終《お》わると、谷の後ろへ廻《まわ》れと、さきに急派しておいた

馬岱《ばたい》を再び呼んで、こういう秘命をさずけた。

「やがて戦端が開かれたら、谷を囲む南の一峰に、昼は七星旗を立て、夜は七盞《しちさん》の燈火《ともしび》を明々《あかあか》と掲げよ、司馬懿《しばい》を引き入れる秘策ゆえ、切に怠らぬようにいたせ。汝の忠義を知ればこそ、かかる大役も申しつけるのだ。我が信を過《あやま》たすなよ」

馬岱《ばたい》は感激して帰った。

魏《ぎ》軍は、これらの蜀《しょく》陣のうごきを、見のがしはしなかった。

夏侯恵《かこうけい》、夏侯和《かこうわ》の二人は、さっそく司馬懿《しばい》を説いていた。

「ぜひ、われら両名を、出撃させて下さい。今ならば、蜀《しょく》陣の弱点をついて、彼の根拠を粉砕し得る自信があります」

「どうして？　……」と、相かわらず仲達《ちゅうたつ》は気乗り薄な顔つきである。

「しびれを切らして、蜀《しょく》の陣地は、意味なき兵力の分散を行っています」

「あははは。それは計だよ」

「都督《ととく》はどうしてそのように、孔明《こうめい》を恐れるのですか」

「怖《おそ》るべき者には怖《おそ》れる。わしはそれをべつに恥《はず》かしいとは思わん」

「しかし、天与の機会も見過《みすご》してのべつ引《ひ》き籠《こも》っておられては、そのお言葉の深さもご信念も疑わずにいられません」

「今が、それ程、絶好な機会だろうか」

「もちろんです。蜀《しょく》軍が葫蘆《ころ》の天嶮《てんけん》に、久しい間、土木を起《おこ》していたのは、不洛の大基地を構築するためであったに違いない。また、蜀《しょく》兵が祁山《きざん》を中心に、広く田を耕し、撫民《ぶみん》と農産に努めていたのは、自給自足の目的でなくて何でしょう。その自給と長久策が、今や完成しかけたので、孔明《こうめい》もその拠地を、徐々《じょじょ》祁山《きざん》から移し始めたものに違いないのです」

「ム。なるほど」

「人工と天嶮《てんけん》で固めた葫蘆《ころ》盆地へ移陣し、食糧にも困らなくなった後は、もう再び彼を撃とうとしても到底、不可能でしょう。祁山《きざん》を以《もっ》て、前衛陣地とし、葫蘆《ころ》を以《もっ》て、鉄壁の城寨《じょうさい》となした上は……」

「君たちは、予の側におれ。べつな者を向けてみよう」

司馬仲達《しばちゅうたつ》は、急にそういって、夏侯覇《かこうは》、夏侯威《かこうい》の二将を呼んだ。そして兵一万を、ふた手に分け、蜀《しょく》陣へ向《むか》えと、攻撃を命じた。

二将は、電撃的に、祁山《きざん》へ進撃した。しかし、その途中で、蜀《しょく》の高翔《こうしょう》が率いる輸送隊にぶつかったので、戦いは、曠野《こうや》の遭遇戦に始まった。そして魏《ぎ》軍は多くの木牛《もくぎゅう》流馬《りゅうば》と蜀《しょく》兵の捨てて逃げた馬具、金鼓《きんこ》、旗さし物などを沢山《たくさん》に鹵獲《ろかく》したのち、凱歌《がいか》賑やかに帰ってきた。

水火《すいか》

一

魏《ぎ》軍の一部は、次の日も出撃を試みた。その日も若干の戦果を挙げた。

以来、機をうかがっては、出撃を敢行《かんこう》するたびに、諸将それぞれ功《てがら》を獲《え》た。その多くは、葫蘆《ころ》の口へ兵糧を運んでゆく蜀《しょく》勢を襲撃したもので、糧米、輸車、そのほかの鹵獲《ろかく》は、魏《ぎ》の陣門に山積され、捕虜は毎日、珠数《じゅず》つなぎになって送られて来た。

「捕虜はみな放して返せ。かかる士卒を殺したところで、戦力を失う敵ではない。むしろ放ち返して、魏《ぎ》の仁慈を蜀《しょく》軍のうちに云《い》い触《ふ》らしめたほうがよい」

司馬懿《しばい》は惜し気なく捕虜を解いて放した。ここ久しく合戦もなく、長陣に倦《う》み、功名に渇していた魏《ぎ》の諸将は、われもわれもと司馬懿《しばい》のゆるしを仰いで戦場へ飛び出した。そしておのおの功を競い、またかならず勝って帰った。そういう連戦連勝の日が約二十日余りもつづいた。

「――出て戦えば、勝たぬ日はない」

近頃では、それが魏《ぎ》の将士の通念になっていた。実際、往年のおもかげもないほど蜀兵《しょく》は弱くなっている。要するに、この原因は多くの兵を農産や土木や撫民《ぶみん》に用い過ぎた結果、軍そのものの本質が低下したにちがいない。また陣地移動による兵力分散も、弱体化の因をなしているものであろう――と魏《ぎ》軍では観《み》ていた。

この観測は、いつのまにか、司馬仲達《しばちゅうたつ》の胸にも、合理化されていた。仲達《ちゅうたつ》がこの頃、甚だ心楽しげでいる容子《ようす》を見ても、それと察せられるのである。

「戦況は有利に展《ひら》けてきた」

彼は、或《あ》る日、捕虜の中に、蜀《しょく》の一部将がいるのを見て、自身調べた結果、心から左右にそう語っていた。

その虜将《りょしょう》の口述によって、孔明《こうめい》のいまいる陣地も明確になった。

葫蘆谷《ころこく》の西方十里ばかりの地点にいて、目下、谷の城寨《じょうさい》の内へ数年間を支えるに足る大量な食糧を運び込ませているわけであるという。

「量るに、祁山《きざん》には、孔明《こうめい》以外の諸将が、わずかに守っているに過ぎまい」

彼は遂に戦いの主動性を握って自身奮《ふる》い起《た》った。祁山《きざん》総攻撃の電命は久しく閉じたる帷幕《いばく》から物々《ものもの》しく発せられたのである。

時に息子の司馬師《しばし》が父の床几《しょうぎ》へ向《むか》って云《い》った。

「なぜ孔明《こうめい》のいる葫蘆《ころ》を攻めずに、祁山《きざん》を攻めるのですか」

「祁山《きざん》は蜀《しょく》勢の根本だ」

「しかし孔明《こうめい》は蜀《しょく》全体の生命ともいえましょう」

「――だから大挙して祁山《きざん》を襲い、わしは後陣として続くが、実は、不意に転じて、葫蘆《ころ》谷《こく》を急襲し、孔明《こうめい》の陣を蹴《け》やぶり、谷中に蓄《たくわ》えている彼の兵糧を焼き払う考えなのじゃ。兵機は密なる上にも密を要す。余りに問うな」

「さすがはお父上」と、息子達はみな服して、父の計をたたえた。司馬懿《しばい》はまた張虎《ちょうこ》、楽《がく》綝《りん》などを呼んで、

「自分は、後陣としてゆくが、汝らはなお我が後から続いてこい。なお硫黄煙硝《いおうえんしょう》を充分に携えて来るように」といいつけた。

孔明《こうめい》は日々、葫蘆《ころ》の谷口に近い一高地に立って、遥かに、渭水《いすい》と祁山《きざん》の間を見ていた。約一ヵ月近くも、彼は味方の敗け戦《まいくさ》のみを眺めていたわけである。

その危険なる中間地帯を高翔《こうしょう》の輸送隊がのべつ往還して、わざわざ敵の好餌《こうじ》となっていたのも、祁山《きざん》の兵が、戦えば敗れ、戦えば敗れている蜀《しょく》勢も、もとより彼の意中から出ている現象で、彼の憂暗《ゆうあん》となるものではなかった。

その日。——かつて見ない大量なる魏《ぎ》の軍馬が、またかつて見ざる陣形を以《もっ》て一団一団、さらにまた一軍また一軍と、祁山《きざん》へさして、堂々と前進してゆくのが遠く眺められた。

「おうっ……。仲達《ちゅうたつ》が遂に行動しだした」

孔明《こうめい》は思わずさけんだ。声は口のうちであったが語気はその面《おもて》を微紅《びこう》に染めた。待ちに待っていたものである。彼は直ちに左右のうちから一将を選んで伝令を命じ、かねて申し含めておいた事どもを怠るな、夢うたがうなかれと、祁山《きざん》の味方へ急速に云《い》ってやった。

二

渭水《いすい》の流れも堰《せ》かれるほど、魏《ぎ》の軍馬はいちどに浅瀬へ馳《か》け入《い》った。一ヵ所や二ヵ所ではない。蜀《しょく》軍はもちろん逆茂木《さかもぎ》を引き、要所要所は防寨《ぼうさい》で固めている。しかし、敵の上陸はそれを避けて行われる。一部を防げば、一部から馳《は》せ上《のぼ》って来る。またたくうちに、渭《い》水《すい》一帯の水煙《みずけむり》はことごとく陸地に移り、蜀《しょく》兵は算を乱して、祁山《きざん》の裾からまたその山ふところの陣営へ潰走《かいそう》してゆく。

「多年、患《うれ》いをなした蜀《しょく》の根を断つは、今日にあるぞ」

司馬懿《しばい》の指揮も常の彼とは、別人のようであった。天魔鬼神も何かあらんのすがただった。

ために魏《ぎ》軍の士気は、実に旺盛をきわめた。鼓角《こかく》は天地を震わせ、千万の刃影《じんえい》は草木を伏せしめた。この日、風は強く、河水は霧となって舞い、その霧は迅《はや》い雲となって、祁山《きざん》の山腹へぶっつかって行き、喚声雷呼《かんせいらいこ》のうちに、はやくも、血を呼び、屍《かばね》を求めまわる。

蜀《しょく》軍は祁山《きざん》に拠《よ》って以来の猛攻撃につつまれた。到《いた》る所、屍《かばね》に屍《かばね》を積むの激戦が行われた。魏《ぎ》は当然大量な犠牲も覚悟のうえの総がかりなので、馬の蹄《ひづめ》も血しおですべるような難攻の道を、踏み越え踏み越え中核へ肉薄した。

「今だ。続いて来い」

こういう乱軍を予想して、司馬《しば》仲達《ちゅうたつ》は中軍のうしろから突然方向を変えて葫蘆谷《ころこく》のほうへ急いだ。仲達《ちゅうたつ》の目標は初めからここではない。彼の跡を慕って張虎《ちょうこ》、楽綝《がくりん》の二隊がつづいた。また彼の周囲には、中軍の精鋭約二百ばかりと、司馬師《しばし》、司馬昭《しばしょう》のふたりの息子がかたく父に寄り添っていた。

祁山《きざん》の蜀《しょく》兵は、目に余る魏《ぎ》軍に肉薄されて、その防ぎに忙殺《ぼうさつ》され、かくとは少しも気づかぬもののようであったから、司馬父子《しばおやこ》とその奇襲部隊は、

「作戦は思うつぼに運んだぞ」と、疾風の如《ごと》く目的の方角へ馳《か》け向《むか》っていた。その途中幾回となく、蜀《しょく》兵が阻《はば》めた。しかし何の備えもなく狼狽《ろうばい》のまま立《た》ち向《むか》って来るに過ぎなかった。二、三百の小隊もあり七、八百の中部隊もあった。もとよりその程度のものでは、鎧《がい》

袖一触《しゅういっしょく》の値《あたい》すらない。

蹂躙《じゅうりん》、また蹂躙《じゅうりん》。司馬父子《しばおやこ》の前には、柵もなく兵もなく矢風もない。ここは敵地かと疑われるくらいである。まさに、無人の境を行くが如《ごと》き迅《はや》さと烈《はげ》しさであった。

すると、やや強力な圧力が、南方から感じられた。鼓躁《こそう》、喊声《かんせい》、相当手ごたえのありそうな一軍だ。果たして、

「おのれ、何処《いずこ》へ」

と、雷喝《らいかつ》しながら、前方に立ちはだかった大将と一軍を見れば、蜀《しょく》中に猛将の名ある魏《ぎ》延《えん》であった。

「望むところの敵よ」と司馬懿《しばい》の二子と、旗本の精鋭は、一団となって、彼の出鼻へ跳びかかって行った。司馬懿《しばい》も、龍槍《りゅうそう》をしごいて、魏延《ぎえん》の足もとへ喚《わめ》き進《すす》んだ。

魏延《ぎえん》は奮戦した。さすがにこれは強い。一進一退がくり返されるかと見えた。けれど、司馬懿《しばい》のうしろにはなお楽綝《がくりん》、張虎《ちょうこ》の二軍がつづいている。その重厚と、すさまじい戦意に圧《お》されて、たちまち逃げ出した。

「追えや、遁《のが》すな」

この日ほど、司馬懿《しばい》が積極的に出たことは稀《まれ》である。彼も、ここぞと、必勝の戦機を見さだめれば決して保守一点張りの怯将《きょうしょう》でないことはこれを見てもあきらかである。

はや葫蘆谷《ころこく》の特徴ある峨々《がが》たる峰々も間近に見えた。魏延《ぎえん》は敗走する兵を立て直すと、ふたたび鼓譟《こそう》を盛り返して抗戦して来た。そしてその度に、若干の損害を捨てては逃げた。無念無念と、追いつめられてゆく姿だった。

けれどこれも孔明《こうめい》の命に依《よ》ることであることはいうまでもない。遂に彼は、甲盔《こうがい》まで捨てて谷の内へ逃げこんだ。そして、かねて孔明《こうめい》からいわれていたところの、

（昼は、七星の旗、夜は七盞《しちさん》の燈火《ともしび》の見えるほうへ――）

という指令の目印に従って奔《はし》った。

「待て。――ここの地形はいぶかしい」

谷の口まで来ると、司馬懿《しばい》は急に馬を止めて、逸《はや》る旗本どもや二人の子をうしろに制した。

そして、左右の者に、

「誰ぞ二、三騎で、谷のうちを見とどけて来い」と急に命じた。

三

旗本数騎、すぐ谷の口へ馳《か》け入《い》った。大勢が馬首を並べては通れないような隘路《あいろ》である。

「見て参りました」

すぐ戻ってきた面々は、司馬懿《しばい》にむかって、こう状況を告げた。

「谷のうちを見わたすに諸所に柵あり壕《ごう》あり、また新しき寨門《さいもん》や糧倉などは見えますが、守備の兵はことごとく南山の一峰へ逃げ退いているようです。はるか其処《そこ》には、七星の旗も見えますから、おそらくは孔明《こうめい》も、いち早く谷外の本陣を彼方《かなた》へ移したものと思われます」

聞くと司馬懿《しばい》は、鞍《くら》つぼを打ちたたいて、こう命令した。

「敵の兵糧を焼《や》き尽《つく》すは今だ」

蜀《しょく》軍の致命はただ糧にある。孔明《こうめい》が久しく蓄えたここの穀穴《こっけつ》だに焼き尽くせば、蜀《しょく》軍数十万を殺すに何の刃《やいば》を要そうや。

「――馳《か》け入《い》って存分に火を放ち、直ちに疾風の如《ごと》く引っ返せ」

二子の司馬師《しばし》、司馬昭《しばしょう》も、父の叱咤《しった》を聞き、この英姿を見るや、勇躍して、

「それっ、続け」

と一道の隘路《あいろ》を混み合って続々谷のうちへ突進した。

「や、や。なおあれに、魏延《ぎえん》が刀《とう》を横たえて控えておる。しばらく進むな」

仲達《ちゅうたつ》はうしろに続く面々へ再び馬上から手を振って制した。

彼方《かなた》に魏延《ぎえん》の一軍が見えたことも懸念になったし、なお彼をたじろがせたものは、附近の穀倉や寨門《さいもん》に添うておびただしく枯《か》れ柴《しば》の積んであることだった。

本来ならば蜀《しょく》軍自身、「火気厳禁」の制を布《し》いていなければならない倉庫の附近に、燃えやすい枯《か》れ柴《しば》などが山となって見えるのは何故だろうか。さきに見届けに入った旗本たちにはその不審がすぐ不審と感じられなかったのは是非もないが、司馬懿《しばい》の活眼はそれを見遁《みのが》しできなかった。

「何の怖《おそ》るる敵でもなし、われわれが当《あた》って、魏延《ぎえん》を蹴《け》ちらす間に、お父上は軍勢を督して、谷中へ火を放ち、すぐ外へお引き上げ下さい」

司馬師《しばし》と昭《しょう》の兄弟が逸《はや》り切《き》るのを仲達《ちゅうたつ》はなお抑えて、

「いや待て。いま通ってきた隘路《あいろ》こそ危ない。谷のうちで動いておるうちに、万一、蜀《しょく》の一手が、あの谷口をふさぎ止めたら我は出るにも出られない破滅に墜《お》ち入《い》ろう——。過《あやま》った。師《し》よ、昭《しょう》よ、早く外へ引っ返せ」

「えっ、空しく？」

「早く戻れ。あれあれ、なお多くの兵が争うて続いてくる。大声あげて、返れと呼ばわれ。戻れと号令しろ」

そして司馬懿《しばい》自身も、声かぎり、後へ返せ、もとの道へと、鞭振《むちふ》りあげて制したが、とうてい、勢いづいて雪崩《なだ》れこんで来る後続部隊までには、容易に指令が届かない。

その混雑のうちに、何とはなく、急に異臭がつよく鼻をついてきた。

眼にも沁《し》む。喉《のど》にも咽《む》せる。

「やや。何の煙だ？」

「火を放つな。火を放ってはならぬぞ」

しかし――火を放った者は魏《ぎ》軍のうちにはいない。それどころか、命令の混乱で、馳《か》け込んでくる者、引っ返そうとする者、谷口の一道で渦巻いている騒ぎである。

時こそあれ、一発の轟音《ごうおん》が谷のうちにこだました。――と思うと、隘路《あいろ》の壁をなしている断崖の上から、驚くべき巨大な岩石が山を震わして幾つも落ちてきた。あわれや馬も人もその下になった者は悲鳴すら揚げ得ずに圧《お》し潰《ひし》がれてしまう。そしてたちまち、その口は、累々《るいるい》たる大石に大石を重ねて封鎖されてしまった。

いやその程度はまだ小部分の一事変でしかない。四方の山から飛んできた火矢は、いつのまにか、谷中を火の海となし、火におわれて逃げまわる司馬懿《しばい》仲達《ちゅうたつ》以下、魏《ぎ》軍の馳《か》け狂《くる》うところ、たちまち、地を裂いて、爆雷は天に冲《ちゅう》し、木という木、草という草、燃え出さないものはなかった。

四

魏《ぎ》の兵は大半焼け死んだ。火に狂う奔馬《ほんば》に踏まれて死ぬ者もおびただしかった。火焔《かえん》と黒煙の谷の底から、阿鼻叫喚《あびきょうかん》が空にまでこだました。

この有様を見て、

「計略は図にあたった。さあ、立《た》ち退《の》こう」

と、心地よげに、谷口へ向《む》かって行ったのは、司馬懿《しばい》軍をここへ誘い入れた魏延《ぎえん》だった。ところが、すでに谷口はふさがれていたので、その魏延《ぎえん》までも、逃げる道を失ってしまった。

「これはひどい。俺が出た合図も見ぬうちに、谷口をふさぐとは何事か」

魏延《ぎえん》はあわてた。彼の部下も火におわれて、次々に仆《たお》れた。彼の甲《よろい》にも火がついてきた。

「さては、孔明《こうめい》の奴、日頃の事を根に持って、俺までを、司馬懿《しばい》と共に殺そうと計ったにちがいない。無念、ここで死のうとは」

彼は、髪逆だてて、罵《ののし》りやまなかった。

その頃、当然、谷中は熱風に満ちて、はや生ける人の叫びすら少なくなっていたが、司《し》馬懿《ばい》父子《おやこ》は三人ひとつ壕《ほり》の中に抱き合って、

「ああ、われら父子《おやこ》もついに、ここで非命の死をうけるのか」となげきかなしんでいたが、なおこの父子《おやこ》の天運が強かったものだろうか、時しも沛然《はいぜん》として大驟雨《おおゆうだち》が降ってきた。ために、谷中の大火もいちどに消えてしまった。そして、濛々《もうもう》たる黒霧がたちこめ、霧を吹き捲《ま》く狂風に駆《ふ》られて、ふたたび紅い火が諸所からチロチロ立ち始めると、また、驚くべき雨量が地表も流すばかり降りぬいてくる。

「父上。父上」

「おお昭《しょう》よ。師《し》よ。夢か」

「夢ではありません。天佑《てんゆう》です。私達は生きています」

「やれ。助かったか」

父子《おやこ》三人は壕《ほり》の中から這《は》いあがった。そして、何処《どこ》をどう歩いたか、ほとんど、意識もなく、死の谷間から外へ出た。

馬岱《ばたい》の小勢がそれを見つけ、まさか司馬懿父子《しばいおやこ》とも思わず追いかけて行ったが、そのうちに魏《ぎ》の一部隊が来たので、つまらぬ者を追っても無用と引き返してしまった。かくて司《し》馬懿父子《ばいおやこ》は完全に命びろいをした。彼の出会った味方の部隊の中に張虎《ちょうこ》、楽綝《がくりん》の二将も救われていた。

渭水《いすい》の本陣に帰ってみると、ここにも異変があって、東部《とうぶ》の一陣地は蜀《しょく》兵に占領されている。それを撃退せんものと、魏《ぎ》の郭淮《かくわい》、孫礼《そんれい》などの一軍が、浮橋《うきはし》を中心に、激戦の最中であった。

しかし司馬懿《しばい》を擁した一軍が、一方からこれへ帰ってきたので、蜀《しょく》軍は、「うしろを取られては」と、にわかに退却して、遠く渭水《いすい》の南に陣をさげた。司馬懿《しばい》は、

「浮橋《うきはし》を焼き払って、敵の進路を断て」

と命じ、直ちに、両軍間の交戦路を焼《や》き落《おと》してしまった。もとよりこの浮橋《うきはし》は河流の他の地点にも幾条となくあるので、祁山《きざん》へ向《むか》った味方が引揚《ひきあ》げに困るようなことはない。

その方面から続々と帰ってくる魏《ぎ》軍もすべて敗北の姿を負っていた。魏《ぎ》陣は夜どおし篝《かがり》を焚《た》いて、味方の負傷者や敗走者を北岸に収容するに努めた。そして、

「この虚に乗って、蜀《しょく》軍が下流を越え、わが本陣のうしろへ迂回《うかい》するおそれもある」

と、仲達《ちゅうたつ》はその方面にも心をつかって、かなりな兵力を後方にも向けていた。

この日、魏《ぎ》が失った損害というものは、物的にも精神的にも、開戦以来、最大なものといえる程だった。――しかし、この戦果を見てもなお、蜀《しょく》軍のうちには、ただ一人、

「――事ヲ謀《ハカ》ルハ人ニアリ。事ヲ成スハ天ニアリ、ついに長蛇《ちょうだ》を逸《いっ》せり矣。ああ、ぜひもない哉《かな》」

と、天を仰いで、痛涙《つうるい》に暮れていた人がいる。いうまでもなく、孔明《こうめい》その人である。

彼が、司馬懿父子《しばいおやこ》を捕捉して、きょうこそと、必殺を期していた計も、心なき大雨のために、万谷《ばんこく》の火は一瞬に消え、まったく水泡に帰してしまった。孔明《こうめい》のうらみは如何《いか》ばかりであったろう。真《まこと》に、事ヲ謀《ハカ》ルハ人、事ヲ成スハ天。——ぜひもないと独り涙をのみ独り遺憾《いかん》をなぐさめているしかなかったに違いない。

女衣巾幗《にょいきんかく》

一

誰か知ろう真の兵家《へいか》が大機を逸《いっ》した胸底のうらみを。

人はみな、蜀《しょく》軍の表面の勝ちを、あくまで大勝とよろこんでいたが、独り孔明《こうめい》の胸には、遺憾やるかたないものがつつまれていた。

加うるに、彼が、ひとまず自軍を渭南《いなん》の陣にまとめて後、陣中、しきりに不穏の空気がある。

質《ただ》してみると、

「魏延《ぎえん》が非常に怒っておるようです」とのことだった。

孔明《こうめい》は魏延《ぎえん》を呼んで、

「ご辺がしきりに怒声を放っているということだが、何が不平なのか」と訊《たず》ねた。

魏延《ぎえん》は、勃然《ぼつぜん》と、怒気をあらわして云《い》った。

「それは丞相《じょうしょう》自身のお胸に訊《き》いてみるのが一番でしょう」

「はて。わからぬが」

「では、申しますぞ」

「いわれよ、つつまず」

「司馬懿《しばい》を葫蘆谷《ころこく》へ誘《おび》きこめとお命じになりましたな」

「命じた」

「幸いにもあの時、大雨が降りそそいできたからよいようなものの、もしあの雨がなかったら、魏延《ぎえん》の一命はどうなっておりましょう。それがしも司馬懿《しばい》父子《おやこ》とともに、焼き殺さるるほかはありません。思うに丞相《じょうしょう》はそれがしを憎しみ、司馬懿《しばい》と一緒に焼き殺さんと計られたのでありましょう」

「それを怒ったか」

「あたりまえでしょう」

「怪《け》しからぬことだ」

「魏延《ぎえん》が怪《け》しからんのですか」

「いや、馬岱《ばたい》のことを申しておるのだ。かならずさようなな手違いのないようにと、火をかけるにも、合図をなすにも、すべてを固く馬岱《ばたい》に命じてあったはず。——馬岱《ばたい》を呼べ」

孔明《こうめい》の怒りのほうがむしろ甚だしい程だったから、魏延《ぎえん》もちょっと意外に打たれた。

馬岱《ばたい》は孔明《こうめい》に呼びつけられて、面罵《めんば》された。その上、衣《ころも》をはがれ、杖《じょう》五十の刑をうけて、その職も一軍の大将から、一組の小頭に落《お》されてしまった。

馬岱《ばたい》は、自陣へもどると、士卒に顔も見せず、痛涙《つうるい》悲憤していた。すると、夜に入って、孔明《こうめい》の側近、樊建《はんけん》という者が、そっと訪ねてきて、

「……実は、丞相《じょうしょう》のお旨をうけて参った」と、くれぐれもなだめた。

「まったくは、やはり魏延《ぎえん》をお除きになるお心だったが、不幸、大雨のために、司馬懿《しばい》も取り逃がし、彼を亡《な》きものにする計画も果《はた》されなかったのだ。とはいえ今、魏延《ぎえん》に叛《そむ》かれては、蜀《しょく》軍の崩壊になる。そのため、何の科《とが》もない貴公にあのような辱《はじ》と汚名を着せたが、これも蜀《しょく》のためと、眼をふさいでくれよとの丞相《じょうしょう》のお言葉だ。どうかこらえて下さい。その代《かわ》りに、他日、この功を第一の徳とし、諸人にむかって、必ずこれに百倍する叙《じょ》

勲《くん》を以《もっ》て貴下の辱《はじ》を雪《そそ》ぐであろうと約されておられる」

馬岱《ばたい》はそう聞くと口惜しさも解け、むしろ孔明《こうめい》の苦衷《くちゅう》が思いやられた。意地のわるい魏《ぎ》延《えん》は、馬岱《ばたい》の地位が平部将に落《おと》されたのを見てやろうとするもののように、

「馬岱《ばたい》を自分の部下にもらいたい」と、孔明《こうめい》に申し入れた。

孔明《こうめい》はゆるさなかったが、今はその孔明《こうめい》の足もとをも見すかしている魏延《ぎえん》なので、「どうしても」と、強情を張りとおした。それを聞いた馬岱《ばたい》は、

「いや、魏《ぎ》将軍の下につくならば、自分としても恥《はず》かしくない」

と、進んで彼の部下になった。

もちろん堪忍に堪忍をしてのことである。

一方、その後の魏《ぎ》軍にも、多少穏やかならぬ空気が内在していた。

ここにも残念だ、無念だ、という声がしきりにある。

もちろん、それは度重なる大敗からきた蜀《しょく》軍への敵愾心《てきがいしん》であって、内部的な抗争や司馬《しば》懿《い》に対する怨嗟《えんさ》ではない。

しかし、怨嗟《えんさ》はないまでも、不平はあった。満々たる不満が今やみなぎっていた。

なぜかといえば、以後またも陣々に高札《こうさつ》をかかげて、

――一兵たりと、既定の陣線から出た者は斬《き》る。また、陣中に激語を弄《ろう》し、みだりに戦

いを敵に挑む者も斬罪《ざんざい》に処さん。

という徹底的な防禦《ぼうぎょ》主義、消極作戦の軍法が、彼らの行動を一切制圧していたからである。

二

渭水《いすい》の氷は解けても、陽春百日、両軍は依然、対陣のままだった。

「都督《ととく》はつんぼになられたらしい」

そういわれる程、司馬懿《しばい》は味方の声にも、四囲の状況にも無感覚な顔をしていた。

或《あ》る時、郭淮《かくわい》が来て、彼に語った。

「それがしの観《み》るのに、どうも孔明《こうめい》はもう一歩出て、さらにほかへ転陣を策しておるように考えられますが」

「君もそう思うか。予もそう観《み》ていたところだ」

それから仲達《ちゅうたつ》は珍しくこんな意見を洩《も》らした。

「――もし孔明《こうめい》が、斜谷《やこく》、祁山《きざん》の兵を挙《こぞ》って、武功《ぶこう》に出《い》で、山に依《よ》って東進するようだったら憂うべきだが、西して五丈原《ごじょうげん》へ出れば、憂いはない」

さすがに司馬懿《しばい》は慧眼《けいがん》であった。彼がこの言をなしてから日ならずして、孔明《こうめい》の軍は果然移動を開始した。しかも選んだ地は、武功《ぶこう》でなくて、五丈原《ごじょうげん》であった。

武功《ぶこう》は今の陝西省《せんせいしょう》武功《ぶこう》に属する地方である。司馬懿《しばい》の観《み》る所――もし孔明《こうめい》がこれへ出てきたら、一挙玉砕か、一挙大勝かの大勇猛心の表現であり、魏《ぎ》軍にとっても容易ならぬ構えが要《い》るものとひそかに怖《おそ》れていたのである。

――が、孔明《こうめい》はその冒険を避けて、なお持久長攻に便な五丈原《ごじょうげん》へ移った。

五丈原《ごじょうげん》は宝鶏県《ほうけいけん》の西南三十五里、ここもなお千里を蜿《うね》る渭水《いすい》の南にある。そして従来数次の陣地に較《くら》べると、はるかに遠く出て、中原《ちゅうげん》へ突出《とっしゅつ》している。

しかも、ここまで来ると、敵国長安《ちょうあん》の府も潼関《どうかん》も、また都洛陽《らくよう》も、一鞭《いちべん》すでに指呼《しこ》のうちだ。

(このたびこそ、ここの土と化するか、敵国の中核に突き入るか、むなしく再び漢中《かんちゅう》には還《かえ》らぬであろう)

となしている孔明《こうめい》の気魄《きはく》は、その地点と軍容から観《み》ても、顕然《けんぜん》たるものだった。

しかもなお、司馬懿《しばい》が、額《ひたい》を撫《な》でて、

「まずまず、これで味方にとって大幸《たいこう》というべしだ」

と、喜悦したわけは、持久戦を以《もっ》て対するならば、彼にも自信があったからである。

ただ困るのは、大局の見通しを持たぬ麾下《きか》が、ややもすると彼を軽んじて、

（卑怯《ひきょう》な総帥《そうすい》、臆病《おくびょう》な都督《ととく》）と、あげつらい、陣中の紀綱をみだしがちなことであった。ためにに司馬懿《しばい》は、わざと魏《ぎ》朝廷に上表して、戦いを請うた。朝廷は再度、辛毘《しんび》を前線にさしむけ、

「堅守自重、ただそれ、守るに努めよ」と、重ねて全軍を戒めた。

蜀《しょく》の姜維《きょうい》は、さっそく孔明《こうめい》に告げた。

「またまた、辛毘《しんび》が慰撫《いぶ》に下ってきたようです。魏《ぎ》軍の戦意も一頓挫《いちとんざ》でしょう」

「いや、ご辺の観方《みかた》はちがう。将が軍にあっては、君命も俟《ま》たない場合がある。いやしくも仲達《ちゅうたつ》に我を制し得る自信があれば、何で悠々中央と往来して緩命《かんめい》を待っておるものか。——嗤《わら》うべし、実は彼自身、戦意もないのに、強《し》いてその武威《ぶい》を衆に示そうための擬態《ぎたい》に過ぎない」

また、或《あ》る日、魏《ぎ》の陣営で、「万歳」の歓呼がしきりにあがっていると報ずる者があった。孔明《こうめい》が、何故《なにゆえ》の敵の歓呼かと老練な諜者《ちょうじゃ》に調べさせると、

「呉《ご》が魏《ぎ》廷に降伏したという報が、いま伝わったらしいのです」

と老諜者《ろうちょうじゃ》は憂いをたたえて云《い》ってきた。

すると孔明《こうめい》は、笑いながら、

「いま呉《ご》が降伏するなどということはどこから観《み》てもあり得ない。汝は年六十にもなるの

に、まだそんなくだらぬことを信ずるほどの眼しか持たないか」と愍《あわ》れむ如《ごと》く叱《しか》った。

孔明《こうめい》は五丈原《ごじょうげん》へ陣を移してからも、種々《さまざま》に心をくだいて、敵を誘導して見たが、魏《ぎ》軍は完《まった》くうごきを見せない。

三

敵国の地深くへ進み出ながら、彼がなお自ら軍を引《ひ》っ提《さ》げて戦わずに、ひたすら魏《ぎ》軍の妄動《もうどう》を誘う消極戦法を固持している理由は、実にその兵力装備の差にあった。後方から補充をなすに地の利を得ている魏《ぎ》の陣営は、うごかざる間にも、驚くべき兵力を逐次《ちくじ》加え、今では、孔明《こうめい》の観《み》るところ、蜀《しょく》全軍の八倍に達する大兵を結集しているものと思われていたのである。

その量と実力に当《あた》る寡《か》兵《へい》蜀《しょく》陣《じん》としては、――誘ってこれを近きに撃つ。

その一手しか断じてほかに策はなかったのだ。

しかも、彼は孔明《こうめい》のその一活路をすら観破している。さすがの孔明《こうめい》も完《まった》く無反応な辛抱づよい敵にたいしては計の施しようもなかった。さきに祁《き》山《ざん》、渭《い》南《なん》の地方にわたって、大いに撫《ぶ》民《みん》に努め、屯《とん》田《でん》自《じ》給《きゅう》の長計をたてて、兵糧にはさして困らないほどにはなっているものの、かくてまた、年を越え、また年を越えて、連年敵地に送っているまには、魏《ぎ》の防塁と装備は強化するばかりとなろう。

「——これを持って、魏《ぎ》陣へ使いし、確《しか》と、仲達《ちゅうたつ》に渡してこい」

一日、孔明《こうめい》は、一使を選んで、自筆の書簡と、美しき牛皮の匣《はこ》とを託した。

使者は、輿《こし》に乗って、魏《ぎ》陣へ臨んだ。輿《よ》に乗って通る者は射ず撃たずということは戦陣の作法になっている。

「なんの使者だろう？」

魏《ぎ》の将士はあやしみつつ陣門へ通し、やがて、使者の乞うまま司馬懿仲達《しばいちゅうたつ》に取り次いだ。司馬懿《しばい》はまず匣《はこ》を開いてみた。——と、匣《はこ》の中からは、艶《つや》やかな巾幗《きんかく》と縞衣《こうい》が出てきた。

「……何じゃ、これは？」

仲達《ちゅうたつ》の唇《くち》をつつんでいる疎々《そそ》たる白髯《はくぜん》はふるえていた。あきらかに彼は赫怒《かくど》していた。

——がなお、それを手にしたままじっと見ていた。

巾幗《きんかく》というのは、まだ笄《こうがい》を簪《かざ》す妙齢にもならない少女が髪を飾る布《ぬの》であって、蜀《しょく》の人はこれを曇籠蓋《どんろうがい》ともいう。

また縞衣《こうい》は女服《にょふく》である。——との謎を解くならば、挑《いど》めども応ぜず、ただ塁壁《るいへき》を堅くして、少しも出て来ない仲達《ちゅうたつ》は、あたかも羞恥《しゅうち》を深く蔵《かく》して、ひたすら外気を恐れ、家の内でばかり嬌《きょう》を誇っている婦人のごときものであると揶揄《やゆ》しているものとしか考えられない。

「…………」

彼は次に書簡をひらいていた。

彼が心のうちで解いた謎はやはりあたっている。孔明《こうめい》の文辞は、老仲達《ちゅうたつ》の灰の如《ごと》き感情をも烈火となすに充分であった。いわく、

――史上稀《まれ》なる大軍をかかえながら、足下《そっか》の態度は、腐った婦人のように女々《めめ》しいのはどうしたものか。武門の名を惜しみ、身も男子たるを知るならば、出《い》でていさぎよく決戦せずや。

「はははは。おもしろい」

やがて仲達《ちゅうたつ》の唇が洩《も》らしたものは、内心の憤怒とは正反対な笑い声だった。

蜀《しょく》の使者はほっとして、その顔を仰いだ。

「大儀大儀。せっかくのお贈り物。これは納めておこう」

仲達《ちゅうたつ》はそういって、なお使者をねぎらい、酒を饗して、座間《ざかん》に訪ねた。

「孔明《こうめい》はよく眠るかの」

いやしくも自分の仕える孔明《こうめい》のうわさとなると、軍使は杯を下におき、一言の答えにも

身を正していう。

「はい。わが諸葛公《しょかつこう》には、夙《つと》に起き夜は夜半に寝《い》ね、軍中のお務めに倦《う》むご容子《ようす》も見えません」

「賞罰は」

「至っておきびしゅうございます。罰二十以上、みな自ら裁決なすっておられます」

「朝暮の食事は」

「お食はごく少なく、一日数升《しょう》（升《しょう》は近代の合《ごう》）を召上《めしあ》がるに過ぎません」

「ほ。……それでよくあの身神《しんしん》がつづくものだの」

そこでは、さも感服したような態《てい》だったが、使者が帰ると、左右の者にいった。

「孔明《こうめい》の命は久しくあるまい。あの劇務と心労に煩《わずら》わされながら、微量な食物しか摂《と》っていないところを見ると、或《あるい》いはもういくぶん弱っているのかも知れない」

四

魏《ぎ》の陣から帰ってきた使者に向《むか》って、孔明《こうめい》は敵営の状と、司馬懿《しばい》の反応を質《ただ》していた。

「仲達《ちゅうたつ》は怒ったか」

「笑っていました。そして折角《せっかく》のご好意だからとて、快く贈り物を納めました」

「彼は汝に何を問うたか」

「丞相《じょうしょう》の起居をしきりにたずねておりました」

「そして」

「お食事の量を聞くと、彼は左右にむかって、よく身神《しんしん》が続くものだと託《かこ》っておりました」

後、孔明《こうめい》は大いに嘆じた。

「我をよく知ること、敵の仲達《ちゅうたつ》にまさる者はいない。彼はわが命数まで量っている」

ときに楊喬《ようきょう》という主簿《しゅぼ》の一員が進み出て、孔明《こうめい》に意見を呈した。

「わたくしは職務上、つねに丞相《じょうしょう》の簿書《ぼしょ》（日誌）を見るたびに考えさせられております。およそ人間の精力にも限度があり、家を治めるにも上下の勤めと分《ぶん》があります。——もしわたくしの僭越《せんえつ》をお咎《とが》めなくお聞きいただけるのでしたら、愚見を申しあげてみたいと思うのでありますが」

「わが為にいうてくれる善言ならば、孔明《こうめい》も童子《どうじ》のような心になって聞くであろう」

「ありがとうございます。——たとえば、一家の営みを見ましても奴婢《ぬひ》がおれば、奴《ぬ》は出《い》でて田を耕し、婢《ひ》は内にあって粟《あわ》を炊《かし》ぐ。——鶏は晨《あした》を告げ、犬は盗人の番をし、牛は重きを負い、馬は遠きに行く。みな、その職と分《ぶん》でありましょう。——また家の主《あるじ》は、それらを督して家業を見、租税を怠らず、子弟を教育し、妻はこれを内助して、家の清掃、一家の和、かりそめにも家に瑕瑾《かきん》なからしめ、良人《おっと》に後顧《こうこ》のないように致しております。——かくてこそ一家は円滑に、その営みはよく治まって参りますが、仮に、その家の主《あるじ》が、奴《ぬ》ともなり婢《ひ》ともなり、独りですべてをなそうとしたらどうなりましょう。体は疲れ気根は衰え、やがて家亡《ほろ》ぶの因《もと》となります」

「…………」

「主《あるじ》は従容《しょうよう》として、時には枕を高《たこ》うし、心を広くもち、よく身を養い、内外を見ておればよいのであります。決してそれは、奴婢鶏犬《ぬひけいけん》に及ばないからではなく、主《あるじ》の分《ぶん》を破り家の法に背《そむ》くからです。——坐《ザ》シテ道ヲ論ズ之《コレ》ヲ三公ト言イ、作《タ》ッテ之《コレ》ヲ行ウヲ士大夫《シタイフ》ト謂《イ》ウ——と古人が申したのもその理ではございますまいか」

「…………」孔明《こうめい》は瞑目《めいもく》して聞いていた。

「然《しか》るに、丞相《じょうしょう》のご日常をうかがっておりますと、細やかな指示にも、余人に命じておけばよいことも、大小となく自ら遊ばして、終日汗をたたえられ、真《まこと》に涼やかに身神《しんしん》をお休めになる閑《ひま》もないようにお見受け致されます。——かくてはいかなるご根気も倦《う》み疲《つか》れ、到底、神気のつづくいわれはございません。ましてやようやく夏に入って、日々この炎暑では何でお体が堪《たま》りましょう。どうかもう少し暢《のび》やかに稀《ま》れにはおくつろぎ下さることこそ、われわれ麾下《きか》の者も、かえって歓《よろこ》ばしくこそ思え、毛頭、丞相《じょうしょう》の懈怠《けたい》なりなどとは思いも寄りませぬ」

「……よくいうてくれた」

孔明《こうめい》も涙をながし、部下の温情を謝して、こう答えた。

「自分もそれに気づかないわけではないが、ただ先帝の重恩を思い、蜀《しょく》中にある孤君《こくん》の御《おん》行《ゆ》く末《すえ》を考えると、眠りについても寝ていられない心地がしてまいる。かつは、人間にも自ら定まれる天寿というものがあるので、なにとぞ我が一命のあるうちにと、つい悠久な時をわすれて人命の短きにあせるために、人手よりはわが手で務め、先にと思うことも、今のうちにと急ぐようになる。——けれどお前達に心配させてはなるまいから、これからは孔明《こうめい》も折々《おりおり》には閑《かん》を愛し身の養生にも努めることにしよう」

諸人もそれを聞いてみな粛然《しゅくぜん》と暗涙《あんるい》をのんだ。

けれど、そのときすでに、身に病の発《おこ》ってきた予感は、孔明《こうめい》自身が誰よりもよく覚《さと》っていたにちがいない。間もなく彼の容態は常ならぬもののように見えた。

銀《ぎん》河《が》の禱《いの》り

一

彼の病気はあきらかに過労であった。それだけに、どっと打臥《うちふ》すほどなこともない。むしろ病めば病むほど、傍人《ぼうじん》の案じるのをも押して、軍務に精励してやまない彼であった。近頃聞くに、敵の軍中には、また気負うこと旺《さかん》なる将士が、大いに司馬懿《しばい》の怯惰《きょうだ》を罵《ののし》って、

「かかる都督《ととく》を大魏国《たいぎこく》の軍の上にいただくには忍びぬ」

と、激語憤動、ただならぬ情勢がうかがわれるとしきりに云《い》ってくる。

原因は、例の、孔明《こうめい》から贈った女衣巾幗《にょいきんかく》の辱《はずかし》めが、その後、魏《ぎ》の士卒にまですっかり知れ渡ったため、

(——司馬懿大都督《しばいだいととく》は孔明《こうめい》から書を送られて、腐った女のようだと辱《はずかし》められたが、それでもまだああして何らその敵に答える術《すべ》を知らずにおる。——一体、われわれは木偶《でく》か藁《わら》

人形か。なんのためにこんな大軍を結んで、蜀人にからかわれたり侮辱されたりしているのか）

というような声がまたまた起《おこ》り、そこから再燃した決戦論者の動揺であることが観取される。

孔明《こうめい》は、病中ながら、その機微を知るや、

「出《い》でよかし。敵動かば——」

と、心ひそかに秘策をえがき、なお敏捷な諜者《ちょうじゃ》を放って、

「魏《ぎ》勢が出軍するか否《いな》か、しかと様子を見とどけて来い」と、命じた。

諜者《ちょうじゃ》はやがて帰ってきた。

待ちかねていた孔明《こうめい》は、

「どうであった」と、われから訊《たず》ねた。

諜者《ちょうじゃ》のいわく。

「敵の営中に騒然たる戦気はたしかに感じられました。——けれど営門に一老夫が立っているのです。白眉朱面《はくびしゅめん》、金鎧《きんがい》まばゆきばかり装って、毅然《きぜん》と突っ立ち、手に黄鉞《こうえつ》を杖《つえ》ついて、八方を睨《にら》まえ、かりそめにも軍門をみだりに出入《でいり》なすを許しません。——ために、営中の軍も出ることができないでおりまする」

孔明《こうめい》は思わず手の羽扇《うせん》を床へ取《と》り落《おと》して云《い》った。

「ああそれこそ、さきに魏廷《ぎてい》から軍監として下った辛毘佐治《しんびさじ》にちがいない。……それほどまで厳に戦うを戒めておるか」

一身を軍国蜀《しょく》に捧《ささ》げ、すでに自覚される病もおいて、日々これ足らずと努めている孔明《こうめい》にとって、この事はまた大きな失意を彼に加えた。

時に渭水《いすい》の流れは満ち、渭水《いすい》の河床は涸《か》れ、風雨の日、炎熱の日、天象は日々同じでなかったが、戦局はいっこう革《あらた》まる様子もなく、秋はすでに満地の草の花に見えて、朝夕の風はようやく冷涼を帯びてきた。

「蜀《しょく》の陣上には、一抹《いちまつ》、何やら淋《さび》しきものが見える」

仲達《ちゅうたつ》はある夕、ひそかに人を放って孔明《こうめい》の陣をうかがわせた。そしてその返答に依《よ》っては、突如、奇襲して出《い》でんとしたか、銀甲鉄冑《てっちゅう》に身をかため、燭光《しょっこう》ひそやかに待っていた。

すると、姿を変えて探りに行った将は、ようやく四更《しこう》の頃、彼の前にもどって来て、額《ひたい》の汗を押し拭いながら復命した。

「蜀《しょく》陣の旌旗《せいき》は依然、粛《しゅく》として寸毫《すんごう》の惰気《だき》も見えませぬ。また、深夜というのに、孔明《こうめい》は素輿《そよ》（白木《しらき》の輿《こし》）に乗って陣中を見まわり、常のごとく、黄巾《こうきん》をいただき白羽扇《びゃくうせん》を持ち、その出入を見るや、衆軍みな敬して、進止軍礼、一糸《いっし》のみだれも見ることができません、……実に、驚きました。森厳そのものの如《ごと》き軍中の規律です。近頃、孔明《こうめい》が病気であるというような噂《うわさ》が行われておりますが、おそらくあれも敵がわざといわせている嘘言《きょげん》でしょう」

仲達《ちゅうたつ》は歎《たん》じて、子の昭《しょう》や師《し》にいった。

「諸葛《しょかつ》は真《まこと》に古今の名士だ。——名士とは、彼の如《ごと》きをいうものだろう」

二

それより先に、孔明《こうめい》から呉《ご》へ要請していた蜀呉《しょくご》同盟条約による第二戦線の展開については、まだここには、なんの詳報も入っていなかった。それはすでに、この年の五月、呉《ご》の水陸軍が三道から魏《ぎ》へ攻撃を起《おこ》したことによって、条約の表面的履行は果たされた形になっていたものである。

孔明《こうめい》がその快捷《かいしょう》の報を、久しく心待ちにしていたであろうことは想像に難くない。

昨年から幾多の風説は聞いていた。

或《あ》る者は、呉《ご》の優勢をいい、或《あ》る者はまだ本格的戦争はないといい、また或《あ》る者は、呉《ご》の退散を伝えた。

呉魏《ごぎ》の戦場とここでは、余りに隔絶している。いたずらな諜報はすべて信じられなかった。

秋の初めの頃である。

突然、成都《せいと》から、尚書《しょうしょ》の費禕《ひい》が陣へ来た。

「呉《ご》のことで、お伝えに」

と費禕《ひい》はいう。孔明《こうめい》はさてこそと思い、その日も体の容態は何となくすぐれなかったが、平然常の如《ごと》く応接した。

「あちらの戦況はどうですか」と、まず訊《たず》ねた。

費禕《ひい》は唇に悲調をたたえて語った。

「――夏五月頃から、呉《ご》の孫権《そんけん》は、約三十万を動員して、三方より北上し、魏《ぎ》を脅かすとしきりでしたが、魏《ぎ》主曹叡《しゅそうえい》もまた合淝《がっぴ》まで出陣し、満寵《まんちょう》、田予《でんよ》、劉劭《りゅうしょう》の諸将をよく督して、ついに呉《ご》軍の先鋒《せんぽう》を巣湖《そうこ》に撃砕し、呉《ご》の兵船兵糧の損害は甚大でした。ために、後軍の陸遜《りくそん》は表《ひょう》を孫権《そんけん》にささげて、敵のうしろへ大迂回《だいうかい》を計ったもののようでしたが、この計もまた、事前に魏《ぎ》へ洩《も》れたため、機謀ことごとく敵に裏を掻《か》かれ、呉《ご》全軍は遂に何らの功もあげず大挙退いてしまったのです。……どうもまことに頼みがいなき盟国というしかありませんが」

「…………」

「や？　丞相《じょうしょう》。どうなさいましたか。――急にご血色が」

「いや、さしたることはない」

「でも、お唇《くち》の色までが」

費禕《ひい》は驚いて、侍臣《じしん》を呼びたてた。

人々が駈《か》け寄《よ》ってきてみたときは、孔明《こうめい》は袂《たもと》を以《もっ》て自ら面《おもて》をおおい、榻《とう》の上にうっ伏《ぷ》していた。

「丞相《じょうしょう》、丞相《じょうしょう》」

「いかがなさいましたか」

「お心をたしかにして下さい」

諸将も来て、共に掻《か》い抱《いだ》き、静室《せいしつ》に移して、典医に諮《はか》り、あらゆる手当を尽《つく》した。半刻ほどすると、孔明《こうめい》の面上に、ぽっと血色が甦《よみがえ》ってきた。――人々はほっと眉《まゆ》をひらき、

「お心がつきましたか」と、枕頭《ちんとう》をのぞき合った。

孔明《こうめい》は大きく胸を波動させていた。そして、ひとつひとつの顔にひとみを注ぎ、

「……思わず病に負けて、日頃のたしなみも昏乱《こんらん》したとみえる。これは旧病の興《おこ》ってきた兆《しるし》といえよう。わが今生の寿命も、これでは久しいことはない」

語尾は独りごとのようにしか聞《きこ》えなかった。

しかし夕方になると、

「心地は爽《さわ》やかだ。予《よ》を扶《たす》けて露台に伴え」

というので、侍者《じしゃ》典医などが、そっと抱えて、外へ出ると、孔明《こうめい》はふかく夜の大気を吸い、

「ああ、美しい」

と、秋夜の天を仰ぎ見ていたが、突然、何事かに驚き打たれたように、悪寒《さむけ》が催してきたといって内にかくれた。

そして侍者《じしゃ》をして、急に姜維《きょうい》を迎えにやり、姜維《きょうい》が倉皇《そうこう》としてそこに見えると、

「こよい、何気《なにげ》なく、天文を仰いで、すでに我が命が旦夕《たんせき》にあるを知った。……死は本然の相《すがた》に帰するだけのことで、べつに何の奇異でもないが、そちには伝えおきたいこともあるので早々招いた。かならず悲しみに取り乱されるな」

いつもに似ず、弱々しい語韻《ごいん》であったが、そのうちにも、秋霜《しゅうそう》のようなきびしさがあった。

「……ご無理です。丞相《じょうしょう》にはどうしてそのようなお覚悟をなさいますか。悲しむなとおっしゃっても、そんなことを仰せられると、姜維《きょうい》は哭《な》かないではいられません」

病窓の風は冷やかに、彼の声涙《せいるい》もあわせて、燭《しょく》は折々《おりおり》消えなんとした。

三

「何を泣く。定まれることを」

孔明《こうめい》は叱《しか》った。子を叱《しか》るように叱《しか》った。馬謖《ばしょく》の亡《な》い後、彼の愛は、姜維《きょうい》に傾けられていた。

日常、姜維《きょうい》の才を磨いてやることは、珠《たま》を愛《め》でる者が珠《たま》の光を慈《いつく》しむようであった。

「はい。……おゆるし下さい。もう哭《な》きませぬ」

「姜維《きょうい》よ。わしの病は天文にあらわれている。こよい天を仰ぐに、三台の星、みな秋気燦《さん》たるべきに、客星は明らかに、主星は鈍《にぶ》く、しかも凶色を呈し、異変歴々である。故に、自分の命の終《おわ》りを知ったわけだ。いたずらに病に負けていうのではない」

「丞相《じょうしょう》、それならば何故、禳《はらい》をなさらないのですか。古くからそういう時には、星を祭り天を禱《いの》る禳《はらい》の法があるではございませんか」

「おお、よく気がついた。その術はわれも習うていたが、わが命のためになすことを忘れていた」

「おいいつけ下さい。わたしが奉行《ぶぎょう》して、諸事調えまするる」

「うむ。まず鎧《よろ》うたる武者《つわもの》、七々四十九人を選び、みな皁《くろ》き旗を持ち、みな皁《くろ》き衣《ころも》を着て、禱《いの》りの帳外を守護せしめい」

「はい」

「帳中の清浄、壇《だん》の供えは、人手をかりることはできない。予自ら勤めるであろう。そして、秋天の北斗《ほくと》を祭るが、もし七日のあいだ、主燈《しゅとう》が消えなかったら、わが寿命は今からまた十二年を加えるであろう。しかしもし禱《いの》りの途中において、主燈《しゅとう》の消えるときは、今生ただ今、わが命は終ろう。――それゆえの帳外の守護である。ゆめ、余人に帳中をうかがわすな」

姜維《きょうい》は、謹んで命をうけ、童子《どうじ》二名に、万《よろず》の供え物や祭具を運ばせ、孔明《こうめい》は沐浴《もくよく》して後、内に入って、清掃を取り、壇《だん》をしつらえた。一切の事、祭司を用いず、やがて北斗《ほくと》を祭る秘室のうちに、帳《ちょう》を垂れて閉《と》じ籠《こも》った。

孔明《こうめい》は食を断ち、夜は明けるまで、一歩もそこから出なかった。

一日。二日。三日――と続いた。

夜々、秋の気は蕭索《しょうさく》として、冷涼な風は帳《とばり》をゆすり、秘壇の燈《ともしび》や紅帋金箋《こうしきんせん》の祭華をもそよそよ吹いた。

外に立てば、銀河は天に横たわり、露は零《お》ちて、旌旗《せいき》うごかず、更《ふ》けるほどに、寂《じゃく》さらに寂《じゃく》を加えてゆく。

姜維《きょうい》は、四十九人の武者とともに、帳外に立って、彼も、孔明《こうめい》の禱《いの》りが終《おわ》るまではと、以来、食も水も断って、石のごとく、屹立《きつりつ》していた。

帳中の孔明《こうめい》はと見れば、祭壇には大きな七盞《しちさん》の燈明《とうみょう》がかがやいている。その周りには四十九の小燈《しょうとう》を懸けつらね、中央に本命の主燈一盞《しゅとういっさん》を置いて、千々《ちぢ》種々《くさぐさ》の物を供え、香を焚《た》き、呪《じゅ》を念じ、また、折々《おりおり》、盤の清水《せいすい》をかえ、かえること七度、拝伏して、天を祈る。

——その禱《いの》りの必死懸命となるときは、願文《がんもん》を誦《じゅ》する声が、帳外の武者《つわもの》の耳にも聞《きこ》えてくるほどであった。

「——亮《リョウ》、乱世ニ生《ウマ》レテ、身ヲ農迹《ノウセキ》ニ隠《イン》ス所ニ、先帝三顧《サンコ》ノ恩ヲウケ、孤子ヲ託スルノ重キヲ被《コウム》ル。是《コレ》ニヨリテ、不才、犬馬ノ労ヲ尽《ツク》シ、貔貅《ヒキュウ》ノ大軍ヲ領シテハ、六度、祁山《キザン》ノ陣ニ出《イ》ヅ。ソレ臣ノ希《ネガ》ウトコロ、唯《タダ》誓ッテ反国ノ逆ヲ誅《チュウ》シ、以《モッ》テ先帝ノ遺詔《イショウ》ニコタエ、世々ノ大道ヲ明ラカニセンノミ。カカル秋《トキ》ニ意《オモ》ワザリキ、将星墜《オ》チントシテ、我今生《コンジョウ》ノ命スデニ終《オワ》ラントスルヲ天ノ告ゲ給《タモ》ウアラントハ。——謹ンデ静夜ヲ仰ギ、昭《アキラ》カナル天心ニ告《モウ》ス。北極元辰《ゲンシン》モマタ天慈ヲ垂レ地上ノ嘆《タン》ヲ聞キ給《タマ》エ。亮《リョウ》ノ命《メイ》ヤ一露ヨリ軽シト雖《イエド》モ任ハ万山ヨリ重シ。——憐《アワ》レ十年ノ寿ヲカシテ亮《リョウ》ガ業ヲ世ニ遂《ト》ゲ得《エ》サセ給《タマ》エ」

——こうして、晨《あした》になると彼は綿のごとく疲れ果てたであろう身に、また水をかぶって、病をなげうち、終日、軍務を見ていたという。

その七日間における彼の行《ぎょう》を、古書の記すところに見ると、惨心《さんしん》、読むに耐えないものがある。

――旦《アシタ》ヲ待チテハ、次ノ日マタ、病ヲ扶《タス》ケラレテ、時務ヲ治ム。為ニ、日々血ヲ吐イテ止《ヤ》マズ。死シテハマタ甦《ヨミガ》エル。

カクテ昼ハ共ニ魏《ぎ》ヲ伐《ウ》ツノ計《ハカリゴト》ヲ論ジ、夜ハ罡《コウ》ニ歩《ホ》シ、斗《ト》ヲ踏ンデ禱《ハライ》ヲナス。

その一念、その姿、まさに文字どおりであったろうと思われる。

秋風五丈原《しゅうふうごじょうげん》

一

魏《ぎ》の兵が大勢して仔馬《こうま》のごとく草原に寝ころんでいた。

一年中で一番季節のよい涼秋《りょうしゅう》八月の夜を楽しんでいるのだった。

そのうちに一人の兵が不意に、あっといった。

「やっ。何だろう？」

また、ひとりが指さし、そのほかの幾人かも、たしかに、目で見たと騒ぎ合った。

「ふしぎな流れ星だ」

「三つもだ。そして、二つは還《かえ》った。一つは、蜀《しょく》の軍営におちたきりだった」

「こんな奇異なことがあるものじゃない。黙っていると罰せられるぞ」

兵はめいめい営内のどこかへ去って行った。上将へ告げたのだろう。間もなく、司馬懿《しばい》の耳にも入っていた。

折ふし司馬懿《しばい》の手もとには、天文方から今夕観測された奇象を次のように記録して報じて来たところだった。

――長星《チョウセイ》アリ、赤クシテ茫《ボウ》。東西ヨリ飛ンデ、孔明《コウメイ》ノ軍営ニ投ジ、三タビ投ジテ二《フタ》タビ還《カエ》ル。ソノ流レ来ルトキハ光芒《コウボウ》大ニシテ、還《カエ》ルトキハ小サク、其《ソノ》ウチ一星ハ終《ツイ》ニ隕《オ》チテ還《カエ》ラズ。――占《セン》ニ曰《イワ》ク、両軍相当《アイアタ》ルトキ、大流星アリテ軍上ヲ走リ、軍中ニ隕《オ》ツルニ及ベバ、其軍《ソノグン》、破敗《ハハイ》ノ徴《チョウ》ナリ。

兵が目撃したという所と、この報告書とは、符節《ふせつ》を合したように一致していた。

「夏侯覇《かこうは》にすぐ参れといえ」

司馬懿《しばい》の眼こそ、俄然《がぜん》、あやしきばかりな光芒《こうぼう》をおびていた。

夏侯覇《かこうは》は、何事かと、すぐ走ってきた。司馬懿《しばい》は、陣外に出て、空を仰いでいたが、彼を見るや、早口に急命を下した。

「おそらく孔明《こうめい》は危篤《きとく》に陥《おち》ておるものと思われる。或《あ》いは、その死は今夜中かも知れぬ。天文を観《み》るに、将星もすでに位を失っている。――汝、すぐ千余騎をひっさげて五丈原《ごじょうげん》をうかがいみよ。もし蜀《しょく》勢が奮然と討って出たら、孔明《こうめい》の病はまだ軽いと見なければならぬ。怪我《けが》なきうちに引っ返せ」

はっと答《いら》えると、夏侯覇《かこうは》はすぐ手勢を糾合《きゅうごう》し、星降る野をまっしぐらに進軍して行った。

この夜は、孔明《こうめい》が禱《いの》りに籠《こも》ってから六日目であった。あと一夜である。しかも本命の主《しゅ》燈《とう》は燈《とも》りつづいているので、孔明《こうめい》は、

（わが念願が天に通じたか）

と、いよいよ精神をこらして、禱《いの》りの行《ぎょう》に伏していた。

帳外を守護している姜維《きょうい》もまた同様な気持《きもち》であった。ただ惧《おそ》れられるのは孔明《こうめい》が禱《いの》りのまま息絶えてしまうのではないかという心配だけである。――で折々《おりおり》彼は帳内の秘壇をそっと覗《のぞ》いていた。

孔明《こうめい》は、髪をさばき、剣を取り、いわゆる罡《こう》を踏み斗《と》を布《し》くという禱《いの》りの座に坐《すわ》ったま

まうしろ向きになっていた。

「……ああかくまでに」

と、彼はうかがうたび熱涙《ねつるい》を抑えた。孔明《こうめい》の姿は忠義の権化《ごんげ》そのものに見えた。

――すると、何事ぞ、夜も更《ふ》けているのに突然陣外におびただしい鬨《とき》の声がする。姜維《きょうい》は、ぎょっとして、

「見て来いっ」

と、すぐ守護の武者《つわもの》を外へ走らせた。ところへ入れ違いに、どやどやと駈《か》け入《い》ってきた者がある。魏延《ぎえん》だった。慌《あわ》てふためいた魏延《ぎえん》は、そこにいる姜維《きょうい》も突きのけて、帳中へ駈《か》け込《こ》み、

「丞相《じょうしょう》ッ。丞相《じょうしょう》ッ。魏《ぎ》軍が襲《よ》せてきました。遂に、こっちの望みどおり、しびれをきらして、司馬懿《しばい》のほうから戦端を開いて来ましたぞ」

喚《わめ》きながら、孔明《こうめい》の前へまわって、ひざまずこうとした弾《はず》みに、何かにつまずいたとみえ、ぐわらぐわらと壇の上の祭具やら供物やらが崩れ落ちた。

「やや。これはしくじった」

狼狽《ろうばい》した魏延《ぎえん》は、その上にまた、足もとに落ちてきた主燈《しゅとう》の一つを踏み消してしまった。

それまで、化石した如《ごと》く禱《いの》りをつづけていた孔明《こうめい》は、あっと、剣を投げ捨て、

「——死生命あり！　ああ、われ終《つい》に熄《や》むのほかなきか」

と、高くさけんだ。

姜維《きょうい》もすぐ躍り込んできて、剣を抜くや否《いな》、

「おのれっ、何たることを！」

と、無念を声にこめて、いきなり魏延《ぎえん》へ斬《き》ってかかった。

二

「姜維《きょうい》。止《よ》さんかっ」——孔明《こうめい》は声をしぼって、彼を叱《しか》った。

悲痛な気魄《きはく》が姜維《きょうい》を凝然《ぎょうぜん》と佇立《ちょりつ》させた。

「——主燈《しゅとう》の消えたのは、人為《じんい》ではない。怒るを止《や》めよ。天命である。なんの魏延《ぎえん》の科《とが》であるものか。静まれ、冷静になれ」

そういってから孔明《こうめい》は床に仆《たお》れ伏《ふ》した。——がまた、陣外の鼓《こ》や鬨《とき》の声を聞くと、すぐがばと面《おもて》を上げ、

「こよいの敵の奇襲は、仲達《ちゅうたつ》がはやわが病の危篤を察して、その虚実をさぐらせんため、急に一手を差し向けて来たに過ぎまい。——魏延《ぎえん》、魏延《ぎえん》。すぐに出て馳《か》け散《ち》らせ」

悄気《しょげ》ていた魏延《ぎえん》は、こう命ぜられると、日頃の猛気を持ち返して、あっとばかり躍り直

して出て行った。

魏延《ぎえん》が陣前に現《あら》われると、さすがに鼓《こ》の音も鬨《とき》の声もいちどにあらたまった。攻守たちまち逆転して、魏《ぎ》兵は馳《か》け散《ち》らされ、大将夏侯覇《かこうは》は馬を打って逃げ出していた。

孔明《こうめい》の病状はこの時から精神的にもふたたび恢復《かいふく》を望み得なくなっていた。翌日、彼はその重態にもかかわらず姜維《きょうい》を身近く招いていった。

「自分が今日まで学び得たところを書に著《あらわ》したものが、いつか二十四編になっている。わが言も、わが兵法も、またわが姿も、このうちにある。今、あまねく味方の大将を見るに、汝をおいてほかにこれを授けたいと思う者はいない」

手ずから自著の書巻を積んでことごとく姜維《きょうい》に授け、かつなお、

「後事の多くは汝に託しておくぞよ。この世で汝に会《お》うたのは、倖《しあわ》せの一つであった。蜀《しょく》の国は、諸道とも天嶮《てんけん》、われ亡《な》しとても、守るに憂いはない。ただ陰平《いんぺい》の一道には弱点がある。仔細《しさい》に備えて国の破れを招かぬように努めよ」

姜維《きょうい》が涙にのみ暮れていると、

「楊儀《ようぎ》を呼べ」

と、孔明《こうめい》は静かにいいつけた。

楊儀《ようぎ》に対しては、

「魏延《ぎえん》は、後にかならず、謀反《むほん》するであろう。彼の猛勇は、珍重すべきだが、あの性格は困りものだ。始末せねば国の害をなそう。わが亡《な》き後、彼が反《そむ》くのは必定《ひつじょう》であるから、その時にはこれを開いてみれば自ら策が得られよう」

と、一書を秘めた錦《にしき》の嚢《ふくろ》を彼に託した。

その夕方からまた容態が悪化した。しかし昏絶《こんぜつ》しては甦《よみがえ》ること数度で、幾日となく、同じ死生の彷徨《ほうこう》状態が続いた。

五丈原《ごじょうげん》から漢中《かんちゅう》へ、漢中《かんちゅう》から成都《せいと》へと、昼夜のわかちなく駅次ぎの早馬も飛んでいた。蜀《しょく》は遠い、待つ身の人々には、いや遠いここちがする。

「勅使のお下りに間に合うかどうか」

人々の願いも今はそれくらいに止《と》まっていた。誰もみな或《あ》るものを観念した。

成都《せいと》からは即刻、尚書僕射李福《しょうしょぼくやりふく》が下っていた。帝劉禅《ていりゅうぜん》のおどろきと優渥《ゆうあく》な勅を帯して夜を日に継いで急いでいるとは聞《きこ》えていたが、——なおまだここ五丈原《ごじょうげん》にその到着を見なかった。

しかし幸いに、費禕《ひい》がなお滞在している。孔明《こうめい》は、われ亡《な》き後は彼に嘱《しょく》するもの多きを思った。一日、その費禕《ひい》を招いて懇《ねんご》ろにたのんだ。

「後主劉禅《こうしゅりゅうぜん》の君も、はやご成人にはなられたが、遺憾ながら先帝のごときご古難を知っていられない。故に世をみそなわすこと浅く、民の心を汲《く》むにもうとく在《おわ》すのはぜひもない。故に、補佐の任たる方々が心を傾けて、君の徳を高うし、社稷《しゃしょく》を守り固め、以《もっ》て先帝のご遺徳を常に鑑《かがみ》として政治せられておれば間違いないと思う。才気辣腕《らつわん》の臣をにわかに用いて、軽率《けいそつ》に旧《ふる》きを破り、新奇の政を布《し》くは危うい因《もと》を作ろう。予が選び挙げておいた人々をよく用い、一短あり一部欠点はある人物とてみだりに廃《す》てるようなことはせぬがいい。その中で馬岱《ばたい》は忠義諸人に超え、国の兵馬を託すに足る者ゆえ、いよいよ重く扱《あつこ》うたがいい。諸政の部門は卿《けい》がこれを統轄総攬《とうかつそうらん》されよ。またわが兵法の機密はことごとく姜維《きょうい》に授けおいたから、戦陣国防の事は、まだ若しといえども、彼を信じて、その重責に当《あた》らすとも、決して憂うることはなかろう」

以上の事々を、費禕《ひい》に遺言し終《おわ》ってから孔明《こうめい》の面にはどこやら肩の重荷がとれたような清々《すがすが》しさがあらわれていた。

三

日々、そうした容態のくり返されている或《あ》る朝のこと。孔明《こうめい》は何思ったか、

「予を扶《たす》けて、車にのせよ」と、左右の者へ云《い》い出《だ》した。

人々はあやしんで何処《いずこ》へお渡り遊ばすかと、訊《たず》ねた。すると孔明《こうめい》は、

「陣中を巡見する」といって、すでに起《た》って、自ら清衣にあらためた。

命旦夕《たんせき》に迫りながら、なおそれまでに、軍務を気にかけておられるのかと、侍医も諸臣も涙に袖を濡《ぬ》らした。

千軍万馬を往来した愛乗の四輪車は推されて来た。孔明《こうめい》は白い羽扇《うせん》を持ってそれに乗り、味方の陣々を視《み》て巡《まわ》った。

この朝、白露は轍《わだち》にこぼれ、秋風は面《おもて》を吹いて、冷気骨に徹《とお》るものがあった。

「ああ。旌旗《せいき》なお生気あり。われなくとも、にわかに潰《つい》えることはない」

孔明《こうめい》は諸陣をながめてさも安心したように見えた。そして帰途、瑠璃《るり》の如《ごと》く澄んだ天を仰いでは、

「――悠久。あくまでも悠久」

と、呟《つぶや》き、わが身をかえりみてはまた、

「人命何ぞ仮《か》すことの短き。理想何ぞ余りにも多き」

と独り託《かこ》って、嘆息久しゅうしていたが、やがて病室に帰るやすぐまた打《う》ち臥《ふ》して、この日以来、とみに、ものいうことばも柔《やわら》かになり、そして眉《まゆ》から鼻色《びしょく》には死の相があらわれていた。

楊儀《ようぎ》をよんで、ふたたび懇《ねんご》ろに何か告げ、また王平《おうへい》、廖化《りょうか》、張翼《ちょうよく》、張嶷《ちょうぎ》、呉懿《ごい》なども

一人一人枕頭《ちんとう》に招いて、それぞれに後事を託するところがあった。

姜維《きょうい》にいたっては、日夜、側を離れることなく、起居《たちい》の世話までしていた。孔明《こうめい》は彼にむかって、

「几《つくえ》をそなえ、香を焚《た》き、予の文房具を取《と》り揃《そろ》えよ」

と命じ、やがて沐浴《もくよく》して、几前《きぜん》に坐《すわ》った。それこそ、蜀《しょく》の天子に捧《ささ》ぐる遺表《いひょう》であった。

認《したた》め終《おわ》ると、一同に向《むか》って、

「自分が死んでも、かならず喪《も》を発してはいけない。必然、司馬懿《しばい》は好機逸《いっ》すべからずと、総力を挙げてくるであろうから。――こんな場合のために、日頃から二人の工匠《たくみ》に命じて、自分は自分の木像を彫らせておいた。それは等身大の坐像《ざぞう》だから車に乗せて、周《まわ》りを青《あお》き紗《しゃ》をもっておおい、めったな者を近づけぬようにして、孔明《こうめい》なお在りと、味方の将士にも思わせておくがいい。――然《しか》る後、時を計って、魏《ぎ》勢の先鋒《せんぽう》を追い、退路を開いてから後、初めて、わが喪《も》を発すれば、おそらく大過なく全軍帰国することを得よう」

と、訓《おし》え、しばらく呼吸をやすめていたが、やがてなおこう云《い》い足《た》した。

「――予の坐像《ざぞう》を乗せた喪車《もしゃ》には、座壇の前に一盞《いっさん》の燈明《とうみょう》をとぼし、米七粒、水すこしを唇《くち》にふくませ、また柩《ひつぎ》は氈車《せんしゃ》の内に安置して汝ら、左右を護《まも》り、歩々粛々《しゅくしゅく》、通るならば、たとえ千里を還《かえ》るも、軍中常の如《ごと》く、少しも紊《みだ》れることはあるまい」

と云《い》いのこした。

さらに、退路と退陣の法を授け、語をむすぶにあたって、

「もう何も云《い》いおくことはない。みなよく心を一つにして、国に報じ、職分をつくしてくれよ」

人々は、流涕《りゅうてい》しながら、違背なきことを誓った。

たそがれ頃、一時、息絶えたが、唇に、水をうけると、また醒《さ》めたかのごとく、眼をみひらいて、宵闇の病床から見える北斗星《ほくとせい》のひとつを指さして、

「あれ、あの煌々《こうこう》とみゆる将星が、予の宿星である。いま滅前の一燦《いっさん》をまたたいている。見よ、見よ、やがて落ちるであろう……」

いうかと思うと、孔明《こうめい》その人の面は、たちまち白蠟《びゃくろう》の如《ごと》く化して、閉じた睫毛《まつげ》のみが植え並べたように黒く見えた。

黒風一陣、北斗《ほくと》は雲に滲《にじ》んで、燦《さん》また滅、天ただ啾々《しゅうしゅう》の声のみだった。

四

孔明《こうめい》の死する前後を描くにあたって、原書三国志《さんごくし》の描写は実に精細を極めている。そしてその偉大なる「死」そのものの現実を、あらゆる意味において詩化している。

この国にあるところの不死の観念と、やがて日本の詩や歌や「もののあわれ」に彩《いろど》られた人々の生死観とでは、もちろん大きな相違があるが、とまれ諸葛孔明《しょかつこうめい》の死に対しては、当時にあってもその蜀《しょく》人たると魏《ぎ》人たるを問わず、何らか偉大なる霊異《りょうい》に打たれたことは間違いなく、そして原三国志《げんさんごくし》の著者までが、何としても彼を敢《あ》えなく死なすに忍びなかったようなものが、随所その筆ぶりにもうかがわれるのである。

たとえば、孔明《こうめい》が最後に北斗《ほくと》を仰いで、自己の宿星を指さし、はやその命落ちんと云《い》い終《おわ》って息をひきとった後にも、なお、その後から成都《せいと》の勅使李福《りふく》が着いたことになっていて、勅使と聞くや、孔明《こうめい》はふたたび目をひらいて、次のようなことばを奉答しているというような条《くだり》も、そうした筆者の愛惜《あいせき》の余りから出ているものと思われるのである。——が、ここではむしろ、その不合理などを問わず原書のままを訳しておくことにする。そのほうが千七百年前から今日まで、孔明《こうめい》の名とともにこの書を愛しこの書を伝《つた》え来《きた》った民族のこころを理解するにも良いと訳者にも考えられるからである。

——勅使と聞いて、ふたたび目をみひらいた孔明《こうめい》は、李福《りふく》を見てこういったという。

「国家の大事を誤ったものは自分だ。慙愧《ざんき》するのほかお詫《わ》びすることばもない……」

それからまた、こう訊《たず》ねたという。

「臣亮《りょう》の亡《な》き後は、誰を以《もっ》て丞相《じょうしょう》の職に任ぜんと……陛下には、それをば第一に、勅使を以《もっ》て、ご下問になられたことであろう。われ亡《な》き後は、蔣琬《しょうえん》こそ、丞相《じょうしょう》たるの人である」

李福《りふく》が、かさねて、

「もし蔣琬《しょうえん》がどうしてもお受けしない時は誰が適任でしょう」

「費禕《ひい》がよい」

と答え、李福《りふく》がさらに、次のことを訊《たず》ねると、もう返辞がなかった。

諸人が近づいてみると、息絶えて、まったく薨《こう》じていたというのである。

時は蜀《しょく》の建興《けんこう》十二年秋八月二十三日。寿《じゅ》五十四歳。

これのみは、多くの史書も演義の類書もみな一致している。人寿五十とすれば、短命とはいえないかも知れないが、孔明《こうめい》の場合にあっては実に夭折《わかじに》であったようなここちがする。

彼の死は、蜀《しょく》軍をして、空しく故山に帰らしめ、また以後の蜀《しょく》の国策も、一転機するのほかなきに至ったが、個人的にも、ずいぶん彼の死の影響は大きかったらしい。

蜀《しょく》の長水校尉《ちょうすいこうい》をしていた廖立《りょうりゅう》という者は、前から自己の才名を恃《たの》んで、(孔明《こうめい》がおれをよく用《もち》いないなんていうのは、人を使う眼のないものだ)などと同僚にも放言していたくらいな男だが、その覇気《はき》と自負が過ぎるので、孔明《こうめい》は一時彼の官職を取り上げ、汶山《ぶんざん》という僻地《へきち》へ追って謹慎を命じておいた。

この廖立《りょうりつ》は、孔明《こうめい》の死を聞くと自己の前途を見失ったように嘆いて、

——吾《ワレ》終《ツイ》ニ衽《エリ》ヲ左ニセン
といったということである。

またさきに梓潼郡《しどうぐん》に流されていた前軍需相《ぐんじゅしょう》の李厳《りげん》も、

「孔明《こうめい》が生きてあらん程には、いつか自分も召《め》し還《かえ》されることがあろうと楽しんでいたが、あの人が亡くなられては、自分が余命を保っている意味もない」

といって、その後ほどなく、病を得て死んだといわれている。

とにかく、彼の死後は、しばらくの間、天地も寥々《りょうりょう》の感があった。ことに、蜀《しょく》軍の上には、天愁《うれ》い地悲しみ、日の色も光がなかった。

姜維《きょうい》、楊儀《ようぎ》たちは、遺命に従ってふかく喪《も》を秘し、やがて一営一営静かに退軍の支度《したく》をしていた。

死《し》せる孔明《こうめい》、生《い》ける仲達《ちゅうたつ》を走《はし》らす

一

一夜、司馬懿《しばい》は、天文を見て、愕然《がくぜん》とし、また歓喜してさけんだ。

「──孔明《こうめい》は死んだ！」

彼はすぐ左右の将にも、ふたりの息子にも、昂奮《こうふん》して語った。

「いま、北斗《ほくと》を見るに、大なる一星は、昏々《こんこん》と光をかくし、七星の座は崩《くず》れている。こんどこそ間違いはない。今夕《こんせき》、孔明《こうめい》は必ず死んだろう」

人々は急に息をひそめた。敵ながらその人亡《な》しと聞くと何か大きな空《うつ》ろを抱かせられたのである。仲達《ちゅうたつ》もまさにその一人だったが、老来いよいよ健《けん》なるその五体に多年の目的を思《おも》い起《おこ》すや、勃然《ぼつぜん》と剣を叩《たた》いて、

「蜀《しょく》軍に全滅を加えるは今だ。──準備を伝えろ。総攻撃を開始する」

司馬師《しばし》、司馬昭《しばしょう》の二子は、父の異常な昂奮《こうふん》に、却《かえ》って二の足をふんだ。

「ま。お待ちなされませ」

「なぜ止めるか」

「この前の例もあります。孔明《こうめい》は八門遁甲《はちもんとんこう》の法を得て、六丁六甲《ろくちょうろっこう》の神《しん》をつかいます。或《ある》いは、天象に奇変を現《あら》わすことだってできない限りもありません」

「ばかな。愚眼を惑《まど》わして、風雨を擬し、昼夜の黒白をあやまらす術はあっても、あのあきらかな星座を変じることなどできるものではない」

「でも、いずれにしろ、孔明《こうめい》が死んだとすれば、蜀《しょく》軍の破れは必至でしょう。慌てるには及びません。まず夏侯覇《かこうは》にお命じあって、五丈原《ごじょうげん》の敵陣をうかがわせては如何《いかが》ですか」

これは息子たちの云《い》い分《ぶん》のほうが正しいように諸将にも聞《きこ》えた。息子自慢の司馬懿《しばい》は、息子たちにやり込められると、むしろうれしいような顔つきをした。

「む、む。……なるほど。それも大きにそうだ。では夏侯覇《かこうは》、敵にさとられぬように、そっと蜀《しょく》軍の空気を見さだめて来い」

夏侯覇《かこうは》は、命を奉じて、わずか二十騎ほどを連れ、繚乱《りょうらん》の秋暗《くら》く更《た》けた曠野《こうや》の白露《はくろ》を蹴《け》って探りに行った。

蜀陣《しょくじん》の外廓線《がいかくせん》は、魏延《ぎえん》の守るところであったが、ここの先鋒《せんぽう》部隊では、魏延《ぎえん》を始めまだ誰も孔明《こうめい》の死を知っていなかった。

ただ魏延《ぎえん》はゆうべ変な夢を見たので、今日は妙にそれが気になっていた。けれどちょうど午頃《ひる》ぶらりと訪ねてきた友達の行軍司馬《こうぐんしば》趙直《ちょうちょく》が、

「それは吉夢じゃないか。気にするに当《あた》らんどころか、祝ってもいいさ」

と云《い》ってくれたので、大いに気をよくしていた所である。

彼が見た夢というのは、自分の頭に角《つの》が生えたという奇夢であった。

それを趙直《ちょうちょく》に話したところ、趙直《ちょうちょく》は非常に明快に夢占《ゆめうら》を解いてくれた。

「麒麟《きりん》の頭にも角《つの》がある。蒼龍《そうりゅう》の頭にも角《つの》はある。凡下《ぼんげ》の者が見るのは凶になるが、将軍のような大勇才度のある人が見るのは実に大吉夢といわねばならん。なぜならばこれを卦《け》について観《み》るならば、変化昇騰《へんかしょうとう》の象《かたち》となるからだ。按《あん》ずるに将軍は今から後、かならず大飛躍なされるだろう。そして位《くらい》人臣を極めるにちがいない」

ところが、この趙直《ちょうちょく》は、そこから帰る途中、尚書《しょうしょ》の費禕《ひい》に出会っている。そして、費《ひ》禕《い》から、

「どこへ行ったか」と、訊《き》かれたので、ありのまま、

「いま、魏延《ぎえん》の陣所をちょっと覗《のぞ》いたところ、いつになく屈託顔《くったくがお》しているので、どうしたのかと訊《き》くと、かくかくの夢を見たというので、夢判断をしてやって来たところだ」と答えた。

すると費禕《ひい》は、重ねて訊《たず》ねた。

「足下《そっか》の判断はほんとのことか」

「いやいや。実際は、はなはだ凶夢で、彼のためには憂うべきことだが、あの人間にそんな真実を話しても恨まれるだけのことだから、いい加減なこじつけを話してやったに過ぎない」

「では、どう凶《わる》いのか。その夢は」

「角という文字は、刀を用うと書く。頭に刀を用いるときは、その首が落ちるにきまっているじゃありませんか」

趙直《ちょうちょく》は笑って去った。

二

立ち別れたが、費禕《ひい》はあわてて、趙直《ちょうちょく》のほうへ戻って、もう一度、こういった。

「今のこと、誰にも云《い》い給《たも》うな。たのむぞ」

「え。今のこととは」

「足下《そっか》の語った魏延《ぎえん》の夢のはなしをだ」

「ああ、よいとも」

趙直《ちょうちょく》に途中で会った顔はどこにも見せず、その夜、費禕《ひい》は魏延《ぎえん》の陣所へ来て、彼と対談していた。

「今夕参ったのは、ほかでもない、昨夜ついにわが丞相《じょうしょう》は薨《こう》ぜられました。そのご報告に来たわけです」

「えっ、ほんとか」

日頃孔明《こうめい》を目の上の瘤《こぶ》としていた魏延《ぎえん》も、さすがに驚愕《きょうがく》してしばし茫然《ぼうぜん》の態《てい》だった。

——が、たちまち云《い》い出《だ》した。

「いつ喪《も》を発するかね」

「喪《も》はしばらく発するなかれとご遺言でありました」

「丞相《じょうしょう》に代《かわ》って、軍権を執るものは誰となっておるな」

「楊儀《ようぎ》に命ぜられました。また、兵法密書口伝《くでん》は、生前ことごとく姜維《きょうい》に授けられたようで」

「あんな黄口児《こうこうじ》にか。……ま、それはいいが、楊儀《ようぎ》はむしろ文官向きな人物ではないか。孔明亡《こうめいな》しといえども、なお魏延《ぎえん》がおる。楊儀《ようぎ》はただ柩《ひつぎ》を守って国へ帰り、地を選んで葬《ほうむ》りをなせばそれでいい。——五丈原頭《ごじょうげん》の蜀《しょく》軍は、かくいう魏延《ぎえん》が統《す》べて、魏《ぎ》を打ち破ってみせよう。孔明《こうめい》ひとりがいなくなったからといって国家の大事を止《や》むべきでない」

たいへんな気焔《きえん》である。費褘《ひい》は少しも逆らわなかった。で、彼はいよいよ調子に乗って大言した。

「元来、初めから此方《こなた》の献策を孔明《こうめい》が用いていれば、蜀《しょく》軍は今頃はとうに長安《ちょうあん》を占領しているのさ。だが孔明《こうめい》は、由来俺が煙たくてならなかったのだ。葫蘆谷《ころこく》ではあやうく焼き殺される所だったからな。——しかしその彼が先に死んでしまった以上、恨みはいうまい。ただ、楊儀《ようぎ》の下に従うことなどは魏延《ぎえん》はいさぎよしとする所ではない。彼の如《ごと》きは一長《いちちょう》史《し》ではないか。俺の官は、前軍征西《せいせい》大将軍南鄭侯《なんていこう》であった」

「ごもっともです。お気持《きもち》はよくわかります」

「ご辺は俺を扶《たす》けるか」

「大いにお力になりましょう」

「百万の味方に勝《まさ》る。では、誓書《せいしょ》も書くな」

「もちろん書きましょう」

欣然《きんぜん》と、彼は盟書をかいて、魏延《ぎえん》に渡した。

「一献《いっこん》祝そう」

魏延《ぎえん》は、酒を出した。費褘《ひい》は態《てい》よく杯をうけて、

「——が、お互いに、妄動《もうどう》は慎みましょう。司馬懿《しばい》につけ込まれるおそれがありますか

ら」

「それはもとより重要だ。しかし楊儀《ようぎ》が不服を鳴らすだろうな」

「それは私から説きつけます」

「うまくやってくれ」

「お信じ下さい。首尾はいずれ後刻お沙汰《さた》します」

費褘《ひい》は本陣へ帰った。そしてなお悲愁《ひしゅう》の裡《うち》にある諸将を寄せて、

「丞相《じょうしょう》のおことばに違《たが》いなく、魏延《ぎえん》は叛気《はんき》満々で、むしろこの時をよろこんでおるふうだ。この上は、ご遺言どおり姜維《きょうい》を後陣として、われらもまた、制法に従って退陣にかかろうではないか」

と、相談した。

予定のことである。異議なくきまった。そこで極密《ごくみつ》のうちに諸陣の兵を収め、万端ととのえおわって、翌夜しずかに総引揚《そうひきあ》げを開始した。

一方の魏延《ぎえん》は、首を長くして、費褘《ひい》の吉報を待っていたが、いっこう沙汰《さた》がないので、

「何としたことだ？　あの長袖《ながそで》は」と、その悠長にいらいらしていた。

ふと、馬岱《ばたい》の顔を見たので、彼はその腹蔵のものを、馬岱《ばたい》に打ち明けた。すると馬岱《ばたい》は、

「いや、それは眉唾《まゆつば》ですぞ。昨朝彼の帰るとき見ていたが、陣門から馬に飛びのるや否《いな》、

ひどく大あわてに鞭《むち》をあてて行きましたからな」

「そんな挙動が見えたか」

「おそらく詐《いつわ》りでしょう」

ところへ、物見の者から、昨夜来、味方の本軍は総引揚《そうひきあ》げにかかって、すでに大半は退き、後陣の姜維《きょうい》もはや退軍にかかっているとと告げて来たので、魏延《ぎえん》はいよいよ慌て出した。

三

もしこのままなお知らずにいれば彼は五丈原《ごじょうげん》の前線に置き去りを喰《く》うところであった。愕《おどろ》きもし、憤りもして、魏延《ぎえん》は拳《こぶし》を振った。

「費禕《ひい》の腐れ儒者め。よくもうまうまとおれを騙《だま》して、出し抜けを喰《く》わせたな。うぬ。かならず素っ首を引き抜くぞ」

まるで旋風《つむじ》でも立つように、彼はたちまち号令して陣屋を畳ませ、馬具兵糧のととのえもあわただしく、すべてを打ち捨てて本軍のあとを追った。

一面、魏《ぎ》陣のうごきはと見るに——さきに司馬懿《しばい》の命をうけて五丈原《ごじょうげん》の偵察に出ていた夏侯覇《かこうは》は、馬も乗りつぶすばかり、鞭《むち》を打ち続けて帰ってきた。

待ちかねていた司馬懿《しばい》は、姿を見るやいなや訊《たず》ねた。

「どうであった？」

「どうも変です」

「変とは」

「蜀《しょく》軍はひそかに引揚《ひきあ》げの準備をしておるようです」

「さてこそ！」

司馬懿《しばい》は手を打って叫んだ。そしてそのふたつの巨《おお》きな眼にも快哉《かいさい》きわまるかの如《ごと》き情をらんらんと耀かしながら、帷幕《いばく》の諸大将をぎょろぎょろ見まわしつつ、足をそばだててこう喚《わめ》きまたこう号令を発した。

「孔明《こうめい》死す。孔明《こうめい》死せりか。——いまは速《すみ》やかに残余の蜀《しょく》兵を追いかけ追いくずし、鑓《やり》も刃も血に飽くまでそれを絶滅し尽《つく》す時だ。天なる哉《かな》、時なる哉《かな》、いざ行こう。いざ来い。出陣の鉦鼓《しょうこ》鉦鼓《しょうこ》」

と急《せ》きたてた。

銅鑼《どら》は鳴る。鼓《こ》は響く。

陣々、柵という柵、門という門から、旗もけむり、馬もいななき、あたかも堰《せき》を切って出た幾条《いくすじ》もの奔流《ほんりゅう》の如《ごと》く、全魏《ぎ》軍、先を争って、五丈原《ごじょうげん》へ馳《か》けた。

「父上父上。壮者輩《わかものばら》にまじって、そんなにお急ぎになっても大丈夫ですか」

ふたりの息子は、老父の余りな元気にはらはらしながら、絶えず左右に鐙《あぶみ》を寄せて走っていた。

「何の、大丈夫じゃよ。司馬《しば》仲達《ちゅうたつ》はまだ老いん」

「いつもは、大事に大事をとられるお父上が、今度は何でこう急激なんですか」

「あたり前なことを問うな。魂《こん》落ちて、五臓みな損じた人間は、どんなことがあっても、再び生きてわが前に立つことはない。孔明《こうめい》のいない蜀《しょく》軍は、これを踏みつぶすも、これを生捕《いけど》るも、これを斬《き》るも、自由自在だ。こんな痛快なことはない」

夏侯覇《かこうは》がまた後ろでいった。

「都督都督《ととくととく》。余りに軽々しくお進みあるな。先鋒《せんぽう》の大将がもっと前方に出るまでしばらく御手綱《おんたづな》をゆるやかになし給《たま》え」

「兵法を知らぬ奴。多言を放つな」

司馬懿《しばい》は振り向いて叱《しか》りつけた。そして少しも奔馬《ほんば》の脚をゆるめようとしなかった。

すでにして五丈原《ごじょうげん》の蜀《しょく》陣に近づいたので、魏《ぎ》の大軍は鼓躁《こそう》して一時になだれ入ったが、この時もう蜀《しょく》軍は一兵もいなかった。さてこそあれと司馬懿《しばい》はいよいよ心を急にして、師《し》、昭《しょう》の二子に向《むか》い、

「汝らは後陣の軍をまとめて後よりつづけ。敵はまださして遠くには退《ひ》いておるまい。わ

れ自ら捕捉して退路を断たん。後より来い」

と、息もつかず追いかけて行った。

するとたちまち一方の山間《やまあい》から闘志潑剌《はつらつ》たる金鼓《きんこ》が鳴り響いた。蜀《しょく》軍あり、と叫ぶものがあったので、司馬懿《しばい》が駒を止めてみると、まさしく一彪《いっぴょう》の軍馬が、蜀江《しょっこう》の旗と、丞相《じょうしょう》旗《き》を振りかかげ、また、一輛《いちりょう》の四輪車を真っ先に押して馳《か》け向《むか》ってくる。

「や、や?」

司馬懿《しばい》は、仰天した。

死せりとばかり思っていた孔明《こうめい》は白羽扇《びゃくうせん》を持ってその上に端坐《たんざ》している。車を護《まも》り繞《めぐ》っている者は、姜維《きょうい》以下、手に手に鉄槍《てつやり》を持った十数人の大将であり、士気、旗色、どこにも陰々たる喪《も》の影は見えなかった。

「すわ、またも不覚。孔明《こうめい》はまだ死んでいない。——浅慮《あさはか》にもふたたび彼の計にかかった。それっ、還《かえ》れ還《かえ》れっ」

仲達《ちゅうたつ》は度を失って、馬に鞭《むち》打ち、にわかに後ろを見せて逃げ出した。

四

「司馬懿《しばい》、何とて逃げるか。反賊仲達《ちゅうたつ》、その首をさずけよ」

蜀《しょく》の姜維《きょうい》は、やにわに槍《やり》をすぐって、孔明《こうめい》の車の側から征矢《そや》の如《ごと》く追ってきた。

突然、主将たる都督《ととく》仲達《ちゅうたつ》が、駒をめぐらして逃げ出したのみか、先駆の諸将も口々に、

――孔明《こうめい》は生きている！

――孔明《こうめい》なお在り！

と、驚愕狼狽《きょうがくろうばい》して、我先に馬を返したので、魏《ぎ》の大軍は、その凄《すさま》じい怒濤《どとう》のすがたを、急激に押し戻されて、馬と馬はぶつかり合い、兵は兵を踏みつぶし、阿鼻叫喚《あびきょうかん》の大混乱を現出した。

蜀《しょく》の諸将と、その兵は、思うさまこれに鉄槌《てっつい》を加えた。わけて姜維《きょうい》は潰乱《かいらん》する敵軍深く分け入って、

「司馬懿《しばい》、司馬懿《しばい》。どこまで逃げる気か。せっかく、めずらしくも出て来ながら、一槍《いっそう》もまじえず逃げる法はあるまい」

と、鞍鐙《くらあぶみ》も躍るばかり、馬上の身を浮かして、追いかけ追いかけ呼ばわっていた。

仲達《ちゅうたつ》はうしろも見なかった。押し合い踏み合う味方の混乱も蹄《ひづめ》にかけて、ただ右手《めて》なる鞭《むち》を絶え間なく、馬の尻に加えていた。身を鬣《たてがみ》へ打《う》ち俯《ふ》せ、眼は空を見ず、心に天冥《てんめい》の加護を念じ、ほとんど、生ける心地もなく走った。

だが、行けども行けども、誰か後ろから追ってくる気がする。そのうちおよそ五十里も

駈《か》け続《つづ》けると、さしも平常名馬といわれている駿足《しゅんそく》もよろよろに脚がみだれて来た。口に白い泡ばかりふいて、鞭《むち》を加えられても、いたずらに一つ所に足掻《あが》いているように思われる。

「都督都督《ととくととく》。我々です。もうここまで来れば大丈夫。そうおそれ遊ばすにはあたりません」

追いついてきた二人の大将を見ると、それは敵にはあらで、味方の夏侯覇《かこうは》、夏侯威《かこうい》の兄弟であった。

「ああ。汝らであったか……」

と、仲達《ちゅうたつ》は初めて肩で大息をついたが、なおしたたる汗に老眼晦《くら》く霞《かす》んで半刻ほどは常の面色にかえらなかったと、後々まで云《い》い伝《つた》えられた。

実際、彼の顚倒《てんとう》した愕《おどろ》きぶりは察するに余りあるものがある。彼においてすらそうであったから魏《ぎ》の大軍がうけた損傷は莫大《ばくだい》だった。このとき夏侯覇《かこうは》兄弟は、

「蜀《しょく》の勢は急激にまた退いたようですから、この際、お味方を立て直して、さらに猛追撃を試みられてはどうです」

と、すすめたが、孔明《こうめい》なお在りと、一時に信じて恐怖していた司馬懿《しばい》は、容易に意を決するに至らず、ついに全軍に対して引揚《ひきあ》げを命じ自身も近道を取って、空しく渭水《いすい》の陣へ

帰ってしまった。

散走した諸将もやがて追々《おいおい》に集まり、逃散した近辺の百姓もぼつぼつ陣門に来ていろいろな説をなした。それらの者の報告を綜合《そうごう》してみると、大体次のような様子がようやく知れた。

すなわち、蜀《しょく》軍の大部分は、疾《と》く前日のうちに五丈原《ごじょうげん》を去り、ただ姜維《きょうい》の一軍のみが最後の最後まで踏《ふ》み止《とど》まっていたものらしい。

ことに、百姓達にいわせると、

「初めの日、蜀《しょく》の軍が、夕方からたくさんに五丈原《ごじょうげん》から西方の谷間に集まりました。そして白の弔旗《ちょうき》と黒い喪旗《もき》を立てならべ、一つの蓋霊車《がいれいしゃ》を崇《あが》めて、人々の嘆き悲しむ声が夜明け頃まで絶えませんでした」と、目撃したその日の実情を口々に伝え、

「車の上の孔明《こうめい》も、青い紗《しゃ》をめぐらしてありましたが、どうも木像のように思われました」

とも語った。

こう聞いて初めて司馬懿《しばい》は孔明《こうめい》の死のやはり真実であったのをさとった。急に再び兵を発して長駆追ってみたが、すでに蜀《しょく》軍の通ったあとには渺《びょう》として一刷《いっさつ》の横雲が山野をひいているのみだった。

「今は、追うも益はない。如《し》かず長安《ちょうあん》に帰って、予も久々で安臥《あんが》しよう」

赤岸坡《せきがんは》から引っ返して、帰途、孔明《こうめい》の旧陣を見るに、出入りの趾《あと》、諸門衙営《がえい》の名残《なご》り、みな整々と法にかなっている。

司馬懿《しばい》は、低徊《ていかい》久しゅうして、在りし日の孔明《こうめい》を偲《しの》びながら、独りこう呟《つぶや》いたという。

「真《まこと》に、彼や天下の奇才。おそらくこの地上に、再びかくの如《ごと》き人を見ることはあるまい」

松《まつ》に古《こ》今《こん》の色《いろ》無《な》し

一

旌旗《せいき》色なく、人馬《じんば》声なく、蜀山《しょくさん》の羊腸《ようちょう》たる道を哀々《あいあい》と行くものは、五丈原頭《ごじょうげん》のうらみを霊車に駕《が》して、空《むな》しく成都《せいと》へ帰る蜀《しょく》軍の列だった。

「ゆくてに煙が望まれる。……この山中に不審なことだ。誰か見てこい」

楊儀《ようぎ》、姜維《きょうい》の両将は、物見を放って、しばらく行軍を見合わせていた。道はすでに有名な桟道《さんどう》の嶮岨《けんそ》に近づいていたのである。

一報。二報。偵察隊は次々に帰ってきた。

すなわち云《い》う。この先の桟道《さんどう》を焼き払って、道を阻《はば》めている一軍がある。それは魏延《ぎえん》にちがいないと。

「さてこそ」

姜維《きょうい》は扼腕《やくわん》したが、楊儀《ようぎ》は文吏である。どうしようと色を失った。

「心配はない。日数はかかるが、槎山《さざん》の間道を辿《たど》れば、桟道《さんどう》によらず、南谷《なんこく》のうしろへ出られる」

嶮岨《けんそ》、隘路《あいろ》を迂回《うかい》して、全軍は辛《から》くも南谷《なんこく》をふさいでいる魏延《ぎえん》軍のうしろへ出た。途上から、楊儀《ようぎ》はこの顚末《てんまつ》を、成都《せいと》へ報じた。ところが、その前に、魏延《ぎえん》からも、上表がとどいていた。

(楊儀《ようぎ》、姜維《きょうい》の徒が、丞相薨《じょうしょうこう》ぜられるや、たちまち、兵権を横奪《おうだつ》して、乱を企《くわだ》てておるので、自分は彼らを討つ所存である)

というのが魏延《ぎえん》からの上奏文であり、後から届いた楊儀《ようぎ》の上表には、それとはまったく反対な実状が訴えられてきた。

孔明《こうめい》の訃《ふ》が報じられて、成都宮《せいときゅう》の内外は、哀号《あいごう》の声と悲愁《ひしゅう》の思いに閉じられ、帝劉禅《ていりゅうぜん》も皇后も日夜かなしみ嘆いていた折なので、この直後の変に対しても、いかに裁いてよいか、判断にも迷った。

すると蔣琬《しょうえん》が、こう云《い》ってなぐさめた。

「丞相《じょうしょう》遠く出られる日より、ひそかに魏延《ぎえん》の叛骨《はんこつ》は憂いのたねとしておられました。平素その活眼ある丞相《じょうしょう》のことゆえ、必ずや死後のおもんぱかりをなして、何らかの策を楊儀《ようぎ》らに遺《のこ》して逝ったにちがいありません。しばらく、次の報《し》らせをお待ちあそばしませ」

蔣琬《しょうえん》の言はさすがによく事態をみ、孔明《こうめい》の遺志を知るものでもあった。

魏延《ぎえん》は手勢数千をもって、桟道《さんどう》を焼《や》き落《おと》し、南谷《なんこく》を隔てて、「楊儀《ようぎ》や姜維《きょうい》に一泡吹かせてくれん」と、構えていたものだが、何ぞ知らん、その相手が間道づたいにうしろへ迫っていたことに気づかなかった。

必然、彼の旺《さかん》なる覇気《はき》叛骨《はんこつ》も、一敗地にまみれ去った。手勢の大半は、千仭《せんじん》の谷底へ追《お》い落《おと》しを喰《く》い、残余の兵をかかえて、命からがら逃げのびた。

かかる中にも慌てず騒がず、彼に従ってしかもなお無疵《むきず》の精兵を部下に持っていたのはかの馬岱《ばたい》だった。

魏延《ぎえん》はかつて彼に加えた我意傲慢《がいごうまん》もわすれて今は馬岱《ばたい》をたのみにして諮《はか》った。

「どうしよう。いっそのこと、魏《ぎ》の国へ逃げこんで、曹叡《そうえい》に降《くだ》ろうか」

「何たるお気の小さいことをいわるるか。東西両川《りょうせん》の人士はみな孔明《こうめい》なくんば魏延《ぎえん》こそ蜀《しょく》の将来を担《にな》う者と嘱目《しょくもく》していたのではありませんか。またあなたもその自負信念があればこそ桟道《さんどう》を焼いたのでしょう」

「そうだ。もとよりそうであったが……」

「なぜ初志を貫徹なさらないのですか。及ばずながら馬岱《ばたい》もおりますのに」

「貴公もあくまで行動を共にしてくれるか」

「ひとたび一つ旗の下に陣夢を結んだ宿縁からもあなたを離れるようなことはいたしません」

「有難《ありがた》い。さらば南鄭《なんてい》へ襲《よ》せかけよう」

と、兵備をあらためて、そこへ急襲に向《む》かった。

南谷《なんこく》を渡って、魏延《ぎえん》に一痛打を加え去った楊儀《ようぎ》、姜維《きょうい》らは、先を急いでその霊車を南鄭《なんてい》城《じょう》の内に安んじ、さて殿軍《しんがり》が着くのを待って、魏延《ぎえん》のうごきを訊《き》いていたところであった。

「――なに。なおまっしぐらにこれへ攻めてくるとか。小勢とはいえ、蜀中一《しょくちゅういち》の勇猛、加うるに、馬岱《ばたい》も彼を助けておる。油断はなりませぬぞ」

姜維《きょうい》がかく戒めると、楊儀《ようぎ》の胸には、この時とばかり、思い出されたものがある。それは孔明《こうめい》が臨終の折、自分に授けて、後日、魏延《ぎえん》に変あるとき見よ、と遺言して逝った――あの錦《にしき》の嚢《ふくろ》であった。

二

嚢《ふくろ》の中には一書が納められてあった。孔明《こうめい》の遺筆たるはいうまでもない。封の表には、

――魏延《ぎえん》、叛《はん》を現《あら》わし、その逆を伐《う》つ日まではこれを開いて秘力を散ずるなかれ。

と、したためてある。

楊儀《ようぎ》と姜維《きょうい》は嚢中《のうちゅう》の遺計が教える所に従って、急に作戦を変更した。すなわち閉じたる城門を開け放ち、姜維《きょうい》は銀鎧金鞍《ぎんがいきんあん》という武者振りに、丹槍《たんそう》の長きを横にかかえ、手兵二千に、鼕々《とうとう》と陣歌を揚げさせて、城外へ出た。

魏延《ぎえん》は、はるかにそれを見、同じく雷鼓《らいこ》して陣形を詰めよせて来た。やがて漆黒《しっこく》の馬上に、朱鎧緑帯《しゅがいりょくたい》し、手に龍牙刀《りゅうがとう》をひっさげて、躍り出たる者こそ魏延《ぎえん》だった。

味方であった間は、さまでとも思えなかったが、こうして敵に廻《まわ》してみると、何さま魁《かい》偉《い》な猛勇に違いない。姜維《きょうい》も並ならぬ大敵と知って、心中に孔明《こうめい》の霊を念じながら叫んだ。

「丞相《じょうしょう》の身も未《いま》だ冷えぬうちに、乱を謀《たくら》むほどな悪党は蜀《しょく》にはいない筈《はず》だ。日頃を悔いて自ら首を、霊車に供え奉りに来たか」

「笑わすな、姜維《きょうい》」

魏延《ぎえん》は、唾《つば》して軽くあしらった。

「まず、楊儀《ようぎ》を出せ、楊儀《ようぎ》からさきに片づけて、然《しか》る後、貴様の考え次第ではまた対手《あいて》にもなってやろう」

すると、後陣の中からたちまち楊儀《ようぎ》が馬をすすめて来た。

「魏延《ぎえん》！　野望を持つもいいが、身の程を量って持て。一斗《いっと》の瓶《かめ》へ百斛《こく》の水を容《い》れようと考える男があれば、それは馬鹿者だろう」

「おっ、おのれは楊儀《ようぎ》だな」

「口惜しくば天に誓ってみよ。——誰か俺を殺し得んや——と」

「なにを」

「——誰か俺を殺し得んやと、三度叫んだら、漢中《かんちゅう》はそっくり汝に献じてくれる。いえまい、それほどな自信は叫べまい」

「だまれ、孔明《こうめい》すでに亡《な》き今日、天下に俺と並び立つ者はない。三度はおろか何度でもいってやろう」

魏延《ぎえん》は馬上にそりかえって大音をくり返した。

「誰か俺を殺し得んや。——誰か俺を殺し得んや。——おるなら出て来いっ」

　すると、彼のすぐうしろで、大喝《だいかつ》が聞《きこ》えた。

「ここにいるのを知らぬか。──それっ、この通り殺してやる」

「あっ？」

　振り向いた頭上から、戛然《かつぜん》、一閃《いっせん》の白刃《はくじん》がおりてきた。どうかわす間も受ける間もない。魏延《ぎえん》の首は血煙を噴いてすッ飛んだ。

　わあっ──と敵味方とも囃《はや》した。血刀のしずくを振りつつ、すぐ楊儀《ようぎ》と姜維《きょうい》の前へ寄ってきたのは、馬岱《ばたい》であった。

　孔明《こうめい》の生前に、馬岱《ばたい》は秘策をうけていた。魏延《ぎえん》の叛意《はんい》はその部下全部の本心ではないので、兵はみな彼と共に帰順した。

　かくて、孔明《こうめい》の霊車は、無事に成都《せいと》へ着いた。四川《しせん》の奥地はすでに冬だった。蜀宮《しょくきゅう》雲低く垂れて涙恨《るいこん》をとざし、帝劉禅《ていりゅうぜん》以下、文武百官、喪服《もふく》して出迎えた。

　孔明《こうめい》の遺骸は、漢中《かんちゅう》の定軍山《ていぐんざん》に葬《ほうむ》られた。宮中の喪儀《そうぎ》や諸民の弔祭《ちょうさい》は大へんなものだったが、定軍山《ていぐんざん》の塚は、故人の遺言によって、きわめて狭い墓域に限られ、石棺《せっかん》中《ちゅう》には時服一着を入れたのみで、当時の慣例としては質素極まるものだったという。

「身は死すともなお漢中《かんちゅう》を守り、毅魄《きはく》は千載《せんざい》に中原《ちゅうげん》を定めん」となす、これが孔明《こうめい》の遺志であったにちがいない。

蜀朝《しょくちょう》、諡《おくりな》して、忠武侯《ちゅうぶこう》という。廟中《びょうちゅう》には後の世まで、一石琴《いちせっきん》を伝えていた。軍中つねに愛弾《あいだん》していた故人の遺物《かたみ》である。一搔《いっそう》すれば琴韻清越《きんいんせいえつ》、多年干戈剣戟《かんかけんげき》の裡《うち》にも、なお粗朴《そぼく》なる洗心と雅懐《がかい》を心がけていた丞相《じょうしょう》その人の面影を偲《しの》ぶに足るといわれている。

渺茫《びょうぼう》千七百年、民国今日の健児たちに語を寄せていう者、豈《あに》ひとり定軍山《ていぐんざん》上の一琴《いっきん》のみならんやである。「松ニ古今《ココン》ノ色無《ナ》シ」相響き相奏《かな》で、釈然と醒《さ》めきたれば、古往今来すべて一色、この輪廻《りんね》と春秋の外ではあり得ない。

篇《へん》外《がい》余《よ》録《ろく》

諸《しょ》葛《かつ》菜《さい》

一

三国鼎立《ていりつ》の大勢は、ときの治乱《ちらん》が起《おこ》した大陸分権の自然な風雲作用でもあったが、その創意はもともと諸葛孔明《しょかつこうめい》という一人物の胸底から生《うま》れ出《で》たものであることは何としても否《いな》みがたい。まだ二十七歳でしかなかった青年孔明《こうめい》が、農耕の余閑、草廬《そうろ》に抱いていた理想の実現であったのである。時に、三顧《さんこ》して迎えた劉玄徳《りゅうげんとく》の奨意《しょうい》にこたえ、いよいよ廬《ろ》を出て起《た》たんと誓うに際して、

「これを以《もっ》てあなたの大方針となすべきでしょう。これ以外に漢朝《かんちょう》復興の旗幟《きし》を以《もっ》て中《ちゅう》

原《げん》に臨む道はありますまい」

と、説いたものが実にその発足《ほっそく》であったわけだ。

そして遂に、その理想は実現を見、玄徳《げんとく》は西蜀《せいしょく》に位置し、北魏《ほくぎ》の曹操《そうそう》、東呉《とうご》の孫権《そんけん》と、いわゆる三分鼎立《さんぶんていりつ》の一時代を画するに至ったが、もとよりこれが孔明《こうめい》の究極の目的ではない。

孔明《こうめい》の天下の三分の案は、玄徳《げんとく》が初めからの志望としている漢朝《かんちょう》統一への必然な過程として選ばれた道であった。

しかし、この中道において、玄徳《げんとく》は世を去り幼帝《みなしご》の将来とともに、その遺業をも挙げて、

——すべてをたのむ。

と、孔明《こうめい》に託して逝ったのである。孔明《こうめい》の生涯とその忠誠の道は、まさにこの日から彼の真面目《しんめんもく》に入ったものといっていい。

遺孤《みなしご》の寄託、大業の達成。——寝ても醒《さ》めても「先帝の遺詔《いしょう》」にこたえんとする権化《ごんげ》のすがたこそ、それからの孔明《こうめい》の全生活、全人格であった。

ゆえに原書「三国志演義《さんごくしえんぎ》」も、孔明《こうめい》の死にいたると、どうしても一応、終局の感じがするし、また三国争覇《そうは》そのものも、万事休《や》む——の観なきを得ない。

おそらくは読者諸氏もそうであろうが、訳者もまた、孔明《こうめい》の死後となると、とみに筆を

呵《か》す興味も気力も稀《き》薄《はく》となるのを如何《いかん》ともし難い。これは読者と筆者たるを問わず古来から三国志《さんごくし》にたいする一般的な通念のようでもある。で、この迂著《うちょ》三国志《さんごくし》は、桃園《とうえん》の義盟《ぎめい》以来、ほとんど全訳的に書いてきたが、私はその終局のみは原著にかかわらず、ここで打ち切っておきたいと思う。即ち孔明《こうめい》の死を以《もっ》て、完尾としておく。

原書の「三国志演義《さんごくしえんぎ》」そのままに従えば、五丈原《ごじょうげん》以後——「孔明《コウメイ》計《ハカリゴト》ヲ遺《ノコ》シテ魏延《ギエン》ヲ斬《キ》ラシム」の桟道焼打《さんどうやきう》ちのことからなお続いて、魏帝曹叡《ぎていそうえい》の栄華期と乱行《らんぎょう》ぶりを描き、司馬《しば》父子の擡頭《たいとう》から、呉《ご》の推移、蜀《しょく》破滅、そして遂に、晋《しん》が三国を統一するまでの治乱《ちらん》興亡をなお飽くまでつぶさに描いているのであるが、そこにはすでに時代の主役的人物が見えなくなって、事件の輪郭《りんかく》も小さくなり、原著の筆致もはなはだ精彩を欠いてくる。要するに、龍頭蛇尾《りゅうとうだび》に過ぎないのである。

従って、それまでを全訳するには当《あた》らないというのが私の考えだが、なお歴史的に観《み》て、孔明歿後《こうめいぼつご》の推移も知りたいとなす読者諸氏も少なくあるまいから、それはこの余話の後章に解説することにする。

それよりも、原書にも漏れている孔明《こうめい》という人がらについて、もっと語りたいものを多く残しているように、私には思える。それも演義本《えんぎぼん》にのみよらず、他の諸書をも考合《こうごう》して、より史実的な「孔明遺事《こうめいいじ》」ともいうべき逸話や後世の論評などを一束《いっそく》しておくのも決して無意義ではなかろう。それを以《もっ》てこの「三国志《さんごくし》」の完結の不備を補い、また全篇《ぜんぺん》の骨胎《こったい》をいささかでも完《まった》きに近いものとしておくことは訳者の任でもあり良心でもあろうかと思われる。

以下そのつもりで読んでいただきたい。

二

布衣《ほい》の一青年孔明《こうめい》の初めの出現は、まさに、曹操《そうそう》の好敵手として起《た》った新人のすがたであったといってよい。

曹操《そうそう》は一時、当時の大陸の八分までを席巻《せっけん》して、荊山楚水《けいざんそすい》ことごとく彼の旗をもって埋め、

「呉《ご》の如《ごと》きは、一水の長江《ちょうこう》に恃《たの》む保守国のみ。流亡《りゅうぼう》これ事としている玄徳《げんとく》の如《ごと》きはなおさらいうに足らない」

とは、その頃の彼が正直に抱いていた得意そのものの気概であったにちがいなかろう。

それを彗星《すいせい》の如《ごと》く出《い》でて突如挫折《ざせつ》を加えたものが孔明《こうめい》であった。また、着々と擡頭《たいとう》して来た彼の天下三分策の動向だった。

曹操《そうそう》が自負満々だった魏《ぎ》の大艦船団が、烏林《うりん》、赤壁《せきへき》にやぶれて北に帰り、次いでまた、玄徳《げんとく》が荊州《けいしゅう》を占領したと聞いたとき、彼は何か書き物をしていたが、愕然《がくぜん》、耳を疑って、

「ほんとか？」

と、筆を取《と》り落《おと》したということは、魯粛伝《ろしゅくでん》にも記載されているし、有名な挿話となっているが、それをみても如何《いか》に彼が、無敵曹氏《そう》の隆運を自負しきっていたかが知れる。

しかも以後、

（劉備麾下《りゅうびきか》に青年孔明《こうめい》なるものがある）を、意識させられてからというものは、事ごとに、志とたがい、さしもの曹操《そうそう》もついに、身の終《おわ》るまで、自己の兵を、一歩も江漢《こうかん》へ踏み入らせることができなかった。

――とはいえ、曹操《そうそう》という者の性格には、いかにも東洋的英傑の代表的な一塑像《いちそぞう》を見るようなものがある。その風貌《ふうぼう》ばかりでなくその電撃的な行動や多感な情痴と熱においても、まことに英雄らしい長所短所の両面を持っていて、「三国志《さんごくし》」の序曲から中篇《ちゅうへん》までの大管絃楽《だいかんげんがく》は絶えず彼の姿によって奏されているというも過言でない。

劇的には、劉備《りゅうび》、張飛《ちょうひ》、関羽《かんう》の桃園義盟《とうえんぎめい》を以《もっ》て、三国志の序幕はひらかれたものと見られるが、真の三国史的意義と興味とは、何といっても、曹操《そうそう》の出現からであり、曹操《そうそう》がその、主動的役割をもっている。

しかしこの曹操《そうそう》の全盛期を分水嶺《ぶんすいれい》として、ひとたび紙中に孔明《こうめい》の姿が現《あら》われると、彼の存在もたちまちにして、その主役的王座を、ふいに襄陽《じょうよう》郊外から出て来たこの布衣《ほい》の一青年に譲らざるを得なくなっている。

ひと口にいえば、三国志《さんごくし》は曹操《そうそう》に始まって孔明《こうめい》に終《おわ》る二大英傑の成敗争奪の跡を叙《じょ》したものというもさしつかえない。

この二人を文芸的に観《み》るならば、曹操《そうそう》は詩人であり、孔明《こうめい》は文豪といえると思う。痴《ち》や、愚や、狂に近い性格的欠点をも多分に持っている英雄として、人間的なおもしろさは、遥かに、孔明《こうめい》以上なものがある曹操《そうそう》も、後世久しく人の敬仰《けいぎょう》をうくることにおいては、到底、孔明《こうめい》に及ばない。

千余年の久しい時の流れは、必然、現実上の両者の勝敗ばかりでなく、その永久的生命の価値をもあきらかに、曹操《そうそう》の名を遥かに、孔明《こうめい》の下に置いてしまった。

時代の判定以上な判定はこの地上においてはない。

ところで、孔明《こうめい》という人格を、あらゆる角度から観《み》ると、一体、どこに彼の真があるのか、あまり縹渺《ひょうびょう》として、ちょっと捕捉できないものがある。

軍略家、武将としてみれば、実にそこに真の孔明《こうめい》がある気がするし、また、政治家として彼を考えると、むしろそのほうに彼の神髄《しんずい》はあるのではないかという気もする。

思想家ともいえるし、道徳家ともいえる。文豪といえば文豪というもいささかもさしつかえない。

もちろん彼も人間である以上その性格的短所はいくらでも挙げられようが、――それらの八面玲瓏《はちめんれいろう》ともいえる多能、いわゆる玄徳《げんとく》が敬愛おかなかった大才というものはちょっとこの東洋の古今にかけても類のすくない良元帥《りょうげんすい》であったといえよう。

良元帥《りょうげんすい》。まさに、以上の諸能を一将の身にそなえた諸葛孔明《しょかつこうめい》こそ、そう呼ぶにふさわしい者であり、また、真の良元帥《りょうげんすい》とは、そうした大器でなくてはと思われる。

とはいえ、彼は決して、いわゆる聖人型の人間ではない。孔孟《こうもう》の学問を基本としていたことはうかがわれるが、その真面目《まじめ》はむしろ忠誠一図な平凡人というところにあった。

三

彼がいかに平凡を愛したかは、その簡素な生活にも見ることができる。

孔明《こうめい》がかつて、後主劉禅《こうしゅりゅうぜん》へささげた表《ひょう》の中にも、日頃の生活態度を、こう述べている。

――成都《セイト》ニ桑《ソウ》百株《シュ》、薄田《ハクデン》十五頃《ケイ》アリ。

子弟ノ衣食、自《オノズカ》ラ余饒《ヨジョウ》アリ。臣ニ至リテハ、外ニ任アリ。別ノ調度ナク、身ニ随《シタガ》ウノ衣食、悉《コトゴト》ク官ニ仰ゲリ。別ニ生ヲ治メテ以《モッ》テ尺寸ヲ長ズルナシ。モシ臣死スルノ日ハ、内ニ余帛《ヨハク》アリ、外ニ赢財《エイザイ》アラシメテ、以《モッ》テ、陛下ニ背《ソム》カザル也《ナリ》。

枢要な国務に参与する者の心構えの一つとして、孔明《こうめい》はこれを生活にも実践したものであろう。後漢《ごかん》以来、武臣銭《ぜに》を愛すの弊風は三国おのおのの内にも跡を絶たなかったものにちがいない。

無私忠純の亀鑑《きかん》を示そうとした彼の気もちは表《ひょう》の辞句以外にもよくあらわれている。彼は清廉《せいれん》であるとともに、正直である。兵を用いるや神算鬼謀《しんさんきぼう》、敵をあざむくや表裏不《ふ》測《そく》でありながら、軍《いくさ》を離れて、その人間を観《み》るときは、実に、愚《ぐ》ともいえるほど正直な道をまっすぐに歩いた人であった。

子のように愛していた馬謖《ばしょく》を斬《き》ったなども、そのあらわれの一つといえるし、また、劉玄徳《りゅうげんとく》が死に臨んで、

「遺孤《みなしご》の身も、国の後事も、一切をあげて託しておくが、もし劉禅《りゅうぜん》が暗愚《あんぐ》で蜀《しょく》の帝王たるの資質がないと卿《けい》が観《み》るならば、卿《けい》が帝位に即《つ》いて、蜀《しょく》を取れ」

と、遺言したにかかわらず、彼は毛頭そんな野心は抱かなかった。

だから晩年、年を次いでの北伐《ほくばつ》遠征には、ずいぶん孔明《こうめい》に従って行った将士が、他山の屍《しかばね》となって帰らなかったが、蜀《しょく》中の戦死者の遺族も、決して、彼にたいして怨嗟《えんさ》しなかった。

のみならず、孔明《こうめい》の死に会うや、蜀《しょく》の百姓は、廟《びょう》を立て、碑《ひ》を築き、彼の休んだ址《あと》も、彼の馬をつないだ木も、一木一石の縁、みな小祠《しょうし》となって、土民の祭りは絶えなかった。

また、彼は内政と戦陣にかかわらず、賞罰には非常に厳しかったので、彼のために左遷《させん》させられたり逼塞《ひっそく》したものもずいぶんあったが、すべて彼の「私《わたくし》なき心」には怨《うら》む声もなく、かえって孔明《こうめい》の死後には、そうした人々までが、

「──再び世に出る望みを失った」

と、みな嘆いているほどである。

「いやしくも一国の宰相でありながら、夜は更《ふ》けて寝《い》ね、朝は夙《つと》に起きいで、時務軍政を見、その上、細かい人事の賞罰までにいちいち心を労《つか》い過《す》ぎているのは、真の大器量でないし、また、蜀《しょく》にも忠に似てかえって忠に非《あら》ざるものである」

という彼への論評などもないではなく、後世の史家は、そのほかにもいろいろ孔明《こうめい》の短所をかぞえあげているが、要するに、国を憂いて瘦軀《そうく》を削り、その赤心も病《や》み煩《わずら》うばかり日々夜々の戦いに苦闘しつつあった古人を、後世のご苦労なしの文人や理論家が、暖衣《だんい》飽食《ほうしょく》しながら是々非々《ぜぜひひ》論じたところで、それはことばの遊戯以外の何ものでもないのである。

いわんや晩年数次にわたる北魏《ほくぎ》進撃と祁山《きざん》滞陣中の労苦とは、外敵の強大なばかりでなく、絶えず蜀《しょく》自体の内にさまざまな憂うべきものが蔵されておったような危機に於《お》いてをやで

ある。

思うに、孔明《こうめい》はまったく、その体が二つも三つも欲しかったろう。或《ある》いは、その天寿を、もう十年とも、思ったであろうと察しられる。

やはり彼の真の知己《ちき》は、無名の民衆にあったといえよう。今日、中国各地にのこっている——駐馬塘《ちゅうばとう》とか、万里橋《ばんりきょう》とか、武侯坡《ぶこうは》とか、楽山《らくざん》とか称《よ》んでいる地名の所はみな、彼が詩を吟じた遺跡だとか、馬をつないだ堤だとか、人と相別れた道だとかいう語り伝えのあるところである。そういう純朴な思慕の中にこそ、むしろ彼の姿はありのままに、また悠久に、春秋の時をも超えて残されていると思う。

四

——しかし、ただ困るのは、民間の余りな彼への景仰《けいこう》は、時には度がすぎて、孔明《こうめい》のすべてを、ことごとく神仙視してしまうことである。

その二、三の例をあげると。

——孔明《こうめい》の女《むすめ》は雲に乗って天に上った。それが葛女祠《かつじょし》として祭られたものだ。「朝真観記事《ちょうしんかんきじ》」

——木牛流馬《もくぎゅうりゅうば》は入神の自動器械で、人の力を用いず自《ひとり》でに走った。「戎州志《じゅうしゅうし》」

――彼は時計も作った。その時計は、毎更《まいこう》に鼓《こ》を鳴らし、三更《さんこう》になると、鶏の声を三唱する。「華夷考《かいこう》」

――孔明《こうめい》の用いた釜は今でも水を入れるとひとりでにすぐ沸《わ》く。「丹鉛録《たんえんろく》」

――孔明《こうめい》の墳《つか》のある定軍山《ていぐんざん》に雲がおりると今でもきっと撃鼓《げきこ》の声がする。漢中《かんちゅう》の八陣の遺蹟《いせき》には、雨がふると、鬨《とき》の声が起《おこ》る。「干宝晋記《かんぽうしんき》」

そのほか探せば数限りないほどこの類《たぐい》の口碑伝説《こうひでんせつ》はたくさんある。純朴愛すべきものもあるが、中には滑稽《こっけい》でさえあるのもある。「三国志演義《さんごくしえんぎ》」の原著書は、史実と伝説とを、充分に知悉《ちしつ》していながら、しかも多分にそういう土語民情の中に伝えられている孔明《こうめい》の姿をも取《と》り容《い》れて、さらにそれを文学的に神仙化しているのである。彼の兵略戦法を語るに、六丁六甲《ろくちょうろっこう》の術を附し、八門遁甲《はちもんとんこう》の鬼変を描写している件《くだり》などはみなそうであるし、わけて天文気象に関わることは、みな中国の陰陽五行《いんようごぎょう》と星暦《せいれき》に拠《よ》ったものである。

けれど五行観《ごぎょうかん》も、宿星学《しゅくせいがく》も、これは根深く、黄土大陸の庶民に、久しい間信ぜられていた根本の宇宙観であり、それと結ばれていた人生観でもあったのだから、これを否定しては、「三国志演義《さんごくしえんぎ》」は成り立たないことになる。またかくの如《ごと》く民衆のあいだに長く読み伝えられてもこなかったにちがいない。――で、私のこの新訳「三国志《さんごくし》」も、そういう箇所にかかる度、すくなからず苦労が伴った。近代の読書人に対しては何としても余りに怪力乱神の奇異を語るに過ぎなくなるからである。ただその点において救われ得る道は、ただ一つ詩化あるのみであった。その点は原書も大いに意を用いたらしく思われるが、私の場合も、一種の民族的詩劇を描くつもりで書いていった。同時に、そうした妖《あや》しき粉彩《ふんさい》も音楽も、背景も一切削除するなく、原書のまま書きすすめた。

ちと横道へそれたが、中国の民衆が、時経《た》つほど、いかに孔明《こうめい》を神仙視したかという話では、唐代になってからでも、こんな挿話がひろく行われていたのを見てもわかる。

――唐《トウ》ノ頃、盗《トウ》アリ、先主ノ墳《ツカ》ヲ発《アバ》ク。盗《トウ》数名。斉シク入リシニ、人《ヒト》アリ、燈下ニ対シテ碁《ゴ》ヲ囲ムモノ両人、側ニ侍衛《ジエイ》スルモノ十数名ヲ見ル。

盗《トウ》、怖《オソ》レテ拝ス。其時《ソノトキ》、座ノ一人、顧ミテ盗《トウ》ニ曰《イワ》ク。汝等《ラ》、能《ヨ》ク飲ムカト。而《シカ》シテ、各ゝ《オノオノ》ニ美酒一杯ヲ飲マセ、マタ玉帯《ギョクタイ》数条ヲ出シテ頒《ワ》ケ与《アト》ウ。

盗《トウ》、畏震《イシン》シテ、速ヤカニ坑《アナ》ヲ出《イ》デ、相顧《アイカエリ》ミテ、モノヲ云《イ》ワントスレバ、唇《クチ》ハ皆、漆《ウルシ》ニ閉ジラレテ開カズ、手ノ玉帯《ギョクタイ》ヲ見レバ、各ゝ《オノオノ》、怖《オソ》ロシゲナル巨蛇《キョダ》ヲ摑《ツカ》ミテアリシト。

後ニ里人ニ問エバ、此陵《コノリョウ》ハ諸葛武侯《ショカツブコウ》ガ造ル所ノモノナリト曰《イ》ウ。

これは「談叢《だんそう》」という一書のうちに見える記事である。

書物の話が出たついでに孔明《こうめい》の著作についていえば、兵書、経書、遺表の文章など、彼の筆になるものと伝えられるものはかなりある。しかし、多くは後人の編志、或《ある》いは代作が多いことはいうまでもない。

そのうちでも代表的な孔明《こうめい》流の兵書と称する「諸葛亮《しょかつりょう》五法五巻」などは日本にも伝わって、後のわが楠《くすのき》流《りゅう》軍学や甲州流そのほかの兵学書などと同列しているが、もとより信じられるものではない。

彼が、陣中でよく琴を弾じていたということから「琴経《きんきょう》」という琴の沿革や七絃《しちげん》の音《おん》譜《ぷ》を書いた本も残されている。真偽は知らないが、孔明《こうめい》が多趣味な風流子であったことは事実に近いようである。「歴代名書譜《れきだいめいしょふ》」にも、

——諸葛《ショカツ》武侯《ブコウ》父子、皆画《ガヨ》ヲ能クス。

と見えるし、その他の書にも、孔明《こうめい》が画に長じていたことはみな一致して記載している。

しかしその画と信じ得るようなものはもちろん一作も伝わってはいない。

五

何事にも、几帳面《きちょうめん》だったことは、孔明《こうめい》の一性格であったように思われる。

孔明《こうめい》が軍馬を駐屯《ちゅうとん》した営塁《えいるい》のあとを見ると、井戸、竈《かまど》、障壁《しょうへき》、下水などの設計は、実に、縄墨《じょうぼく》の法にかなって、規矩整然《きくせいぜん》たるものであったという。

また、官府、次舎、橋梁、道路などのいわゆる都市経営にも、第一に衛生を重んじ、市

民の便利と、朝門の威厳とをよく考えて、その施設は、当時として、すこぶる科学的であったようである。
そして、孔明《こうめい》自身が、自らゆるしていたところは、
謹慎《きんしん》
忠誠《ちゅうせい》
倹素《けんそ》
の三つにあったようである。公《おおやけ》に奉ずること謹慎《きんしん》、王室につくすこと忠誠《ちゅうせい》、身を持《じ》すること倹素《けんそ》。——そう三つの自戒を以《もっ》て終始していたといえよう。
こういう風格のある人に、まま見られる一短所は、謹厳自らを持《じ》す余りに、人を責める時にも、自然、厳密に過ぎ峻酷《しゅんこく》に過ぎる傾きのあることである。潔癖《けっぺき》は、むしろ孔明《こうめい》の小さい疵《きず》だった。
たとえば日本における豊臣秀吉《とよとみひでよし》の如《ごと》きは、犀眼《さいがん》、鋭意、時に厳酷でもあり、烈《はげ》しくもあり、鋭くもあり、抜け目もない英雄であるが、どこか一方に、開け放しなところがある。東西南北四門のうちの一門だけには、人間的な愚も見せ、痴《ち》も示し、時にはぼんやりも露呈している。彼をめぐる諸侯は、その一方の門から近づいて彼に親しみ彼に甘え彼と結ぶのであった。

ところが、孔明《こうめい》を見ると、その性格の几帳面《きちょうめん》さが、公的生活ばかりでなく、日常私生活にもあらわれている。なんとなく妄《みだ》りに近づき難いものを感じさせる。彼の門戸にはいつも清浄な砂が敷きつめてあるために、砂上に足跡をつけるのは何かはばかられるような気持《きもち》を時の蜀《しょく》人も抱いていたにちがいない。

要するに、彼の持《じ》した所は、その生活までが、いわゆる八門遁甲《はちもんとんこう》であって、どこにも隙《すき》がなかった。つまり凡人を安息させる開放がないのである。これは確かに、孔明《こうめい》の一短といえるものでなかろうか。魏《ぎ》、呉《ご》に比して、蜀朝《しょくちょう》に人物の少ないといわれたのも、案外、こうした所に、その素因があったかもしれない。

孔明《こうめい》の一短を挙げたついでに、蜀《しょく》軍が遂に魏《ぎ》に勝って勝ち抜き得なかった敗因がどこにあったかを考えて見たい。私は、それの一因として、劉玄徳《りゅうげんとく》以来、蜀《しょく》軍の戦争目標として唱えて来た所の「漢朝《かんちょう》復興」という旗幟《きし》が、果たして適当であったかどうか。また、中国全土の億民に、いわゆる大義名分として、受《う》け容《い》れられるに足るものであったか否《いな》かを疑わざるを得ない。

なぜならば、中国の帝立や王室の交代は、王道を理想とするものではあるが、その歴史も示す如《ごと》く、常に覇道《はどう》と覇道《はどう》との興亡を以《もっ》てくり返されているからである。

そこで漢朝《かんちょう》というものも、後漢《ごかん》の光武帝《こうぶてい》が起《た》って、前漢《ぜんかん》の朝位を簒奪《さんだつ》した王莽《おうもう》を討って、再び治平を布《し》いた時代には、まだ民心にいわゆる「漢《かん》」の威徳が植えられていたものであるが、その後漢《ごかん》の治世も蜀帝《しょくてい》、魏帝《ぎてい》以降となっては、天下の信望は全く地に墜《お》ちて、民心は完全に漢朝《かんちょう》から離れ去っていたものなのである。

劉玄徳《りゅうげんとく》が、初めて、その復興を叫んで起《た》った時代は、実にその末期だった。玄徳《げんとく》としては、光武帝《こうぶてい》の故智に倣《なら》わんとしたものかもしれないが、結果においては、ひとたび漢《かん》朝《ちょう》を離れた民心は、いかに呼べど招けど——覆水《フクスイ》フタタビ盆《ボン》ニ返ラズ——の観があった。

ために、玄徳《げんとく》があれほどな人望家でありながら、容易にその大を成さず、悪戦苦闘のみつづけていたのも、帰するところ、部分的な民心はつなぎ得ても、天下は依然、漢朝《かんちょう》の復興を心から歓迎していなかったに依《よ》るものであろう。

同時に、劉備《りゅうび》の死後、その大義名分を、先帝の遺業として承け継いできた孔明《こうめい》にも、禍《か》因《いん》はそのまま及んでいたわけである。彼の理想のついに不成功に終《おわ》った根本の原因も、蜀《しょく》の人材的不振も、みなこれに由来するものと観《み》てもさしつかえあるまい。

六

「三国志演義《さんごくしえんぎ》」のうちの本文にしばしば見るところの——身に鶴氅《かくしょう》を着、綸巾《りんきん》をいただき、手に白羽扇《びゃくうせん》を持つ——という彼の風采の描写は、いかにも神韻《しんいん》のある詩的文字だが、これ

を平易にいえば、

（いつも葛織《きびらお》りの帽をかぶり、白木綿《しろもめん》か白麻《しろあさ》の着物をまとい、素木《しらき》の輿《こし》、或《あ》いは四輪の車に乗って押されてあるいた）

という彼の簡易生活の一面を、それに依《よ》ってうかがうことができるのである。

彼には初め子がなかった。

で、兄の諸葛瑾《しょかつきん》の次男、喬《きょう》をもらって養子としていた。瑾《きん》は呉《ご》の重臣なので当然、その主孫権《そんけん》のゆるしを得たうえで蜀《しょく》の弟へ送ったものであろう。

この喬《きょう》は、叔父《おじ》や父のよい所にも似て、将来を嘱望《しょくぼう》され、蜀《しょく》の駙馬《ふば》都尉に役付《やくづき》して、時には養父孔明《こうめい》に従って、出征したこともあるらしいが、惜しいかな、二十五で病死した。

孔明《こうめい》の家庭はまたしばらく寂寥《せきりょう》だったが、彼が四十五歳の時、初めて実子の瞻《せん》をもうけた。晩年の初子だけに、彼がどんなによろこんだかは想像に余りあるものがある。

かつ、瞻《せん》はたいへん才童であったとみえ、建興《けんこう》十二年、呉《ご》にある兄の瑾《きん》に宛てて送っている彼の書簡にもこう見える。

＝瞻《セン》今スデニ八歳、聡慧《ソウケイ》愛スベシ、タダソノ早成、恐ラクハ重器《チョウキ》タラザルヲ嫌《キラ》ウノミ。

彼は八歳の児《こ》を見るにさえ、国家的見地からこれを観《み》ていた。

その年、孔明《こうめい》は征地に歿《ぼっ》したのである。遺愛の文房のうちから、「子を誡《いまし》むる書」というのが出てきた。

その後、瞻《せん》は十七の時蜀《しょく》の皇妹と結婚、翰林中郎将《かんりんちゅうろうしょう》に任ぜられた。父の遺徳は、みな瞻《せん》の上に幸いして、善政があるとみな瞻《せん》のなしたようにいわれた。しかし、その名声はすこし溢美《いつび》に過ぎていたようである。孔明《こうめい》が生前すでに観《み》ていたように、

（この子、おそらくは大器にあらず）

という所がやはり瞻《せん》の実質であったようである。

蜀亡《しょくほろ》ぶの年、瞻《せん》は、三十七で戦死した。

子の尚《しょう》もまだ十六、七歳であったが、長駆、魏《ぎ》軍のなかに突き入って奮戦の末、果敢な死をとげた。

決して、国家の大器ではなかったにせよ、孔明《こうめい》のあとは、その子、その孫も、共に国難に殉じて、みな父祖の名を辱《はずかし》めなかった。

尚《しょう》の下にも、なお小さい弟があったといわれるが、この人の伝はわからない。また、孔《こう》明《めい》には他の母系もあったという説もあるが、それも真偽はさだかでない。

孔明《こうめい》の家系は、こうしてもとの草裡《そうり》に隠れてしまったが、この諸葛《しょかつ》氏なる一門からは、この三国分立時代に、三人の将相を同族から出していたのみでなく、その各〻《おのおの》が、蜀《しょく》、魏《ぎ》、呉《ご》と別れていたのは一奇観であった。

すなわち、孔明《こうめい》は蜀《しょく》に、兄の瑾《きん》は呉《ご》に、従兄弟《いとこ》の誕《たん》は魏《ぎ》に。そして誕《たん》のことは余りいわれていないが、一書に、

――諸葛《ショカツ》氏ノ兄瑾《キン》、弟誕《タン》、並ビテ令名アリ。各〻《オノオノ》一国ニ在ルガ故、人以《モッ》テ曰《イ》ウ、蜀《ショク》ハ龍《リュウ》ヲ得タリ、呉《ゴ》ハ虎ヲ得タリ、而《シカ》シテ、魏《ギ》ハソノ狗《イヌ》ヲ得タリト。

これは少し酷評《こくひょう》のようである。誕《たん》は分家の子で早くから魏《ぎ》に仕え一方の将をしていたが、孔明《こうめい》と瑾《きん》の間のように親交がなかったので、三国志《さんごくし》中にもあまり活躍していないだけにとどまるのだ。ただ、後に魏《ぎ》を取った司馬晋《しばしん》に叛《そむ》いて敗れ去ったため、晋人《しんじん》の筆に悪く書かれてしまったものとみえる。

誕《たん》についても、語ることは多いが、余りに横道にそれるから略す。孔明《こうめい》死後の蜀《しょく》のことは後に略説する。しかし彼の死後なお三十年間も蜀《しょく》が他国に侵《おか》されなかったのはひとえに彼の遺法余徳《よとく》が、死後もなお国を守っていたためであったといっても過言ではあるまい。

七

頼山陽《らいさんよう》の題詩「仲達《ちゅうたつ》、武侯《ぶこう》の営址《えいし》を観《み》る図に題す」に、山陽《さんよう》はこういっている。

――公論ハ敵讐《テキシュウ》ヨリ出《イ》ヅルニ如《シ》カズ、と。

至言である。山陽《さんよう》は、仲達《ちゅうたつ》が蜀《しょく》軍退却の跡に立って、

「彼はまさに天下の奇才だ」

と、激賞したと伝えられている、そのことばをさしていったのである。これ以上、孔明《こうめい》を論じ、孔明《こうめい》を是々非々してみる必要はないじゃないか——と世の理論好きに一句止《とど》めをさしたものといえよう。

だが、ここでもう一言、私見をゆるしてもらえるなら、私はやはりこう云《い》いたい。仲《ちゅう》達《たつ》は天下の奇才だ、といったが、私は、偉大なる平凡人と称《たた》えたいのである。孔明《こうめい》ほど正直な人は少ない。律義実直である。決して、孔子孟子《こうしもうし》のような聖賢の円満人でもなければ、奇矯《ききょう》なる快男児でもない。ただその平凡が世に多い平凡とちがって非常に大きいのである。

彼が、軍を移駐して、ある地点からある地点へ移動すると、かならず兵舎の構築とともに、附近の空閑地に蕪《かぶ》（蔓菁《まんせい》ともよぶ）の種を蒔《ま》かせたということだ。この蕪《かぶ》は、春夏秋冬、いつでも成育するし、土壌《どじょう》をえらばない特質もある。そしてその根から茎《くき》や葉まで生《なま》でも煮ても喰《た》べられるという利便があるので、兵の軍糧副食物としては絶好の物だったらしい。

こういう細かい点にも気のつくような人は、いわゆる豪快英偉な人物の頭脳では求められないところであろう。正直律義な人にして初めて思いいたる所である。とかく青い物の栄養に欠けがちな陣中食に、この蕪《かぶ》はずいぶん大きな戦力となったにちがいない。戦陣を進める場合も、そのまま、捨てて行って惜し気もないし、また次の大地ですぐ採取することができる。で、この蔓菁《まんせい》の播植《はしょく》は、諸所の地方民の日常食にも分布されて、今も蜀《しょく》の江《こう》陵《りょう》地方の民衆のあいだでは、この蕪《かぶ》のことを「諸葛菜《しょかつさい》」とよんで愛食されているという。

もうひとつ、おもしろいと思われる話に、こんなのがある。蜀《しょく》が魏《ぎ》に亡《ほろ》ぼされ、後また、その魏《ぎ》を征して桓温《かんおん》が成都《せいと》に入った時代のことである。その頃、まだ百余歳の高齢を保って、劉禅帝《りゅうぜんてい》時代の世の中を知っていた一老翁があった。

桓温《かんおん》は、老翁をよんで、

「おまえは、百余歳になるというが、そんな齢《とし》なら、諸葛孔明《しょかつこうめい》が生きていた頃を知っているわけだ。あの人を見たことがあるか」と、たずねた。

老翁は、誇るが如《ごと》く答えた。

「はい、はい。ありますとも、わたくしがまだ若年の小吏の頃でしたが、よく覚えておりまする」

「そうか。では問うが、孔明《こうめい》というのは、いったいどんなふうな人だったな」

「さあ？　……」

訊《き》かれると、老翁は困ったような顔をしているので、桓温《かんおん》が、同時代から現在までの英傑や偉人の名をいろいろ持ち出して、

「たとえば……誰みたいの人物か。誰と比較したら似ていると思うか」と、かさねて問う

た。

　すると、老翁は、

「わたくしの覚えている諸葛丞相《しょかつじょうしょう》は、べつだん誰ともちがった所はございません。けれども今、あなた様のいらっしゃる左右に見える大将方のように、そんなにお偉くは見えませんでした。ただ、丞相《じょうしょう》がおなくなりになってから後は、何となく、あんなお方はもうこの世にはいない気がするだけでございます」

と、いったということである。

仲達《ちゅうたつ》の言もよく孔明《こうめい》を賞したものであろうし、山陽《さんよう》の一詩も至言にはちがいないが、私は何となくこの老翁のことばの中にかえってありのままな孔明《こうめい》の姿があるような気がするのである。

丞相《ジョウショウ》ノ祠堂《シドウ》　何《イズ》レノ処《トコロ》ニカ尋《タズ》ネン
錦管《キンカン》城外　柏森々《ハクシンシン》
階《カイ》ニ映ズ　碧草《ヘキソウ》自《オノズカ》ラ春色《シュンショク》
葉《ヨウ》ヲ隔ツ黄鸝《コウリ》　空《ムナ》シク好音《コウイン》
三顧《サンコ》頻繁《ヒンパン》ナリ　天下ノ計《ハカリゴト》
両朝開済《カイサイ》ス　老臣ノ心

師《イクサ》ヲ出シテ未《イマ》ダ捷《カ》タズ　身先《マズ》死ス
長ク英雄ヲシテ　涙襟《エリ》ニ満《ミ》タシム

孔明《こうめい》を頌《しょう》した後人の詩は多いがこれは代表的な杜子美《としび》の一詩である。沔陽《べんよう》の廟前《びょうぜん》に後《こう》主劉禅《しゅりゅうぜん》が植えたという柏《かしわ》の木が、唐《とう》時代までなお繁茂していたのを見て、杜子美《としび》がそれを題して詠《うた》ったものだといわれている。

後蜀三十年《ごしょくさんじゅうねん》

一

孔明《こうめい》なき後の、蜀《しょく》三十年の略史を記しておく。

いったい、ここまでの蜀《しょく》は、ほとんど孔明《こうめい》一人がその国運を担《にな》っていたといっても過言でない状態にあったので、彼の死は、即ち蜀《しょく》の終《おわ》りといえないこともない。

しかし、それは孔明《こうめい》自身が、以《もっ》て大いに、自己の不忠なりとし、またひそかなる憂いとしていた所でもある。

従って、自身の死後の備えには、心の届くかぎりのことを、その遺言にも遺風にも尽《つく》してある。

以後、なお蜀《しょく》帝国が、三十年の長きを保っていたというも、偏《ひとえ》に、「死してもなお死せざる孔明《こうめい》の護《まも》り」が内治外防の上にあったからにほかならない。

そこで孔明《こうめい》の歿《ぼっ》した翌年すなわち蜀《しょく》の建興《けんこう》十三年にはどんなことがあったかというに、蜀《しょく》軍の総引揚《そうひきあ》げに際し、桟道《さんどう》の嶮《けん》で野心家の魏延《ぎえん》を誅伐《ちゅうばつ》した楊儀《ようぎ》も、官を剝《は》がれて、官嘉《かんか》に流され、そこで自殺してしまった。

延《えん》は儀《ぎ》を敵視し、儀《ぎ》は延《えん》を邪視し、この二人は、すでに孔明《こうめい》の生前から、互いによからぬ仲であったが、孔明《こうめい》の大度《たいど》がよくそれを表面に現《あら》わすなく巧みに使ってきたものに過ぎなかった。

それというのが二人ともひそかに、孔明《こうめい》の死後は、われこそ蜀《しょく》の丞相《じょうしょう》たらんと、おのおの、その後継をめぐって相争っていたからである。

かつて、呉《ご》の孫権《そんけん》は、蜀《しょく》の使いに、孔明《こうめい》の左右にある重臣はたれかと訊《たず》ね、

「さてさて、儀《ぎ》や延《えん》を両腕にして戦っているのでは、さだめし孔明《こうめい》も骨が折れるだろう」

と、同情的な口吻《こうふん》のうちに、延《えん》や儀《ぎ》の人物を嘲評《ちょうひょう》していたという話もあるが、たしか

に、この二人物は、蜀《しょく》陣営の中の、いわゆる厄介者にちがいなかった。

「——延《えん》は矜高《きょうこう》。儀《ぎ》は狷介《けんかい》」

とは、孔明《こうめい》が生前にも、呟《つぶや》いていた語であった。——で彼は、そのいずれにも後事を託さず、かえって、平凡だが穏健な蔣琬《しょうえん》と費禕《ひい》とに嘱《しょく》すところ多かったのである。

楊儀《ようぎ》の失脚も、結局、その不平から起《おこ》ったもので、彼は、成都《せいと》に帰って後、さだめし大命われに降《くだ》るものと、自負していたところ、なんぞはからん、重命は琬《えん》に降《くだ》り、自分は中将軍師を任ぜられたに過ぎないので、以後、しきりに余憤をもらし、あまっさえ不穏な行動に出んとする空気すらうかがわれたので、蜀朝《しょくちょう》は、これに先んじて、彼の官を剝《は》ぎ、官嘉《かんか》の地に流刑するの決断に出たものであった。

これが、孔明《こうめい》死後の成都《せいと》に起《おこ》った第一の事件であった。支柱を失うと、必ず内争始まるという例は、一国一家も変《かわ》りがない。蜀《しょく》もその例外でなかった。

けれど、蔣琬《しょうえん》はさすがに、善処して、過《あやま》らなかった。彼はまず尚書令《しょうしょれい》となって、国事一切の処理にあたったが、衆評は、彼に対して、

「あの人は平凡だが、平凡を平凡として、威張らず衒《てら》わず、挙止、ありのままだから至極《しごく》よい」

と、みな云《い》った。

孔明《こうめい》が、彼を挙げたのも、その特徴なきところを特徴として、認めていたからであったろう。

十三年四月。

琬《えん》は、大将軍尚書令《しょうしょれい》に累進したので、そのあとには費禕《ひい》が代《かわ》って就任した。また、呉《ご》懿《い》が新たに車騎《しゃき》将軍となって、漢中《かんちゅう》を総督することになった。

遠征軍の大部分は引揚《ひきあ》げても、漢中《かんちゅう》は依然、蜀《しょく》にとって、重要な前衛基地であった。なお多くの国防軍はそこに駐屯していた。呉懿《ごい》の赴任は、その為にほかならない。

ここに、たちまち豹変《ひょうへん》を兆《きざ》しはじめたのは、同盟国の呉《ご》であった。その態度は、孔明《こうめい》の死と同時に、露骨なものがあった。

「いま、蜀《しょく》を救急しなければ、蜀《しょく》は魏《ぎ》に喰《く》われてしまうであろう」

これを名目として、呉《ご》は、数万の兵を以《もっ》て、蜀《しょく》国境の巴丘《はきゅう》へ出て来た。この物騒きわまる救援軍に対して、蜀《しょく》も直ちに、兵を派して、

「ご親切は有難《ありがた》いが、まず大した危機もこの方面にはないからお引揚《ひきあ》げ願いたい」

と、対峙《たいじ》の陣を布《し》いた上、こう外交折衝《せっしょう》に努めたので、呉《ご》もついに、火事泥的な手を出し得ずに、やがて一応、国境から兵を退いた。

二

建興《けんこう》十五年、蜀《しょく》は、延熙《えんき》と改元した。

この年、蔣琬《しょうえん》は、討魏《とうぎ》の軍を起《おこ》して、漢中《かんちゅう》に出《い》で、ひそかに、魏《ぎ》の情勢をうかがっていた。

孔明《こうめい》なき後も、劉玄徳《りゅうげんとく》以来の、中原進出《ちゅうげん》の大志は、まだ多くの遺臣のうちには、烈々と誓われていたことが分《わか》る。

琬《えん》は、孔明《こうめい》がいつも糧道の円滑に悩んでいた例を幾多知っていたので、こんどは水路を利用して魏《ぎ》へ入ろうとして建議したが、蜀《しょく》の朝廷では、

「北流する水を利して進むは、入るに易《やす》い道には違いないが、ひとたび退こうとするときは、流れを溯上《さかのぼ》るの困難に逢着《ほうちゃく》するであろう」

といって、ついに彼の建議をゆるさなかった。これは、その作戦を否定したばかりでなく、すでに遠征を好まない空気が、ようやく、廟議《びょうぎ》の上にも顕著《けんちょ》となった一証だと見てよい。

「守らんか、攻めんか」

蜀《しょく》の輿論《よろん》は、ここ数年を、ほとんどそのいずれともつかずに過ごした。

そのうちに、延熙《えんき》七年の三月、魏《ぎ》は蜀《しょく》の足もとを見て、

「いまは一撃に潰《つい》えん」

となし、すなわち曹爽《そうそう》が総指揮となって、十数万の兵を率い、長安《ちょうあん》を出て、駱口《らっこう》を経、積年うかがうところの漢中《かんちゅう》へ、一挙突入せんとした。

ところが、蜀《しょく》軍いまだ衰えずである。蜀《しょく》は、その途中に邀撃《ようげき》して、魏《ぎ》を苦戦に陥らしめた。

費禕《ひい》の援軍が早く来たのと、涪《ばい》方面に蜀《しょく》兵の配置が充分であったため、たちまち、魏《ぎ》軍を諸所に捕捉して、痛打を加え、特有な嶮路《けんろ》を利用して、さんざんに敵を苦しめたのである。

「いけない、なお未《いま》だ孔明《こうめい》の遺風は生きている」

曹爽《そうそう》はそういって退却した。

その翌年、蜀《しょく》の蔣琬《しょうえん》は死んだ。

蜀《しょく》の良将はこうして一星一星、暁《あかつき》の星のように姿を消して行った。何かしらん力を以《もっ》ては及び難いものが蜀《しょく》の年々に黒框《くろわく》の歴史事項を加えていた。

蔣琬《しょうえん》はついに丞相《じょうしょう》にはならなかったが、孔明《こうめい》の遺嘱《いしょく》を裏切らなかった忠誠の士であったことに間違いない。

同年、十二月にはまた、尚書令《しょうしょれい》の董允《とういん》が死んだ。允《いん》は琬《えん》に次ぐ重臣であり、剛直をもって鳴っていたので、琬《えん》の死以上、これを惜しむ人もあった。

この二者が亡《ほろ》ぶと、

「わが世の春が来た」

といわぬばかりに擡頭《たいとう》してきた一勢力がある。宦人《かんじん》の黄皓《こうこう》を中心とする者どもである。皓《こう》は日頃から帝の寵愛《ちょうあい》を鼻にかけていたが、政治に容喙《ようかい》し始めたのは、このときからである。骨のある忠臣は相次いで世を去るにひきかえ、こういう類《たぐい》の者が内政から外務にまで新たに面《かお》を出すにいたっては、もはやその国の運命は量り知るべきである。

だが、ここになお、いささか蜀《しょく》のために意を強うするに足るものはあった。それは、費《ひ》禕《い》、姜維《きょうい》の両人が健在なことだ。以後、彼らが鋭意国政に当《あた》って、この衰亡期にある国家を支え、故孔明《こうめい》の遺志にこたえんとする努力には、涙ぐましいほどなものがある。

ただ——これは結果論となるが——姜維《きょうい》のただ一つの欠点であったことは、孔明《こうめい》ほどな大才や機略にはとうてい及ばない自己であるを知りながらも、その誓うところ余りに大きく、その任あまりに多く、しかも功を急ぐの結果、彼の英身が、かえって蜀《しょく》の瓦解《がかい》へ拍車をかけるの形をなしてしまったことである。

さもあらばあれ、武人として、また唯一の遺法を、孔明《こうめい》手ずから授けられた彼としては、

（玉砕《ぎょくさい》か、貫徹《かんてつ》か）

まさにこの二途を賭《と》して、あくまで積極的に出るしか生きがいはなかったであろう。で彼は、かねて、涼州《りょうしゅう》地方の羌族《きょうぞく》を懐柔していたので、この一勢力を用いて、魏《ぎ》へ進攻する策を企《くわだ》てた。

それの実現を見たのは、延熙《えんき》十年の秋である。維《い》は、雍州《ようしゅう》へ攻め入った。魏《ぎ》の郭淮《かくわい》、陳泰《ちんたい》などが、この防戦に当《あた》り、各地で激烈な戦闘を展開したが、結局、魏《ぎ》の諸郡を踏《ふ》み荒《あら》した程度で、蜀《しょく》は退却のやむなきに至った。魏《ぎ》に退路を断たれ、また部下から多くの脱走者を出したりしたためだった。

三

ここにまた、蜀《しょく》にとって一不幸が起《おこ》った。費禕《ひい》の死である。

孔明《こうめい》の衣鉢《いはつ》をつぐ大器としては、まず費禕《ひい》であろうとは、衆目の視《み》ていたところであったが、突然、この訃《ふ》が知れわたったので、蜀《しょく》中は非常な哀愁につつまれた。

死因も、その折は、秘密にされていたが、後に自然一般にも知れてしまった。一夕《いっせき》、蜀《しょく》の将軍連と歓談している宴席において、突然、魏《ぎ》の降将、郭循《かくじゅん》という者に刺し殺されたのであった。

費禕《ひい》なき後、蜀《しょく》の運命は、いよいよ姜維《きょうい》一人の双肩《そうけん》にかかった。

維《い》は、十八年八月、魏《ぎ》の王経《おうけい》と洮西《とうせい》に戦って、久しぶりの大戦果をあげた。この時の殲《せん》滅《めつ》には、魏《ぎ》兵万余人を斬《き》り尽《つく》して、洮西《とうせい》の山河をほとんど紅《くれない》にしたといわれている。ために、彼は大将軍に叙せられた。

しかしすぐ次の戦いには、魏《ぎ》の名将鄧艾《とうがい》と段谷《だんこく》にまみえて、こんどは逆に惨敗を喫した。若きから孔明《こうめい》に私淑《ししゅく》して来たものの、孔明《こうめい》に似て孔明《こうめい》にとどかず、その人格に力量に、如何《いかん》ともなし得ぬ先天的な器量の差は、こういう風に、軍をうごかすたび、歴然と結果に出てくる。

延熙《えんき》二十年。維《い》は秦川《しんせん》を衝《つ》いた。

魏《ぎ》軍が関中《かんちゅう》方面へ移動したのでその虚をついたものである。

魏《ぎ》の鄧艾《とうがい》・司馬望《しばぼう》の軍は、彼の鋭鋒を避けて、敢《あ》えて当《あた》らなかった。維《い》はさまざまに挑んだが、消耗するに止《とど》まって、大した戦果も獲《え》られずに終《おわ》った。

彼が、孔明《こうめい》の遺志をついで、しきりに積極的となっていた背後には、内廷における黄皓《こうこう》らの反戦的空気が、ようやく濃厚になりかけていた。

かくては維《い》も思うように戦えなかった。国家として、まことに危険な状態にあったといわねばならない。

延熙《えんき》の年号は、二十年を以《もっ》てあらためられ、景燿《けいよう》元年となった。帝劉禅《ていりゅうぜん》は、この頃からようやく国政に倦《う》み、日夜の歓宴に浸《ひた》りはじめた。時艱《じかん》に耐うる天質のいとど薄い蜀《しょく》帝《てい》をして、この安逸へ歓楽へと誘導するに努めていたものが、黄皓《こうこう》などの宦臣《かんしん》の一群であったことはいうまでもない。

「ああ、国は危うい」

「かくては、蜀《しょく》の落日《らくじつ》も、一燦《いっさん》のうちであろう」

心ある者はみな歎《なげ》いた。

しかし、帝の寵威《ちょうい》を誇る黄皓《こうこう》にたいして、歯の立つ者はいなかった。

ひとり姜維《きょうい》は、面《おもて》を冒《おか》して、諫奏《かんそう》幾度か、

「佞臣《ねいしん》を排されたい」

と、劉禅《りゅうぜん》の賢慮を仰いだ。

饐《す》えたる果物籠の中にあって、一箇《いっこ》の果物のみ饐《す》えないでいるわけもない。帝の心はすでに甘言のみを歓ぶものになっている。朝《あした》に美姫《びき》の肩の柳絮《りゅうじょ》を払い、夕《ゆう》べに佳酒《かしゅ》を瑠璃《るり》杯《はい》に盛って管絃《かんげん》に酔う耳や眼をもっては、忠臣の諫言《かんげん》は余りにもただ苦い気がした。

「蜀《しょく》は風前の燈火《ともしび》だ」

維《い》は、慨嘆した。

果たせるかな、魏《ぎ》は、

「時到《いた》る」

とこれを見ていた。そして景耀《けいよう》六年の秋、一挙に蜀中《しょく》に攻め入って、その覆滅《ふくめつ》を遂《と》ぐべしと、鄧艾《とうがい》、鍾会《しょうかい》を大将として、無慮数十万の大兵は、期して、魏《ぎ》を発し、漢中《かんちゅう》へ進撃した。

蜀《しょく》の前衛は、たちまち潰《つい》えた。

姜維《きょうい》は、剣閣《けんかく》の嶮《けん》に拠《よ》り、この国難に、身を挺《てい》して防いだ。

さすがに、ここは容易に、抜けなかった。

けれど一方、陰平《いんぺい》の険隘《けんあい》を突破した鄧艾《とうがい》の軍は、ときすでに蜀中《しょく》を席巻《せっけん》し、直ちに成都《せいと》へ突入していた。

成都《せいと》。ああ、成都《せいと》。

彼ら蜀《しょく》人は、ここに魏《ぎ》兵を見ようなどとは、まったく夢想もしていなかったのである。

殺到する魏《ぎ》の大軍を見て初めて、

「これは、この世のことか」

と、狼狽《ろうばい》した程だったという。

ためにこのとき、城郭の防備などは、少しもしていなかったといわれている。知るべし、跳梁《ちょうりょう》する敵人の残虐ぶりを。魏《ぎ》兵の蹂躙《じゅうりん》に悲鳴して逃げまどう婦女老幼のみじめさを。

――かかるとき、なお毅然《きぜん》としてある都門第宅の輪奐《りんかん》の美も、あらゆる高貴を尊ぶ文化も、日頃の理論や机上の文章も、ついに何の役をもなさなかった。むなしく災いの暴威と敵兵の濶歩《かっぽ》におののくだけであった。

四

蜀宮《しょくきゅう》は混乱した。

ここもまた、かつての、洛陽《らくよう》の府や長安《ちょうあん》の都そのままの日を現出した。

帝劉禅《ていりゅうぜん》には、何らの策も決断もない。妃《きさき》とともに哭《な》き、内官たちと共にうろたえているのみである。

魏《ぎ》軍はすでに城下へ迫って歌っている。蜀亡《しょくほろ》びぬ、蜀《しょく》すでに亡《な》し。有るはただ城門を開いて魏旗《ぎき》の下《もと》にひざまずく一事のみと。

「どうしたらよいか。汝らの意見に従おう。ただ朕《ちん》の為に善処せよ」

劉禅《りゅうぜん》は、これを告ぐるのがやっとであった。夜来の重臣会議もまだ一決も見ずにある。沈湎蒼白《ちんめんそうはく》、誰の顔にも生気はない。

「呉《ご》を恃《たの》みましょう。陛下の御輦《みくるま》を守って、呉《ご》へ奔《はし》り、他日の再起を図らんには、またいつか蜀都《しょくと》に還幸の日が来るにちがいありませぬ」

「いや呉《ご》は恃《たの》み難《がた》い。むしろ呉《ご》は、蜀《しょく》の滅亡をよろこぶ者であっても、蜀《しょく》のために魏《ぎ》と戦うような信義のないことは、丞相孔明《じょうしょうこうめい》の死去のときから分《わか》りきっている」

「いっそ、南方へ蒙塵《もうじん》あそばすのが、いちばん安全でしょう。南方はまだ醇朴《じゅんぼく》な風があるし、丞相孔明《じょうしょうこうめい》が布《し》いた徳はまだ民の中に残っています」

衆論は区々《まちまち》である。帝はただ迷うばかりだった。

ときに重臣の譙周《しょうしゅう》が、やっと不器用な口つきで、最後に私見を述べた。

「もの事にはすべて、始めがあり終《おわ》りがあり、また中道があります。始めや途中のことなら一時の変ですから、挽回《ばんかい》の工夫もあり、立て直しもききますが、今日の変は、要するに、丞相孔明《じょうしょうこうめい》が逝《ゆ》かれた後の万事の帰着です。天数の帰結です。もういけません。呉《ご》へ奔《はし》るも愚策、南方に蒙塵《もうじん》あるも、何もかも、唯《ただ》、末路の醜態を加えることでしかありません。……願うらくはただ、努めて先帝の御徳《おんとく》を汚さぬよう、蜀《しょく》帝国の最期として、世の嗤《わら》い草《ぐさ》にならぬよう、それのみを祈りまする」

「では、汝は、蜀城《しょくじょう》を開いて、魏《ぎ》に降伏するのがよいというのか」

「臣として、口になし得ないことですが、天命にお従い遊ばすならば、それしかほかに途《みち》はありません」

案外にも、劉禅《りゅうぜん》はすぐ、

「そうしよう。譙周《しょうしゅう》のいうことが、いちばん良いようだ」

といって、むしろ一時の眉《まゆ》をひらくような容子《ようす》にさえ見えた。

重臣はみな痛涙《つうるい》に咽《むせ》んだ。けれど誰も皆、譙周《しょうしゅう》の意見が悪いものとは思わなかった。

諦めの底に沈黙した。

この譙周《しょうしゅう》については、有名な一挿話がある。

彼が初めて蜀宮《しょくきゅう》に召されたのは建興《けんこう》の初年頃で、まだ孔明《こうめい》の在世中であった。

孔明《こうめい》は彼の学識と達見を夙《つと》に聞いていたので、帝にすすめて田舎出《いなかで》の一学者を、勧学《かんがく》従事《じゅうじ》の職に登用したのである。

ところが、最初の謁見《えっけん》の日、蜀朝《しょくちょう》の諸官は、彼のすこぶる振《ふる》わない風采と、また余りに朴訥《ぼくとつ》すぎて、何を問うても吃《ども》っていっこう学識らしい話も場所柄に応じた答えもできないでいる容子《ようす》をながめ、皆クックックと失笑を洩《も》らした。

「あのような不嗜《ふたしな》みなことは、朝廷の儀礼と尊容を甚だしく紊《みだ》すものです。笑った者を処罰しようではありませんか」

廟堂《びょうどう》監察の吏は、問題として、これを取り上げ、一応、孔明《こうめい》のところへ相談に来た。

すると、孔明《こうめい》はこういった。

「われなお忍ぶ能わず。いわんや左右の衆人をや」

彼は、取り上げなかった。

孔明《こうめい》は笑いはしなかったが、やはり心のうちで、おかしさを覚えていたのである。自分の身にとってすら忍び得なかったことを、衆にたいして罪として問おうというのは法の精神に悖《もと》るとなしたものであろう。――

孔明《こうめい》が戦場で死んだと聞いたとき、この譙周《しょうしゅう》はその夜のうち成都《せいと》を去って、はるばる途中まで弔問《ちょうもん》に駈《か》けつけて行った。その以後、離京した者は、官吏服務規程に問われて、反則の咎《とが》をうけたが、真っ先に行った譙周《しょうしゅう》だけは、何の問責もうけなかった。

――衆論に囚《とら》われず、劉禅《りゅうぜん》に開城をすすめた彼は、まずそういう風な人物だったのである。

五

開城を宣すると、蜀臣《しょくしん》はその旨を魏《ぎ》軍へ通告した。

城外には、魏《ぎ》軍の奏する楽の音や万歳の声が絶えまなく沸《わ》き立《た》っている。蜀宮《しょくきゅう》の上には降旗が掲《かか》げられ、帝は多くの妃《きさき》や臣下を連れて城外へ出た。そして魏将《ぎしょう》鄧艾《とうがい》の軍門に、降《こう》をちかう、の屈辱に服したのであった。

かくて、蜀《しょく》は、成都《せいと》創府以来、二世四十三年の終《おわ》りを、この日に告げたのであった。

昭烈廟《しょうれつびょう》（玄徳《げんとく》を祀《まつ》る所）の松柏森々《しょうはくしんしん》と深き処《ところ》、この日、風はいかなる悲愁《ひしゅう》を調べていたろうか。

定軍山《ていぐんざん》の雲高き処《ところ》、孔明《こうめい》の眦《まなじり》はいかにふさがれていたろうか。

なおなお、関羽《かんう》、張飛《ちょうひ》、そのほか幾多の父、幾多の子、また、無数の英骨、忠臣、義胆の輩《ともがら》はいかに泉下《せんか》の無念をなぐさめていたろうか。

かつて皆、この土のために、生命《いのち》をささげ、骨を埋め、土中に蜀《しょく》の万代を禱《いの》っていたろうに、今や地表は魏《ぎ》軍の土足にとどろき、空は魏旗《ぎき》に染められている。

そもそも誰の罪か。

心なき蜀《しょく》中の士民こそ嘆かぬはなかったであろう。

ただここに、なお劉家《りゅうけ》の血液を誇った一皇子がある。帝劉禅《ていりゅうぜん》の五男北地王諶《ほくちおうじん》であった。

皇子は初めから帝の蒙塵《もうじん》にも開城にも大反対で、

「蜀宮《しょくきゅう》を墳《つか》としても、魏《ぎ》と最後の最後まで戦うべきです」

と主張していたが、ついに言は聴かれず、自分と共に討死《うちじに》しようという烈士もいないので、憤然ひとり祖父の昭烈廟《しょうれつびょう》へ行って、妻子をさきに殺して自分もいさぎよく自殺した。

蜀漢《しょくかん》の末路、ただこの一皇子あるによって、歴史は依然、人心の真美と人業《じんぎょう》の荘厳を失っていない。

剣閣《けんかく》の嶮《けん》に拠《よ》って、鍾会《しょうかい》と対峙《たいじ》していた姜維《きょうい》も、成都《せいと》の開城を伝え聞き、また勅命に接して、魏軍《ぎ》に屈伏するのやむなきにいたった。

「武器を抛棄《ほうき》せよ」

と姜維《きょうい》に命ぜられて、魏《ぎ》の前に降兵として出ることになった彼の部下は、このとき皆、

「無念」

と、剣を抜いて、石を斫《き》ったということである。

これを見ても、蜀人《しょく》の意気戦志は、まだ必ずしも地に墜《お》ちていたとはいえない。いやむしろ、孔明《こうめい》なき後の三十年も、年々、進攻的な気概を外敵にしめし、「攻むるは守るなり」の積極策を持ちつづけて来た気力にはむしろ愕《おどろ》かれるものがある。

とはいえ、姜維《きょうい》らのこの意気は愛すべしだが、ために、費禕《ひい》の言なども多くは耳をかさず、求めて欠陥を生じ、急いで国家を危殆《きたい》へ早めて来たことをもまた、否《いな》み得《え》ない作用であったというしかない。

費禕《ひい》は、存生中にも、姜維《きょうい》にむかって、しみじみ、こういっていた事実がある。

「自分などは、どう贔屓目《ひいきめ》に見ても、とうてい、故丞相《じょうしょう》に及ばないこと甚だ遠い者だ。――その丞相《じょうしょう》ですらなお中夏《ちゅうか》を定め得なかったことを思うと、況《いわ》んや、われら如《ごと》きにお

いてをやと、痛感しないわけにはいかない。だからしばらくはよく内を治め、社稷《しゃしょく》を守り、令を正し、国を富ましめるのが、われらのなし得る限度ではあるまいか。外の功業の如《ごと》きは、やがて孔明《こうめい》のような能者を待って初めて望み得ることだ。僥倖《ぎょうこう》を思うて、成敗を一挙に決せんとするようなことは、くれぐれもおたがいに慎まなければなるまいと思う」

これは一面の善言であった。

しかし姜維《きょうい》はべつに姜維《きょうい》の抱負を持しつづけた。いずれが是であったか非であったか、これはかえって譙《しょう》周《しゅう》の最後のことばに傾聴するものが多いようだ。

だが、過去を天地の偉大な詩として観《み》るとき、姜維《きょうい》の多感熱情はやはり蜀史《しょくし》の華《はな》といえよう。彼はついに長く屈辱的武人たるに忍びきれず、後また、魏《ぎ》の鍾会《しょうかい》に反抗して、たちまちその手に捕《とら》えられ、妻子一族とともに、首を刎《は》ねられた。彼の血液はやはり魏刀《ぎとう》に衂《ちぬ》られるものに初めから約束されていたようである。

六

魏《ぎ》の成都《せいと》占領とともに、蜀《しょく》朝《ちょう》から魏《ぎ》軍の鄧艾《とうがい》に引き渡された国財の記録によると、

領戸《りょうこ》二十八万

男女人口九十四万

帯甲《たいこう》将士十万二千人
吏《り》四万人
米四十四万斛《まんごく》
金銀二千斤《きん》
錦綺綵絹《きんきさいけん》二十万匹

——余物これにかなう。

とあるからそのほかの財宝も思うべしである。

しかし国力はかなり疲弊《ひへい》していたものだろう。蜀将《しょくしょう》の意気もすでに昔日《せきじつ》の比ではない。帝以下百官、城を出て魏門《ぎもん》にひざまずき、城下の誓いを呈したのである。いかなる国家も亡《ほろ》ぶとなると実にあっけないものだ。

この亡滅を招いた原因は、数えれば種々ある。帝劉禅《ていりゅうぜん》の闇弱《あんじゃく》、楊儀《ようぎ》の失敗、董允《とういん》、蔣琬《しょうえん》の死去、費褘《ひい》の奇禍《きか》、等々、国家の不幸はかさなっていた。

最後となっては、劉禅《りゅうぜん》の親政と、宦人黄皓《かんじんこうこう》の専横などが、いよいよ衰兆《すいちょう》に拍車をかけていた。亡《ほろ》ぶものの末期的症状にかならず見られるのは、宦官的内訌《かんがんてきないこう》とこれに伴う暴政、相剋《そうこく》、私的享楽などである。蜀《しょく》の終《おわ》り頃もこの例外を出ていない。

——特に、もっとも蜀《しょく》を弱めたものは、蜀《しょく》中の学者の思想分裂であった。彼らのうちには、三国鼎立策《さんごくていりつさく》にも大陸統合にも、ほとんど何の興味も感じていない者が多かった。要するに思潮は戦《いくさ》に倦《う》み戦《いくさ》を否定し始めていたのである。

門を閉じて、高く取り澄ましていた杜瓊《とけい》なども、春秋讖中《しゅんじゅうしんちゅう》の辞句をひき出して、

「漢《かん》に代《かわ》るのは当塗高《とうとこう》だろう」

などと平気で放言していた。当塗高《とうとこう》とは魏《ぎ》をさしていっているのである。魏《ぎ》という文字は「高闕」を意味する。――道に当《あた》りて高いもの――という伏字《ふせじ》だ。蜀《しょく》の粟《ぞく》を喰《く》いながら、こんなことを平気で説いていたのである。

また学府の学者でも、もっと甚だしい説を撒《ま》いていたのがある。

「――先帝の名は備《び》なり。備《び》は、備《そな》うるなり、また具《そな》うるを意味す。後主《こうしゅ》の諱《いみな》は禅《ぜん》にして禅《ゆず》るの意をもつ。すなわち禅《ゆず》り授《さず》くるなり。劉《りゅう》氏は久しからずして当《まさ》に他へ具《そな》え禅《ゆず》るべし」

こういう学者を内に養っていた国家が内に病を起《おこ》していないわけはない。いわゆる最後の「あっけなさ」は、すでに蜀《しょく》の肉体のこういう危険な病症が平時に見のがされていたにほかならない。

ところで降人に出た劉禅《りゅうぜん》の余生はどうなって行ったろう。魏《ぎ》へ移った旧蜀臣《しょくしん》は、おおむね魏《ぎ》から新しい官職を与えられて、その隷属《れいぞく》に甘んじた。劉禅《りゅうぜん》もまた、魏《ぎ》の洛陽《らくよう》に遷《うつ》

され、後、魏《ぎ》から安楽公《あんらくこう》に封ぜられて、すこぶる平凡な日を過《すご》していた。

——ある時、彼の心懐《しんかい》を思いやって、魏《ぎ》人の一人が、彼の邸《やしき》を訪《おとの》うて面接したとき、試みに、

「魏《ぎ》へ来ても、日常のご不自由はないでしょうか、何かにつけ、蜀《しょく》のむかしを思い出されて、折には、ご悲嘆にくるることもおありでしょうな」と、たずねてみた。

すると、凡庸《ぼんよう》な彼は、

「いやいや、魏《ぎ》のほうが、はるかに美味もあるし、気候もよいから、べつに蜀《しょく》を思い出すようなこともありません」

と、いっこう無感情に答えたということである。

この無感情が、大悟《たいご》の無表現ででもあったなら偉《えら》いものであるが、彼の場合は、現れたとおりの、懸値《かけね》なしであるからまことに愍《あわ》れというほかはない。

魏《ぎ》から――晋《しん》まで

一

孔明《こうめい》の歿後《ぼつご》、魏《ぎ》は初めて、枕を高うして眠ることを得た。

年々の外患もいつか忘れ、横溢《おういつ》する朝野《ちょうや》の平和気分は、自然、反動的な華美享楽《かびきょうらく》となって現れだした。

この兆候は、下よりまず上から先に出た。大魏《たいぎ》皇帝の名をもって起工された洛陽《らくよう》の大土木の如《ごと》きがその著しいものである。

朝陽殿《ちょうようでん》、大極殿《たいきょくでん》、総章観《そうしょうかん》などが造営された。

また、これらの高楼、大閣のほかに、崇華園《すうかえん》、青宵院《せいしょういん》、鳳凰楼《ほうおうろう》、九龍池《きゅうりゅういけ》などの林泉《りんせん》や別荘が人力と国費を惜しみなくかけて造られた。これに動員された人員は、天下の工匠《こうしょう》三万余、人夫三十万といわれている。

まさに、国費の濫費《らんぴ》である。曹叡《そうえい》ほどな明主にして、なおこの弊《へい》に落ちたかと思うと、人間性の弱点の陥るところみな軌《き》を一《いつ》にしているものか、或《あ》るいは、文化の自然循環と見るべきものか。

いずれにせよ、彫梁《ちょうりょう》の美、華棟《かとう》の妍《けん》、碧瓦《へきが》の燦《さん》、金磚《きんせん》の麗、目も綾《あや》なすばかりである。豪奢《ごうしゃ》雄大、この世に譬《たと》えるものもない。

――が、たちまち一面に、民力の疲弊《ひへい》という暗い喘《あえ》ぎが社会の隅から夕闇のように漂い出した。巷の怨嗟《えんさ》。これはもちろん伴ってくる。

この上にも曹叡《そうえい》は、

「芳林閣《ほうりんかく》の改修をせよ」と、吏を督して、民間から巨材を徴発し、石や瓦や土を引く牛のために、民の力と汗を無限に濫用した。

「武祖曹操《ぶそそうそう》様すら、こんな贅沢《ぜいたく》と乱暴はなさいませんでした」

と、諫《いさ》めた公卿《くげ》もある。もちろん曹叡《そうえい》には肯《き》かれない。のみならず斬首《ざんしゅ》された者もあった。

反対に、こういう甘言を呈する者もある。

「人は、日精月華《にっせいげっか》の気を服せば、つねに若く、そして長命を保ちます。――いま長安宮《ちょうあん》中に柏梁台《はくりょうだい》を建て、銅人を据えて、手に承露盤《しょうろばん》を捧《ささ》げさせるとします。すると盤には毎夜三更《さんこう》の頃、北斗から降る露が自然に溜《たま》ります。これを天漿《てんしょう》とよび、また天甘露《てんかんろ》と称《とな》えています。もしそれ、その冷露に美玉の屑末《しょうまつ》を混じて、朝な朝なご服用あらんか、陛下の寿齢《じゅれい》は百載《さい》を加え、御艶《おんつや》もいよいよ若やいでまいるにちがいありません」

こういう言を歓《よろこ》ぶようになっては、曹叡《そうえい》の前途も知るべしである。

が、魏《ぎ》の国運は、なお旺《さかん》だった。これはおそらく良臣や智識が多かったに依《よ》るであろうが、曹操《そうそう》以来の魏《ぎ》は、何といっても、士馬精鋭であり、富強であった。

中でも、司馬懿《しばい》仲達《ちゅうたつ》は、魏《ぎ》にとっては、まず当代随一の元勲だった。自然、彼の一門は、隆々、勢威を張るにいたった。

延熙《えんき》十四年、魏《ぎ》の嘉平《かへい》三年。その仲達《ちゅうたつ》は歿《ぼっ》して、国葬の大礼をもって厚く祭られ、遺《い》職勲爵《しょくくんしゃく》は、そのまま息子の司馬師《しばし》が継いだ。

ところが、この師《し》も、間もなく逝去した。弟、昭《しょう》が跡目をついだ。

昭《しょう》は一時、大いに威を振るい、大魏《たいぎ》大将軍になり、また、晋王《しんおう》の九錫《きゅうしゃく》をうくるにいたって、ほとんど、帝位に迫るの勢威を示した。

この昭《しょう》が終《おわ》ると、その子の、司馬炎《しばえん》が王爵をついで立った。魏《ぎ》の朝廷は、このときすでに元帝《げんてい》の代に入っていたが、炎《えん》は、この元帝《げんてい》を退位させて、自ら皇帝となり、新国家の創立を宣した。

これが、晋《しん》の武帝《ぶてい》である。

かくて、魏《ぎ》は、曹操《そうそう》以来五世、四十六年目で亡《ほろ》んだことになる。——それはまた実に、蜀《しょく》の滅亡後、わずかに三年目のことだった。

魏蜀《ぎしょく》を併合して、晋《しん》一体となったこの国が、なお呉《ご》を余していたのは、呉《ご》に間隙《かんげき》がなかったによる。とき呉《ご》の孫権《そんけん》もすでに世を去り、次代の孫皓《そんこう》の悪政が、南方各地の暴動を醸《かも》すにいたるまでは、長江《ちょうこう》の嶮《けん》と、江東海南《こうとうかいなん》の地を占めるこの国の富強と、建業《けんぎょう》城中の善謀忠武の群臣は、なお多々健在であったといえる。

しかし、敗《やぶ》るるや、急激だった。四世五十二年にわたる呉《ご》の国業も、孫皓《そんこう》が半生の暴政によって一朝《いっちょう》に滅んだ。——陸路《くがじ》を船路を、北から南へ北から南へと駸々《しんしん》と犯し来《きた》れるもののすべてそれは新しき国の名を持つ晋《しん》の旗であった。

三国は、晋《しん》一国となった。

年譜

元号	西暦	中国	日本
中平元年	一八四	黄巾の乱が起こる。劉備、関羽・張飛と義兄弟の契りを結ぶ	
	一八八		倭国（日本）大乱。卑弥呼が女王となる
中平六年	一八九	董卓が洛陽に入り、献帝を擁立	
初平元年	一九〇	袁紹・曹操ら反董卓軍挙兵。長安遷都	
初平二年	一九一	孫堅敗死、孫策が継ぐ	
初平三年	一九二	呂布が董卓を殺害	
興平元年	一九四	劉備が徐州の牧となる	
建安元年	一九六	曹操が献帝を擁し、許昌に遷都	
建安三年	一九八	曹操が呂布を倒す	
建安五年	二〇〇	孫策が暗殺され、孫権が継ぐ	
建安一二年	二〇七	劉備、三顧の礼で諸葛亮を迎え入れる	
建安一三年	二〇八	赤壁の戦いで孫権・劉備の連合軍が曹操を破る	
建安一九年	二一四	劉備、蜀をたてる	
建安二一年	二一六	曹操が魏王となる	

年譜

建安二四年	二一九	劉備が漢中王と称する。関羽が戦死	
建安二五年	二二〇	曹操没す。曹丕が後漢を廃し、魏の皇帝となる	
	二二一	劉備が蜀漢を建国し、皇帝となる。張飛が暗殺される	
	二二二	孫権が呉王となる	
	二二三	劉備死去。劉禅が即位	
	二二七	諸葛亮、出師の表を上奏し、北伐開始	
	二二八	街亭の戦いで馬謖敗北、斬罪	
	二二九	孫権、呉を建国し、皇帝となる	
	二三四	諸葛亮、五丈原の陣中で没する	
	二三九		倭国の卑弥呼が魏に使いを送り、金印を受ける
	二四八		この頃、卑弥呼死し、台与（壱与）が継ぐ
	二四九	司馬懿が魏を乗っ取る	
	二五一	司馬懿病没	
	二五二	孫権病没	
	二六三	劉禅が魏に降伏し、蜀滅亡	
	二六五	司馬炎が魏の皇帝を廃止、晋を建国、皇帝となる	
	二八〇	呉、滅亡。晋が中国を統一する	

本文組版・校正　大西寿男（ぼっと舎）
賀内麻由子　角谷 薫
装幀・デザイン　遠藤和美
地図・付録製作　小川恵子（瀬戸内デザイン）
装幀写真提供　アマナイメージズ

本書の本文は吉川英治歴史時代文庫（講談社）を底本としました。

底本にある現代中国の地名で、その後変更になった地名がありますが、そのままとしました。

また、いわゆる差別表現が出てくることがありますが、文学作品であり、かつ著者が故人でもありますので、底本のままにしました。

ご了承くださいませ。

〈著者略歴〉

吉川 英治（よしかわ　えいじ）

明治25年（1892）～昭和37年（1962）

神奈川県生まれ。本名、英次。

家運の傾きにより、11歳で小学校を中退。さまざまな職を転々とし、社会の辛酸を舐める。

18歳、苦学を覚悟して上京。

29歳、東京毎夕新聞社に入社。翌年、初の新聞小説『親鸞記』の連載を開始。

31歳、関東大震災に遭遇したことをきっかけに、作家活動に専念。『剣難女難』『鳴門秘帖』などで、たちまち人気作家へ。

43歳、朝日新聞に『宮本武蔵』の連載を開始。爆発的な人気を得て、国民文学作家の地位を不動にする。

『新書太閤記』『三国志』『新・平家物語』などの長編大作を次々に執筆し、幅広い読者を獲得。

69歳、『新・水滸伝』の連載中に健康悪化により中断、絶筆となる。翌年、70歳で、この世を去る。

三国志　第十巻　五丈原の巻

平成29年(2017)　2月1日　第1刷発行

著　者　吉川 英治
発行所　株式会社　1万年堂出版
〒101-0052　東京都千代田区神田小川町2-4-20-5F
電話　03-3518-2126
FAX　03-3518-2127
http://www.10000nen.com/
印刷所　凸版印刷株式会社

ISBN978-4-86626-012-9 C0093
乱丁、落丁本は、ご面倒ですが、小社宛にお送りください。送料小社負担にてお取り替えいたします。定価はカバーに表示してあります。

●岐阜県　14歳・女子

中学生の私には、少し難しかったけど、すごく私には、なくてはならない本です。読んだ後は、生きることは価値があることだと思ったし、一分一秒を大切に生きようと改めて思った。

いじめられて病気になり、自殺しようと思ったけど、今は、**命を捨てるなんて**……と、自分が怖くなり、反省しています。

●新潟県　52歳・女性

人生半ばを過ぎて、**子供も成長し**、いざ自分のことを考えると、これから先、何を目標にしてゆけばと、不安とむなしさだけが残ります。

この本は、まさに、私が迷っていた道を切り開いてくれました。

●兵庫県　57歳・男性

人間関係で落ち込み、ストレスで病気になり、つらい思いをしましたが、本書を読み、病気に打ちかち、本当の意味での生きる力がわいてきました。何事にも負けない、**くじけない元気**、力がつきました。

●山口県　62歳・男性

定年退職して二年余りが過ぎたある日、ふと自問したのであります。自分は何のために生きているのか？　また、社会に対して、何の役に立っているのだろう？

自分の人生に自信をなくしていた時、この本を購入しました。一回、二回と読んでいると、**心も穏やかに**なりました。これからの人生に役立つと、確信しております。